BASTEI
LÜBBE

Von Shari Low sind bei Bastei Lübbe Taschenbücher lieferbar:

14924 Torschlusspanik
15178 Saure-Gurken-Zeit
15219 Märchenprinz auf Abruf
15472 Freunde, Sex und Alibis

Über die Autorin:

Shari Low legt mit *Happy ohne Ende* ihren fünften Roman vor und beglückt ihre Fans darin mit einem Wiedersehen mit Carly Cooper – ihrer liebenswerten, chaotischen Heldin, die sich der Frage stellt: Was kommt nach dem Happy End vor dem Traualtar?
Nach einer abwechslungsreichen Karriere im Bereich Freizeitindustrie in Großbritannien, Holland, Schanghai und Hongkong kehrte Shari Low in ihre Heimatstadt Glasgow zurück. Dort lebt sie mit ihrem Ehemann und ihren beiden kleinen Söhnen. Sie ist heute als freie Schriftstellerin tätig.
Besuchen Sie die Autorin unter www.sharilow.com im Internet.

SHARI LOW

HAPPY OHNE ENDE

ROMAN

Aus dem Englischen von
Sylvia Strasser

BASTEI
LÜBBE

BASTEI LÜBBE TASCHENBUCH
Band 15 577

1. Auflage: März 2007

Vollständige Taschenbuchausgabe

Bastei Lübbe Taschenbücher in der Verlagsgruppe Lübbe

Deutsche Erstveröffentlichung
Titel der englischen Originalausgabe: *The Motherhood Walk of Fame*

Lektorat: Melanie Blank-Schröder
Einbandgestaltung: Bianca Sebastian
Titelbild: getty-images/Darwin Wiggett
Satz: hanseatenSatz-bremen, Bremen
Druck und Verarbeitung: Ebner & Spiegel, Ulm
Printed in Germany
ISBN-13: 978-3-404-15577-4

Sie finden uns im Internet unter
www.luebbe.de

Der Preis dieses Bandes versteht sich einschließlich
der gesetzlichen Mehrwertsteuer.

Für Melanie Blank-Schröder in grenzenloser Dankbarkeit für ihren unerschütterlichen Glauben, ihre ermutigenden Worte und ihre brillante Lektoratsarbeit.
Und für Sylvia Strasser, der Carly von Herzen dankbar ist, dass sie ihr Deutsch beigebracht hat.

Prolog

Ich wusste gleich, dass etwas nicht stimmte. Als ich in meine Apfelblätterteigtasche biss – schließlich empfiehlt das Gesundheitsministerium fünf Portionen Obst am Tag –, überkam mich so eine seltsame nervöse Unruhe. Das gleiche Gefühl habe ich in den Tagen vor den Tagen; dann könnte ich ausrasten und Dinge tun, die mir ein paar Minuten Sendezeit in *Crimewatch* garantieren würden.

Diese Sendung, in der die Zuschauer um Mithilfe bei der Aufklärung von Verbrechen gebeten werden, schaue ich mir übrigens grundsätzlich nicht an. Sobald die Titelmelodie ertönt, muss ich umschalten, weil mich unweigerlich das schlechte Gewissen packt – obwohl ich weder eine Skimaske besitze noch am Donnerstag vor drei Wochen um 10 Uhr 24 auch nur in der Nähe des Postamts Kensington gewesen bin.

Irgendetwas nagte an mir, aber ich konnte nicht sagen, was. Es war ein ganz normaler Morgen. Ein Montag, wenn ich mich richtig erinnere. Ein bis zu diesem Augenblick hundsgewöhnlicher Montagmorgen. Mark, mein Mann, war irgendwann zu unchristlicher Stunde aufgestanden und ins Bad getaumelt, wo er erst mit geschlossenen Augen pinkelte und sich dann mit einem halb geöffneten Auge rasierte, anschließend ins Schlafzimmer zurückwankte und sich im Dunkeln anzog. Das konnte er getrost riskieren: Seine Sachen fürs Büro waren dank eines ausgeklügelten Systems alle farblich aufeinander abgestimmt, sodass ihm Spott und Demütigung erspart blieben.

Danach stolperte er die Treppe hinunter und über seinen Aktenkoffer, der unten stand, rappelte sich wieder auf, schnappte sich eine Banane aus der Obstschale und warf einen prüfenden Blick in den Flurspiegel. Zu diesem Zeitpunkt hatten geheimnisvolle kosmische Mächte dafür gesorgt, dass seine Verwandlung abgeschlossen war. Aus dem struppigen, schmuddeligen Zombie, der nicht einmal im Stande war, in ein ortsfestes Becken zu pinkeln, ohne alles ringsum voll zu spritzen, war Mark Barwick geworden, der Anwalt, auf den die Frauen flogen.

Dann stieg er in seinen schicken Sportwagen, schaltete das schicke Radio ein und machte sich auf die zweistündige Fahrt von unserer Doppelhaushälfte in Richmond zu seinem schicken Büro in einem schicken Büroturm in einer schicken Londoner Gegend.

Das alles sind natürlich nur Vermutungen meinerseits, weil es schon eines medizinischen Eingriffs und einer Fahrt in einem Autoskooter bedürfte, um mich morgens um diese Zeit zu wecken. Doch da sich in den sieben Jahren, in denen wir zusammen sind, nichts an Marks Gewohnheiten geändert hat, nehme ich nicht an, dass er mit einem Satz aus dem Bett gesprungen ist, einen Espresso hinuntergestürzt und ein Schokocroissant dazu gegessen und dann zwanzig Minuten überlegt hat, welche Krawatte am besten zu seiner Gemütslage passt.

Zumal Mark nur eine einzige Gemütsverfassung kennt: ausgeglichen. Keine unlogischen Hochs. Keine mit dem Risiko des Pulsadernaufschlitzens verbundenen Tiefs. Nichts als schwankungsfreie Ausgeglichenheit. Und das ist auch gut so. Das ist großartig. Fantastisch. Ich liebe es, einen beständigen, verlässlichen Partner zu haben; er ist der perfekte Ausgleich für mein eher … nun, sagen wir, launenhaftes Wesen. Doch, wirklich!

Ich weiß seine bedächtige Gelassenheit, seine stoische Ruhe aufrichtig zu schätzen und würde ihn niemals einen stinklangweiligen, berechenbaren Trottel nennen. Wenigstens nicht laut. Oh, na schön, meinetwegen! Aber nur meinen Freundinnen gegenüber.

Ich biss ein weiteres Mal in meine Apfeltasche und stellte fest, dass diese quälende innere Unruhe sich nicht gelegt hatte. Hunger konnte es also nicht sein. Ich ging alle anderen Möglichkeiten durch. Die Kinder. Sie waren im Kindergarten. Benny war erst zweieinhalb und deshalb noch in der Eingewöhnungsphase; Mac war vier, er ging mit Begeisterung hin. Bisher war ich jedenfalls noch nicht zur Leiterin zitiert worden – schnell auf Holz klopfen! –, weil mein Ältester etwas angestellt hatte. Ich vermute, das liegt vor allem daran, dass ich ihm erzählt habe, in die Laternenpfähle rings um den Kindergarten seien Kameras eingebaut, mit deren Hilfe ich über das Internet jede seiner Bewegungen überwachen könne. Seine Erzieher wundern sich bestimmt, warum er immer wieder Richtung Himmel sieht und schreit: »Ich hab's nicht so gemeint, Mum, ehrlich!«

Mac hat eindeutig die Gene seiner Mutter. Sein Wortschatz vergrößert sich allmählich, aber eher wird man in der Hölle Schlittschuh laufen können, als dass er das Wort »ausgeglichen« darin aufnehmen wird.

Sein kleiner Bruder dagegen ist offenbar in einen ganz anderen Genpool gefallen. Als ich zum zweiten Mal schwanger war, sagte ich zu Mark, ich wolle das Baby Big taufen. Big und Mac. Ich hoffte, McDonald's würde uns einen Sponsorenvertrag anbieten. Doch zu guter Letzt einigten wir uns auf den Namen Benny. Benny ist der süßeste, niedlichste Knirps, den man sich vorstellen kann. Nicht, dass ich voreingenommen wäre! Aber Sie finden garantiert keinen Dreikäsehoch, der sich besser in einer Windelreklame machen würde.

Also jedenfalls war mit meinen Sprösslingen alles in bester Ordnung, sodass ich sie als Grund für meine unerklärliche Unzufriedenheit von der Liste streichen konnte. Sie waren zwei ausgelassene, übermütige, verrückte Rangen, die sicherlich früher oder später im Jugendknast landen würden, aber im Augenblick ging es ihnen gut.

Dann lag es vielleicht an meinem Beruf? Da er untrennbar mit meinem familiären Hintergrund verknüpft ist, fällt es mir schwer, darüber zu sprechen, ohne auf meine Herkunft einzugehen. Sie müssen wissen, dass ich, auch wenn der äußere Schein, meine Geburtsurkunde und meine DNA etwas anderes besagen, keineswegs die Tochter einer eingebildeten Lehrerin und eines Vertreters für Versicherungen und Finanzen mit einer extremen Vorliebe für alles Alkoholische bin. Nein, in Wahrheit bin ich die uneheliche Tochter von Jackie Collins und Sidney Sheldon. Ein Kind der Liebe. Es ist mir zwar ein Rätsel, wie ich vor mehr als dreißig Jahren in eine schottische Entbindungsklinik gekommen bin, aber Jackie hatte sicher gute Gründe, mich zur Adoption freizugeben. Vielleicht war die Mafia hinter ihr her, und sie fürchtete um mein Leben. Vielleicht wollte sie auch vermeiden, dass ich zu einem verwöhnten, oberflächlichen Biest heranwuchs, und dachte, in der prosaischen Umgebung eines Glasgower Vororts würde eher ein Mensch mit seelischem Tiefgang und gesundem Realitätssinn aus mir werden (falls dem so ist, *Mum*, dann hat es funktioniert – ich bin ein wunderbarer Mensch geworden, du kannst jetzt kommen und mich holen!). Wie dem auch sei, ich wollte immer schon meinen »richtigen« Eltern nacheifern und Schriftstellerin werden, einen Berg pikanter Bestseller schreiben, nach Los Angeles in eine Villa mit nierenförmigem Swimmingpool ziehen und unanständige Dinge mit feurigen, sexbesessenen Italienern tun.

Leider hat es nicht ganz so geklappt, wie ich mir das vorgestellt habe. Mein erstes Buch, *Achtung, Brustwarzenerektion!*, verkaufte sich ziemlich gut für einen Debütroman. »Allererste Sahne« nannte ihn das Magazin *Fab!*. Okay, das schreiben sie zwar über alles, was einen rosaroten Umschlag hat, aber es ist immerhin ein Anfang. *PMS wie Prämentales Syndrom*, mein zweites Buch, war ebenfalls recht erfolgreich. Natürlich nicht so erfolgreich, dass ein Ferrari dabei rausgesprungen wäre, aber die erste und die zweite Auflage gingen weg wie warme Semmeln. Folglich müsste ich im Geld schwimmen, sollte man meinen. Denkste! Warum hat mir niemand gesagt, dass man schon ein paar Millionen Bücher verkaufen muss, damit man noch zu Lebzeiten ein bisschen was damit verdient und nicht erst, wenn man ungefähr dreihundertsiebenundvierzig Jahre tot ist?

Um meine Bank bei Laune zu halten und meine geheime Kreditkarte nicht über Gebühr zu strapazieren (ich finde, Ehrlichkeit in einer Partnerschaft sollte Grenzen haben – in meinem Fall liegen diese Grenzen bei den tausend Pfund auf einem Konto, von dem mein Mann nicht das Geringste ahnt), schreibe ich eine erbärmlich hochgestochene wöchentliche Kolumne über die Freuden des Mutterseins im Magazin *Familienglück*. Die Werte der Familie – dass ich nicht lache! Das Blatt ist nichts weiter als eine unglaublich dämliche Schickimickipostille, die prominenten Müttern und solchen aus den besseren Kreisen in den Hintern kriecht. Da ich aus der Perspektive der perfekten Mutter schreiben soll, brauche ich nicht nur ungeheuer viel Fantasie, sondern auch jedes Mal wieder eine griffbereite Kotztüte. Aber was soll's. Ich habe weniger Tiefgang als eine Fußbadewanne, deshalb nehme ich das Geld und singe weiter mein Loblied auf eine Mutter, der ich liebend gern den Hals umdrehen würde, falls ich ihr je begegnen sollte.

Es ist nicht ganz so gelaufen, wie ich mir das vorgestellt hatte.

Sonniges Beverly Hills. Ruhm und Reichtum. Nierenförmiger Pool. Sexbesessene Italiener.

Bekommen habe ich stattdessen das verregnete Richmond, einen lächerlichen Job, eine Pfütze hinterm Haus und einen Mann, der, wenn er sich eine Pizza schnappt und die Klappe hält, vermutlich für jemanden durchgehen könnte, der mal eine halbe Stunde Aufenthalt in Rom hatte. Na ja, es hätte schlimmer kommen können. Meine richtigen Eltern könnten eine hochnäsige Lehrerin und ein versoffener Versicherungsvertreter sein.

Ich öffnete die Hintertür und steckte mir eine Benson & Hedges an. Rauchen ist ein grässliches Laster. Ich bin heilfroh, dass ich es in der Öffentlichkeit schon vor Jahren aufgegeben habe. Lieber friere ich mir im edlen Streben nach einer eisernen Lunge heimlich, still und leise den Arsch ab, als dass ich meinem Mann und meinen Kindern eingestehen würde, die Willenskraft eines Pavarotti in einem Schlemmerrestaurant zu haben.

Von nebenan drang Musik herüber. Musik im allerweitesten Sinne. Es hörte sich an wie die größten Hits aus den nepalesischen Panflöten-Charts. Als ich durch das Küchenfenster des Nachbarhauses spähte, sah ich zwei Füße, die verkehrt herum mitten in der Luft baumelten. Es gibt nur eins, das schlimmer ist als eine Nachbarin, die nepalesische Panflötenmusik hört: eine Nachbarin, die nepalesische Panflötenmusik hört und dabei Yoga macht. Wie soll man in dieser Atmosphäre aggressive freie Radikale und schädliche Substanzen genießen, die Haut und Lungen ruinieren? Das verdirbt einem ja den ganzen Spaß!

So was gehört verboten.

Zumal die Nachbarin sich meine »beste Freundin« schimpft. Ha, eine schöne beste Freundin ist das! Wäre sie ein echter Kumpel, würde sie sich mit einem Glimmstängel und einem Schokoriegel aus dem Haus stehlen und mir Gesellschaft leisten.

Wo wir gerade von Freundinnen sprechen – es gab eine Zeit,

da hätte ich meinen gesamten Besitz darauf verwettet, dass mindestens eine von ihnen in einer Situation steckte, die für meine innere Unruhe verantwortlich war, doch zurzeit gab es in dieser Hinsicht keine besonderen Vorkommnisse. Kate von nebenan ist geradezu Übelkeit erregend glücklich mit einem Architekten namens Bruce verheiratet und ihren Kindern – einer Bande, die eine gewisse Ähnlichkeit mit den Waltons hat – eine Übelkeit erregend fantastische Mutter. Außerdem ist sie Übelkeit erregend fit und in sich ruhend und hat einen Übelkeit erregend glamourösen Teilzeitjob als Modestylistin. Und trotz allem empfinde ich eine Übelkeit erregend tiefe Zuneigung zu ihr. Obwohl ich damit gegen das Gebot der Freundschaft verstoße, das da lautet: Du sollst keine Freundin neben dir haben, die schlanker, klüger oder erfolgreicher ist als du, weil du sonst Neidfalten bekommst.

Kate und ich kennen uns aus dem Sandkasten. Wir sind zusammen in einer gemeindeeigenen Siedlung ungefähr fünf Meilen von Glasgow entfernt aufgewachsen. Wir waren eine ganze Clique: ich (Carly Cooper, verheiratete Barwick – ich hab's nie geschafft, nach der Hochzeit offiziell meinen Namen ändern zu lassen), Kate, Carol, Sarah und Jess. Wir hielten zusammen wie Pech und Schwefel und gingen miteinander durch dick (Carol ist im Kochen durch die mittlere Reife gerauscht) und dünn (neben ihr sieht Victoria Beckham aus, als sei sie süchtig nach Vollfettprodukten), durch reich (Sarah hat einen Millionär geheiratet) und arm (nach einer furchtbaren ersten Ehe und einem Leben in Armut), durch krank (Jess hatte einmal eine Affäre mit dem Parlamentarier Basil Asquith, der, wie sich herausstellte, die Fraktion der sexuell Abartigen vertrat) und gesund (siehe Yoga und Panflöten).

Komischerweise war es bei uns nicht so, dass der Kontakt nach der Schule abbrach, wir uns zwanzig Jahre später über das

Internet wiederfanden und dann unsere Partner zu einer Wiedersehensparty mitschleiften, wo die Pheromone wie zugedröhnte Tauben herumschwirrten; und ehe man sich's versah, hatten alle ihre Autoschlüssel in eine Schale geworfen, man fischte sich irgendeinen heraus, und schon hatte das Land einen neuen Partnertauschskandal. Oder passiert so etwas nur in Promikreisen?

Uns Mädels hatte es, sei es durch den Beruf, einen Mann oder die Sehnsucht nach den anderen, alle nach London verschlagen, wo wir jahrelang wohnten. In der Zwischenzeit leben wir zwar ein bisschen verstreuter, aber wir sind immer noch Freundinnen. Stellen Sie sich die Band Girls Aloud mit etwas schlafferen Brüsten und einem schwachen Ansatz von Hängebacken vor, dann haben Sie eine ungefähre Vorstellung von uns.

Einige von uns sind mittlerweile sogar miteinander verwandt. Carol, einst das schottische Supermodel schlechthin und viele Jahre das Gesicht der Tourismuswerbekampagne »Besuchen Sie Schottland«, ist mit meinem Bruder Cal verheiratet, der ebenfalls Model ist und früher mit seinem Gesicht und seinem Arsch für Calvin-Klein-Unterwäsche warb. Wo hatte ich bloß meinen Verstand, als ich mich im Mutterleib befand? Offenbar war ich so beschäftigt damit gewesen, überflüssige Dinge wie innere Organe zu entwickeln, dass ich sämtliche Gene für ein umwerfendes Äußeres meinem Bruder überlassen habe. Das ist der reine Hohn!

Jedenfalls wohnen die beiden heute in einem der großen, sündhaft teuren Häuser am Rand des Richmond Parks. Sie wohnen da nicht allein, sondern mit ihren Zwillingen, die ihre Zimmer im Dachgeschoss haben, und mit meinem anderen Bruder Michael, der im Souterrain kampiert. Ob sie was dagegen hätten, wenn er bei ihnen übernachtete, hatte Michael sie gefragt. Das war vor vier Jahren gewesen. Michael ist ein Computerfreak, der weder Sinn für die Banalitäten des Lebens noch irgendein Zeitgefühl hat.

Jess lebt heute mit ihrem Partner Keith und ihrem Sohn Josh in Frankreich. Ich glaube, sie genießt die Ruhe und den Frieden dort. Als ihre Affäre mit dem Parlamentarier damals ans Licht kam, wurde ihr Name nämlich in sämtlichen Zeitungen herumgeschmiert und ihre Geschichte im *Sunday Echo* ausgebreitet. (Himmel, habe ich eigentlich überhaupt keine normalen Freunde?) Danach heiratete sie den Journalisten, der den Artikel geschrieben hatte, bekam Josh, fand heraus, dass ihr Ehemann ein verlogener Mistkerl war, verließ ihn und traf Keith, einen reizenden Bauunternehmer, der sie abgöttisch liebt. Gemeinsam renovieren sie alte Häuser in einem Weinanbaugebiet in Südfrankreich (Champagne, Chardonnay, Lambrini? Ich kann mir den Namen einfach nicht merken) und züchten Hühner.

Und Sarah? Nun, Sarah hilft einem, den Glauben an die Menschheit wiederzugewinnen. Nach der Schule schlitterte sie in eine Beziehung mit einem echten Psychopathen, von dem sie zwei Kinder hat. Als ihr ein Jahr später die Flucht aus ihrer Ehe gelang, lernte sie bald darauf Nick Russo kennen, den bekannten Besitzer einer Restaurantkette und der Mann, an den ich meine Jungfräulichkeit verlor – ich glaube allerdings nicht, dass das eine etwas mit dem anderen zu tun hat. Sarah verliebte sich in ihn, und die beiden heirateten. Sie halten sich zurzeit in New York auf, wo Nick sein vierzehntes Restaurant eröffnet.

Du meine Güte, ich habe das alles gerade noch einmal durchgelesen und kann die Frage, ob ich überhaupt keine normalen Freunde habe, ganz klar mit Nein beantworten. Und dennoch lebte jede von uns zum ersten Mal seit … nun, eigentlich zum ersten Mal überhaupt in einer festen, glücklichen Beziehung, und nirgendwo war ein Drama, ein Dilemma, ein Desaster oder ein Debakel in Sicht. Alles war bestens, die Welt rundherum in Ordnung. Mein Leben war ein Musterbeispiel einer friedlichen, beschaulichen Existenz. Dachte ich wenigstens.

Doch manchmal hat diese rätselhafte innere Unruhe andere als hormonelle Gründe. Sie ist ein zarter Wink der Göttin der Weiblichkeit, die uns damit zu verstehen geben will, dass es Zeit wird, den Weg der Wonderbra-Generation zu gehen – immer den steil aufwärts zeigenden Titten nach.

Familienglück
Carlys Kolumne
Diese Woche ... Zeit für sich selbst schaffen

Vergessen Sie nicht, Ladys: Nicht nur die Kinder bedürfen der liebevollen Fürsorge, sondern auch Mummy und Daddy! Wir alle sind irgendwann einmal müde oder gestresst, und unsere Prioritäten ändern sich, aber es ist von entscheidender Bedeutung, dass wir uns Zeit für uns selbst und unsere Beziehung nehmen. Besuchen Sie doch einmal pro Woche einen Pilates-Kurs, suchen Sie sich ein neues Hobby oder einen Zeitvertreib, um sich geistig fit zu halten, und, was am allerwichtigsten ist, verwöhnen Sie sich!

Reservieren Sie sich einen Nachmittag in der Woche, an dem Sie sich etwas Gutes tun – wie wär's mit einer Maniküre, einer Gesichtsbehandlung oder einer Pediküre? Dabei können Sie wunderbar abschalten und tun gleichzeitig etwas für Ihr Äußeres. Achten Sie darauf, nicht die Verbindung zu Ihrer Innenwelt zu verlieren – nehmen Sie sich jeden Tag mindestens eine Viertelstunde Zeit, um in sich hineinzulauschen. Und vergessen Sie Ihr Kosmetiktäschchen nicht auf dem Weg zur Zufriedenheit, liebe Mütter! Ein bisschen Farbe auf die Wangen, einen sanften Schimmer auf die Lippen – ein paar Minuten Aufwand jeden Morgen, und man fühlt sich frisch und bereit für den Tag.

Nach einer besonders anstrengenden Woche ist eine sanfte Massage genau das Richtige, um die Erinnerungen an all die schlaflosen Nächte auszulöschen. Und das Beste ist: Sie brauchen für dieses sinnliche Verwöhnprogramm nicht einmal das Haus zu verlassen! Wozu haben Sie Ihren Partner? Ein Abend pro Woche sollte nur Ihnen beiden gehören, ein Abend voller Liebe und Leidenschaft. Kochen Sie etwas Leckeres, sorgen Sie für Kerzenschein und

Kuschelmusik, und beweisen Sie einander, dass sexuelle Begierde und Elternschaft sich nicht zwangsläufig ausschließen müssen.
Das Ergebnis? Glückliche Eltern, glückliche Kinder, ein glückliches Heim.

Auf dem Boulevard zum Ruhm

Erster Schritt

Ich ging zu Kate hinüber, klopfte an und trat ein, ohne eine Antwort abzuwarten. Das war auch gut so, sonst wäre ich vermutlich draußen verschimmelt. Kate hatte ihre Glieder nämlich in einer Art und Weise verknotet, dass es aussah, als litte sie an akuter Verstopfung und suche verzweifelt Erleichterung.

»Morgen, Madonna«, grüßte ich und schaltete den CD-Player aus, um die Panflöten zum Schweigen zu bringen.

»Morgen, Glimmstängel-Lilli. Wie geht's?«

Ich gab ein Geräusch von mir, das sich ungefähr wie »Ooou-urrgh« anhörte und meiner Meinung nach den Grad meines Missmuts angemessen anzeigte.

»Oh, so genau wollte ich es gar nicht wissen«, bemerkte Kate trocken. »Weißt du, jemand mit deiner Sprachgewandtheit sollte Schriftstellerin werden.«

Ich zog die CD heraus. »Noch ein Wort, und es hat sich ausgepanflötet«, drohte ich.

Ich warf einen prüfenden Blick auf den Stapel CDs, nahm die oberste herunter und schob sie ein. Es war *Ancora* von Il Divo. Ich glaube, übersetzt heißt Il Divo so viel wie »geiler Arsch und fantastische Stimme«.

Ich schenkte mir Kaffee (koffeinfreien) ein, setzte mich an den Küchentisch und legte die Füße auf einen Stuhl. Kate verzog keine Miene, aber ich wusste, dass sie Tisch und Stuhl mit

Desinfektionsspray und Putzlappen zu Leibe rücken würde, sobald ich gegangen wäre. Der Schmutz hatte in ihrem Haus keine Chance: Es war blitzblank. Nicht, dass sie ein Putzteufel gewesen wäre, der jeden, der auf ihren Angorazottelteppich krümelte, mit dem Messer bedroht hätte. Nein, sie war einfach super organisiert und arbeitete höchst effizient; Sauberkeit und Ordnung waren quasi Teil ihres mütterlichen Wesens.

Kate bemuttert uns Freundinnen, seit wir Kinder waren. Als ich sechs Jahre alt war, weigerte sie sich so lange, mit mir im Schnee zu spielen, bis ich Handschuhe anzog. Als wir Teenager waren, steckte sie mir auf dem Weg in den Pub Kondome in meine Handtasche. Als meine Söhne ins Krabbelalter kamen, bestand sie darauf, meine Küche im wöchentlichen Rhythmus zu desinfizieren, weil meine offenkundige Unfähigkeit, bis in die Ecken zu kommen, darauf schließen ließ, dass ich – ich zitiere – »allem Anschein nach in einem Leuchtturm groß geworden« sei.

Kates Küche glich einer glänzenden, funkelnden Ausstellungsküche: Holzeinbauschränke, Marmorarbeitsflächen, Grünpflanzen, Kupferpfannen und -töpfe, Keramiksachen, deren Zweck sich mir nicht erschloss, Kinderzeichnungen und Collagen. Meine Küche hatte sich durch all das Zeug, das meine Kinder dort hinterließen, in einen Schweinestall verwandelt. In Kates Küche sah der ganze Kram bezaubernd aus.

Wie gesagt, eigentlich müsste ich jemanden, der so perfekt war wie Kate, hassen, aber Kate konnte man einfach nicht hassen, weil sie so gottverdammt bescheiden und nett war. Sie war freundlich. Sie war schön. Hätte meine Oma mir die vollkommene Frau gestrickt, hätte sie ausgesehen wie Kate. Sogar ihre Kinder hatten sie gern. Alle drei – Cameron, Zoë und Tallulah. Überlegen Sie mal – wie groß ist die Chance, drei Kinder zu haben und alle drei halten ihre Mutter für die Beste? Meine früheste Erinnerung an meine Mutter ist, dass sie mir furchtbar auf die Nerven ging, weil sie mir ständig Schleifen ins Haar binden wollte, damit ich wie ein Mädchen aussah, wo doch ganz offensichtlich war, dass ich in Wirklichkeit ein Junge war. Rückblickend kann ich es mir nur so erklären, dass ich meinen Penis irgendwo auf der langen Reise mit Jackie von Beverly Hills nach Schottland verloren habe.

Kate entwirrte ihre Gliedmaßen und faltete sie dann zu einer neuen Position zusammen. Sie machte das mit der Leichtigkeit einer Comicfigur aus *Wallace & Gromit*.

»Bist du sicher, dass du überhaupt noch ein Skelett hast? Oder hast du's wie Cher gemacht und da und dort was herausschneiden lassen?«, fragte ich. Beine waren garantiert nicht dazu da, das zu tun, was Kate mit ihnen tat. Ich für mein Teil kann guten Gewissens behaupten, dass, trotz einschlägiger Erfahrungen mit alkoholischen Exzessen und fantasiereichem Sex, mein Hinterkopf noch nie meinen Fußknöchel berührt hat.

Sie lachte. »Diese Übung ist sehr gut für das Becken und ein erfülltes Sexleben, weißt du. Wissenschaftler vermuten übrigens, dass Frauen sieben G-Punkte haben, hast du das gewusst?«

»Nein, das wusste ich noch nicht! Dann sollte ich mir schleunigst einen Fährtenhund anschaffen, damit er die sechs, die mir fehlen, aufstöbert.«

Die Vordertür fiel mit einem Knall ins Schloss, und Sekunden später stürmte Carol – kupferrote Locken, Hüfthosen Größe 34, an jedem Finger mindestens eine Einkaufstasche – in die Küche.

»Himmel noch mal, ist das kalt!« Sie schauderte theatralisch. »Da friert man sich glatt die Eier ab!« Metaphern, Redewendungen und dergleichen waren noch nie Carols Ding gewesen. Sie drückte mich kurz und sah dann Kate an. »Ich werde es bestimmt bereuen, dass ich gefragt habe, aber was machst du da eigentlich?«

»Sie zählt ihre G-Punkte«, antwortete ich.

Carol machte ein verwirrtes Gesicht. »Ich dachte, wir hätten nur einen!«

Aha, ich war also nicht die Einzige! Sehr beruhigend.

»Nein, irgendein Anthropologe hat herausgefunden, dass wir sieben haben«, erklärte Kate. Es war mir ein Rätsel, wie sie mit dem Kopf zwischen ihren Beinen reden konnte.

Carol kicherte. »Das muss ich Cal erzählen! Dann kann er sich gleich auf die Suche machen.«

Ich schnitt eine Fratze wie aus einem Hollywoodstreifen von Anno dazumal.

»Carol, denk an die Spielregeln! Ich hab's dir schon einmal gesagt – ich will nichts über dein Sexleben mit deinem Mann hören! Da er auch mein Bruder ist, beschwört das Bilder in mir herauf, die mich garantiert früher oder später in die Praxis eines Psychiaters oder in eine Nachmittagstalkshow treiben werden. Außerdem will ich heute Morgen grundsätzlich nicht über Sex reden – ich hab keine Lust, mein Gedächtnis über Gebühr zu strapazieren.«

Traurig, aber wahr. Mein letztes Erlebnis auf diesem Gebiet lag so lange zurück, dass ich mich gar nicht mehr daran erinnern konnte. Verstehen Sie mich nicht falsch, Mark und ich waren durchaus zu einer heißen Nummer im Stande. Gewesen, sollte ich aber besser hinzufügen.

Als wir das erste Mal miteinander schliefen, war ich noch ein Teenager, und die Erde bewegte sich. Und das nicht nur, weil wir es im Stehen taten und ich Plateausohlen so hoch wie ein Austin Mini trug.

Wir verloren uns aus den Augen, und ich traf ihn erst Jahre später auf Cals und Carols Hochzeit wieder. Die Erinnerung daran treibt mir heute noch die Schamröte ins Gesicht. Aus Gründen, auf die ich später eingehen werde, sobald ich den nötigen

Mut dazu aufgebracht habe, war ich nämlich in Tränen aufgelöst aus dem Saal geflüchtet, weil ich mich in eine höchst peinliche Situation gebracht hatte. Und dann war Mark plötzlich aufgetaucht und hatte mich gerettet.

Wenige Monate später heirateten wir – ich hätte nicht glücklicher sein können. Das Leben war einfach wunderbar. An den Wochenenden gingen wir freitagabends ins Bett und blieben bis montagmorgens drin; wir standen nur auf, um zu duschen, dem Pizzaboten zu öffnen und die Batterien in der TV-Fernbedienung zu wechseln. Ich konnte mein Glück nicht fassen. Mark Barwick, dieser attraktive, gescheite, witzige, coole Typ, der mich schon vor der Pubertät immer wieder aus brenzligen Situationen gerettet hatte, hatte sich ausgerechnet in mich verliebt! Furchtlos war er also auch noch. Und obendrein bumste er mich praktisch rund um die Uhr und schien es aufrichtig zu genießen. Wer brauchte da Yoga?

Mein Hochzeitsgeschenk für Mark war, dass ich (schon einige Monate vor dem großen Tag) sämtliche Verhütungsmittel wegwarf. Genau gesagt spülte ich sie das Klo hinunter – zehn Schachteln Antibabypillen, vierzehn Kondome und ein Diaphragma. Unser Klempner hatte wochenlang zu tun.

Als dieses Hindernis beseitigt war, tauchte unerwartet ein neues auf.

Sechs Monate und zahllose in himmlischer Umnachtung vertrödelte Wochenenden später war ich zu unserer Überraschung immer noch nicht schwanger geworden. Weitere sechs Monate später grenzte unsere Überraschung an Fassungslosigkeit. Nochmals sechs Monate später machten wir uns ernsthafte Sorgen. Und nach insgesamt zwei Jahren ergebnislosem Sex stellte sich heraus, dass ich Zysten an den Eierstöcken hatte. Und das war, bevor sie in Mode kamen! Heutzutage hat sie ja jeder. Wer in sein will und etwas auf sich hält, muss sich den Busen vergrößern – oder verkleinern – und sich Botox gegen Falten injizieren lassen, im Winter nach Barbados und im Sommer nach Südfrankreich fliegen, sich auf die Warteliste für die neue Chloë-Handtasche setzen lassen, bei Harvey Nicks einkaufen und zystische Eierstöcke haben. Sogar Victoria Beckham hat sie! Von allen Dingen musste ich ausgerechnet *das* mit der unglaublich dünnen, diamantenbehängten, jetsettenden, millionenschweren David-Beckham-Gattin gemeinsam haben. Und als wäre das nicht schon bittere Ironie genug, hat sie es trotz ihrer mangelhaft arbeitenden Eierstöcke geschafft, drei Kinder in die Welt zu setzen. Wie man seine Söhne nach einer Brücke (Brooklyn), nach einer Rakete (Cruz) und einem Kerl, der mit Vorliebe auf Balkonen herumhängt (Romeo), benennen kann, ist mir allerdings ein Rätsel!

Meine Fortpflanzungsorgane hingegen befanden sich offenbar im Streik. Und so war Sex für Mark und mich bald kein vergnüglicher Zeitvertreib zwischen Freitagabend und Montagmorgen mehr, sondern ein zäher Kampf mit dem Ziel der Zeugung. Plötzlich drehte sich alles nur noch um Ovulationstests, Fruchtbarkeitstherapien, Thermometer, Laparoskopien und Untersuchungen bei unzähligen Gynäkologen, die ihre behandschuhten Finger dorthin schoben, wo eigentlich nur die Hände des Partners etwas zu suchen hatten.

Es war der absolute Horror. Es war so unfair. Es war echt beschissen.

Ich ließ kein Klischee aus, genau wie in all den Geschichten, die man aus der Boulevardpresse kennt (über Felicity aus Chelsea zum Beispiel, die beschließt, ihre Unfruchtbarkeitserfahrungen mit der ganzen Welt zu teilen). Jawohl, auch ich rief meinen Mann im Büro an und beorderte ihn nach Hause, als ich meinen Eisprung hatte. Jawohl, auch ich streckte nach dem Sex die Beine in die Luft und stützte die Füße an der Wand ab. Jawohl, auch ich machte jeden Monat am Tag, bevor meine Periode fällig war, in verzweifeltem Optimismus einen Schwangerschaftstest. Und danach sechzehn weitere, für den Fall, dass ich einen fehlerhaften erwischt hatte.

Und irgendwann ging in dem ganzen Stress die Romantik flöten. Das geschah nicht etwa allmählich, nein, es ging in einem Affenzahn abwärts mit ihr.

Doch dann passierte eines Tages etwas wirklich Komisches. Am Abend war eine Party aus Anlass der Veröffentlichung meines zweiten Romans geplant, und ich hatte den ganzen Tag vor Aufregung und Angst gefiebert.

Was, wenn niemand käme? Was, wenn sich das Buch nicht verkaufte? Was, wenn diese Kuh von diesem Hochglanz-Promi-Magazin eine miserable Kritik darüber schriebe? (Das tat sie übrigens tatsächlich, und ich schwöre, eines Tages werde ich es ihr heimzahlen!) Ich hatte also schreckliches Lampenfieber, und dann wurde mir auf einmal schlecht. Richtiggehend speiübel. Die anderen schoben das auf die Aufregung, die Nerven, den Stress und so weiter. Aber ich wusste es besser. Ich *wusste* es einfach. Ich raste also mit dem Einkaufswagen durch den nächsten Drogeriemarkt, von dort auf die Damentoilette bei Marks & Spencer, und siebzehn Schwangerschaftstests später war klar, dass ich eben kein stressbedingter Fall für die Klapsmühle war. Ich war schwanger. In anderen Umständen. Angeschossen. Oder, wie Carol sagen würde – ich hatte was in der Röhre.

Es gibt Frauen, die sind zum Schwangersein geboren. Demi Moore zum Beispiel. Oder Kate Hudson. Oder Catherine Zeta Jones. Die Schwangerschaft steht ihnen, sie blühen regelrecht auf. Ich gehörte leider nicht dazu. Ich musste ständig pinkeln. Ich schwitzte. Ich fluchte. Ich verwandelte mich innerhalb von ungefähr drei Wochen von einem schmächtigen Hering in einen Wal und schleppte bis ans Ende meiner Schwangerschaft das Gewicht von etwa zehn ausgewachsenen Robben mit mir herum.

Kurz vor der Entbindung hatte ich die Größe eines Flugzeughangars.

Deshalb wird es auch nicht verwundern, dass wir in jener Zeit nur sporadisch Sex hatten. Eindeutig seltener, als Neumond ist, und nur eine Spur häufiger als eine Sonnenfinsternis. Dann, nach einer Zeit, die mir so lang vorkam, als würde ich ein Elefantenbaby ausbrüten, kam unser Sohn zur Welt – ächz! –, und wir nannten ihn Mac. Genauso gut hätten wir ihn Verhütungsmittel taufen können, denn so wirkte er. Er schlief entweder zwischen uns oder auf einem von uns beiden, oder einer von uns versuchte, ihn in den Schlaf zu wiegen, indem er, den Kleinen in den Armen, in der Wohnung auf und ab wanderte, während der andere auf der Couch eine Mütze voll Schlaf nahm.

Uns passierte das Gleiche wie anderen Paaren in dieser Situation auch, und normalerweise ist dann eine von zwei Möglichkeiten vorprogrammiert. Entweder renkt sich in puncto Sex alles wieder ein, sodass nach ein paar Monaten alles wieder beim Alten ist und man rammelt, als würde man dafür bezahlt. Oder aber der Mann verliert die Geduld und fängt an, seine Sekretärin zu bumsen.

In unserem Fall trat weder das eine noch das andere ein.

Das Gute daran war, dass Mark nicht über seine Sekretärin herfiel – und ich hoffe doch sehr, das liegt daran, dass er mich liebt, und weniger daran, dass seine »Sekretärin« über hundert Kilogramm wiegt, Haarbüschel in den Nasenlöchern hat und auf den Namen Harry hört. Das Schlechte war, dass Mark sich sexuell gleichsam in den Winterschlaf begab. Es war so, als sei seine Libido eine Hüpfburg, in die ein zehnjähriger Übeltäter sein Springmesser hineingerammt hatte, sodass alle Luft entwichen war. Restlos. Vorbei war es mit dem Spaß.

Vielleicht hätte ich das damals als Warnsignal betrachten und dem Ganzen mehr Beachtung schenken sollen, aber ehrlich gesagt war ich erleichtert. Ich meine, es war ja nicht so, dass ich mein Höschen nach ihm geworfen und verlangt hätte, mindestens einmal pro Nacht und zweimal an den Wochenenden und gesetzlichen Feiertagen nach allen Regeln der Kunst verführt zu werden.

Ooh, dachte ich, er ist ja so rücksichtsvoll! So anspruchslos.

Offen gestanden hielt ich die Dinge so, wie sie waren, für völlig normal.

Und immerhin bekam ich ja den obligatorischen Urlaubsfick.

Dann wurde Benny geboren. Zwei Babys binnen achtzehn Monaten! Zwar konnten meine Schlüpfer jetzt als Prototyp für einen neuen Tunnel unter dem Ärmelkanal dienen, aber das änderte nichts daran, dass wir überglücklich waren. Jahrelang hatten wir uns vergeblich angestrengt, und jetzt hatten wir zum ersten Kind ein zweites quasi als Bonus dazubekommen! So nach dem Motto: Beim Kauf von einem kriegen Sie eins gratis dazu!

Das war ein Segen für Herz und Gemüt, aber eine Katastrophe für unseren Schlafrhythmus und unser Eheleben.

Nach einem weiteren Jahr als Zombie, jetzt mit zwei kleinen Kindern statt mit einem, hatte sich meine Vorstellung von einem Orgasmus gründlich gewandelt. Jetzt waren eine knusprige Peperonipizza und irgendein Film mit Liam Neeson das höchste der Gefühle. (Fragen Sie lieber nicht – ich habe immer schon für Liam Neeson geschwärmt.)

Ein Weltuntergang war das jedoch nicht. Ich liebte Mark. Und er liebte mich. Er war ein fantastischer Vater. Er küsste mich, als ob es ihm ernst damit wäre. Er sagte mir mindestens ein Dutzend Mal am Tag, dass er mich liebte. Wir kuschelten jeden Abend auf der Couch und genossen diese paradiesischen sechseinhalb Sekunden, bevor einer von uns beiden einnickte. Wir freuten uns wie die Schneekönige über jeden kleinen Fortschritt unserer Kinder.

»Mac hat heute zum ersten Mal ›Mummy‹ gesagt, Schatz!«

»Mac hat eine ganze Banane verdrückt!«

»Benny hat sich erbrochen – über den ganzen Couchtisch!«

Wir waren glücklich, zufrieden und zusammen. Wir lachten immer noch über dieselben Dinge, wir verstanden uns und führten ein recht beschauliches Dasein – wenn man von dem einen Mal absieht, als ich unter dem Einfluss einer gefährlichen Mischung aus Schlafentzug, gestörtem Hormonhaushalt und ein paar Gläsern Wein mit einer Packung Pampers auf Mark losging, weil er unseren Hochzeitstag vergessen hatte.

Ansonsten war ich wunschlos glücklich. Ich schwebte im siebten Himmel. Wir hatten so viel: Mein Mann war mir von allen über sechzig Zentimeter großen Personen der liebste Mensch auf der Welt, wir hatten zwei wunderbare Söhne, ein schmuckes Haus (von den Schmuddelecken einmal abgesehen) und großartige Freunde.

Die positiven Seiten überwogen die negativen bei weitem.

Ich hob mit meinem schriftstellerischen Werk nicht gerade die Welt aus den Angeln; Mark hatte schrecklich lange Arbeitszeiten, und trotz seines protzigen Gehalts hatten wir dank der extrem hohen Lebenshaltungskosten in London gerade einmal drei Pfund dreiundsechzig auf unserem Sparbuch. Doch mit all dem konnte ich leben. Im großen Ganzen war alles in Butter – sah man einmal davon ab, dass wir uns nicht mehr nackt und verschwitzt im Bett wälzten.

Ich weiß noch genau, wann mir klar wurde, dass ich mir ernste Sorgen um mein – abhanden gekommenes – Sexleben machen sollte. Eines Abends, es war schon spät, saß ich auf der Couch. Mark lag neben mir, den Kopf auf meinem Schoß, und schlief. Meine Blase drückte schmerzhaft, aber ich blieb sitzen, weil ich Mark nicht wecken wollte. Das hat mit der Geschichte nichts zu tun; ich wollte Ms. Collins, falls sie dies hier lesen sollte, damit nur zeigen, was für eine nette, rücksichtsvolle Person ich heute bin. Der Abspann einer meiner Lieblingssoaps war gerade gelaufen; ich hatte mich beherrscht und die Titelmelodie nicht lauthals mitgesungen.

Als ich durch die Kanäle zappte, blieb ich bei einem Film hängen, den ich für eine Dokumentation über die Vorzüge der Freikörperkultur hielt. Ich erkannte meinen Irrtum, als die Nackte, die im Grünen picknickte, an ihren eigenen Brustwarzen zu lecken begann und ein hünenhafter, unübersehbar erregter Farmer sich zu ihr gesellte. Also wirklich! Was sollen denn die Schafe denken!, fuhr mir durch den Kopf.

Das war schockierend. Skandalös. Einfach unglaublich. Aber es brachte mich auf die Idee, *Landleben* zu abonnieren. Und vor allem machte es mich unheimlich scharf. Ich verspürte ein Kribbeln in einer Gegend, wo es lange, entschieden zu lange, nicht mehr gekribbelt hatte. Ich vergaß sogar, wie dringend ich aufs Klo musste. Beinah mechanisch tastete sich meine eine Hand unter meinen BH (verwaschen, ausgeleiert; ich machte mir im Geist eine Notiz, dass ich unbedingt Unterwäsche kaufen musste) und die andere zu Marks Hosenbund hinunter. Ich fingerte eine ganze Weile am Knopf seiner Jeans herum, bis er endlich aufsprang. Du meine Güte, ich war ganz schön aus der Übung! In meiner besten Zeit war ich im Stande gewesen, einen Mann mit einer Hand im Dunkeln auszuziehen, während ich gleichzeitig an seinem Ohrläppchen knabberte, ihm schmutzige Dinge ins Ohr flüsterte und den Wagen einparkte.

Wie auch immer, mit der einen Hand fummelte ich an seiner Hose, mit der anderen rieb ich über meine Brustwarzen. Mein Atem ging schneller, sein Reißverschluss ging auf, ich ortete seinen Penis, zog ihn behutsam aus den Boxershorts, massierte ihn, zuerst ganz sanft, dann fester und noch ein bisschen fester, bis die gewünschte Reaktion eintrat und er hart zu werden begann, und dann ... *patsch*!

Mark schlug nach meiner Hand, als ob ich eine Stechmücke wäre, die auf seinem Ambre Solaire zu landen versucht.

Okaaaay, dachte ich. Er schläft offenbar noch. Er ist verwirrt. Er denkt, er liegt im Liegestuhl in Fuenguerola und wird von einem geflügelten Blutsauger attackiert. Versuchen wir das Ganze also noch einmal.

Ich bemühte mich, wieder in Stimmung zu kommen. Mein Pulli zierte den Kaminsims, mein BH baumelte von der Stehlampe. Ich hatte den Reißverschluss meiner Jeans aufgezogen. Eine Hand wanderte Richtung Süden, und die andere schob sich von neuem in Marks Boxershorts. Während ich meine Fingerspitze langsam um die Spitze seines Schwanzes kreisen ließ, der wieder hart wurde, gab meine Klitoris eine Willkommensparty für die Finger meiner anderen Hand, die ihr Langzeitgedächtnis durchforscht und herausgefunden hatten, was zu tun war.

Ich schnappte unwillkürlich laut nach Luft, als das Kribbeln sich bis zu meinen Zehen hinunter ausbreitete, meine Brustwarzen hart wurden und ich zu keuchen begann wie eine Marathonläuferin kurz vor dem Ziel.

Ooooo ja! Das ist ja so gut! Jetzt weiß ich es wieder. Warum nur hab ich jemals damit aufgehört? Ich muss verrückt gewesen sein! O ja, das ist es. Ja, o ja, oh, das ist so guuut ... Wie hart er jetzt ist ...

Hätte ich auf ihn draufklettern können, hätte ich es getan, aber was soll's, ich kam auch so zurecht. Ja ... ja ... o jaaaa! O mein ... *patsch*!

»Was machst du denn da, Schatz?«, murmelte Mark schlaftrunken.

Vielleicht halten Sie mich für übertrieben nörgelig, aber es gab mal eine Zeit, da hätte ich ihm nicht erst ein Bild malen müssen.

Ich setzte meine verführerischste Miene auf, warf eine Brust über die Schulter (das ist einer der Vorteile/Nachteile von zwei Jahren Stillen), beugte mich mit Schlafzimmerblick zu ihm hinunter und flüsterte neckisch: »Ich spiele ein bisschen mit deinem Schwanz, während ich mich in wilde Ekstase streichle.«

Wäre das eine Szene in einem Film gewesen, hätte Mark an dieser Stelle die Augen geöffnet, gelächelt, zärtlich mein Gesicht berührt und geflüstert, wie sehr er mich liebt. Und dann hätte er mich über die Rückenlehne der Couch geworfen und es mir besorgt, bis ich schrille Schreie der Lust ausgestoßen hätte. Danach wäre ich völlig erschöpft, aber glücklich und in dem Bewusstsein, dass ich eine Woche lang den Gang eines Cowboys haben würde, in seine Arme gesunken.

Blöderweise war das aber kein Film, sondern ein dreiminütiger Werbespot, der für die Vorzüge von sexueller Enthaltsamkeit warb.

Mark schob schlaff meine Hand aus der Region unterhalb seiner Gürtellinie weg, drehte mir das Gesicht zu und küsste mich auf den Bauch. »Ich liebe dich, du Irre«, sagte er leise.

Ich hätte platzen können vor Glück. Doch ich hatte mich zu früh gefreut. Er rollte sich nämlich auf die andere Seite, weg von mir, und murmelte: »Ich bin viel zu kaputt, Kleines. Aber mach du nur. Amüsier dich.«

Und da sage einer, es gebe keine Romantik mehr!

Ich spähte zum Fernseher hinüber, wo Farmer Giles und die geile Melkerin im Begriff waren zu bumsen, bis die Kühe in den Stall zurückkehrten. Ich schaltete den Fernseher aus; mir war die Lust gründlich vergangen. Enttäuschung machte sich breit. Ich war zurückgewiesen worden. Kaltgestellt. Abgespeist. Abserviert. Und das gefiel mir ganz und gar nicht.

Tagelang ging mir die Sache nicht mehr aus dem Kopf. Schließlich listete ich die möglichen Gründe für den Niedergang unseres Sexlebens auf:

1. Mark hat einen überaus stressigen Job und arbeitet zu viel.
2. Wir haben zwei kleine Kinder.
3. Er ist immer müde.
4. Ich bin immer müde.
5. Wir haben nie Zeit nur für uns beide und sind uns deshalb fremd geworden.
6. Ich achte überhaupt nicht mehr auf mein Äußeres.
7. Er sieht in mir nicht mehr die attraktive, sexy Frau.
8. Ich trage nur Sachen, die ich bei vierzig Grad in der Waschmaschine waschen und auf dem Heizkörper trocknen kann.
9. Die Kinder schlafen immer bei uns.
10. Ich würde meinen Make-up-Beutel selbst dann nicht mehr finden, wenn mein Leben davon abhinge.
11. Wir haben nie Gelegenheit, ein richtiges Gespräch zu führen.
12. Wozu er wahrscheinlich sowieso keine Lust hätte.
13. Ich mache ihm nie Komplimente.
14. Er macht mir nie Komplimente.
15. Alle meine BHs sind verwaschen und ausgeleiert.
16. Am Anfang unserer Beziehung war ich wild, aufregend, unberechenbar und geil.
17. Heute halte ich einen Sexfilm für eine Dokumentation über Freikörperkultur.
18. Am Anfang unserer Beziehung war er sexy, witzig, faszinierend und geil.
19. Heute hält er meine Hand an seinem Schwanz für eine Stechmücke.

Es lag auf der Hand: Irgendwo in all dem Stress, den Problemen mit unserem lange unerfüllten Kinderwunsch, den Schwangerschaften, den Kleinkindern, den finanziellen Verpflichtungen und dem Alltagstrott war uns der Funke abhanden gekommen. Was sage ich – wir hatten den ganzen verdammten Flammenwerfer verloren!

Als Mark am Abend des folgenden Tages nach Hause kam, fand er eine völlig veränderte Frau vor. Ich hatte frisch gewaschene Haare. Ich hatte mich geschminkt. Ich hatte meine Bikinizone rasiert. Ich trug hautenge Jeans und ein tief ausgeschnittenes schwarzes Top (aus Seide, von Carol geborgt und eindeutig nicht zum Trocknen auf dem Heizkörper geeignet). Die Beleuchtung war gedimmt. Kerzen brannten. Ich hatte ein Essen ohne Benutzung der Mikrowelle zubereitet, und die Kinder waren nebenan bei Kate.

»Was hat das alles zu bedeuten?«, fragte Mark grinsend. Ich hatte ganz vergessen, wie gut er nach einem langen Tag aussah. Seine dunkelbraunen Haare waren durcheinander, Bartstoppeln warfen einen dunklen Schatten auf sein markantes Gesicht. Seine grünen Augen wirkten klein vor Müdigkeit, was ihm einen sexy Schlafzimmerblick verlieh. Sein Krawattenknoten hatte sich gelockert, die Hemdärmel waren hochgerollt. Ich hätte ihn am liebsten an Ort und Stelle, gleich im Flur, vernascht, genau wie in alten Zeiten.

Wieso hatte ich all diese Dinge so lange übersehen?

Vielleicht, weil ich ihm normalerweise ein übel riechendes Baby und eine frische Windel in die Arme drückte, kaum dass er das Haus betreten hatte, und dann wieder an das Bett des zweiten Kindes zurückraste, das brüllte wie am Spieß, weil seine Mutter es gewagt hatte, mitten in einer Geschichte über drei kleine Schweinchen unter Hausarrest das Zimmer zu verlassen.

Ich zog einen Schmollmund und hoffte, wie Angelina Jolie auszusehen. In Wirklichkeit hatte ich wahrscheinlich größere Ähnlichkeit mit einem Kugelfisch, der eins in die Fresse bekommen hat.

»Ich habe die Absicht, dich zu verwöhnen und dir jeden Wunsch von den Augen abzulesen, mein starker Hengst«, hauchte ich mit heiserer Stimme. »Ich hab dir ein fantastisches Essen gekocht. Ein Schlemmermahl, Wein, Romantik – es ist alles da. Du brauchst nichts weiter zu tun, als mich zu bumsen, bis ich ohnmächtig werde. Na, was sagst du dazu?«

Bildete ich es mir nur ein, oder zögerte er kurz?

Nein, nein, das bildete ich mir bestimmt nur ein.

Er ließ sein Jackett fallen, drückte mich gegen die Wand und küsste mich, als wäre ihm gerade erst wieder eingefallen, wie das geht. Ooooh, war das gut! Mit einer Hand zerrte er mir das Top über den Kopf (ich hörte das Geräusch von reißendem Stoff und machte mir im Geist eine Notiz, dass ich es Carol auf Knien rutschend und mit einer Schachtel After Eight als Wiedergutmachung zurückgeben musste). Ich riss ihm erst die Krawatte, dann das Hemd herunter, presste meine Titten an seine Brust und schlang die Beine um seine Hüften, während meine Zunge seinen Rachenraum erforschte. Nach ein paar Sekunden löste er sich von mir, trat einen Schritt zurück und musterte mich mit neckischem Gesichtsausdruck von Kopf bis Fuß. Bei der Erinnerung an das, was dann geschah, wird mir heute noch ganz heiß. Er kniete sich vor mich hin und zog mir die Jeans herunter. Und darunter kam – einen Tusch, bitte! – ein nagelneuer verführerischer Spitzenslip zum Vorschein, der obendrein auch noch zu meinem BH passte. Mark beugte sich vor und fuhr mit der Zunge langsam über die Innenseite meines Schenkels. Die Hände in seinen Haaren vergraben, schloss ich die Augen und stöhnte auf. Ich wollte auf keinen Fall jetzt schon kommen und mir diese Minuten verderben, die garantiert die lustvollsten, schmutzigsten und dschungelheißesten meines Lebens werden würden.

Er drehte den Kopf ein klein wenig; jetzt war mein anderer Schenkel dran. Oben angekommen schob er nach einer kurzen Pause den Steg meines Tangaslips zur Seite. Sein heißer Atem streifte meine empfindsamste Stelle.

Ich hielt es nicht mehr aus. Ich riss ihn buchstäblich an den Haaren hoch, löste seinen Gürtel, knöpfte ihm die Hose auf, zog ihm erst den Reißverschluss und dann Hose und Boxershorts herunter. Eine so wundervolle Erektion hatte ich das letzte Mal viele Jahre zuvor an ihm gesehen – bevor der dünne blaue Streifen auf meinem Schwangerschaftstest erschienen war.

Und was macht frau angesichts eines so grandiosen Ständers? Sie schiebt ihn sich rein und schreit und stöhnt, bis die Nachbarn die Polizei rufen.

Geschafft, dachte ich selbstgefällig, als wir uns Stunden später sehr schläfrig, sehr wund und sehr glücklich aneinander kuschelten. Wir hatten uns von neuem entdeckt. Wir hatten das Band zwischen unseren Herzen neu geknüpft und unsere Libido wieder angeworfen. O ja, Baby, wir hatten das Feuer unserer Leidenschaft definitiv neu entfacht.

Doch für Marks Feuer war die Umgebung offenbar zu feucht, denn das verdammte Ding ging immer wieder aus. Während mein Geschlechtstrieb, nachdem er wieder in Gang gekommen war, davonraste wie ein Formel-1-Auto mit defekten Bremsen, lief der von Mark höchst unregelmäßig. Ungefähr alle zwei Wochen kam er auf Touren, nur um dann sofort wieder die Boxengasse anzusteuern und sich auszuruhen. So beschränkte sich unser Sexleben in den folgenden Monaten und Jahren auf einen gelegentlichen und halbwegs zufrieden stellenden Nahkampf. (Der Einzige, der sich darüber freuen konnte, war Ashif, der Händler am Ende der Straße, bei dem ich viel zu oft Batterien für ein gewisses Spielzeug für Erwachsene kaufte.) Versuchte ich, mit Mark darüber zu sprechen, bekam ich jedes Mal das Gleiche zu hören: Er sei müde, er habe Stress, er arbeite zu viel, er liebe mich, es würde bestimmt alles besser werden, und: »Jetzt leg dich hin und schlaf, und am Wochenende werde ich es wiedergutmachen, großes Ehrenwort.«

Hin und wieder hielt er sein Versprechen sogar. Aber meistens kamen das Leben, die Kinder, die Arbeit, irgendwelche Rechnungen oder der Schlaf dazwischen. Trotzdem, es hätte schlimmer sein können. Wir konnten noch immer miteinander lachen. Wir hatten die Familie, die wir uns immer gewünscht hatten. Wir liebten uns aufrichtig. Und Ashif konnte Frau und Kindern einen vierzehntägigen Aufenthalt in einem Ferienpark schenken. Eigentlich war das Leben gar nicht so übel. Wir hatten so viel – war es da tragisch, dass es im Bett nicht mehr so richtig klappen wollte?

Nein, ganz bestimmt nicht.

»CARLY!« Mein Kopf fuhr hoch, der Kaffee schwappte aus meiner Tasse und auf meine Jogginghose. Egal. Ich konnte sie bei vierzig Grad in der Maschine waschen und auf dem Heizkörper trocknen. Ich meine, warum sollte *ich* mich anstrengen, wenn Mark es nicht für nötig hielt?

Carol lachte los. »Wo warst du denn mit deinen Gedanken? Auf einem anderen Planeten?«

Ich guckte kurz zu Kate, die gerade ihre Wirbelsäule unnatürlich verbog und ihren Arsch in die Luft reckte, und erkannte die Ironie dieser Bemerkung. Nein, zu einem dreckigen Witz über Uranus (oder Ur-Anus) würde ich mich nicht hinreißen lassen, entschied ich.

»Ich hab gerade an Sex gedacht«, antwortete ich.

Natürlich gingen unsere Schlafzimmergeheimnisse niemanden etwas an. Ich würde doch niemals mit irgendjemandem über unsere intimsten Probleme sprechen!

»Nimmt Mark dich immer noch zu wenig ran?«, fragte Kate.

Na schön, ich geb's zu: Ich habe keine Geheimnisse vor meinen Freundinnen.

»Pah«, brummte ich. »Der würde inzwischen ein Satellitennavigationssystem brauchen, um meine Klitoris zu finden.«

»Aha, deshalb ziehst du heute so einen Flunsch«, bemerkte Carol.

Tat ich das? Bei uns im Bett herrschte doch seit Jahren Flaute – warum sollte mich das jetzt auf einmal nerven?

»Nee, das ist nicht der Grund. Das ist heute einfach nicht mein Tag. Ich weiß auch nicht, wieso.«

»PMS?«, schlug Kate vor.

»Nein, damit hatte ich letzte Woche zu tun. Weißt du nicht mehr? Als ich wegen dieses Ketchupflecks heulte, zur Reinigung fuhr und beinah handgreiflich gegen die Politesse geworden wäre?« Ich machte ein zerknirschtes Gesicht. Dem Himmel sei Dank für Hormone – wie langweilig wäre das Leben ohne sie!

»Arbeit?«, fragte Carol vorsichtig. Sie reagierte auf gefühlsbetonte Frauen ähnlich wie die meisten Männer: Sie stülpte sich rasch einen Schutzhelm über und schaute sich schon mal nach dem nächsten Ausgang um. Nicht, dass sie gleichgültig wäre. Es ist einfach so, dass sie, als der liebe Gott Mitgefühl und Einfühlungsvermögen verteilte, sich unten in der Abteilung »Oberflächlichkeit und Äußeres« befand, um sich das schönste Gesicht und den schönsten Körper auszusuchen, sich eine Maniküre und eine Pediküre machen und die Zähne bleichen zu lassen.

»Arbeit ist Arbeit«, antwortete ich achselzuckend.

»Siehst du? Genau das meine ich«, sagte Kate grinsend zu Carol, deutete dabei aber auf mich. »Ich hab gerade zu ihr gesagt, mit ihrer Gabe für prägnante Formulierungen und ihrer Sprachgewandtheit sollte sie Schriftstellerin werden!«

Es gibt nichts Schlimmeres als eine Freundin mit einem Hang zur Ironie. Es sei denn, eine Freundin mit einem Hang zur Ironie, die ihre Beine spreizt wie ein gelenkiger Pornostar.

»Kannst du nicht mal mit diesem verdammten Yoga aufhören?«, nörgelte ich. Carol hatte ein Schokoladeneclair vor mich hingestellt, aber bei Kates Verrenkungen verging mir glatt der Appetit. Kate sah mich an, registrierte meine Seelenpein, dachte an unsere alte Freundschaft und all das, was wir gemeinsam durchgestanden hatten – und machte ungerührt weiter.

Ich trank einen Schluck Kaffee. Meine Arbeit? Ich schätze, auf einer Skala von Aufsehen erregende Begeisterung bis routinierte Langeweile würde ich sie irgendwo in der Mitte einordnen. Ich ärgerte mich, weil meine Bücher mich nicht ins Rampenlicht und auf die Liste der Weihnachtskartenempfänger meiner Bank befördert hatten. Ich dachte immer, meine Leser würden stundenlang in der Schlange ausharren, sobald meine Romane in den Buchläden eintrafen. Ich wäre in aller Munde. Das Gesprächsthema Nummer eins. Ich wäre gefragt, zählte Stars zu meinen Freunden, und die Presse wäre begierig darauf, meine Meinung zu den wirklich bedeutenden Problemen der Zeit zu erfahren.

Eine Krise in Nahost? Hören wir, welche Lösung die informierte Beobachterin Carly Cooper vorzuschlagen hat.

Sind die so genannten »neuen« Männer lediglich »alte« Männer, die Kosmetika benutzen? Fragen wir Carly Cooper!

Ist der tägliche Orgasmus unerlässlich für unsere seelische und körperliche Gesundheit? Ich werde diese Frage aus nahe liegenden Gründen an Carly Cooper weitergeben.

Aus dem kometenhaften Aufstieg zur Autorin des Jahres und

der Frau »am Puls des Zeitgeists der modernen Gesellschaft« war also nichts geworden. Vor lauter Kindern, Haushalt, Alltagstrott war mir das lange Zeit gar nicht aufgefallen – genau wie die Sache mit dem Sex. Für den Verlag, der meine ersten beiden Manuskripte gekauft hatte, sollte ich noch ein drittes Buch schreiben, aber mir fehlte offen gestanden die Motivation.

Meinen ersten Vertrag hatte ich unterschrieben, bevor man »Welches verdammte Kleingedruckte?« sagen konnte.

Ein folgenschwerer Fehler, wie sich herausstellte. Ich war jetzt nämlich vertraglich an einen kleinen, unabhängigen Verleger gebunden, der nur winzige Auflagen drucken ließ und dessen Werbebudget in etwa der Summe entsprach, die eine durchschnittliche Firmenbelegschaft am 24. Dezember in ihrer Weihnachtskasse hat. Diese Umstände trugen maßgeblich zu meinem kläglichen Einkommen und meinem Scheitern als neues literarisches Schwergewicht bei.

Meine ersten beiden Bücher waren einen Monat nach dem angeblichen Erscheinungstermin in die Buchläden gekommen, innerhalb weniger Wochen verkauft – kein Wunder bei einem Lagerbestand von etwa vier Exemplaren pro Geschäft – und danach nicht mehr lieferbar, weil der Verlag sich bereits auf den Titel für den nächsten Monat konzentrierte. Als mein erstes Buch *Achtung, Brustwarzenerektion!* erschienen war, hatte ich in meiner Begeisterung jeden Medienschaffenden, den ich jemals kennen gelernt hatte, angerufen und jeden Gefallen, den man mir schuldig war, eingefordert. Meine One-Woman-PR-Kampagne ließ sich recht Erfolg versprechend an – bis die Leute in den Buchläden nach meinem Roman fragten und ihn nirgends bekamen. Ich wusste, dass es so war, weil ich erfahrene professionelle Testeinkäufer losschickte: Die Mädels und ich riefen sämtliche Buchläden im Umkreis von zehn Meilen an, aber keiner führte mein Buch. Ich bekniete meinen Verleger, eine neue Auflage zu drucken, aber vergeblich: Mein Roman war Schnee von gestern, der nächste Titel bereits erschienen (ein Ratgeber für Gartenfreunde – *Wie Ihr grüner Daumen noch grüner wird*).

Die Auflage für meinen zweiten Roman wurde erhöht, doch das Ergebnis war das gleiche: Das Buch kam in die Geschäfte, verursachte bestenfalls einen leisen Lufthauch statt eines ausgewachsenen Wirbels und war wieder von der Bildfläche verschwunden, noch ehe man sagen konnte: »Soll einer unserer Sicherheitsleute Ihnen beim Transport Ihres Honorars in den Tresorraum behilflich sein, Ms. Cooper?«

Aber immerhin etwas Gutes kam dabei heraus – meine wöchentliche Kolumne. Sie wirft genug ab für einen regelmäßigen Bummel durch Sainsbury's, und es bleibt sogar noch ein bisschen was für die Urlaubskasse übrig.

Ob ich enttäuscht war? Natürlich, was denken Sie! Dennoch hatte ich noch nicht aufgegeben. Ich musste mein nächstes Buch erst in neun Monaten abliefern, und ich hatte mir vorgenommen, daran zu arbeiten und meinen Vertrag zu erfüllen. Danach würde ich mir überlegen, was ich machen wollte, wenn ich groß war. Ich hatte ehrlich gesagt meine Zweifel, ob ich meine schriftstellerische Karriere überhaupt fortsetzen wollte. Meine Agentin hatte sich im Jahr zuvor aus dem Geschäft zurückgezogen, und ich hatte mir bis heute keine neue gesucht, so groß war meine Unschlüssigkeit.

Ich hatte die Schriftstellerei für eine tolle Idee gehalten, weil ich sie als Sprungbrett zu Ruhm, Reichtum und in das Herz meiner leiblichen Mutter Jackie Collins betrachtete. Die raue Wirklichkeit jedoch sieht anders aus: Man verbringt lange, einsame Stunden in einem geschlossenen Raum und erfindet irgendwelche Personen. In manchen Ländern wird man dafür in eine Gummizelle gesperrt.

Die Einsamkeit und die innere Angespanntheit konnten unmöglich gut für die geistige Gesundheit sein. Für die Figur jedenfalls waren sie äußerst schädlich: Das Grübeln und Sinnieren löste Fressattacken vor Frust und Langeweile aus, die, sofern unkontrolliert, leicht zu einem enorm fetten Hintern führen konnten. Ich verzog schmerzlich das Gesicht, als ich feststellte, dass mein Hosenbund mal wieder zu eng saß, um wirklich bequem zu sein. Vielleicht sollte ich in Zukunft lieber auf Schokoladeneclairs verzichten.

Kate stand endlich vom Fußboden auf. Gott sei Dank! Das wurde ja auch Zeit. Aber ich hatte mich zu früh gefreut. Auf einmal schleuderte sie ihr Bein in die Höhe wie Jean-Claude van Damme in Gegenwart von Bösewichten, knallte den Fuß auf eine der Arbeitsflächen und machte eine Dehn-/Streckübung.

Okay, das war's, jetzt war mir der Appetit endgültig vergangen. Vielleicht in erster Linie deshalb, weil *ich* so etwas niemals tun könnte, ohne dass mir die Nieren herausfallen, meine Haut wie ein überreifer Kürbis aufplatzen und mein geheimer Garten genäht werden müsste.

»Tja, ich muss dann mal wieder. Es war wirklich traumhaft, aber die Bügelwäsche, Benson & Hedges und die Kinder rufen!«

»Wo steckt denn mein süßer kleiner Benny-Klops?«, fragte Carol. Sie konnte aber auch so was von grausam sein! Benny naschte zwar gern Pudding, aber zum Spacehopper war er deswegen noch lange nicht mutiert.

»Er geht doch jetzt in den Kindergarten. Ich muss ihn und Mac um drei abholen.«

»Ach herrje!«, sagte Kate dumpf. Ihre Stimme ließ nichts Gutes ahnen. Ich fuhr zu ihr herum und schickte ein Stoßgebet zum Himmel. Hoffentlich hatte sie keinen Muskelriss oder sich etwas ausgerenkt! Ihre Beine befanden sich immer noch in einem Neunzig-Grad-Winkel. Wenn wir sie in dieser Stellung ins

Krankenhaus schaffen müssen, dachte ich, bleibt uns nichts anderes übrig, als ein Bein durchs Schiebedach zu stecken.

»Was ist?«, fragte ich ängstlich.

»Du wirst nicht mit wildem, heißem Sex verwöhnt«, stellte sie fest.

Danke für den Hinweis, aber warum erzählte sie mir nicht mal was Neues? Ich dachte, das Thema hätten wir abgehakt.

»Und arbeitsmäßig läuft's auch nicht so, wie du dir das vorstellst. Keine Inspiration, keine Motivation.«

Korrekt. Aber musste sie mich unbedingt daran erinnern? Wollte sie mich weinen sehen? Das sollte sie sich gut überlegen, das war nämlich nicht ungefährlich – die Politesse in Chiswick konnte ein Lied davon singen!

»Und Benny geht jetzt auch in den Kindergarten.«

Das sagte ich ja gerade.

»Carly, du weißt schon, was dir fehlt, oder? Du leidest an akutem Stimulationsmangel und Unterforderung deiner zerebralen Neuronen.«

»Was?«

Sie lachte. »Dir ist langweilig, Schätzchen! Dir stinkt's! Du hast die Nase voll! Dir steht's bis Oberkante Unterlippe! Aus dir ist der Dampf raus!«

Ich versuchte, das zu verarbeiten. Langweilig? Mir? Wie war das möglich? Ich hatte einen großen Haushalt, ein Buch, das geschrieben, einen Mann, der mühsam zum Sex animiert, zwei verwöhnte Kinder, die gefüttert, getränkt und auf den rechten Weg geführt werden mussten, Freundinnen, die sich beim Yoga verrenkten … Mist, Kate hatte Recht. Mich ödete tatsächlich alles an.

Wo blieb die Spannung? Der Adrenalinstoß? Wo war die allmorgendliche prickelnde Vorfreude auf das, was der Tag wohl bringen würde? Jawohl, mir war sterbenslangweilig. Ich konnte mich nicht erinnern, wann mir das letzte Mal so langweilig gewesen war.

»Ich weiß noch gut, wann dir das letzte Mal so langweilig war«, sagte Carol in diesem Moment. Mir wurde himmelangst. An dem Tag, an dem Carol sich in die Gefühlswelt einer anderen Frau versetzen und ihre Gedanken lesen konnte, würde es große, grunzende, rosarote und nach Schinken duftende Tiere regnen, hatte ich immer gedacht.

»Das war kurz vor deiner großen Reise«, fuhr sie fort. »Du weißt schon, damals, als du deine Midlifecrisis hattest und dich wie eine verzweifelte Kuh auf dem Psycho-Stalker-Trip benommen hast, der im Schnee jeder Hafen recht gewesen wäre.«

Oh, wow, dachte ich. Das hat sie wirklich famos formuliert. Aber sie hatte Recht, wie ich zu meiner Schande zugeben musste.

Also gut, bringen wir's hinter uns – ich meine das, worauf ich vorhin angespielt habe, die Geschichte, über die erst nach meinem Tod gesprochen werden sollte, nachdem meine Leiche der Wissenschaft zur Verfügung gestellt worden ist, damit das primitive Verhalten enttäuschter, hormongesteuerter Frauen in Torschlusspanik besser erforscht werden kann.

Sie müssen wissen, dass ich einmal Wahnsinnsmist gebaut habe. Mist von der richtig pyramidalen Art. Das heißt, eigentlich waren es sogar mehrere Misthaufen. Ungefähr ein Jahr, bevor ich Mark auf der Hochzeit wieder traf, litt ich unter geistiger Umnachtung. Anders kann man es nicht beschreiben. Ich war damals solo, hatte einen Job, den ich hasste (ich verkaufte Klopapier; doch, im Ernst – so was kann man nicht erfinden!), hauste in einer kleinen Mietwohnung und war mit meinem Leben total unzufrieden. Dabei hatte es sich einmal so viel versprechend angelassen. In den zehn Jahren davor war ich beruflich in London, Hongkong, Amsterdam und Schanghai gewesen, hatte

New York und Irland besucht. Ich hatte als Nachtklubmanagerin in einigen der verrücktesten Städte der Welt gearbeitet. Ich hatte außergewöhnliche Leute kennen gelernt, war etliche Male verlobt gewesen, hatte schöne Kleider besessen, ein Vermögen verdient und wieder ausgegeben ... So ein Käse – selbst wenn ich den Satz mittendrin verstecke, fällt er auf wie eine Nonne in einem Sado-Maso-Puff. *Ich war sechs Mal verlobt, na gut, vier Mal!* Zwei nicht formelle Versprechen und vier offizielle mit Brillantring und Lass-uns-den-Pfarrer-anrufen und allem, was sonst noch dazugehört.

Und was war dabei herausgekommen? Ich lebte allein im stillen Kämmerlein und ernährte mich von Fertiggerichten für eine Person. Hätte Ashif mich damals schon gekannt, könnte er heute mit seiner Familie zweimal im Jahr nach Barbados fliegen.

Ich tat das einzig Vernünftige in dieser Situation: Ich dachte mir einen Plan aus. Bedauerlicherweise endete der vernünftige Teil an dieser Stelle auch schon wieder. Ich kündigte meine Stelle und meine Wohnung, schnappte meine Kreditkarten und machte mich auf die Suche nach all den Jungs, mit denen ich verlobt/quasi verlobt gewesen war. Es wurde eine größere Katastrophe als George Bushs Beitrag zum Weltfrieden. Da die Erinnerung an die Blamage heute noch höllisch schmerzt, werde ich Ihnen statt der ausführlichen mehrbändigen Ausgabe nur die Kurzfassung geben. Sozusagen die *Achtung-Brustwarzenerektion!*-Fassung, denn die folgenden Begebenheiten lieferten den Stoff für meinen ersten Roman.

Der Erste war Nick, der Mann, an den ich in einer heißen Nacht in Benidorm meine Unschuld verloren hatte. »Verloren« ist vielleicht nicht ganz der richtige Ausdruck. Im Grunde habe ich sie ihm förmlich aufgedrängt. Wie auch immer, als wir uns in einem Restaurant im schottischen St. Andrews wieder trafen, knisterte so viel Erotik zwischen uns wie zwischen zwei Bögen Sandpapier. Zum Glück war Sarah mitgekommen. Sie und Nick verliebten sich ineinander und heirateten. Wenn wir heute alle zusammen sind, gelingt es mir inzwischen zu vergessen, dass ich weiß, wie sein Penis aussieht.

Danach kam Joe, der einen Nachtklub in Amsterdam besaß. Als ich ihn aufgespürt hatte, war er ein millionenschwerer Geschäftsmann geworden, eine Stilikone – und so schwul, dass Elton John gegen ihn hetero wirkt.

Der Nächste war Doug. Als ich das erste Mal mit ihm zusammen war, gab er mir den Laufpass, weil er mich – Ironie des Schicksals – in flagranti mit Mark erwischte. Damals war Mark noch ein Mann gewesen, der »Libido« nicht für eins dieser aufblasbaren Dinger für den Hotelpool hielt. Egal. Jedenfalls stellte sich heraus, dass Doug in puncto Rachedurst einem Mafiaboss in nichts nachstand. Er demütigte mich ganz entsetzlich, und so blieb mir nichts anderes übrig, als meine Suche fortzusetzen.

Als Nächstes stöberte ich Tom auf. Der gute Tom! Ein irischer Farmer mit dem Körper eines griechischen Gottes. Als ich ihn wiedersah, war er glücklich verheiratet und hatte den Körper eines griechischen Taxifahrers, der täglich mindestens zehntausend Kalorien zu sich nimmt.

Dann kam Phil. Ich kannte ihn aus meiner Zeit in Schanghai. Er war ein richtiger Schatz, der es immer wieder verstanden hatte, mich zu überraschen. Wie groß war meine Überraschung erst, als ich entdeckte, dass er ein Star im amerikanischen Comedy-Zirkus und darüber hinaus Ehemann der bildschönen Lily geworden war, mit der ich in einem Nachtklub im tiefsten, dunkelsten Schanghai gearbeitet hatte.

Meine letzte Hoffnung war Sam. Sam Morton. Ein Kampfsportanhänger, in den ich mich in meiner Zeit in Hongkong bis über beide Ohren verliebt hatte. Als ich ihn nach all den Jahren wiedersah, wusste ich sofort, dass er der Richtige war. Ich wusste es einfach. Er liebte mich noch immer und beteuerte, er habe unentwegt an mich gedacht und sich gewünscht, dass ich zu ihm zurückkehren würde – sofern er nicht gerade mit anderen Dingen beschäftigt war, wie zum Beispiel reiche Tussis vögeln. Ganz recht, Sam war ein Gigolo geworden. Ein Callboy. Ein Mann, der sich für seine Liebesdienste teuer bezahlen ließ. Danach schossen mir bei seinem Anblick nur noch zwei Worte durch den Sinn: Drahtbürste und Desinfektionsspray.

Meine internationale Männerjagd war also ein spektakulärer Schlag ins Wasser gewesen und meine Blamage perfekt, als die komplette Hochzeitsgesellschaft bei Carols und Cals Trauung (bis auf meinen Dad, der alkoholumnebelt eingenickt war) von meinem Debakel erfuhr.

Meine Mutter behauptet, sie müsse deswegen heute noch Beruhigungspillen einnehmen.

Nur Mark, meinen Schatz aus Kindertagen, meine erste Liebe, konnte das alles nicht aus der Ruhe bringen. Er stellte mich buchstäblich wieder auf die Füße, er war mein Retter in der Not, und seit jenem Abend sind wir ein Paar. Und ich bin wirklich froh darüber. Könnte ich die Zeiger der Uhr zurückdrehen, ich würde nichts anders machen. Und ich habe nie auch nur eine Sekunde daran gezweifelt, dass wir füreinander bestimmt sind.

Zum Glück ist er nicht eifersüchtig – einige meiner Exlover sind nämlich richtig gute Freunde geworden. Nick natürlich, nicht nur, weil er unglaublich nett, sondern auch, weil er mit einer meiner besten Freundinnen verheiratet ist. Joe und sein Lebensgefährte Claus besitzen inzwischen Nachtklubs auf der ganzen Welt, unter anderem auch in London, sodass sie regelmäßig unsere Gäste sind. Phil und Lily leben immer noch in New York, und wir schreiben uns zu Weihnachten und telefonieren ungefähr alle drei Monate, meist in mehr oder minder angetrunkenem Zustand.

Und Sam … Mist, mein Handy klingelte. Ich hatte es neben die Kaffeemaschine gelegt. »Ich geh selbst ran«, schrie ich Kate zu, weil ich nicht wollte, dass sie sich in dieser Stellung einen Muskel zerrte. Sie würde sich einen höchst aufgeschlossenen Physiotherapeuten suchen müssen …

Ich schnappte mein Handy und verbrannte mir dabei den Handrücken an der heißen Kaffeekanne. »Hallo?«, wimmerte ich.

»Spreche ich mit Carly Cooper, der hochbegabten Schriftstellerin und umwerfenden Sexgöttin?«, sagte eine vertraute Stimme mit unüberhörbar amerikanischem Akzent.

»Nein, hier ist Carly Cooper, die Schundkolumnistin, der vor Langeweile bald die Titten abfallen und die einen guten Fick nicht mal dann erkennen würde, wenn sie ihn in der Tombola gewänne.« Ich gab mir alle Mühe, cool zu wirken, aber in Wahrheit war ich ziemlich verstört. Das war der zweite Fall von Gedankenübertragung an diesem Morgen! Wenn das nicht seltsam war. Ich musste ENDLICH aufhören, meine Schlafzimmergeheimnisse auszuplaudern!

»Oh, das könnte sich bald ändern.«

»Was könnte sich bald ändern?«, fragte ich verwirrt.

»Alles, Schätzchen«, fuhr er mit englischem Akzent fort. Beim Klang dieser Stimme gerieten weibliche Teenager in Verzückung, Frauen mittleren Alters ins Träumen und Männer (sofern sie nicht wie Joe und Claus dem schwulen Lager angehörten) in einen Zustand gehässiger Raserei. Der Mann am anderen Ende der Leitung war nämlich Sam Morton, der frühere Callboy, der zum internationalen Topstar avanciert war, nachdem sein Drehbuch über sein Leben mit ihm selbst in der Hauptrolle verfilmt worden war. Anscheinend war die Zeit reif gewesen für eine männliche Version von *Pretty Woman* (und diese Ausgabe war obendrein mit dem fantastischsten Waschbrettbauch ausgestattet, den die Welt je gesehen hatte): Der Film spielte nämlich über hundert Millionen Dollar ein. Sam hatte es geschafft, er gehörte heute zu den Spitzenverdienern im Filmgeschäft.

»Aber sicher doch!«, gab ich trocken zurück. »Und wie geht's unserem Leinwandidol so?«

Da wussten Kate und Carol, mit wem ich redete; beide riefen: »Hi, Sam!«

Er lachte. »Grüß die Mädels von mir! Mann, ich krieg richtig Heimweh, wenn ich euch so höre.«

»Sicher, es ist ja auch ein schweres Los, den ganzen Tag am Rodeo Drive zu shoppen und von jungen, schwindsüchtigen Starlets gebauchpinselt zu werden«, versetzte ich eine Spur bissig. »Genug von dir geredet. Sagtest du nicht, dass sich mein Leben ändern wird?«

»Das habe ich immer schon an dir geliebt – deinen geistigen Tiefgang, deine Bescheidenheit und deine Anteilnahme am Leben deiner Freunde«, erwiderte er belustigt, mit einer Spur Sarkasmus in der Stimme.

»Sam, ich sitze an einem kalten, regnerischen Tag in einer Doppelhaushälfte in London und stecke in einer Midlifecrisis, weil mein Leben ein einziger riesiger Haufen Schrott ist. Du hingegen liegst an deinem Pool in L. A. und nippst an dem frischen Orangensaft, den dir dein Koch zum Frühstück ausgepresst hat. Bitte entschuldige, dass ich deinen Schmerz nicht nachvollziehen kann. So gern ich unser Plauderstündchen auch fortsetzen würde, ich muss jetzt leider los und Mac und Benny vom Kindergarten abholen. Warum rufst du nicht Julia Roberts an und quatschst ein bisschen mit ihr?«

»Geht leider nicht, sie hat zu tun heute. Willst du denn nicht wissen, warum sich dein Leben ändern wird?«

»Oh, ich dachte, das sei wieder eine von deinen aus Optimismus und Hang zur Dramatik geborenen Bemerkungen.«

»Irrtum, Schätzchen. Also, pass auf. Ich hab dir doch gesagt, dass ich meinem Agenten ein Exemplar von *Achtung, Brustwarzenerektion!* gegeben habe, erinnerst du dich? Nun, er ist begeistert, er glaubt, das lässt sich verkaufen und es könnte was richtig Großes daraus werden. Er will, dass du nach Hollywood kommst, Carly Cooper.«

Ich dachte, mich trifft der Schlag. Meine Kinnlade klappte bis etwa auf Kniehöhe herunter.

»Wa... wa... was?«

Sam lachte laut. »Kein Grund zur Hektik, Kleines. Es reicht, wenn du Ende der Woche hier bist.«

O MEIN GOTT! Ich würde nach Hollywood fliegen! Dorthin, wo Ruhm und Reichtum winkten und wo Jackie und Sidney, meine leiblichen Eltern, auf mich warteten!

Endlich, nach all den Jahren, rief das Mutterschiff mich nach Hause.

Zweiter Schritt

Es gibt zwei Dinge, die ich in- und auswendig kenne: den Hallenkinderspielplatz unseres Viertels und meinen Ehemann. Letzterer liebt seine Gewohnheiten. Spontaneität ist nicht sein Ding. Und auf Verrückte steht er schon gleich gar nicht. Mir war also eines klar: Überfiel ich ihn in dem Moment, da er das Haus betrat, mit der großen Neuigkeit, dass wir alle nach Hollywood fliegen würden, würde er ein Gesicht machen wie Jennifer Lopez in einem Polyesterfummel.

Deshalb wartete ich, bis er seinen Aktenkoffer abgestellt, sein Jackett aufgehängt und sich die Schuhe von den Füßen gekickt hatte. Die Jungs und ich rannten auf ihn zu, tanzten um ihn herum und sangen dazu: »Wir fliegen nach L. A., HO, wir fliegen nach L. A., HO, da da da da da, HO, da da da da da!«

Er musste lachen, und ich bekam eine Gänsehaut beim Anblick seines hübschen Gesichts, das sich in lauter Lachfältchen legte. Mac warf sich in Marks Arme. »Daddy, Daddy, wir fliegen nach Hollywood, und ... und ...« Er begann vor Aufregung zu stottern. »Und wir werden Micky Maus sehen und ... und Pluto und ... und ... und Spider-Man und ... und ... und ...« Er kam nicht dazu, seinen Satz zu beenden. Mark erkannte in weiser Voraussicht, dass so viel Aufregung buchstäblich in die Hose gehen konnte, deshalb schnappte er Mac und eilte mit ihm zur Toilette, bevor er noch in die Hose pieselte. »Spinnenmann, Spinnenmann, der tut, was eine Spinne kann«, trällerte Benny unterdessen mehr schlecht als recht zur Titelmelodie des Zeichentrickfilms. Was sagte das über mich als Mutter aus? Konnten die beiden reimen wie die Weltmeister? Nein. Konnten sie eine Petunie auf hundert Meter Entfernung von einem Gänseblümchen unterscheiden? Nein. Kannten sie den Namen des Premierministers? Nein. Aber sie konnten die Titelmelodie jedes Zeichentrickfilms, der je geschaffen wurde, trällern, was ihnen garantiert den ersten Platz im Kindernachwuchswettbewerb für Popsänger eingebracht hätte.

Es wurde höchste Zeit, dass wir mehr rauskamen. Na ja, wenn wir erst mal in Los Angeles wären, würden wir surfen gehen und zum Tee bei Tom Hanks vorbeischauen, da hätten wir sowieso keine Zeit mehr, vor der Glotze zu hocken.

»Würdest du mir vielleicht erklären, was das alles zu bedeuten hat?«, fragte Mark, als er mit dem Kleinen von der Toilette zurückkam. Er machte ein verdrießliches Gesicht, und ich vermutete stark, dass das an dem feuchten Fleck vorn auf seiner Hugo-Boss-Anzugweste lag. Verdammt, ich hätte Mac aufs Klo schicken sollen, bevor ich die Jungs so angeheizt hatte.

»Sam hat heute angerufen. Sein Agent hat *Achtung, Brustwarzenerektion!* gelesen. Es gefällt ihm so gut, dass er möchte, dass ich nach L. A. komme. Er will das Buch allen großen Studios anbieten. Ich habe eine Kosten-Risiko-Analyse gemacht. Natürlich lässt sich nicht sagen, ob das Ergebnis der Reise positiv sein wird, aber ich finde, die Chancen stehen nicht schlecht, deshalb sollten wir das Geld ruhig investieren. Ich habe bereits mit unserem Steuerberater gesprochen. Er hat mir bestätigt, dass die Kosten zu einem großen Teil steuerlich absetzbar sind. Wir sollten im Internet sofort die günstigsten Flüge heraussuchen – die Meilen, die wir im Lauf der Jahre angesammelt haben, können wir verwenden, damit das Ganze noch ein bisschen billiger wird. Wenn wir in ungefähr drei Wochen fliegen, bleibt dir genug Zeit, deine Fälle bis dahin abzuschließen.«

Sie wissen natürlich, dass das geschwindelt ist, nicht wahr? Was hat mich verraten? Die Sache mit der »Kosten-Risiko-Analyse«?

Was ich tatsächlich mit sich überschlagender Stimme hervorsprudelte, war Folgendes: »Sam hat angerufen, wir fliegen nach L. A., sie wollen mein Buch, Mark, sie wollen mein Buch! O mein Gott, ich kriege keine Luft mehr! Egal, wir müssen also nach L. A., und zwar diese Woche noch, und deshalb hab ich im Internet geschaut, aber sämtliche Flüge sind komplett ausgebucht, also hab ich mir gesagt, scheiß drauf, wozu hat man eine Kreditkarte, und jetzt hab ich für uns einen Flug am Freitag gebucht, Businessclass, British Airways. Die haben diese Liegesitze, weißt du, und Pyjamas gibt's umsonst! Und man hat seinen eigenen Fernseher und kann sich angucken, was man will! O Gott, Mark, ich bin ja so aufgeregt! Ich weiß noch nicht, wo wir wohnen werden, aber Sam sagt, wir können bei ihm unterkommen, bis wir was gefunden haben. Stell dir bloß mal vor, Mark! Ist das nicht unglaublich?« Ich wirbelte herum, langte hinter mich, ergriff seine Hände, knallte sie mir auf den Po, schnappte Benny und setzte zu einem weiteren Tanz an. »Wir fliegen nach L. A., HO, wir fliegen nach L. A., HO, da da da da da, HO, da da da da da!«

Auf halbem Weg zur Küche merkte ich, dass Mark mir nicht gefolgt war. Ich blieb stehen und drehte mich um. Mark hatte sich nicht vom Fleck gerührt. Von seinem süßen Grinsen keine Spur mehr.

»Wie bitte?«, fragte er. »Könntest du das noch mal wiederholen?«

Obwohl ich wusste, dass ich mich an einen Strohhalm zu klammern versuchte, hoffte ich, er hatte dieses »Wie bitte?« nicht im

Sinn von »Bist du jetzt völlig übergeschnappt?« gemeint, sondern im Sinn von »Entschuldige, Schatz, ich hab das nicht ganz mitbekommen – die Pyjamas gibt's umsonst, sagst du?«.

»Welchen Teil denn?«, fragte ich hoffnungsvoll.

»Den Teil, in dem meine Frau offenbar völlig den Verstand verloren und, wenn ich das richtig verstanden habe, Flüge gebucht hat, die wir uns nicht leisten können, für eine Reise, die wir nicht antreten können, und alles nur, weil irgendein Agent glaubt, ihr Buch könnte vielleicht, möglicherweise, unter Umständen irgendeinem Filmstudio gefallen.« In verändertem Ton fügte er hinzu: »Was das angeht, meinen Glückwunsch, Schatz, du hast es wirklich verdient.«

»Danke«, murmelte ich.

»Carly, es tut mir Leid, aber ich kann mir zurzeit unmöglich freinehmen. Vielleicht ist es dir entgangen – immerhin ist es etwa drei Jahre her, dass du dich das letzte Mal nach meiner Arbeit erkundigt hast ...«

Autsch! Das tat weh. Der Preis für »schonungslose Offenheit« geht an Mr. Mark Barwick!

»... aber ich hab im Augenblick eine Menge um die Ohren, und deshalb kann ich unmöglich ...«

»Wir fliegen nach L. A., HO, wir fliegen nach L. A., HO, da da da da da, HO, da da da da da!«

Das war Mac. Er hatte seine nasse Unterwäsche ausgezogen und sein Batman-Kostüm übergestreift.

Als Benny ihn entdeckte, kreischte er los: »Da na na na, Da na na na, Da na na na, Da na na na, BATMAN!«

Na toll. Mein Mann und ich steckten mitten in einer Krisensitzung und führten eine der wichtigsten Diskussionen seit Jahren, und ich verstand kein Wort von dem, was er sagte, weil um mich herum ein Radau herrschte, als ob unser Zuhause ins Disney-Fernsehen gezaubert worden wäre.

Mark sah mich an, als überlegte er, ob er mich für unzurechnungsfähig erklären oder gleich erschießen lassen sollte.

Wie sollte ich vorgehen? Auf stur schalten, ihn anschreien, ihn erpressen? Ich hatte bestimmt noch irgendwo ein paar pikante Fotos von ihm. Zu guter Letzt entschied ich, die Regelung der Angelegenheit meinem Alter Ego zu überlassen, der heiligen Carly von den allerheiligsten Märtyrern.

»Aber verstehst du denn nicht, Mark, wir *müssen* einfach dahin! Bitte, Mark! Schau dir doch mal an, was ich für ein Leben führe. Ich koche, ich putze, ich halte dir den Alltag vom Leib und verbringe einen Großteil des Tages damit, die körperlichen Ausscheidungen anderer zu entsorgen.«

Mac und Benny besaßen immerhin den Anstand, an dieser Stelle zerknirscht den Kopf zu senken.

»Das wird bestimmt wunderbar werden! Das könnte unsere große Chance sein, unsere Finanzen aufzubessern, berühmt zu werden, ein glamouröses Leben zu führen …«

Ich zog meinen Trumpf aus dem Ärmel.

»… ein KINDERMÄDCHEN einzustellen!«

Mark verzog keine Miene. Gott, war der gut! Die heilige Carly setzte zu einem letzten Versuch an.

»Bitte, Schatz! In den letzten Jahren hab ich dich nie um irgendetwas gebeten. Komm schon, sag Ja! Mir zuliebe, Mark. Bitte!«

Ich konnte ihm ansehen, dass er weich wurde. Ich spürte schon den Geschmack des Sieges auf meiner Zunge und jubelte innerlich. Wo hatte ich meinen Pass, meinen Adapter und die aus dem Internet kopierte Liste mit den Adressen der Stars? Wir würden nach Hollywood fliegen!

Oder auch nicht.

»Es tut mir Leid, Carly. Ich freue mich wirklich für dich, aber wir können jetzt unmöglich verreisen. Mac und Benny müssen in den Kindergarten. Es wird ihnen nicht gut tun, für eine so lange Zeit aus ihrer gewohnten Umgebung herausgerissen zu werden. Ich muss zur Arbeit. Ich kann nicht einfach so mir nichts dir nichts freinehmen. Und vor allem können wir uns die Reise nicht leisten! Kannst du ihnen nicht sagen, wir kommen in ein paar Monaten rüber, damit wir ein bisschen mehr Zeit für die Vorbereitungen haben?«

Ich zog einen Flunsch.

»Aber das geht nicht, Mark! So läuft das nicht in Hollywood«, argumentierte ich, wobei ich mir Mühe gab, mich so anzuhören, als wüsste ich, wovon ich sprach. Ich meine, immerhin hatte ich *Der Prinz von Bel Air* zweimal gesehen, ich schaute seit Jahren *Beverly Hills 90210* und hatte keine einzige Folge von *Baywatch* versäumt. Ich kannte L. A. wie meine Westentasche.

Ich holte tief Luft und ging in die Offensive.

»Mark, sie sind *diese* Woche an mir interessiert, nächste Woche werden sie an jemand anderem interessiert sein. Wenn ich jetzt nicht rüberfliege und heraushole, was herauszuholen ist, ist der Zug abgefahren. Sam meint, wir sollten uns auf einen vierwöchigen Aufenthalt einstellen. Das ist doch kein Weltuntergang, wenn die Kinder vier Wochen im Kindergarten fehlen. Du meine Güte, sie malen und singen Lieder, sie spielen vorwiegend – wir reden hier doch nicht von der Schule! Und was dich angeht, Mark – du könntest einen Urlaub brauchen. Das Rechtssystem dieses Landes wird kaum zusammenbrechen, wenn Mark Barwick sich vier Wochen freinimmt. Und komm mir nicht mit den Kosten! Hätte ich mich immer nur am finanziell Machbaren orientiert, hätte ich es in meinem Leben zu überhaupt nichts gebracht. Zum Teufel mit den Kosten – wofür hat man schließlich Kreditkarten!«

Ich beendete meine Rede mit dramatisch ansteigender Stimme

und einer triumphierenden Handbewegung. Aus den Augenwinkeln spähte ich zu den Jungs hinüber. Mac war ganz klar auf meiner Seite, ich konnte es ihm ansehen; den Ausschlag gab vermutlich die Bemerkung über die vier Wochen Ferien vom Kindergarten.

Benny dagegen machte ein verwirrtes Gesicht. Doch plötzlich hellte sich seine Miene auf, und er fing wieder an, eines seiner Lieblingslieder zu trällern. Der Junge war ein wandelndes Wunschkonzert.

Mark nahm keine Notiz von ihm – er war zu beschäftigt damit, sauer zu werden. So sauer, wie Mr. Ausgeglichen eben werden konnte.

»Das ist typisch für dich, Carly. Wir beide kennen deine Einstellung zum Geld, deshalb hattest du vor unserer Heirat ja auch mehr Schulden als Peru.«

Autsch! Ich hasse es, wenn er so brutal ehrlich ist. Und ich hasse es noch viel mehr, wenn er im Recht ist.

Er musste den aufflammenden Zorn in meinen Augen bemerkt haben, denn als er weiterredete, war sein Ton versöhnlicher: »Carly, Liebes, wir können es uns nicht leisten, so viel Geld zum Fenster hinauszuwerfen, geschweige denn, meinen Job aufs Spiel zu setzen. Hättest du einen Anruf von Warner Brothers bekommen und würden sie mit gezücktem Scheckbuch nur auf dich warten, würde ich sagen, okay, greif zu, flieg rüber. Aber überleg doch mal, wie viele Leute in Hollywood versuchen, ihr Drehbuch an den Mann zu bringen! Die ganze verdammte Stadt besteht nur aus Möchtegernstars, die überzeugt davon sind, eines Tages ganz groß rauszukommen. Sag Sam vielen Dank, aber wir verzichten. Vielleicht fliegen wir Ende des Jahres für vierzehn Tage rüber. Dann können die Jungs durch Disneyland bummeln, und du kannst ein paar Termine wahrnehmen.«

Ach ja, meinst du?, schäumte ich innerlich. Er wusste doch,

dass ich mir nichts sehnlicher wünschte, als eins meiner Bücher jemandem aus der Filmindustrie zu verkaufen. Irgendjemandem. Und wenn's der Fahrer des Rundfahrtenbusses durch die Universal-Studios war!

Ich war fuchsteufelswild. Ich hätte glatt die Wände hochgehen können. Ich setzte schon zu einer scharfen Entgegnung an, doch dann fiel mein Blick auf die Kinder, die mit großen Augen von einem zum anderen schauten. Es sah aus, als verfolgten sie ein Tennismatch.

Ich verwandelte mich auf der Stelle in Mary Poppins. »Abmarsch, Jungs, es wird Zeit für euer Bad«, sagte ich mit gespielter Fröhlichkeit.

»Ich will aber nicht baden«, maulte Mac. »Ich will Spider-Man besuchen.«

Das war das Stichwort für Benny. »Spinnenmann, Spinnenmann ...«, fing er wieder an zu trällern. Ich nahm ihn auf den Arm und wandte Methode Nummer eins der im Elterlichen Gesetzbuch für kindliche Disziplin und Verhaltensmodifikation aufgeführten Empfehlungen an – glatte Bestechung.

»Fünfzig Pence für Süßigkeiten, Mac, wenn du in fünf Minuten in der Wanne sitzt.« Er schoss wie ein geölter Blitz die Treppe hinauf. Der Junge tat alles für ein paar Pennys, damit er sich sein Laster finanzieren konnte. Er war süchtig nach allem, was Zucker und diverse Farbstoffe als Zusatz enthielt.

Ich folgte ihm durch den Flur. Benny hatte die Arme um meinen Hals geschlungen und sabberte mir auf den Rücken.

Mark stand unten an der Treppe. »Ich werde rüberfliegen«, sagte ich ausdruckslos, als ich ihm gegenüberstand. »Das bedeutet mir unheimlich viel, Mark, und ich werde es tun.«

Ich stapfte die Treppe hinauf. Ich war stocksauer, weil er mir meine Freude rücksichtslos verdorben hatte. Ich meine, wie oft erhält man einen Anruf aus Hollywood, und es heißt: »Los, komm rüber, und zwar ein bisschen dalli«? Wie oft kommt es vor, dass etwas so Aufregendes, Spannendes Farbe in den grauen Alltag bringt? Das war die Gelegenheit, etwas wirklich Außergewöhnliches zu erleben. Etwas Sensationelles. Etwas, das unser Leben möglicherweise vollständig umkrempeln würde. Und alles, woran mein lieber Mann denken konnte, waren die Kosten und die erforderliche zweiwöchige Vorlaufzeit, um irgendein obligatorisches Formular zwecks Beantragung eines Urlaubs für Korinthenkacker einzureichen.

Seit Jahren stand der Traum, eins meiner Bücher verfilmen zu lassen, ganz oben auf meiner Wunschliste. Sam war übrigens nicht der einzige Topstar, mit dem ich darüber gesprochen hatte. Kate Winslet wusste ebenfalls davon. O ja, wir waren einmal gute Freundinnen gewesen. Ungefähr fünf Minuten lang.

Einige Monate zuvor hatten die Jungs und ich im Richmond Park ein Picknick veranstaltet. Das klingt sehr nach Enid Blyton, doch in Wahrheit bestand unser »Picknick« aus zwei Mahlzeiten von McDonald's, die wir auf einer Decke, die ich von einem Versandhaus gratis zu einer Bestellung bekommen hatte, zu uns nahmen. Als wir uns in der Sonne räkelten, ließ sich nicht weit von uns eine Familie nieder. Ich nickte freundlich hinüber, und die Blondine erwiderte meinen Gruß. Sie packte ein richtiges Picknick aus einem richtigen Korb aus. So eine Angeberin! Ich schob unsere McDonald's-Schachteln verstohlen unter die Decke. Irgendwie kam mir die Frau bekannt vor. Natürlich! Sie saß im Supermarkt an Kasse sechs. Die Kleine aus Newcastle, die von einer Karriere als Model träumte. Doch dann rief die Frau ihrem Töchterchen etwas zu, und ich hörte, dass sie nicht wie jemand aus Newcastle sprach. Plötzlich wusste ich, woher ich sie kannte. Das war Kate Winslet! O mein Gott! Doch, das war sie, ganz bestimmt. Ich überlegte, ob ich den Titelsong aus *Titanic* anstimmen sollte, nur um ganz sicherzugehen.

»Mac, lauf mal zu dem Kind rüber, und spiel mit ihm«, zischte ich.

»Geht nicht«, erwiderte er sachlich.

»Wieso denn nicht?«

»Das ist ein Mädchen. Ich spiele nicht mit Mädchen.«

»Mac, bitte! Nur dies eine Mal!«

»Nö.«

Mir war jedes Mittel recht, um einen Kontakt zu einer Insiderin herzustellen. So eine Beziehung war von unschätzbarem Wert! Ich trug immer und überall eine Ausgabe von *Achtung, Brustwarzenerektion!* mit mir herum, damit ich gewappnet war, sollte mir eines Tages bei Woolworth zufällig Steven Spielberg über den Weg laufen. Okay, ich merkte schon, ich würde schwere Geschütze auffahren müssen.

»Mac, du kriegst ein Spider-Man-Heftchen und ein Pfund für Süßigkeiten, und du darfst diese Woche jeden Abend *Die Simpsons* sehen, wenn du mit ihr spielst.«

Er wusste, wann er verloren hatte. Aber fünf Schoko-Karamell-Riegel würden ihm die Niederlage buchstäblich versüßen. Er marschierte mit seinem Fußball zu dem kleinen Mädchen hinüber, und bald kickten sie zusammen – mit Benny als Torpfosten.

Ich schlenderte wie beiläufig zur Mutter der Kleinen hinüber.

»Erstaunlich, wie schnell Kinder neue Freunde finden, nicht wahr?«

Ms. Winslet lächelte. Fünf Minuten später war ihr das Lächeln gründlich vergangen. Ich hatte die Überraschte gespielt, so getan, als hätte ich sie jetzt erst erkannt. Ich sagte ihr, wie toll ich sie fände, drückte ihr meinen Roman in die Hand und ein Kärtchen mit meiner Telefonnummer. Dann schnappte ich meine Jungs und eilte davon. Ich war ziemlich sicher, dass Ms. Winslet bereits heimlich ihre Bodyguards alarmiert hatte, deshalb machten wir uns aus dem Staub, bevor die Polizei eintraf und den Park nach der bekloppten Stalkerin absuchte, die Bücher verschenkte. O Gott, wie peinlich!

Mark lachte schallend, als ich ihm die Story erzählte. Ob ich auch seine Handynummer immer bei mir hätte, meinte er, damit ich ihn im Notfall aus dem Knast anrufen und er Kaution für mich stellen könne. Damals hatte er noch Sinn für Humor.

Meine plantschenden Jungs holten mich in die Gegenwart zurück. Ich schaute zu, wie Action-Man mit Spider-Man um den Tintenfischschwamm kämpfte, und dann sangen wir viermal den Refrain von *Row, Row, Row the Boat.* »Guck doch mal, Mummy!«, kreischte Mac, der einen Irokesenkamm aus Schaum auf seinem Kopf geformt hatte.

Ich weiß, ich bin voreingenommen, aber meine beiden Jungs sind wirklich bildhübsch. Manchmal frage ich mich, ob ich nicht Sex mit Brad Pitt und George Clooney gehabt hatte. Damit wir uns richtig verstehen – ich hatte unzählige Male Sex mit Brad Pitt und George Clooney, aber nicht von der Art, bei der es zum Austausch von DNA mittels Körperflüssigkeiten kommt, sondern Sex von der imaginären, batteriebetriebenen Art. Das Komische ist nämlich, dass unsere beiden Jungs weder Mark noch mir besonders ähnlich sehen. Mac hat pechschwarze Haare, mandelförmige blaue Augen und wunderschöne Sommersprossen auf der Nase. Benny dagegen ist blond, hat riesige grüne Augen, lange schwarze Wimpern, eine kleine Stupsnase und einen vollkommen geformten Mund. Beide trugen zu dem Zeitpunkt einen igeligen Bürstenschnitt – ich würde ja gern hinzufügen, weil es Mode war, aber die Frisur war leider die Folge einer Läuseinvasion, die uns etwa vier Wochen zuvor heimgesucht hatte.

»Pups! Hab gepupst!«, kreischte Benny, und schon verwandelte sich die Wanne vorübergehend in einen Whirlpool.

Er musste so unbändig darüber lachen, dass er sich furchtbar verschluckte und hustete und keuchte. Ich riss ihn hoch, damit er sich wieder beruhigte, und gab ihm kaltes Wasser zu trinken. Wann war mir das zum letzten Mal passiert? Dass ich einen Lachanfall bekommen habe, meine ich, nicht, dass ich in der Wanne gepupst habe – damit habe ich nach der Hochzeit aufgehört. Himmel, ich konnte mich gar nicht mehr daran erinnern, so lange war das her. Ich kochte, putzte, arbeitete, rauchte, schlief und bemühte mich vergeblich, ein Sexleben wiederzubeleben, bei dem bereits die Leichenstarre eingesetzt hatte. Wo blieb der Spaß, das Vergnügen? Das war kein Leben mehr, das war Stumpfsinnigkeit pur!

Welche Stadt konnte besser für einen stimulierenden Adrenalinstoß sorgen als Los Angeles? In Zeitlupe über den Strand von *Baywatch* laufen. Über den Hollywood Boulevard schlendern. Mit dem Riesenrad auf dem Santa Monica Pier fahren. Liam Neeson nachstellen. Mit meiner lieben Freundin Kate Winslet plaudern.

Wäre das nicht eine Wucht?

Und die Jungs – nun, sie könnten entweder hier bleiben, wo sie sich den Hintern abfroren und das Haus nicht verlassen konnten, weil es in Strömen regnete, oder aber sie könnten eine Menge Spaß beim Surfen in der Sonne, beim Fußballspielen am Strand und in Disneyland haben.

Und auf den Hauptgrund für die Reise bin ich noch gar nicht eingegangen. Was, wenn sich mein Buch tatsächlich verkaufen ließ? Gott, beim bloßen Gedanken daran flippte ich aus! Meine erste Million ist für alle Fälle schon mal verplant (Botox – eher beiläufig –, Prada ohne Ende, First-Class-Flüge und eine allgemeine Demonstration meiner Extravaganz und meiner Mondänität). Ja, was wäre, wenn tatsächlich eins der weltberühmten legendären Filmstudios die Rechte an einem meiner Bücher erwarb? Das wäre wie ein Hauptgewinn in der Lotterie! Das wäre so, als hätte ein entfernter Verwandter, von dessen Existenz man nicht einmal etwas ahnte, einem ein Vermögen hinterlassen. Oder als hätte man eine Bank ausgeraubt. Das könnte für mich, für uns alle den Start in ein ganz neues Leben ermöglichen.

Ich brachte die Jungs ins Bett, las ihnen eine Gutenachtgeschichte vor, deckte sie zu und gab ihnen einen Gutenachtkuss. Mein lieber Mann ließ sich nicht blicken. Anscheinend tat er, was er immer tat, wenn ein Konflikt drohte: Er machte einen weiten Bogen um selbigen. Hätte Mark Barwick im Wilden Westen gelebt, hätte er sich an dem Tag, an dem die Schlacht um Alamo tobte, ins nächste Ikea abgesetzt, um ein paar Kissen für seine Blockhütte zu besorgen.

Mac gähnte, als ich ihm durch die Haare fuhr. »Ich hab dich lieb, Mummy.«

Ich gab ihm einen Kuss auf die Wangen, auf die Stirn, auf das Kinn, presste dann die Lippen auf seine Brust und prustete geräuschvoll. »Ich hab dich auch lieb, Schatz.«

»Mummy?«

»Ja?«

Ich machte mich auf eine seiner vierhundertdreiundvierzig Verzögerungstaktiken gefasst, mit denen er die Schlafenszeit hinauszuzögern versuchte. Kann ich noch einen Apfel haben? Erzähl mir noch eine Geschichte. Sing mir was vor. Ein Gespenst hat sich unter meinem Bett versteckt. Ist morgen Weihnachten? Ich muss aufs Klo. Kann ich was zu trinken haben? Wie alt bin ich? Wie oft muss ich noch schlafen, bis ich zehn bin? Warum ist in Eiscreme kein Eis? Kann ich der rosarote Panther werden, wenn ich groß bin? Woher bin ich gekommen? Wie haben sie mich denn da rausgekriegt? Iiih, das werde ich bestimmt nicht tun, wenn ich groß bin. Wer fliegt schneller – Batman oder ein Jumbojet? Warum ist Shrek grün?

»Mummy«, murmelte er, während ihm schon die Augen zufielen, »fahren wir wirklich nach Disneyland?«

Ich küsste seine Stirn.

»Aber klar doch. Wenn ich es dir sage.«

»Mummy?«

»Ja, mein Herz?«

»Warum ist Shrek grün?«

Mark stellte sich schlafend, als ich später zu ihm ins Bett schlüpfte. Das heißt, vielleicht schlief er tatsächlich. Es war erstaunlich, wie viele Dinge mir einfielen, wenn ich mich anstrengte, die mich an meinem Mann nervten! Eins davon war, dass er von der alten Weisheit, man solle sich vor dem Schlafengehen immer versöhnen, offenbar rein gar nichts hielt. Wir konnten praktisch streiten, dass die Fetzen flogen, und er drehte sich mittendrin einfach um und nickte ein.

Mein Hirn dagegen fieberte. Ich zählte im Geist auf, was gegen die Reise nach L. A. sprach und was dafür. Dafür: Sonne, Sand, Meer, Abenteuer, Disneyland etc. etc. Dagegen: hohe Kosten und damit unweigerlich Schulden. Aber wie ich die Sache auch betrachtete – es gab keinen vernünftigen Grund, nicht zu fahren. Mark würde schon noch nachgeben. Bis zur Abreise waren es noch vier Tage. Falls es so lief wie bei all unseren großen Krächen (von denen es in den Jahren, die wir uns kannten, allerdings nur fünf oder sechs gegeben hatte), würde er mir ungefähr einen Tag lang aus dem Weg gehen, einen weiteren Tag so tun, als wäre nichts geschehen, am dritten Tag schließlich die Dinge von meiner Warte aus betrachten und am vierten sich entweder zu einem Kompromiss oder einer Kapitulation durchringen. Eine Kapitulation wäre super, aber ich könnte auch mit einem Kompromiss leben. Wir könnten zum Beispiel die Businessclass-Flüge annullieren und Stand-by fliegen. Oder die

Reise auf die kommende Woche verschieben. Oder bei einer anderen Fluggesellschaft buchen und sparen, indem wir etwa über Bangladesch flogen.

Irgendwie würden wir schon nach L. A. kommen.

Hätte Mark erst einmal begriffen, wie viel mir das bedeutete, würde er niemals von mir verlangen, auf diese einmalige Chance zu verzichten. Okay, es war ein gewagtes, abenteuerliches, vielleicht sogar ausgesprochen hirnrissiges Unterfangen – aber es konnte auch eine absolute Wucht werden! Es gab nur einen einzigen Weg, das herauszufinden. Mark würde seine Meinung ändern, da war ich mir ganz sicher. Er würde niemals zulassen, dass ich das ganz allein durchzog.

»Ich kann nicht glauben, dass du das ganz allein durchziehst«, sagte Kate, als sie das Auto um die riesige, ausgemusterte Concorde am Flughafen Heathrow lenkte.

»Ich auch nicht«, stimmte Carol ihr zu.

Ich seufzte. »Reden wir lieber von was anderem. Oder wollt ihr, dass ich mich mit Selbstvorwürfen zerfleische?«

Ich konnte es kaum glauben. Die übliche Post-Krach-Phase war so gelaufen, wie ich das vorausgesehen hatte. Exakt einen Tag lang.

Am Dienstagabend (Tag eins – Aus-dem-Weg-Gehen) war Mark gegen acht aus dem Büro gekommen. Die Jungs waren schon im Bett, und ich saß am Küchentisch und tat so, als schüfe ich ein literarisches Meisterwerk auf meinem Laptop. Mark warf mir ein trockenes, gleichgültiges »Hi« hin; ich gab keine Antwort. Er bückte sich, um einen Blick in den Backofen zu werfen. Ich sagte nichts; sollte er doch selbst herausfinden, dass dort kein Abendessen auf ihn wartete. Er schaltete den Wasserkocher ein und nahm ein exquisites Instant-Gourmet-Nudelgericht aus dem Hängeschrank. Ich tippte fleißig weiter, meine Finger flogen nur so über die Tastatur, und auf dem Bildschirm erschien in einer Art Endlosschleife: Mark ist ein Armleuchter. Mark ist ein Armleuchter. Mark ist ein Armleuchter. Ich habe nie behauptet, dass geistige Reife zu meinen Stärken gehört, oder?

Er goss heißes Wasser über seine Fünf-Minuten-Terrine, schnappte sich die Zeitung und zog sich ins Wohnzimmer zurück. Ungefähr eine Stunde später hörte ich, wie er oben das Kinderzimmer betrat. Er gab den Jungs immer einen Gutenachtkuss, bevor er ins Bett ging. Augenblick mal! Bevor er ins Bett ging?? Er konnte sich doch nicht einfach schlafen legen! Ohne mit mir zu reden! Ach, er konnte mich mal!

Wir hatten ja auch erst Tag eins. Am kommenden Tag würde er garantiert eine andere Platte auflegen.

Das tat er auch, aber die Musik war blöderweise die gleiche, nur dass es sich jetzt um ein Instrumentalstück und nicht um die gesungene Version handelte.

Am Mittwoch (Tag zwei – so tun, als wäre nichts geschehen) pfiff er *Hunka Hunka Burning Love*, als er nach Hause kam. Er pfiff! Mein Leben befand sich in Aufruhr, meine Seele litt Höllenqualen, mein Herz war im Begriff entzweizubrechen … na schön, vielleicht übertreibe ich ein klein wenig, aber ich war stocksauer. Und er *pfiff*!

Tap, tap, tap, Backofen leer, weitere Fünf-Minuten-Terrine, Bett.

Am dritten Tag schließlich machte er den Mund auf.

»Carly, wir müssen uns unterhalten.«

Wusste ich es doch! Ich frohlockte innerlich, dass er schon einen Tag früher als vorhergesehen einlenkte.

»Ja, das finde ich auch«, erwiderte ich sanft. Ich setzte meine demütigste Miene auf und bemühte mich nach Kräften, mir nichts von meiner inneren Genugtuung anmerken zu lassen.

»Hat die Fluggesellschaft dir das Geld ohne weiteres zurückerstattet, oder müssen wir es schriftlich und quasi offiziell machen und einen Grund für die Stornierung der Buchung angeben?«

Ich starrte ihn verblüfft an. Eigentlich hätte er mir an dieser Stelle erklären müssen, dass er seinen Koffer packen, in der Bank Dollars bestellen und sich auf die Suche nach seiner – 1989 zuletzt gesehenen – Badehose machen würde.

»Mark, wir werden die Reise antreten. Ich werde mir diese Chance nicht entgehen lassen. Das würde ich bis in alle Ewigkeit bereuen!«

Er guckte mich eher irritiert als ärgerlich an. »Jetzt komm schon, Carly! Sei doch vernünftig! Das ist doch verrückt!«

»Eben! Das ist einer der Hauptgründe, warum ich fliegen will! Wann hast du das letzte Mal etwas wirklich Verrücktes getan, Mark? Etwas so Verrücktes, dass du hättest schreien können?«

»Als ich dich geheiratet habe«, antwortete er ruhig.

Oh. Meine Segel sackten schlaff in sich zusammen. Da er keine Miene verzog und ich nicht wusste, ob er das positiv im Sinn von »wunderbar verrückt« oder eher im Sinn von »Dafür-müsste-man-eingesperrt-werden«-verrückt gemeint hatte, entschloss ich mich, diese Bemerkung zu ignorieren.

»Mark, bitte, das bedeutet mir wirklich sehr viel!«

»Und mir bedeutet mein Job sehr viel – nicht zuletzt deshalb, weil er uns ein Dach über dem Kopf garantiert. Ich stecke mitten in einer großen Sache. Wenn ich jetzt in Urlaub fahre, verliere ich möglicherweise den Kunden und damit eine verdammt hohe Provision – Geld, das wir gut gebrauchen könnten!«

»Scheiß drauf, es werden andere Aufträge kommen, die genauso viel einbringen.«

»Großer Gott, Carly, wirst du denn nie erwachsen werden?«

Mir lag schon auf der Zunge: »Nein. Dabei fällt mir ein – hast du zufällig meinen Pogostick gesehen?« Doch ich verkniff mir diese Antwort, weil das sicher nicht die gewünschte war. Wir hielten uns eindeutig in einer humorfreien Zone auf.

»Natürlich werde ich das! Ich meine, ich *bin* erwachsen geworden! Sieh mich doch an. Ich bügle. Ich weiß, dass ein Dyson ein Staubsauger und keine Rockband ist. Ich zahle Steuern. Ich achte darauf, dass die Jungs sich nach dem Pinkeln die Hände waschen. Ich sage Dinge wie ›Wenn ihr nicht brav seid, wird der Weihnachtsmann euch keine Geschenke bringen!‹. Beweist das nicht, dass ich eine vollwertige, vernünftige Erwachsene bin?« Ätsch!, wollte ich schon hinzufügen, unterließ es dann aber, weil ich fürchtete, es könnte meine sorgfältige Argumentation zunichte machen.

»Dann benutz deinen Verstand auch und fahr nicht.«

»Ich werde fahren.«

»Und ich bleibe hier.«

Und so kam es auch. Heute war Tag vier (Kompromiss oder Kapitulation), und auf dem Weg zum Abfertigungsgebäude des Flughafens Heathrow befanden sich eine Frau, zwei Freundinnen, zwei Kinder und sechs Koffer – aber kein Mark.

Am Abend zuvor hatte er einen weiteren Versuch unternommen, mich umzustimmen, und mir dabei schmerzhaft auf die Tränendrüsen gedrückt. Gefruchtet hatte es allerdings nicht.

»Das kannst du mir nicht antun, Carly! Du kannst mir die Jungs doch nicht vier Wochen wegnehmen!«

Ich wusste, dass ihm das schier das Herz brechen würde, aber es gab eine ganz einfache Lösung: Er konnte ja mitkommen. Seit fast zwanzig Jahren arbeitete er für dieses Unternehmen – fast zwanzig Jahre harte, erfolgreiche Arbeit. Ich war mir sicher, dass er ohne weiteres vier Wochen freibekommen würde, wenn er darum bat. Doch – auch das war mir klar – nicht die Bürokratie war das Hindernis, sondern Marks Starrköpfigkeit: Bei ihm musste immer alles bis ins Kleinste analysiert, vorbereitet und geplant werden. Spontan ging bei ihm gar nichts.

Ausnahmsweise war ich wach, als er an diesem Morgen das Haus verließ. Ich lag im Dunkeln und lauschte. Er ging ins Kinderzimmer, gab den Jungs einen Kuss und sagte leise ein paar Worte. Kurz darauf ein Poltern (das morgendliche Stolpern über den Aktenkoffer), ein reißendes Geräusch (die allmorgendliche Banane), dann Haustür auf, Haustür zu, Autotür auf, Autotür zu, Motor an, Motorengeräusch entfernt sich langsam.

Ich schrieb ihm ein paar Zeilen, notierte Abflug- und Ankunftszeit, Sams Adresse und einige Telefonnummern, ließ die Jungs einen Gruß darauf kritzeln und lehnte den Brief gegen die Cornflakes-Schachtel. Ich glaubte immer noch nicht, dass wir tatsächlich ohne ihn fliegen würden. Ich meine, wir waren schließlich ein Team. Seelenverwandte. Die besten Freunde. Na schön, in letzter Zeit hatten wir die Dinge schleifen lassen und uns viel zu wenig umeinander gekümmert, aber wir würden ja noch einige Jährchen miteinander verbringen müssen, oder? Eben. Er hatte seinen Standpunkt klar gemacht, also konnten wir das jetzt abhaken und uns den wirklich wichtigen Dingen zuwenden. Santa Monica Boulevard, wir kommen!

»Worauf wartest du?«, meinte Carol. »Sie werden dich noch festnehmen, wenn du so weitermachst. Du siehst aus, als wolltest du etwas ausbaldowern.«

Meine Blicke huschten von einer Tür zur nächsten. Wir standen mitten im brechend vollen Terminal am Eingang zu dem Sicherheitsbereich, der zur Wartehalle führt.

»Auf den Teil mit dem Schnäuz-Schnief«, antwortete ich, während ich mit den Augen immer noch die Menge absuchte.

»Auf was?« Kate starrte mich verständnislos an.

»Na, den Teil mit dem Schnäuz-Schnief. Wie in *Ein Offizier und Gentleman*, als er sie aus der Fabrik trägt. Oder wie in *Top Gun*, als er ins Café zurückkehrt und ihr Lied in der Musikbox aussucht. Oder wie in *Dirty Dancing*, als er Baby aus der Ecke holt. Oder wie in *Friends*, als Rachel wieder aus dem Flugzeug steigt. Oder wie in *Pretty Woman*, als er darüber hinwegsieht, dass sie eine Nutte ist, und die Leiter hinaufklettert. Das Happyend, du weißt schon. Wenn der Held angerast kommt und einem ganz warm ums Herz wird und die Augen tränen und die Nase läuft.«

»Ladys und Gentlemen, letzter Aufruf für Flug BA 2345 nach Los Angeles. Die Passagiere mögen sich bitte direkt zu Flugsteig 26 begeben.«

»Das bist du, Schätzchen«, sagte Kate. Ihre Augen schimmerten feucht. So ein Mist aber auch! Jetzt kam der Teil mit dem Schnäuz-Schnief, aber kein muskelbepackter Held eilte der Heldin zu Hilfe. Würden wir die Szene auch so hinkriegen?

Und dann sah ich ihn. Wie hätte ich ihn auch übersehen können? Mit seinen über eins achtzig überragte Mark die meisten Menschen. Ich erspähte den vertrauten dunklen Haarschopf über das Meer von Köpfen hinweg. Es war wie das in Zeitlupe ablaufende Ende eines B-Films; nur diese bescheuerte Musik, die sich anhörte, als hätte eine tüdelige Tante sie nach einer Flasche Gin auf ihrer Orgel komponiert, fehlte. Er war noch ungefähr fünfzig Schritte weit weg; mein Herz schlug schneller. Vierzig Schritte: Mein Gesicht verzog sich zu einem breiten Grinsen. Dreißig Schritte: Ich stellte mich auf Zehenspitzen, weil ich seinen Gesichtsausdruck sehen wollte. Zwanzig Schritte: Ich riss die Hand hoch und winkte. Zehn Schritte: Ich hielt die Luft an. Neun, acht, sieben, sechs … Ein Freudenschrei formte sich in meiner Magengrube und stieg nordwärts. Fünf, vier, drei … Ein gellender und so schriller Jauchzer, dass jeder Hund im Umkreis von zehn Meilen in diesem Moment einen Herzanfall erlitt. Zwei, eins ... So lange dauerte es, bis ich merkte, dass nicht ich den Schrei ausgestoßen hatte, sondern eine Blondine, die aussah wie ein schwedisches Au-pair namens Inga. Und jetzt war sie im Begriff, einem Knaben, der meinem Mann von der Stirn aufwärts zum Verwechseln ähnlich sah, mit ihrer Zunge die Mandeln zu massieren.

Mark war nicht gekommen. Er war tatsächlich nicht gekommen.

Ich schluckte schwer.

»Das sind wir, Mum, das sind wir! Komm schon, Mum!«, rief Mac aufgeregt. Der Junge hatte weniger Tiefgang als eine Fußbadewanne (von wem er das wohl hatte?). Er würde seinen Vater vier Wochen lang nicht sehen, seine Mutter war verzweifelt, wir traten eine Reise ins Ungewisse an und hatten eine ungewisse Zukunft vor uns – ganz zu schweigen von den Schulden, in die diese Reise mich stürzen würde und an denen ich noch zu knabbern hätte, wenn ich sechzig war –, und alles, was er dazu zu sagen hatte, war: »Komm endlich, Mum, wir müssen einsteigen! Unser Flugzeug wartet! Glaubst du, dass ich die Pilotenmütze aufsetzen darf, Mum? Sag doch, Mum!« Er kam schon wieder auf Touren.

Ich blickte himmelwärts. Lieber Gott, ich verspreche dir, dass ich dich nie wieder um etwas bitten werde, wenn du mir dieses eine Mal hilfst. Bitte, bitte mach, dass diese Reise nicht umsonst ist! Bitte mach, dass Mark jetzt durch diese Tür stürmt! Und bitte mach, dass Mac nicht in der Sicherheitsschleuse in die Hose pinkelt. Sonst denken sie, er hätte sich aus Angst nass gemacht, und sie werden uns einer Leibesvisitation unterziehen, noch bevor man sagen kann: »Und was ist das für ein pudriges weißes Zeug in Ihrem Arsch, Madam?«

»Es wird Zeit, Carly. Ihr müsst los. Das heißt, falls du immer noch fliegen willst«, fügte Kate zögernd hinzu.

Ich schluckte abermals und ließ meinen Blick ein letztes Mal durch die Halle schweifen. Kein Mark. So ein Mistkerl.

Ich holte tief Luft, warf mir den Riemen meiner Handtasche über die eine Schulter, den Riemen meiner Reisetasche über die andere, nahm meine Söhne an die Hand (sie hatten jeweils nur eine frei – mit der anderen zogen sie einen Kindertrolley hinter sich her) und beugte mich vor, um Kate und Carol auf die Wangen zu küssen.

»Und ob wir fliegen werden«, entgegnete ich und lächelte trübselig.

Wir würden nach L. A. fliegen und jede Menge Spaß haben. Ich würde es Mark Sturarsch Barwick schon zeigen! Diese Reise würde ein voller Erfolg werden. Ich würde die Filmrechte an einem meiner Bücher an eins der großen Studios verkaufen, und wenn ich Mark dann mit meinem Scheck vor der Nase herumwedelte, würde er hoffentlich kapieren, dass ein bisschen mehr Vertrauen in seine Frau angebracht wäre.

Falls ich ihm jemals verzieh. Und da war ich mir gar nicht so sicher.

Familienglück

Carlys Kolumne

Diese Woche … Mit der Familie verreisen

Gleichgültig, ob Gstaad, Aspen, St. Moritz, Monte Carlo, Bermuda oder Antigua – für die harmonische, umfassende Entwicklung eines Kindes ist es von größter Bedeutung, dass es andere Sitten und Lebensarten, andere Länder kennen lernt. Die Reise dorthin kann sich allerdings als ein mit allerlei Sprengsätzen gespicktes Minenfeld erweisen. Vorausschauende Planung kann die Risiken minimieren: Sie trägt dazu bei, die Reise zu einem krisenfreien, unproblematischen Unterfangen zu machen, das seinen ganz eigenen Reiz zu dem großen Abenteuer beizusteuern vermag.

Das Wichtigste, meine Damen, ist, dass Sie Ihr Kindermädchen mitnehmen. Ich weiß, das verteuert die Angelegenheit, aber schließlich ist es auch Ihr Urlaub, und Sie haben ihn sich verdient. Betrachten Sie das Ganze deshalb als Investition in Ihre Lebensqualität.

Das Zweitwichtigste ist die Organisation. Packen Sie Snacks für die Kinder ein. Denken Sie an geeignetes Spielzeug, das die Kleinen beschäftigt. Und bitten Sie die Fluggesellschaft, die Sitzreihe vor oder hinter Ihnen freizuhalten, damit Sie ausreichend Platz zur ungehinderten Entfaltung und zur Entspannung haben.

An Bord sollten Sie bequeme Reisekleidung tragen, Ihr Make-up entfernen und sich eine gute Feuchtigkeitscreme gönnen. Nehmen Sie während des Flugs viel Wasser zu sich, und legen Sie ein Nickerchen ein – das wird Ihren Akku rasch wieder aufladen.

Kurz vor der Landung überlassen Sie es dem Kindermädchen, die Kleinen in frische Sachen zu stecken, während Sie selbst sich umziehen, schminken und frisieren. Dann schreiten Sie ausgeruht und strahlend die Gangway hinunter, ganz im Bewusstsein Ihrer Eleganz und Gepflegtheit – und man wird es Ihnen ansehen, glauben Sie mir!

Dritter Schritt

Meine Damen und Herren, wir danken Ihnen, dass Sie mit uns geflogen sind. Bitte denken Sie daran, beim Öffnen der Staufächer vorsichtig zu sein, da die dort aufbewahrten Gepäckstücke sich während des Flugs verlagert haben könnten. Passagiere mit Kleinkindern werden gebeten, sich zum nächsten Ausgang zu begeben, wo einer unserer Flugbegleiter ihnen beim Aussteigen und beim Wiedererlangen ihres Lebenswillens behilflich sein wird.«

Das waren die längsten zwei Stunden meines Lebens gewesen! Eigentlich dauert der Flug zehn Stunden, aber da Los Angeles acht Stunden hinter unserer Zeit zurückliegt, dauert die Reise um den halben Erdball praktisch nicht länger als eine Doppelstaffel der *Eastenders*.

Als wir zur Mittagszeit in L. A. ankamen, sah ich aus wie eine Pennerin. Mein kurzes blondes, stachelig frisiertes Haar (man stelle sich einen Mix aus Billy Idol und Annie Lennox vor) stand noch senkrechter in die Höhe als sonst. Meine Jeans (Größe 40, aber mit hohem Elasthananteil) waren voller Orangensaftflecken; Mac hatte mir den Saft über die Hose geschüttet, noch bevor wir internationalen Luftraum erreicht hatten. Auf meinem weißen T-Shirt konnte man die Speisenfolge des Bordmenüs ablesen. Unser Hauptgang, Hühnchen in Tomatensoße, befand sich in der rechten oberen Ecke. Benny hatte dummerweise mit den Fingern gegessen und danach den unbändigen Wunsch verspürt, mit seiner Mutter zu schmusen. In der Mitte klebte Dressing vom Beilagensalat; es war dorthin gelangt, als Mac angewidert eine Tomatenscheibe von sich geschleudert hatte. Ein Stückchen darunter leuchtete es rot vom Himbeerkäsekuchen, von einem unachtsamen Löffel dorthin befördert. Und den unteren Rand meines Shirts zierten Kaffeeflecken. Die stammten von mir. Ich hatte gerade einen kräftigen Schluck genommen, als Benny mich aus heiterem Himmel fragte, ob ich ein Baby im Bauch hätte. Ich verschluckte mich; ein Sprühregen aus Kaffee ging über meinem T-Shirt nieder. So was Peinliches! Hatte der Knirps noch nie etwas von einem geblähten Bauch infolge zu langen Sitzens gehört? Vielleicht sollte ich mich beim Naschen trotzdem ein wenig zurückhalten.

Mir war nicht klar gewesen, welch aufwändige logistische Planung das Reisen mit zwei kleinen Kindern erfordert. Will man zum Beispiel auf die Toilette, um sein Make-up zu überprüfen, sich frisch zu machen oder zu pinkeln, muss man die lieben Kleinen notgedrungen mitnehmen. Lässt man sie nämlich auch nur eine Sekunde aus den Augen, werden sie entweder versuchen, die Tür zu öffnen, und dadurch einen Druckabfall in der Kabine und den Tod von unzähligen Menschen verursachen, oder sie werden sich irgendwo verstecken, sodass man haarscharf an einem Herzinfarkt vorbeischrammt, wenn man zurückkommt und nur noch leere Sitzplätze vorfindet. Oder aber sie brüllen sich die Seele aus dem Leib, was eine Sozialarbeiterin auf dem Weg nach Nebraska zu einer Konferenz über Maßnahmen gegen die Vernachlässigung von Kindern veranlasst, sich von ihrem Platz zu erheben, Namen und Anschrift der Rabenmutter zu notieren und ihr einen Vortrag über kindliche Trennungsängste zu halten.

Die Alternativen sind also begrenzt und definitiv unbequem: Man kann entweder die Beine fest übereinander schlagen oder aber die Kleinen aufs Klo mitnehmen. Versuchen Sie mal, einen Erwachsenen und zwei Kinder in einer Flugzeugtoilette unterzubringen – das ist so, wie wenn Sie die komplette Besetzung von *Chitty Chitty Bang Bang* in einen Autoskooter stopfen wollten.

Ich hatte mir unseren ersten Businessclass-Flug ganz anders vorgestellt. Ich hatte gedacht, Mark und ich würden mit Champagner anstoßen, während die Jungs pädagogisch wertvolle Spiele spielten und sich auf neckische Weise kabbelten. Dann würden wir in die Pyjamas schlüpfen, die uns unentgeltlich zur Verfügung gestellt wurden, und ein kleines Schläfchen halten. Geweckt würden wir vom Duft des Feinschmeckermenüs, das man uns mit einem guten Wein (das heißt, einem, der nicht in einer Zwei-Liter-Flasche mit Drehverschluss zu weniger als zwei Pfund neunundneunzig in unserem Supermarkt um die Ecke zu haben war) und vielleicht einem dieser schokoladeüberzogenen Pfefferminztäfelchen servierte.

So viel zu meinen Erwartungen. Die Wirklichkeit war galaktisch weit davon entfernt.

Auf die Pyjamas verzichtete ich, weil es einfach zu viel Heckmeck ist, zwei Kinder erst aus- und dann wieder anzuziehen; es sei denn, diese Aktion steht in Zusammenhang mit dem Schlafengehen, mit einer sportlichen Veranstaltung oder mit Schlamm. In der ganzen Hektik hatte ich natürlich vergessen, Spiele, Bücher und Puzzles einzupacken. Es dauerte genau zehn Minuten, bis es den Jungs zu langweilig wurde, sich die Zeichentrickfilme anzusehen, und sie sich wegen des einzigen Gameboys in die Haare gerieten. An dieser Stelle sei am Beispiel meiner Kinder etwas erwähnt, das einzigartig und nur bei Kindern unter sechs Jahren zu beobachten ist. Der Gameboy gehört Mac. Obwohl sein zweieinhalbjähriger Bruder das Ding lediglich ein- und ausschalten, wahllos auf irgendwelche Knöpfe drücken und darauf herumkauen kann, will er den Gameboy unbedingt haben. Da der Ältere der rechtmäßige Besitzer des Spielzeugs ist, erscheint es nur logisch, dass er bestimmen kann, wer damit spielt und wann. Irrtum. Derjenige bekommt das Spielzeug, der in der Öffentlichkeit am lautesten brüllt. Kein Mensch hat je behauptet, das Leben wäre fair.

Die beiden zankten sich ungefähr viertausend Meilen lang wegen dieses dämlichen Computerspiels. Dazwischen war mein hektisches »Schsch!« zu hören. Als das nichts half, drohte ich den beiden mit lebenslangem Hausarrest. Zu guter Letzt konfiszierte ich den Gameboy. Daraufhin fingen beide zu quengeln und zu lamentieren an, was zwei durchtrieben aussehende Geschäftsleute in der Reihe vor uns veranlasste, von ihren Laptops aufzuschauen, sich umzudrehen und uns mit grimmigen Blicken zu durchbohren.

Ich beugte mich zu den Jungs hinunter und flüsterte so fies ich konnte: »Okay, ihr zwei! Ich hab euch gewarnt! Seht ihr die beiden Typen da vor uns?« Ich deutete auf die abgebrühten Anzüge. Die Jungs nickten; ihre Gesichter nahmen einen wachsamen Ausdruck an. »Das sind Batman und Robin«, fuhr ich leise fort. »Sie sind inkognito hier.«

»Da na na na«, fing Benny an zu singen.

»Schschschsch!« Ich hielt ihm schnell den Mund zu, fasste dann Mac am Kinn, das ihm bis zu den Knien heruntergeklappt war, und brachte es in seine normale Position zurück.

»Sie sind inkognito hier, Benny«, zischte ich. »Das bedeutet, sie haben sich verkleidet, damit sie nicht erkannt werden. Sie halten nach Bösewichten Ausschau, verstehst du? Was, glaubt ihr, denken sie von euch, wenn ihr euch so aufführt? Meint ihr, dass sie das gut finden?«

Sie schüttelten beide heftig den Kopf.

»Seht ihr? Deshalb schlage ich vor, ihr hört endlich auf zu

streiten und benehmt euch wie zwei mustergültige Einwohner von Gotham, bevor Batman herüberkommt und euch beiden den Kopf wäscht!«

Sie nickten, den Blick unverwandt und voller Ehrfurcht auf ihre beiden Superhelden gerichtet. In diesem Moment ging eine Stewardess durch den Mittelgang, und ich raunte meinen Söhnen zu: »Batgirl.«

Sie schnappten hörbar nach Luft. »Hab ich mir doch gleich gedacht!«, sagte Mac aufgeregt.

»Tatsächlich? Wieso denn?«, fragte ich.

»Weil sie eine lausige Flugzeuglady ist – sie hat zweimal meinen Saft verschüttet!«

Die Anwesenheit der Superhelden wirkte wahre Wunder: Für den Rest der Reise herrschte Ruhe und Frieden – einmal abgesehen von »Sind wir bald da?« (4356-mal), »Ich muss aufs Klo« (3245-mal) und »Einen Gin Tonic, bitte« (ich erwähne lieber nicht, wie oft).

Ich malte mit ihnen. Ich bastelte improvisierte Puzzles. Ich spielte »Ich sehe was, was du nicht siehst« mit ihnen, bis ich vor Langeweile mit den Zähnen knirschte. In einem Flugzeug ist die Auswahl von Gegenständen nun mal beschränkt; wir hatten »F« für »Flügel«, »Fenster«, »Fernseher«, »S« für »Schuhe«, »Socken«, »Sitzplatz« und »T« für »T-Shirt«. Benny, der das Alphabet noch nicht beherrschte, störte das jedoch nicht weiter: Er antwortete auf alles mit »Banane«.

Als das Flugzeug zur Landung ansetzte, war ich völlig mit den Nerven runter und erwog ernsthaft, meine Sprösslinge zur Adoption freizugeben.

»Wir sind da, Mummy, wir sind da! Wir sind da, wo Spider-Man wohnt, Mummy!«, kreischte Mac in höchster Verzückung, als die Räder auf der Rollbahn auftrafen. Ein Blick auf sein freudestrahlendes Gesicht, und ich liebte ihn von neuem heiß und innig. Hätte er eine meiner Nieren verlangt, ich hätte sie ihm ohne zu zögern gegeben.

»Spinnenmann, Spinnenmann, der tut, was eine Spinne kann«, sang Benny zur Belustigung der Flugbegleiter, die ihn gern als Maskottchen behalten hätten.

Wir schnappten unsere Taschen, stiegen die Gangway hinunter und traten den langen Marsch zum Terminal an. Als ich die Schlange vor dem Abfertigungsschalter sah, wäre ich fast in Ohnmacht gefallen. Als Engländerin sollte mir das Schlangestehen nichts ausmachen – schließlich ist es Teil unseres kulturellen Erbguts –, aber sofern keine neuen Schuhe oder eine Pizza locken, kann ich getrost darauf verzichten. Vor allem mit zwei Kleinkindern im Schlepptau.

Nach ungefähr zehn Minuten in der Schlange fing meine Hose plötzlich zu vibrieren an. Ich zog mein Handy hervor und las auf dem Display: »Sie haben eine neue Nachricht.« Keine Telefonnummer. Ich nahm an, dass die Nachricht von Sam war, der mir mitteilen wollte, wo er uns abholen würde. Ich drückte auf »Mitteilung öffnen«: Sorry, dass wir im Streit auseinander gegangen sind. Hoffe, ihr seid gut angekommen. Sag den Jungs, dass ich sie liebe. Und dich liebe ich auch. Ruf mich an.

Tränen brannten hinter meinen Augäpfeln, und ich musste kräftig schlucken. Nicht weinen, jetzt bloß nicht weinen! Da ich wie eine Pennerin daherkam, war das Risiko, nicht ins Land gelassen zu werden, schon groß genug. Wenn ich jetzt auch noch vor den Zollbeamten trat und seinen Computer unter Rotz und Wasser setzte, würde er uns umgehend ein Rückflugticket in die Hand drücken.

Plötzlich kam Bewegung in die Warteschlange. Ich rückte drei Zentimeter weiter. Bei dem Tempo würden die Kinder alt genug sein, um sich rasieren zu können, bis wir die Gepäckhalle erreichten.

»Mummy, werden wir in Amerika auf Motorrädern fahren wie die Power Rangers?«, fragte Mac.

Ich hatte ihn nicht richtig verstanden. Seine Stimme ging im Raunen und Stöhnen der dreitausend, die mit uns warteten, unter.

»ICH HAB GESAGT, WERDEN WIR AUCH MOTORRAD FAHREN WIE DIE POWER RANGERS?«, krakeelte er aus voller Kehle. Dreitausend Augenpaare starrten uns an. Benny nutzte die Aufmerksamkeit, die uns zuteil wurde, um ein kleines Lied zum Besten zu geben:

»Wer hatte kein Bettlein, nur Stroh bei den Schafen? 's war das Jesuskind, das sucht' einen Platz zum Schlafen …«

Ich schloss die Augen. Lieber Gott oder wer auch immer – bitte rette mich! Sam, wo bleibst du denn?

Sam. Ich würde Sam wiedersehen! Der Gedanke traf mich wie ein Keulenhieb. In der ganzen Hektik vor der Abreise hatte ich mir das überhaupt nicht bewusst gemacht. Ich war viel zu sehr damit beschäftigt gewesen, die Koffer zu packen, alles zu organisieren, einen Killer auf meinen Mann anzusetzen, meine Kinder zu bändigen, mich auf die mögliche Begegnung mit meiner leiblichen Mutter Jackie Collins zu freuen und mir auszumalen, was ich mit meiner ersten Million anfangen würde. Ich hatte keinen Gedanken mehr an Sam verschwendet.

Es kam erneut Bewegung in die Schlange, und wir rückten noch einmal volle drei Zentimeter weiter.

Sam Morton. Die Liebe meines Lebens. Zumindest eine davon – und da die Zahl derer, die dazugehörten, im zweistelligen Bereich lag, war es kein besonders exklusiver Verein.

Ich war Mitte zwanzig gewesen, als ich Sam kennen lernte. Ich hatte einen Nachtklub in einem Schanghaier Hotel geführt und den Klub eines zur selben Kette gehörenden Hotels in Hongkong übernommen. Am Abend meiner Ankunft beschloss ich, mir meinen neuen Arbeitsplatz anzusehen, und zwar inkognito. Unglücklicherweise war ich durch meinen Aufenthalt in den tiefsten Tiefen von Schanghai nicht mehr ganz auf dem Laufenden, was die aktuellen Modetrends betraf. Ich hatte beabsichtigt, Madonna in ihrer rebellischen Zeit zu kopieren; das Ergebnis ähnelte jedoch dem Gunstgewerblerinnen-Look. Mein schwarzes Lederminikleid mit durchgehendem Reißverschluss vom Dekolleté bis zu den Schenkeln hätte als Reifenschlauch dienen können, so eng war es. Damals lag noch ein gewisser Abstand zwischen Busen und Bauch – nach meinen beiden Schwangerschaften hätte ein breiter Gürtel gereicht, diese Zone zu bedecken. Ich trug Stilettos mit mörderisch hohen Absätzen (versuchte ich heute, in diesen Dingern zu gehen, müsste ich wohl sagen »mit selbstmörderisch hohen Absätzen«), und ich hatte mir die Haare oben auf dem Kopf so festgesteckt, dass ich aussah wie eine Ananas kurz vorm Explodieren.

Der Eingang zum Nachtklub wurde von einem Adonis bewacht. Eins fünfundachtzig groß. Braune Haare. Ende zwanzig. Ehemaliger Armeeangehöriger. Bürstenschnitt. Wimpern, für die Naomi Campbell morden würde. Markantes Kinn. Braun gebrannte Haut. Weiße Zähne. Breite Schultern. Muskulöse Arme. Waschbrettbauch. Schmale Hüften. Ein Po wie zwei Melonenhälften auf einem Tablett.

Brustwarzenerektion. Eierstöcke, die ein Schild mit der Aufschrift »Erste Runde gratis!« hochhielten.

Die letzten beiden Attribute sind natürlich mir, nicht ihm zuzuordnen.

Er war mit einem Wort der attraktivste Mann, den ich je gesehen hatte. Am liebsten hätte ich ihn in den Besenschrank gestoßen und unanständige Dinge mit ihm angestellt. Ihm schmutzige Worte ins Ohr geflüstert. Ihm …

Hoppla, die Schlange bewegte sich wieder drei Zentimeter

weiter. Meinte ich es nur, oder war es in der Abfertigungshalle wirklich so heiß? Ein Glück, dass wenigstens die Kinder friedlich waren. Mac konzentrierte sich ganz auf seinen Gameboy, und Benny hatte sich um meinen Hals gewickelt und schlief.

Um auf Sam zurückzukommen – es gab wirklich keine geile Fantasievorstellung, die ich nicht liebend gern mit ihm in die Wirklichkeit umgesetzt hätte. Dummerweise gehörte Sex mit den Angestellten zu den Dingen, die laut hoteleigenem Verhaltenskodex strikt untersagt waren.

Und da es mir nicht im Traum eingefallen wäre, gegen Regeln und Verbote zu verstoßen (selbst auf die Gefahr hin, Höllenqualen zu leiden), übte ich mich in Enthaltsamkeit. Volle vierzehn Tage lang. Dann tauchte Sam eines Nachts in meinem Hotelzimmer auf, entblößte den größten Penis, den ich jemals gesehen hatte (und das gilt bis zum heutigen Tag!), und vernaschte mich. Ungefähr sechsmal hintereinander, wenn ich mich richtig erinnere. Und wie! Die Erde bebte nicht – sie zerfiel zu Staub! Der Mann war wirklich einmalig. Umwerfend. Und ein schrecklich lieber Kerl. Er kümmerte sich zum Beispiel um drei alte obdachlose Chinesen, die vor seinem Apartmenthaus kampierten.

Ich war total vernarrt in ihn. Ich vergötterte ihn regelrecht. Ein kleiner Schock war es dann allerdings schon, als er mich an Silvester vor hunderten von Gästen in feuchtfröhlicher Partylaune fragte, ob ich ihn heiraten wolle.

Natürlich sagte ich Ja. Ich meine, man kann diese Frage schlecht mit Nein beantworten, oder?

Das erklärt auch, warum ich bis zu meinem dreißigsten Lebensjahr so oft verlobt war.

Das Leben war einfach wunderbar. Tagsüber leitete Sam Kampfsportkurse – eines Tages wollte er eine eigene Kampfsportschule gründen –, und nachts arbeitete er weiter im Nachtklub, um seine Finanzen aufzubessern.

Ich liebte jede Minute meines Aufenthalts in Hongkong. Zum ersten Mal hatte ich das Gefühl, meinen Platz im Leben gefunden zu haben. Wirklich irgendwohin zu gehören. Obwohl ich bis dahin für feste Bindungen war, was ein Diktator für die Menschenrechte ist.

Doch dann – wie könnte es anders sein – griff das Schicksal ein und verwandelte mein Leben in das emotionale Gegenstück einer Massenkarambolage. Mein Vertrag lief aus, und meine Bosse teilten mir mit, ich würde entweder nach London oder nach Dubai versetzt. Ich weigerte mich. Vergeblich.

Dubai. London. Kummer. Das waren die Alternativen.

Ich bat Sam mitzukommen, er bat mich dazubleiben. Zu guter Letzt ging ich, versprach ihm aber, nach Ablauf meines nächsten Vertrags zurückzukommen. Ich weiß nicht, ob er mir geglaubt hat. Und wenn nicht, wäre es auch nicht schlimm gewesen, weil ich mich nämlich erst fünf Jahre später im Rahmen meines hirnrissigen Plans, alle meine Exlover aufzusuchen, um sie auf ihre Beziehungstauglichkeit hin zu testen, erneut auf die Suche nach ihm machte. Sam war die Nummer sechs, der Letzte auf meiner Liste, gewesen.

Als ich ihn wiedersah, wusste ich augenblicklich, dass er der Richtige war. Ich wusste, wir würden hervorragend zueinander passen, und ich schwöre, diese Erkenntnis basierte ausschließlich auf unserer Liebe füreinander, unserer tiefen seelischen Verbundenheit und dem Bewusstsein, dass wir schon einiges zusammen durchgestanden hatten. Okay, die Tatsache, dass er einen Penis von der Größe eines Babyarms hatte, dürfte vermutlich auch eine gewisse Rolle gespielt haben, aber für ganz so oberflächlich möchte ich mich denn doch nicht halten.

Egal. Es sollte nicht sein. Ich fand nämlich heraus, dass Sam nach unserer Trennung den Beruf gewechselt hatte und jetzt vermögenden Frauen seine Dienste als »Begleiter« anbot. Das gehörte nicht unbedingt zu den Qualitäten, die ich mir bei meinem potenziellen Ehemann wünschte.

»Willst du, Sam Morton, die hier anwesende Carly Cooper lieben und ehren, in guten wie in bösen Tagen, bis dass der Tod euch scheidet? Und versprichst du ferner, nicht länger jede Frau zu vögeln, die dir mit ihrer Kreditkarte vor der Nase herumwedelt?«

Auch wenn Sam anderer Ansicht war – ich wusste, dass das niemals funktionieren würde. Wenig später gab er seine Karriere als Callboy auf und schrieb ein Drehbuch über sein Leben, das zur richtigen Zeit auf dem richtigen Schreibtisch landete. Keine Ahnung, ob eine Frau hinter dem Schreibtisch saß und Sam seinen Penis mit in die Waagschale warf. Ich ziehe es vor zu glauben, dass es die Qualität des Drehbuchs war, die den Ausschlag gab.

Der Film kam riesengroß raus. Und Sam spielte sich selbst und war ganz fantastisch. Wer hätte ihm so viel schauspielerisches Talent zugetraut? Höchstens diese äußerst merkwürdige Kundin, die ihn stets für die Mittwochnachmittage gebucht hatte, damit er so tat, als wäre er ihr Ehemann und hieße Harold.

Das war die erste von vielen Rollen für Mr. Sexgott gewesen. Und er bekam großartige Angebote. Als romantischer Held war er ein toller Ersatz für Richard Gere, als dieser die Filmerei vernachlässigte, weil er zu beschäftigt damit war, der chinesischen Regierung auf die Nerven zu gehen.

Sam und ich blieben Freunde. Sooft er sich wegen einer Premiere in London aufhielt oder in den Pinewood-Studios drehte, wohnte er bei uns, und wir durften uns im Glanz seines Ruhms sonnen. Für die anderen war er Sam Morton, der internationale Superstar und Frauenschwarm. Für uns war er schlicht Sam. Ein Freund. Ein Exlover. Ein guter Kumpel. Mit dem größten Ding nördlich des Äquators. Dieses nicht ganz unwesentliche Detail behielt ich allerdings für mich. Obwohl Mark ohne ein einziges Eifersuchtsgen auf die Welt gekommen war, konnte Penisneid selbst den Ausgeglichensten aus dem Gleichgewicht bringen.

Mark hatte Sam wirklich gern.

Die beiden verstanden sich prächtig, respektierten sich und hatten viel gemeinsam (von der intimen Kenntnis meiner Fortpflanzungsorgane einmal abgesehen). Wir waren schließlich moderne, erwachsene Menschen. Mark hatte seinen bemerkenswerten Mangel an Eifersucht nicht zuletzt dadurch bewiesen, dass er vorschlug, Sam zu fragen, ob er nicht Bennys Taufpate sein wolle. Sam hatte begeistert zugesagt, und ich bin sicher, Benny wird eines Tages, wenn er feststellt, dass sein Patenonkel freien Zugang zu beliebig vielen heißen Tussis hat, genauso begeistert sein.

»Wenn Sie bitte näher treten würden, Ma'm.« Halleluja! Ich spürte meinen Rücken kaum noch. Lange hätte ich die sechzehn Kilo Lebendgewicht in Form meines Sohnes und das Bordgepäck aller Passagiere (so kam es mir zumindest vor) nicht mehr schleppen können. Der recht stattliche Mensch am Einreiseschalter prüfte unsere Pässe, durchleuchtete ein paar Dinge, gab Daten in seinen Computer ein, schoss ein reichlich seltsames Foto von uns und nahm meine Fingerabdrücke. Ich verkniff mir den Hinweis, dass ich gekommen war, um an die Pforten Hollywoods zu klopfen, und nicht, um Fort Knox zu sprengen.

Dann ging es weiter zur Gepäckausgabe, wo wir uns einen Gepäckwagen schnappten, zum Förderband hasteten und unsere Koffer herunternahmen. Ich war fix und fertig, als ich endlich alles aufgeladen hatte, und dann hatte dieser verdammte Wagen auch noch ein kaputtes Rad und zog andauernd nach links.

Benny war aufgewacht und auf meinen Rücken geklettert, Mac hatte sich einen gefährlich schwankenden Platz auf einem der Koffer gesucht, als ich den Wagen mit letzter Kraft zum Zoll schob. Die Zollbeamten winkten mich durch – garantiert aus Mitleid, weil sie mir ansahen, dass ich kurz vor einem Nervenzusammenbruch stand.

Ich schob und drückte den Gepäckwagen ungefähr fünf Meter den steilen Gang hinauf. Welcher hirnverbrannte Idiot war bloß auf die Idee gekommen, einen Korridor so anzulegen, dass man schwer beladene Gepäckwagen BERGAUF schieben musste? Gerade als ich dachte, ich hätte den Dreh raus, neigte sich Mac ein Stück zur Seite und brachte unseren Kofferberg zum Einsturz.

Scheiße! Ich wuchtete alles wieder auf den Wagen zurück, und weiter ging es. Als ich um die Ecke bog, machte es *wumm*!, und unser Gepäck landete abermals auf dem Fußboden. Meine Hände fingen zu zittern an. Benny fing zu wimmern an. Mac hingegen interessierte das alles überhaupt nicht: Alles war so neu und aufregend, dass er ganz aus dem Häuschen geriet.

Oje.

»Musst du aufs Klo, Mac?«

»Nee.«

Ich hoffte inständig, dass er mich nicht anschwindelte oder übermäßig optimistisch war. Ich musste für alle Fälle einen Zahn zulegen.

Ich lud also alles wieder auf und mühte mich weiter die Steigung hinauf. Noch eine Biegung, eine letzte Kraftanstrengung, und dann sah ich …

Sam. Er stand an eine Absperrung gelehnt und sah aus, als wäre er einem Werbeplakat für Armani-Herrenmode entsprungen. Er lächelte und breitete die Arme aus. Mac rannte los.

»Onkel Sam, Onkel Sam!«, kreischte er freudig.

Ich folgte ihm. Als ich bei Sam angelangt war, war ich auch am Ende meiner Kräfte angelangt. Ich brach in Tränen aus, als er sich vorbeugte, um mich in die Arme zu schließen. Ich weinte nicht anmutig so wie Demi Moore in *Ghost – Nachricht von Sam* oder liebenswert wie Kate Hudson, nein, ich schluchzte herzzerreißend, ich heulte Rotz und Wasser à la Gwyneth Paltrow. Sam starrte mich entgeistert an, aber das lag möglicherweise auch daran, dass ich mein Make-up-verschmiertes, tränennasses Gesicht an sein Zweitausend-Dollar-Jackett drückte.

»Aber, aber, was hast du denn? Was ist denn passiert, Schätzchen?«

»Onkel Sam, Onkel Sam, wir werden Spider-Man besuchen!«, kreischte Mac völlig außer sich.

Ich ahnte Schreckliches. Und richtig, schon trällerte Benny mit quengeliger Stimme los:

»Spinnenmann, Spinnenmann, der tut, was eine Spinne kann …«

Ausnahmslos jeder starrte zu uns her. Ich blickte zu Sam auf und stieß abgehackt hervor:

»Entschuldige, Sam, ich … ich … glaub, ich hab heut … zuhu nahah … am Wasser gebaut …«

»Mach dir deswegen keine Gedanken, Liebes. Und ich hab schon gedacht, das sei die Wiedersehensfreude!« Er schaute mir über die Schulter. »Wo steckt denn Mark? Ist er beim Zoll aufgehalten worden?«

»Er ist nicht mitgekommen.«

»Was? Aber wieso denn nicht?«

Ich setzte zu einer vernünftigen Erklärung an, aber heraus kam nur ein neuerliches hysterisches Schluchzen. Irgendwann ging mir die Luft aus. Ich atmete tief durch und brachte schließlich wieder ein paar zusammenhängende Sätze hervor. »Es tut mir so Leid, Sam.« Schluchz. »Es geht mir gleich wieder besser.« Schluchz. »Dann sehen wir zu, dass wir von hier wegkommen, und vergessen das Ganze, okay?«

»Kein Problem, Liebes.«

Sam irrte – wir hatten doch ein Problem. Zuerst dachte ich, eine Glühbirne in einer der Deckenleuchten sei geplatzt. Und dann noch eine. Und noch eine. Der Flughafen Los Angeles befand sich aber wirklich in einem katastrophalen Zustand! Noch ein ploppendes Geräusch, gefolgt von einem grellen Blitz. Und dann ... »Hey, Sam, wer ist die Lady?« »Hierher, Sam!« »Bitte lächeln, Sam!« »Wer ist sie, Sam?«

Plötzlich waren wir umringt von einer Reporterschar, und ein wahres Blitzlichtgewitter ging über uns nieder. Sam schnappte Mac, und ich riss panisch meinen Jüngsten an mich. Dann rief Sam jemandem zu, sich um unser Gepäck zu kümmern, und legte seinen freien Arm um mich. »Kopf runter und nicht stehen bleiben«, befahl er mir. Mac gab einem der Fotografen, der ihm im Getümmel seine Baseballmütze vom Kopf riss, mit einer sehr rüden Geste zu verstehen, was er von ihm hielt, doch ich – ganz die reife, verantwortungsbewusste Erziehungsberechtigte – ignorierte sein Benehmen. Schon waren Angestellte des Sicherheitsdienstes herbeigeeilt. Jetzt wusste ich, wie Moses sich gefühlt haben musste. Das Meer aus Denimkleidung und Pentax-Kameras teilte sich; noch ein paar harmlose kleine Rempler, und wir stürzten nach draußen und in eine wartende Limousine.

»Alles klar, Jungs?«, fragte ich die beiden atemlos. Beide nickten.

Ich hob mein zerknittertes Gesicht und blickte aus verschwollenen Augen zu Sam auf.

Er grinste. »Na, was hältst du von unserem Empfangskomitee? So werden alle Neuankömmlinge in L. A. begrüßt.«

»Ich bin beeindruckt. Aber statt einen Haufen Fotografen zu schicken, sollte man vielleicht besser diesen verdammten Hügel abtragen, damit die lieben Neuankömmlinge ihren Gepäckwagen nicht bergauf schieben müssen!«

Sam lachte schallend. Und obwohl ich mich in meinem Innern immer noch zittrig fühlte, lachte ich mit. Und dann geschah etwas Unerwartetes. O nein! Das musste am Jetlag liegen. Am Stress. An momentaner geistiger Umnachtung. An den Umständen: Zum ersten Mal in meinem Leben fuhr ich in einer Stretchlimousine. Mein jüngerer Sohn saß auf dem Platz vor mir und trällerte *»Is This the Way to Amarillo«*, der ältere zeigte einem Fotografen den Stinkefinger. Mein Mann war nicht da. Ich hatte die Gesichtsfarbe eines mit Essig gegossenen Gewächses. Sam Morton, das Sex-Idol, der umschwärmte Hollywood-Megastar, lächelte mir augenzwinkernd zu. Und – lieber Gott, hilf mir! – meine Brustwarzen zwinkerten doch tatsächlich zurück!

Vierter Schritt

»Kann er eigentlich auch reden wie jeder normale Mensch?«, wollte Sam wissen, als Benny im Pool plantschte, den Gesetzen der Physik und der Biologie trotzend, indem er gleichzeitig Wasser schluckte und sang. Er war bei der dritten Strophe von *»Probier's mal mit Gemütlichkeit«* aus dem *Dschungelbuch* angelangt.

»Kann er schon«, versetzte ich trocken. »Wenn er etwas wirklich Lebensnotwendiges wie Essen und Wasser will, und er findet keinen musikalischen Aufhänger, dann bequemt er sich eventuell, einen kurzen Satz zu bilden. Aber ich finde, in Anbetracht seines Talents ist das kein zu hoher Preis. Falls er allerdings nicht mit spätestens sechzehn in einer Boygroup Millionen verdient, werde ich ihn gegen ein anderes Modell eintauschen!«

»Wieso in aller Welt soll er in einer Boygroup singen?« Sam sah mich erstaunt an. »Denk doch bloß mal an den Druck, dem die Jungs ausgesetzt sind.«

»*Ich* denke an all die Mädchen! Er wird mir ewig dankbar sein, glaub mir.«

Mac nahm kreischend Anlauf und landete mit einem Bauchklatscher im Pool. Habe ich schon erwähnt, dass wir am Swimmingpool saßen? Sams Privatpool. Mit Strömungen und Wasserfällen und kleinen Inselchen. Und einem Springbrunnen in der Mitte. Nicht, dass mich diese Zurschaustellung von Reichtum irgendwie beeindrucken würde – *so* oberflächlich bin ich nun auch wieder nicht! –, aber wäre ich ein Kerl, hätte ich garantiert einen Ständer.

Sams Haus hatte ich mir ganz anders vorgestellt. Da ich mein Wissen über Immobilien in L. A. ausschließlich aus den Medien bezog, hatte ich spiegelnde Glasfronten erwartet, viel Schwarz und Chrom, Louis-Vuitton-Tapeten, ein massiv goldenes Jacuzzi in jedem Badezimmer und Plasmabildschirm-Fernsehgeräte, die alle sechs Meter in die Decke eingelassen waren. Ich hatte mir das protzig und bombastisch und verdammt schwer sauber zu halten vorgestellt.

Doch stattdessen ähnelte Sams Haus einer alten spanischen Hazienda – wenn auch von der Ausdehnung Alicantes. Es hatte einen bezaubernden ländlich-rustikalen Charme, wie eine Mischung aus einem mexikanischen Fünfsternehotel und Zorros Wochenendhäuschen.

Und einen Swimmingpool hatte es auch, hab ich das schon erwähnt? Mit einem Springbrunnen in der Mitte.

Das einzig Beunruhigende war, dass das Haus an einem Hügel in einer exklusiven und wunderschönen Gegend namens Pacific Palisades erbaut worden war. Pluspunkte: ein herrlicher Blick über Santa Monica und direkt zum Strand hinunter. Minuspunkte: Ich sage nur drei Worte – San-Andreas-Graben. Aber was soll's. Da ich an einem Privatpool mit einem Springbrunnen in der Mitte saß, beschloss ich, meinem guten Stern zu danken und mir um so nebensächliche Dinge wie ein Erdbeben, das uns in die Tiefe und einem schmerzhaften Tod entgegenschleudern würde, ein andermal Gedanken zu machen.

Benny kam auf uns zugewankt. Er war pitschnass, und seine Haare standen zu Berge.

»Müde«, quengelte er.

»Siehst du? Ich hab dir doch gesagt, er kann reden«, sagte ich zu Sam, während ich meinen Sohn in ein Handtuch wickelte. Er kletterte auf mich drauf und kuschelte sich an mich, um ein Nickerchen zu halten. Ich wünschte mir, meine Söhne würden niemals aufhören, das zu tun. Am liebsten würde ich sie dazu verpflichten, sich für ihr Schläfchen bis an ihr Lebensende an ihre Mutter zu schmiegen, den Kopf an ihre Schulter gebettet. Das wird natürlich ein bisschen blöd aussehen, wenn sie erst mal über zwanzig sind und ihre Freundinnen zuschauen.

»Und?«, fragte Sam vorsichtig.

»Was, und?«

»Na ja ... Willst du mir nicht erzählen, weshalb Mark nicht mitgekommen ist?«

Aha, ich hatte mich schon gefragt, wann er das Thema anschneiden würde.

Seit vier traumhaften, sonnendurchfluteten Stunden saßen wir jetzt hier. Ich begann allmählich, mich an die Hitze zu gewöhnen. Ich versuchte krampfhaft zu vergessen, was für unkeusche, lustvolle Gedanken ich beim Anblick meines Exfreunds gehegt hatte. Ich überlegte, wie sehr Mark das alles hier gefallen hätte – bevor er irgendwann auf dem Weg zur Arbeit von einer Zombiesekte gekidnappt und in einen androiden Workaholic verwandelt worden war. Ich bekam eine Gänsehaut vor Vergnügen, als ich meine Jungs beobachtete, die in Sams *Privatpool* einen Mordsspaß hatten. Ich fragte mich, ob ich wohl verhaftet werden würde, wenn ich auf einen Sprung bei Jackie vorbeischaute und ihr mitteilte, dass ihre verlorene Tochter zurückgekehrt sei – oh, und ich hoffte doch, dass ich jetzt im Testament bedacht wurde! Ich verspürte ein orgasmisches Schaudern beim Gedanken daran, dass Sams Haushälterin Eliza meine Koffer auspackte. Allerdings wollte ich lieber nicht wissen, was sie von meinen sieben grauen BHs hielt. Achtung, nicht vergessen: Kauf von Unterwäsche hat höchste Priorität! Zum Teufel mit der Kreditkartenabrechnung. Wenn ich schon auf dem Weg zum Insolvenzgericht war, könnte ich den Richter vielleicht mit einem Blick auf mein neues heißes Unterhöschen milde stimmen.

Ja, mich beschäftigten alle möglichen Dinge, aber mir stand der Sinn gewiss nicht nach seelischem Kummer und innerer Sammlung.

»Willst du, dass ich wieder zu heulen anfange, Sam? Ich hab drei Eispackungen für meine Augen gebraucht, um wieder einigermaßen menschlich auszusehen!«

Er zuckte mit den Schultern und schwieg. Oh, wie ich das hasste! Er kannte mich einfach zu gut. Er wusste genau, dass ich nicht im Stande war, die Dinge auf sich beruhen zu lassen und nicht darüber zu sprechen. Hätte er in diesem Moment das Thema gewechselt, wäre alles in Ordnung gewesen. Ein betretenes Schweigen jedoch stimulierte meine Sprechwerkzeuge geradezu, und die Informationen sprudelten aus mir hervor wie aus einem Polizeispitzel, dem man den Schniedel in einen Schraubstock geklemmt hat.

Aber wie sollte ich mich einem halb nackten Beau anvertrauen, der keinen Meter von mir entfernt lag? Es gab so viel Wichtigeres, auf das ich mich konzentrieren musste. Zum Beispiel auf die erstaunliche Entdeckung, dass die Umrisse seiner Brust wie die Anden aussahen, wenn ich sie aus einem bestimmten Winkel mit zusammengekniffenen Augen betrachtete.

Außerdem hatte ich noch nicht mit Mark gesprochen. Ich konnte einfach nicht. Ich litt an einer Lähmungserscheinung – lateinischer Terminus: *schmolliensis extremis* –, die dazu führte, dass ich die Finger nicht bewegen und die Telefontasten drücken konnte. Zudem war es zu Hause in England bereits nach Mitternacht, und ich wollte den Schlaf Seiner Heiligkeit, des Unersetzlichen Rechtsbeistands, auf gar keinen Fall stören. Mein Magen machte einen Hüpfer. Gott, wie ich ihn vermisste! Besser gesagt, wie ich ihn vermissen würde, wäre meine blinde Wut erst einmal verraucht.

Das unheilschwangere Schweigen zwischen Sam und mir schlug mir aufs Gemüt, und so knickte ich ein und erzählte ihm alles. Na ja, fast alles. Dass in unserem Ehebett seit einiger Zeit – seit längerer Zeit, um genau zu sein – mehr Frust als Lust herrschte, erwähnte ich nur am Rande. Ich wollte in Hörweite unseres Sohnes nicht auf Einzelheiten eingehen; das wäre mir Mark gegenüber respektlos vorgekommen. Benny schien zwar zu schlafen, aber Kinder sind wie Schwämme – biegsam und hochgradig absorptionsfähig. Er sollte auf keinen Fall in zwanzig Jahren, wenn er auf der Couch eines Psychiaters lag, klagen: »Herr Doktor, ich bin unfähig, intime Beziehungen zu Frauen aufrechtzuerhalten, das belastet mich sehr, und ich glaube, ich kenne den Grund: Als ich zweieinhalb Jahre alt war, musste ich mit anhören, wie meine Mutter sich abfällig über die sexuelle Leistungsfähigkeit meines Vaters geäußert hat, das hat mich traumatisiert!«

Ich hielt mich an die Tatsachen: Ich wollte die Reise antreten, Mark nicht, und deshalb saß ich jetzt an einem Pool in L. A., und er durfte vier Wochen lang die Fünf-Minuten-Nudelterrine für eine Person genießen. So formuliert, stürzte mich die Zustandsbeschreibung unserer Ehe in abgrundtiefe Verzweiflung.

»Na, was meinst du dazu?«, fragte ich Sam, als ich geendet hatte. »Ist das zum Heulen oder nicht?«

»Ganz eindeutig«, stimmte er mir zu.

»Vielen Dank für diese messerscharfe Analyse. Du vergeudest deine Zeit als hochbezahlter Schauspieler, weißt du das? Du solltest eine Karriere bei einer Partnerschaftsberatung anstreben.«

Ich schüttelte meine melancholische Stimmung energisch ab. Die Sonne schien von einem blauen Himmel, und es war in meinen Genen einfach nicht angelegt, in ein seelisches Tief zu rutschen, wenn ich mich auf einem Liegestuhl in der Sonne räkelte. Es war höchste Zeit, mich von Sam mit ein paar pikanten Klatschgeschichten verwöhnen zu lassen.

»Genug von mir geredet«, fuhr ich deshalb fort. »Verrate mir lieber, mit welchem Strandnymphchen aus welcher wöchentlichen Seifenoper du dich zurzeit herumtreibst.«

Sam lächelte und verdrehte dann seufzend die Augen. »Versprich mir, dass du mich nicht auslachst.«

»Versprochen«, erwiderte ich grinsend.

»Du wirst mich auslachen.«

»Nein, werde ich nicht.«

»Doch, das wirst du.«

»Ich bitte dich, Sam! Ich bin eine völlig geschlauchte Mutter, leide unter der Zeitverschiebung und der Tatsache, dass mein Mann durch Abwesenheit glänzt – ich versichere dir, ich hab meinen Humor schon vor langer Zeit verloren! Ich bin eine sauertöpfische Kuh. Ich werde nicht lachen, glaub mir. Ich werde nicht einmal lächeln. Ich werde keine Miene verziehen. Also schieß schon los.«

»Ich bin solo. Ich habe seit über einem Jahr kein Date mehr gehabt.«

Ich platzte laut heraus. Es schüttelte mich regelrecht vor Lachen, so sehr, dass Benny aufwachte.

»Du … machst … Witze!«, prustete ich. »Oder du lügst.«

Ich redete beruhigend auf Benny ein, damit er weiterschlief und nicht zu singen anfing und den Augenblick verdarb. Sam Morton und solo. Wer hätte das gedacht! Und seit über einem Jahr? Ich konnte es nicht fassen. Wie schaffte er das? Ich meine, er würde ja kaum auf Handbetrieb umgestiegen sein, oder?

»Nicht einmal ein One-Night-Stand oder eine verbotene Fummelei?«, fragte ich ungläubig.

Er schüttelte den Kopf. »Nichts dergleichen.«

Ich war baff. »Aber wieso denn nicht?« Das war so, als

schlösse ein talentierter Maler freiwillig Farben und Staffelei weg. Oder als schriebe meine richtige Mutter keine mit Sex prall gefüllten Romane mehr. Oder als machte ein notorischer Ladendieb im Winterschlussverkauf einen weiten Bogen um Marks & Spencer.

War Sam krank? Litt er unter einer unerfüllten Liebe zu einer weltberühmten, aber verheirateten Schauspielerkollegin? Hatte er die letzten zwölf Monate im Knast verbracht, wovon dank seiner smarten PR-Agentur kein Wort an die Öffentlichkeit gedrungen war?

Was auch immer der Grund sein mochte – ich war überzeugt, dass etwas wirklich Ernstes dahintersteckte.

»Es ist mir einfach zu viel Aufwand, mir was fürs Bett zu suchen«, bekannte er freimütig. »Ich bin die meiste Zeit unterwegs bei Dreharbeiten oder um für einen meiner Filme zu werben. Ich führe ein Zigeunerleben, Carly. Das ist keine gute Grundlage für eine Beziehung. Und offen gestanden gibt es nicht viele Gelegenheiten, jemanden kennen zu lernen.«

»Aber du lernst doch sicher am Set jede Menge Leute kennen«, erwiderte ich. Ich war noch immer ganz benommen.

»O ja, sicher. In den letzten neun Monaten zum Beispiel habe ich ein Gefängnisdrama mit Bruce Willis, Will Smith und The Rock gedreht. Hätte ich einen von denen angebaggert, könntest du jetzt mein Grab besuchen. Und außerdem«, fuhr er nach einer kleinen Pause fort, »bemühe ich mich, mein Image loszuwerden, so verrückt das auch klingen mag.«

Meine Verwirrung wuchs. »Welches Image denn?«

»Nach der Verfilmung meiner Lebensgeschichte stand für die Leute fest, wer ich bin: Sam Morton, der Typ, der sich reichen Frauen als Begleiter angeboten hat. Ich war mir ziemlich sicher, dass es bei diesem einen Film bleiben würde. Hätte sich der ganze Rummel um meine Person erst einmal gelegt, und die Leute hätten das Interesse verloren, so nahm ich mir vor, würde ich das Geld nehmen und nach Asien zurückkehren. Und das wäre völlig in Ordnung gewesen. Doch es kam anders. Man bot mir weitere Rollen an, die Gagen kletterten in die Höhe, und die Publicity war positiv, vor allem, wenn man bedenkt, dass sich dieses Land für die letzte Bastion der moralisch Aufrechten hält. Die Menschen hier lieben nichts so sehr wie reumütige Sünder, und mit *Nach allen Regeln der Kunst* habe ich praktisch eine hundertdreißigminütige öffentliche Beichte abgelegt. Also blieb ich hier und gab mein Bestes, und es hat funktioniert. Das Dumme ist nur, dass die Frauen, die ich kennen lerne, eine vorgefertigte Meinung von mir haben. Manche sind neugierig, ob der Sex hält, was mein Ruf verspricht. Andere erhoffen sich Publicity oder Kohle, wenn sie mit mir bumsen. Und die Anständigen – tja, ich schätze, die nehmen die Beine in die Hand und rennen, was das Zeug hält.«

Ich verstand, was er meinte. Als schwerreicher Star übte er eine enorme Anziehungskraft auf oberflächliche Frauen, die nur hinter dem Geld her waren, aus; für alle anderen jedoch rangierte er dank seiner anrüchigen Vergangenheit auf der Skala »Begehrtester Fang des Jahrhunderts« irgendwo zwischen der Vogelgrippe und einer Geschlechtskrankheit. Aber immerhin war er ehrlich. Das war mir im Lauf der Jahre immer wieder aufgefallen. Wie viele Typen vögeln jedes Mädchen, das ihnen vor den Schwanz kommt, und schwören jedem ewige Liebe und Treue, obwohl ihnen nichts ferner liegt, als ihr Versprechen zu halten?

Sam war aufrichtig. Er machte keiner Frau etwas vor. Seine Integrität war unbestreitbar. Er hatte Anstand und Ehrgefühl. Und ein gutes Herz. Wer das alles außer Acht ließ, nur weil er eine Zeit lang einer Beschäftigung nachgegangen war, die man im Adamskostüm und gegen Vorlage der Kreditkarte ausübt, musste verrückt sein.

Jawohl, so eine Frau musste total bescheuert sein. Beknackt.

Ich küsste Benny und warf einen Blick zu Mac hinüber, der im flachen Teil des Pools mit einem aufblasbaren Alligator kämpfte.

Ich konnte Sam nicht ansehen. Ich fürchtete mich vor seinem Gesichtsausdruck. Würde er sachlich sein? Forschend? Anklagend? Traurig?

Ich kannte den wahren Sam Morton, und ich hatte ihn furchtbar gern. Es gab eine Zeit, da hatte ich ihn mehr geliebt als irgendeinen anderen Menschen auf der Welt. Aber dann ... Dann hatte ich von seinem Ausflug in die Welt der Callboys erfahren und war auf meinem hohen Ross in die Moralberge geflüchtet.

Ein langes, nachdenkliches Schweigen entstand. Ich hatte mich aus dem Staub gemacht. Ich war zu feige gewesen, ihm eine zweite Chance zu geben, zu hartherzig, ihm seine Schwächen zu verzeihen. Er hatte einen Fehler gemacht, ja, aber es war doch nicht so, dass man siebenundzwanzig Leichen in seinem Keller entdeckt hätte. Er hatte mit vielen Frauen geschlafen. Das hatte Tom Jones auch, und trotzdem warfen seine weiblichen Fans ihm immer noch ihren Slip auf die Bühne.

Es ist einfach Schicksal gewesen, sagte ich mir dann und stieß einen verhaltenen Seufzer aus. Ich meine, hätte ich Sam eine zweite Chance gegeben, wäre ich heute nicht mit Mark zusammen. Sofern man das so nennen konnte – immerhin lagen ein paar tausend Meilen zwischen uns.

Und wäre ich nicht mit Mark zusammen, würde ich nicht in London leben. Und ich wäre auch nicht chronisch abgebrannt. Und müsste mich nicht jeden Morgen mit den Jungs durch die Verkehrshölle allradgetriebener Fahrzeuge kämpfen. Ich würde auch nicht die Namen sämtlicher Kassiererinnen unseres Supermarktes kennen. O ja, auf all diese wunderbaren Geschenke müsste ich verzichten, hätte ich mich nicht für Mark Barwick entschieden! Stattdessen würde ich in Pacific Palisades wohnen, mir eine Tasse Zucker von den Spielbergs von nebenan borgen, meinen Koch fragen, was er zum Tee zu servieren gedachte, und meine Prada-Handtaschen zählen. Ich müsste unter der Banalität leiden, im Privatjet zu reisen und meine Kundenkreditkarte mit unbegrenztem Limit vorzulegen. Ich würde mir Blasen an den Füßen laufen vom Bummeln über den Rodeo Drive. Gott, das wäre der reinste Albtraum! Grauenhaft. Einfach entsetzlich. Und das Schlimmste wäre, ich müsste jeden Abend zu einem Mann ins Bett klettern, neben dem Brad Pitt Mittelmaß war, einem Mann, der anatomisch besonders großzügig ausgestattet war und der nicht seiner gepflegten Konversation wegen zu den bestbezahlten Begleitern der westlichen Welt gehört hatte.

Du meine Güte, das war knapp gewesen! Puh! Hatte ich ein Glück, dass dieser Kelch an mir vorübergegangen war.

Entschuldigen Sie mich einen Moment, ich will nur rasch eine Peitsche holen und mich geißeln bis aufs Blut.

Mac riss mich aus meinen Gedanken. Eine Spur besiegter Gummitiere hinter sich lassend, kam er zu mir gelaufen und rief aufgeregt:

»Hast du das gesehen, Mum, hast du das gesehen? Hast du gesehen, wie ich sie fertig gemacht habe? Ich hab zehn Dinosaurier getötet!«

»Ich hab's gesehen, Schatz, du warst ganz großartig! So tapfer und furchtlos und absolut leicht zu haben!«

Sam lachte, und die von vielen unausgesprochenen Empfindungen durchdrungene Stimmung verflog im Nu.

»Sag mal, würdest du morgen gern den RICHTIGEN Spider-Man kennen lernen?«

»Au ja!«, kreischte Mac und machte einen Luftsprung vor Freude. Ich hoffte sehr, dass die Pfütze rings um seine Füße vom Wasser des Swimmingpools stammte, das an ihm hinunterlief. »Machen wir das, Onkel Sam, machen wir das?«

Ich fragte mich, ab welchem Alter er wohl aufhören würde, jede Frage mindestens zweimal zu stellen.

Benny regte sich. Wahrscheinlich hatte eine Mischung aus Macs Geschrei und einem knurrenden Magen ihn aufgeweckt.

Noch vor zwei Minuten hatte ich über eine alte Liebe und vertane Chancen sinniert – jetzt machte ich mir Gedanken darüber, wie ich den Rand des Pools unauffällig desinfizieren und meinen Jungs möglichst schonend beibringen konnte, dass Sam wohl kaum Fischstäbchen und Pommes frites in der Gefriertruhe hatte.

Willkommen in der Welt der Mütter und ihrer Alltagssorgen.

Ich lächelte Sam dankbar zu. »Das ist lieb von dir, Sam. Was hast du denn vor – wollen wir Spider-Man in einem dieser Themenparks besuchen?«

»Nein, in den Sony-Studios. Dort wird *Spider-Man 3* gedreht. Tobey Maguire ist ein guter Kumpel von mir, und er meinte, er würde sich freuen, wenn wir vorbeischauten.«

Wie gesagt, dieses Leben wäre der reinste Albtraum. Die Peitsche, bitte, schnell!

»Oh! Okay, fahren wir eben ins Studio«, erwiderte ich in einem Ton, als träfe ich Tobey Maguire mindestens zweimal die Woche an der Pommes-frites-Bude.

»Äh … du kommst nicht mit.«

»Wie bitte?«

Im nächsten Moment fiel es mir wie Schuppen von den Augen. Logisch, dass Sam nicht mit einer Frau gesehen oder gar fotografiert werden wollte, die allem Anschein nach den Look von Bart Simpsons Schwester kopiert.

»Du hast eine Verabredung. Zum Frühstück. Du triffst dich um zehn Uhr im Peninsula Hotel mit Ike Tusker von der TDA, einem der einflussreichsten Agenten und Macher von Hollywood.«

Mir klappte die Kinnlade herunter. Ike Tusker! Sams Agent.

Von der TDA, der Talent Development Agency, einer absoluten Top-Agentur, die unter anderem Stars wie Catherine Zeta Jones, Cameron Diaz, Julia Roberts, George Clooney, Brad Pitt, Tom Hanks vertrat. Und möglicherweise bald auch mich! Das war phänomenal! Einfach irre! Ich war vor Aufregung ganz aus dem Häuschen. Volle fünf Minuten lang. Dann geriet ich in Panik. Mein einziges gutes Kostüm hatte vierundzwanzig Stunden im Koffer verbracht und sah vermutlich aus, als wäre es bei einem Rockkonzert als Fußabstreifer benutzt worden. Mein Haaransatz musste dringend nachgefärbt werden. Meine Fingernägel sahen aus wie Sägeblätter. Meine struppigen Brauen sandten Paarungssignale an jede Raupe im Umkreis von zehn Metern aus. Ich hatte nicht das Geringste vorbereitet, und ich hatte so lange in der Gesellschaft kleiner Kinder und fern des Geschäftslebens verbracht, dass ich nicht wusste, ob ich überhaupt noch im Stande war, Sätze aus mehrsilbigen Wörtern zu bilden, geschweige denn, ein sachliches, intelligentes Gespräch zu führen.

Trotzdem – das Ganze war schrecklich aufregend! Das Adrenalin wurde mit Hochdruck durch meinen Körper gepumpt, und mein Hirn schaltete auf »Hyperdrive«. Ich hatte zwar einen Mordsbammel, aber wie hatte mir die Aufregung, dieser Nervenkitzel, das euphorische Gefühl, etwas Unberechenbares, Verrücktes zu tun, gefehlt!

In diesem Augenblick trat Eliza zu uns. Mir fiel ein Stein vom Herzen, als ich sah, dass sie keinen meiner grauen BHs in der einen Hand und in der anderen einen Katalog von Victoria's Secrets schwenkte.

»Sam …« Sie nannte ihn beim Vornamen, und das gefiel mir, weil es unterstrich, wie unverkrampft und normal Sam geblieben war. Er hatte es nicht nötig, sich seinen Starstatus immer wieder aufs Neue bestätigen zu lassen. »Ich fahr schnell einkaufen. Brauchen Sie oder Ihre Gäste irgendetwas?«

Sie beugte sich zu Mac hinunter und zerzauste ihm die Haare. Mac hatte schon den Mund aufgemacht, und da ich meinen Sohn kannte, wusste ich, was kommen würde: Er würde sie garantiert bitten, ihm von allem, was das Süßigkeitenregal zu bieten hatte, etwas mitzubringen. Ich schaltete sofort die für disziplinarische Maßnahmen zuständige Instanz ein – meine rechte Augenbraue. Ich zog sie hoch bis zum Anschlag. Mac sah es, klappte den Mund wieder zu und machte ein verlegenes Gesicht. Gott würde uns hoffentlich beistehen, falls ich mir jemals Botox injizieren ließe! Dann wären den schlechten Manieren in unserem Haus Tür und Tor geöffnet.

»Vielen Dank, Eliza, aber wir haben alles«, sagte ich. Eine Sekunde später fiel mir ein, dass ich das vermutlich Wichtigste vergessen hatte einzupacken – wasserdichte Trainerhöschen für Benny. Tagsüber klappte das mit dem Aufs-Töpfchen-Gehen bereits seit Monaten, aber die Nächte stellten noch ein Problem dar. »Ach, Eliza, könnte ich vielleicht mitfahren? Mir fällt gerade ein, dass ich Windelhöschen für Benny brauche.«

Ich glaube, ich würde nicht zum Reichsein taugen. Zwar könnte ich mich in fünf Minuten an das Reisen erster Klasse und protziges Geldausgeben gewöhnen, aber der Umgang mit Dienstboten fiel mir schwer.

»Die kann ich Ihnen doch mitbringen! Sie meinen sicher Trainerhöschen, nicht?«

»Genau die. Größe L. Warten Sie, ich will nur rasch mein Portmonee holen …«

»Nicht nötig. Wir haben ein Konto im Laden eingerichtet.«

»Ach so«, sagte ich und dachte: Könnte ich vielleicht auch eins kriegen? Eliza ging und überließ mich meinem harten Los: zurücklehnen, Sonne tanken, meinen Cocktail schlürfen. Hm, vielleicht könnte ich mich doch an diesen Service gewöhnen.

»Okay, Jungs, wer als Erster im Pool ist!« Sam sprang auf,

schnappte sich Benny und lief los. Mac rannte hinterher. Alle drei quietschten vor Vergnügen.

Sam hing nicht im Büro fest, wo er über juristische Spitzfindigkeiten diskutierte. Er vergrub sich nicht hinter seiner Zeitung. Er schlief nicht ein. Er schmollte nicht. Er war aufregend und witzig und verstand sich großartig mit meinen Jungs. O ja, das Leben hier wäre eine echte Zumutung!

Um sieben Uhr an diesem Abend fiel ich mit dem Gesicht schier in die Pizza, die Sam hatte kommen lassen. Es geht doch nichts über eine ausgewogene Ernährung: ein Stück XXL-Peperonipizza in der einen Hand, eine Scheibe Knoblauchbrot in der anderen. Die Jungs waren genauso erledigt wie ich. Benny lag auf dem Sofa, den Kopf auf meinem Schoß, Mac fläzte sich auf dem anderen Sofa und versuchte verzweifelt, die Augen offen zu halten – er tat so, als könnte er den Text des Comics in seiner Hand lesen.

»Okay, Jungs, Abmarsch! Schlafenszeit«, mahnte ich gähnend. Ich schaute auf meine Armbanduhr. In England war es jetzt drei Uhr früh. Wäre ich eine niederträchtige Person, würde ich Mark jetzt anrufen, nur um ihn zu ärgern. Aber das war unter meiner Würde. Schließlich war ich ein erwachsener Mensch und eine verantwortungsbewusste zweifache Mutter und hatte als solche meinen Kindern mit gutem Beispiel voranzugehen. Und deshalb hatte ich Mark einige Stunden zuvor eine von innerer Reife zeugende SMS geschickt: Dad, wir haben unheimlich viel Spaß hier! Der Pool hat einen Springbrunnen, und ich habe heute einen Alligator getötet. Wir vermissen dich, aber Mum nicht, sagt sie. Viele Grüße, M & B.

Wirklich sehr abgeklärt, dachte ich. Die Antwort kam postwendend: Ich vermisse euch auch, Sportsfreunde. Werde euch morgen anrufen. Ich hab euch lieb. Dad. PS: Das mit dem Alligator hast du gut gemacht, Kleiner!

Nachdem ich die Nachricht gelesen hatte, hatte sich etwas in meinem Bauch zu einem Knoten geschlungen, und der Knoten war seitdem nicht wieder weggegangen. Swimmingpool und Cocktail hin oder her – mein Mann fehlte mir. Und das machte mich erst recht wütend. Wie schön wäre das Leben, wenn er hier wäre! L. A. Eine einzigartige berufliche Chance. Eine Traumvilla. Ein Sohn, der Reptilien erlegte. Fehlte nur noch Mark, dann wäre alles perfekt. Doch stattdessen … So musste sich ein Medaillengewinner bei der Olympiade fühlen, wenn er herausfand, dass seine Familie sich ausgerechnet während der Siegerehrung auf eine Zigarettenlänge hinausgeschlichen hatte. Ich wünschte so sehr, Mark wäre da.

Aber er war nun mal nicht da. Basta. Ich straffte mich. Seine Arbeit war ihm eben wichtiger, daran würde ich mich wohl oder übel gewöhnen müssen. So ein Mist, jetzt kamen mir schon wieder die Tränen. Das musste der Jetlag sein. Ganz bestimmt. Diese verdammte Zeitverschiebung!

»Alles in Ordnung?«, fragte Sam.

Ich nickte. Ich bekam den Gedanken, wie wunderbar es wäre, Mark dazuhaben, einfach nicht aus dem Kopf. »Ich … ich wünschte nur …« Halt, einen Augenblick mal! Was war mit Sam? Sam war einer meiner ältesten Freunde, er hatte mir zu dieser einzigartigen Chance verholfen und uns mit offenen Armen in seinem Heim empfangen. Er hatte es weiß Gott nicht verdient, dass ich herumjammerte und seinen Kaschmirteppich voll rotzte. Was war ich doch für ein Jammerlappen! Anstatt ein Gesicht wie drei Tage Regenwetter zu machen und zu lamentieren, sollte ich jede einzelne Minute in vollen Zügen genießen. Das war ich Sam schuldig. Das war ich mir selbst schuldig. Und meinen Jungs. Ich meine, wie vielen Leuten war es vergönnt, in der Traumvilla eines Filmstars zu wohnen, ohne auch nur einen Cent dafür bezahlen zu müssen? Du kannst mir den Buckel runterrutschen, Mark

Barwick! Ich würde Hollywood an der Kehle packen und zudrücken, bis es sang. Sollte das nicht funktionieren, konnte ich mich immer noch vor jedem Studioboss in den Staub werfen und ihm die Füße küssen, bis er mein Talent erkannte und sein Scheckbuch zückte. Oder mich verhaften ließ. Ich würde jedenfalls nichts unversucht lassen, diese Chance zu nutzen.

»Hallo, Carly, aufwachen!« Ich fuhr hoch. Sam musterte mich belustigt.

»Entschuldige, Sam, ich hab nur gerade gedacht, ich wünschte …« Schnell, lass dir was einfallen! »Ich wünschte, ich würde nicht aussehen wie jemand, der ein Jahr lang durch die Dritte Welt getrampt ist.«

Er ließ seine Blicke prüfend über mich wandern. Ich wusste, was er sagen würde, um mich und mein verletzliches Selbstbewusstsein wieder aufzurichten – »Keine Sorge, Liebes, du siehst großartig aus!«

»Keine Sorge, Liebes …«

Hab ich's nicht gesagt?

»… ich kenne eine Maskenbildnerin, die wahre Wunder vollbringen kann. Sie kriegt das im Nu wieder hin, glaub mir.«

Falls Sie einen dumpfen Knall gehört haben – das war mein verletzliches Selbstbewusstsein, das hart auf der Marmorplatte des Couchtischs aufschlug.

Sam beugte sich vor, griff nach dem Telefon und drückte eine Taste. »Hi, Jojo«, sagte er einen Augenblick später. »Sag mal, könntest du mir einen großen Gefallen tun?«

Ich wollte lieber nicht anwesend sein, wenn er ihr das gewaltige Ausmaß dieser Aufgabe erklärte. »Komm, mein Schatz«, flüsterte ich Mac zu. Mit Benny in den Armen ging ich voraus zum Gästezimmer. Es war so groß, dass unser ganzes Haus hineingepasst hätte und ringsum noch Luft gewesen wäre. Sam hatte angeboten, zusätzliche Betten hineinzustellen, doch das war nicht nötig: Das Doppelbett hätte für eine ganze Fußballmannschaft gereicht. Außerdem kuschelte ich gern mit meinen Jungs. Da ihr Vater nicht hier war, musste ich mein Bedürfnis nach Nähe eben bei ihnen stillen.

Mac schälte sich aus seinen Sachen und schlüpfte in den Schlafanzug, den Eliza sauber gefaltet ans Fußende des Betts gelegt hatte. Sollte Sam mich fragen, was ich zur Erinnerung an meinen Aufenthalt gern mitnehmen würde, würde ich ihn bitten, mir Eliza zu überlassen – auch auf die Gefahr hin, dass ich mein Glück über Gebühr strapazierte. Die Aussicht, derart verwöhnt zu werden, schien mir das Risiko wert.

Benny schlief seelenruhig weiter, während ich begann, ihn auszuziehen. Als ich die Trainerhöschen entdeckte, die Eliza für ihn besorgt hatte, prustete ich los.

»Was ist denn, Mum, was ist denn?«, fragte Mac und kicherte, obwohl er keine Ahnung hatte, was so lustig war.

»Guck dir mal Bennys Windelhöschen an«, flüsterte ich. Mac folgte meinem Blick und riss die Augen auf, als er sie entdeckte. Das waren keine gewöhnlichen Windelhosen. Für kleine Jungs, die nachts noch nicht trocken sind, waren diese Hosen das, was ein Ferrari für große Jungs mit kleinem Schniedel ist. Diese Hosen galten in der Welt der nächtlichen Hosenpinkler als Haute-Couture-Modell. Als Nonplusultra der Vorschulgarderobe. Bei diesen Hosen handelte es sich nämlich – um Buzz-Lightyear-Hosen!

»Benny, Benny, wach auf, es ist Buzz, es ist Buzz!«, kreischte Mac und hüpfte auf und ab wie ein durchgeknallter Gummiball. Der große Buzz Lightyear! Der intergalaktische Spaceranger war einmal Macs Schwarm gewesen – bis Spider-Man aufgetaucht war und ihm den Rang abgelaufen hatte. Kleine Kinder sind ja so was von flatterhaft. Aber im Grunde war ich ganz froh darüber, weil Macs Begeisterung für Buzz Lightyear dazu geführt hatte, dass er sich mit dem Schrei »Bis zur Unendlichkeit und weiter!« mehr als einmal von irgendwo hinuntergestürzt hatte, was ihm zweimal eine aufgeplatzte Lippe, einen ausgerenkten Ellbogen, den Verdacht auf Gehirnerschütterung und mehr blaue Flecken eingetragen hatte, als Rocky nach zehn Runden im Ring aufwies. Ein Wunder, dass sich das Jugendamt nicht eingeschaltet hat.

Benny öffnete träge ein Auge. Innerhalb von drei Sekunden war er hellwach und hatte sein Betriebssystem auf »hyperaktiv« geschaltet.

»Buzz Lightyear, Buzz Lightyear!«, krähte er.

Keine Frage, aus meinen Jungs würden eines Tages ernsthafte, bedeutsame Akademiker werden, Koryphäen, die zweifellos Mittel gegen tödliche Krankheiten entwickelten. Gleich nachdem sie ihre gläsernen Helme aufgesetzt und die Welt vor dem Schurken Zorg gerettet hatten.

Benny riss sich seine restlichen Sachen vom Leib und stieg in seine Windelhose. Ich wäre wirklich tief beeindruckt gewesen, hätte er nicht beide Beine ins selbe Hosenbein gesteckt. Als wir die Sache in Ordnung gebracht hatten, stakste er durchs Zimmer, eine Faust in die Luft gereckt, und schrie: »Bis zur Unendlichkeit und weiter!«

Ich packte ihn am Hosenboden. »Bis ins Bett und nicht weiter, junger Mann!« Ich kitzelte ihn, wo ich ihn gerade erwischte, und er zappelte und quietschte vor Lachen.

Erst als die beiden im Bett neben mir lagen und schliefen, fiel mir ein, dass sie sich weder das Gesicht gewaschen noch die Zähne geputzt hatten. Und ich hatte vergessen, ihnen ihre Sachen für morgen herauszulegen. Eine schöne Rabenmutter war aus mir geworden! Lag das am negativen Einfluss von L. A.? Würde ich den beiden in einer Woche Junkfood zum Frühstück vorsetzen?

Ich traf eine Chefentscheidung: Ausnahmsweise würde ich mich einen Dreck um Körperpflege und Hygiene scheren. Ich gab den beiden einen Kuss auf die Stirn und wünschte ihnen leise schöne Träume. Ich befand mich in L. A. Ich stand unmittelbar vor dem Durchbruch zur Klasse der Großverdiener. Und ich hatte einen flotten Dreier mit zwei Prachtburschen – was wollte ich mehr vom Leben?

Es waren ungefähr zehn Minuten vergangen, als Sam mich wachrüttelte. In Wirklichkeit war es bereits früh am Morgen, aber mir kam es so vor, als hätte ich nur zehn Minuten geschlafen. Meine Augen waren zugeschwollen, und mein Mund fühlte sich so trocken an wie die Sandale eines Beduinen.

»Sorry, Carly, aber Jojo ist da«, flüsterte er.

Ächz. »Morgen«, nuschelte ich. Nach der Geburt meiner Söhne hatte ich mich zum Morgenmuffel entwickelt. Auf einer Seite sah mein Kopf garantiert aus, als wäre er eingedrückt worden, und ich hatte unbestreitbar aufs Kissen gesabbert – vielleicht war Mark deshalb die Lust auf eine frühmorgendliche Nummer vergangen.

Ich warf mir den Morgenmantel über, den Eliza zurechtgelegt hatte, und tappte in die Küche.

»Oh, hallo! Einen wunderschönen guten Morgen!«

Das hatte mir gerade noch gefehlt! Es war mitten in der Nacht, mein Körper fühlte sich an, als wäre er von einem Presslufthammer in den Schlaf gestreichelt worden, ich konnte mich nicht mal mehr an meinen eigenen Namen erinnern, und dann wurde ich zu allem Überfluss von einer Heidi Klum im Yogadress überfallen!

Jojo hatte lange blonde Haare wie aus einer Shampoo-Werbung, ein Zahnpastalächeln, einen wie aus Marmor gemeißelten, muskulösen Körper und Brüste in anatomischer Idealposition. Die Frau war mir vom ersten Moment an unsympathisch.

»Freut mich sehr, Sie kennen zu lernen!« Sie strahlte mich an, und meine Pupillen weiteten sich unwillkürlich, so grell funkelten ihre Zähne. »Hier, ich hab Ihnen einen koffeinfreien Schoko-Mokka-Cappuccino mit Vanillearoma mitgebracht.«

Plötzlich war mir alles klar. Das war kein menschliches Wesen. Kein Mensch aus Fleisch und Blut konnte so gut gelaunt und vom Scheitel bis zur Sohle so makellos sein, schon gar nicht um diese Tageszeit. Sie war garantiert ein Androide und gehörte einer Vorhut vom Planeten Starbucks an.

Ich nahm den Kaffee entgegen und rang mir ein Lächeln und einen Gruß ab. Ich tröstete mich mit dem Gedanken, dass Buzz Lightyear, sobald er aufgestanden wäre, dieses Wesen aus dem All mit seinem Lichtschwert rösten würde.

»Okay, also was kann ich für Sie tun?«, fragte sie leichthin, musterte mich dabei aber mit unverhohlenem Grausen.

»Kennen Sie das Gleichnis von den Brotlaiben und den Fischen, Jojo?«

Sie nickte. Sehr gut. Anscheinend wurde auf dem Planeten Starbucks Religion unterrichtet.

»Okay, stellen Sie sich ein Wunder in der Größenordnung vor, denn genau das wird nötig sein, wenn Sie mich in eine attraktive Schönheit verwandeln wollen.«

Sam lachte los. Jojo warf ihm einen flüchtigen Blick zu, guckte dann wieder mich an und lachte ebenfalls.

»Ich werde mein Bestes tun«, erwiderte sie. »Wissen Sie, ich hab mir immer schon gewünscht, in meinen Lebenslauf schreiben zu können, dass ich einmal an einer aussichtslosen Mission teilgenommen habe.«

Ich hätte mich um ein Haar an meinem Schoko-Mokka-Dingsbums verschluckt. So eine Frechheit! So eine Unverfrorenheit! So eine Dreistigkeit! Plötzlich übermannte mich ein sonderbares Gefühl. Ich kam mir vor wie zu Hause am – bildlich gesprochen – Busen meiner Freundinnen. Vielleicht würde mir Jojo doch noch sympathisch werden.

Streichen Sie das »Vielleicht«! Ich hätte Jojo knuddeln können, als sie knapp zwei Stunden später wieder ging. Ich hoffte inständig, dass sie lesbisch war, damit ich ihr zum Dank für die Wunder, die sie an mir vollbracht hatte, anbieten könnte, ein Kind von ihr zu bekommen. Ich war ein völlig anderer Mensch. Statt einer struppigen Billy-Idol-Frisur trug ich jetzt einen bezaubernden blonden Kurzhaarschnitt. Mein malträtiertes Gesicht war perfekt geschminkt. Meine Brauen ähnelten nicht mehr borstigen Raupen, sondern wölbten sich in tadellosem Bogen über meinen Augen. Und meine Fingernägel? Na ja, streng genommen waren es nicht mehr meine Nägel, sondern die einer chinesischen Kunststofffabrik, aber sie waren so wunderschön, dass ich am liebsten den ganzen Tag über eine belebte Straße geschlendert wäre, nur um zu winken.

Ich drückte Jojo zum Abschied. Sehr L. A.-mäßig. »Ich danke Ihnen, Jojo, Sie hat der Himmel geschickt!« Oder der Planet Starbucks.

»Nichts zu danken. War mir ein Vergnügen. Wir sehen uns.« Sie gab Sam einen Kuss, kletterte in ein schickes Cabrio und brauste davon.

Ich versetzte Sam einen Rippenstoß. »Sie mag dich«, sagte ich grinsend.

»Ach was, sie ist zu allen so freundlich, das ist ihre Art«, wehrte er ab. »Sie lebt übrigens mit dem Starregisseur Cameron King zusammen.«

Ich hatte mir eingebildet, leise Wehmut aus seinen Worten herauszuhören, aber anscheinend hatte ich mich getäuscht. Mit meiner Menschenkenntnis war es offenbar nicht weit her. Deshalb war ich ja auch öfter verlobt gewesen, als ein hundsgewöhnlicher Bahnhof Toiletten hat.

Egal. Jojo kam, Jojo sah, Jojo ging, und ich hätte dem lieben Gott fast auf Knien für das Wunder gedankt, das sie vollbracht hatte. Ich betrachtete mich im Flurspiegel. Ich war so weit. Ich war definitiv bereit für den Tag. Jetzt musste ich nur noch zwei kleine Jungs aus den Federn holen. In einer Stunde mussten wir los. Sam würde mich am Hotel absetzen, mit den Jungs zum Filmstudio fahren und mich später wieder abholen. Sam Morton, Hollywood-Superstar, Halbgott, Dollarmillionär – und mein persönlicher Chauffeur.

Ich eilte ins Schlafzimmer zurück. Ich hatte nicht die geringste Ähnlichkeit mehr mit dem Ding aus der Kloake, das einige Stunden zuvor dort herausgewankt war. Die Jungs schliefen noch: Mac mit ausgestreckten Armen und Beinen wie ein Seestern, Benny zusammengerollt, die Hände um den Bund seiner Buzz-Lightyear-Hose gekrallt. Ich rüttelte meinen Jüngsten wach. Er öffnete erst ein Auge, dann das andere, und dann riss er beide und den Mund auf.

Seine Jeans-und-fleckiges-T-Shirt-Mum war ausgetauscht und durch eine elegante, geschminkte, kostümgewandete Mum ersetzt worden. Es gab nur einen, der so etwas hinkriegte. Sein Blick wanderte langsam zu seiner Hose hinunter – es war wirklich verblüffend, was Buzz Lightyear in einer einzigen Nacht vollbrachte!

Ich klemmte mir ein Kind unter jeden Arm, marschierte vorsichtig, damit weder Nasenschleim noch eine andere Körperflüssigkeit an meine schicken Klamotten kam, in die Küche und setzte die beiden am Frühstückstisch ab.

Sam zog sich in sein Arbeitszimmer zurück, um einige Telefonate zu erledigen. Ich fütterte unterdessen meine Brut. Ich schielte auf meine Uhr. So weit, so gut. Wir waren noch in der Zeit, es hatte keine unliebsamen Überraschungen gegeben, nur geringen Widerstand (»ich mag aber keine Cornflakes, Mum, ich will Pizza zum Frühstück«), und es waren keine Opfer zu beklagen.

Doch dann kam mir Buzz Lightyear in die Quere.

»Okay, Benny, Zeit zum Anziehen, beeil dich.«

Schweigen.

»Hast du nicht gehört, Schatz? Du musst dich anziehen.«

»Nein.«

»Was heißt ›nein‹?«

»Ich will meine Buzz-Hose anbehalten.«

»Benny, bitte, Mummy hat's heute sehr eilig, du musst dich fertig machen, sonst kannst du nicht mit.«

»Nein. Will meine Buzz-Hose anbehalten.«

Na wunderbar. Soll niemand behaupten, eine zwölf Zentimeter große Comicfigur mit Astronautenhelm und einem Kinn wie David Coulthard sei kein ernst zu nehmender Gegner.

Ich hatte mit allem gerechnet, nur nicht damit. Ich warf einen Blick auf meine Armbanduhr; wir mussten gleich los. Es gab zwei Möglichkeiten: Ich kapitulierte, ließ ihn seine Hose anbehalten und kam rechtzeitig zu meinem Termin; oder aber wir fochten das hier aus, und ich riskierte, dass ich Ike Tusker verprellte.

Als alte Frontkämpferin traf ich meine Entscheidung im Bruchteil einer Sekunde. Ist ein Kind erst einmal aus den Windeln raus, gibt es kein Zurück mehr, das weiß jede Mutter. Gäbe ich jetzt nach, würde ich mit großer Wahrscheinlichkeit wieder einmal die Woche eine extragroße Packung Pampers aus dem Supermarkt nach Hause schleppen, was in der Haushaltskasse mit zwanzig Pfund zu Buche schlüge. Nein, nein, ich musste hart bleiben. Außerdem hing ihm die Hose schon in den Kniekehlen – er hatte sie ja die ganze Nacht angehabt.

Buzz musste runter, das stand fest. Dummerweise schaltete der Hosenträger schneller als ich. Er sprang auf und flitzte zur Toilette, als stünde sein Hintern in Flammen. Tür zu und Schlüssel herumgedreht.

Ich versuchte alles, angefangen von Bestechung über Schmeichelei bis hin zu massivem Druck und Androhung von Adoptionsfreigabe. Ohne Erfolg. Und mir gingen allmählich die Ideen aus.

Zwanzig Minuten später betrat ich Sams Arbeitszimmer.

»Was möchtest du zuerst hören – die gute oder die schlechte Nachricht?«

Er grinste. »Die gute zuerst.«

»Du bist ein wunderbarer Mann, und ich bin fest davon überzeugt, dass du eines Tages in den Himmel kommen wirst, weil du so furchtbar nett zu deinen Freunden bist und ihnen so viel Gutes tust.«

Er trug noch immer dieses umwerfende Grinsen, das einen ganz schwach machte, im Gesicht. »Okay, dann mal raus mit der Sprache. Wie lautet die schlechte Nachricht?«

Ich verzog schmerzlich das Gesicht. Wir wohnten gerade einmal vierundzwanzig Stunden unter seinem Dach, und schon stellten wir alles auf den Kopf.

»Benny hat sich im Klo eingeschlossen. Ich hab alles versucht, aber er weigert sich rauszukommen. Ich fürchte, wir werden die Tür aufbrechen müssen.«

Zehn Minuten, ein lautes Krachen und Splittern und eine geprellte Schulter später durchbrachen wir die feindlichen Linien. Buzz blieb nichts anderes übrig, als zu kapitulieren, Benny würde vermutlich kein Wort mehr mit mir sprechen, bis er in die Pubertät kam und Taschengeld brauchte.

Endlich konnten wir die Jungs ins Auto packen, und Sam, der sich bestimmt fragte, worauf zum Teufel er sich da eingelassen hatte, fuhr nach Beverly Hills, wo ich meine Besprechung hatte. Ich war völlig mit den Nerven runter. Mein Herz hämmerte. Ich zwang mich zur Ruhe. Verglichen mit dem Minenfeld, auf dem man sich als Mutter bewegt, sollte der Sprung ins Filmgeschäft eigentlich ein Klacks sein.

Fünfter Schritt

»Okay, Sam, einen Rat, eine Trainingseinheit, eine Therapie, ein Prozac – was hast du für mich? Ich nehme, was ich kriegen kann«, sagte ich in komischer Verzweiflung, als wir vor dem Hotel hielten. Sam lachte. »He, bleib locker, Carly! Ike ist ein feiner Kerl – sofern man etwas übrig hat für skrupellose Größenwahnsinnige, die für einen guten Deal ihre eigene Großmutter verkaufen würden.«

Ich starrte ihn entgeistert an. »Machst du Witze?«

»Aber natürlich mach ich Witze, was hast du denn gedacht? Er ist ein anständiger Bursche, ehrlich. Entspann dich, lächle, geh hinein und sei du selbst.«

Ich selbst. Eine Frau, die zum ersten Mal seit Jahren wieder in der Garderobe einer Erwachsenen steckte, die so aufgeregt war, dass ihr Herz aus ihrem Push-up-BH zu springen drohte, und die sich noch immer nicht ganz von der Kraftprobe mit Buzz Lightyear erholt hatte. Und – fast hätte ich es vergessen – eine Frau, die so verdammt unwiderstehlich war, dass ihr Ehemann alles stehen und liegen ließ, um bei ihr sein zu können. Ja, Pustekuchen.

O ja, Mr. Tusker würde garantiert hin und weg sein.

»Okay, Jungs, benehmt euch, verstanden? Sagt es Sam rechtzeitig, wenn ihr aufs Klo müsst, und fragt Spider-Man UNTER KEINEN UMSTÄNDEN, wer er wirklich ist, okay?«

»Spinnenmann, Spinnenmann …«, trällerte Benny los. Der Portier des Peninsula Hotels musterte mich mit merkwürdigem Blick. Ich gab den Jungs einen Kuss, drückte sie und sagte ihnen, dass ich sie lieb hatte. »Wir haben dich auch lieb, Mum«, kam es im Chor zurück, mechanisch wie jedes Mal, aber das ist mir egal. Es wird mir trotzdem immer wieder ganz warm ums Herz. Ich küsste Sam auf die Wange. »Danke, für das hier und … für alles.«

Der Fahrer des Maserati, der hinter uns in der Einfahrt warten musste, hupte ärgerlich. So ein Auto und dazu dieses Hupen – ich wollte gar nicht wissen, was der Typ für Potenzstörungen hatte! Nur schwerlich widerstand ich der Versuchung, ihm den ausgestreckten Mittelfinger zu zeigen, und eilte ins Hotel. Du meine Güte, war das ein vornehmer Laden. Cremefarbener Marmorboden, Säulen, die Inneneinrichtung in Goldtönen … Ohne die prächtige Vase mit den Lilien hätte die Halle glatt als Schauplatz für eine Bühnenversion von *Der König und ich* dienen können. Ich nahm mir vor, mir auf keinen Fall anmerken zu lassen, wie beeindruckt ich war. Also Schultern zurück, Brust raus, Lippen zum Schmollmund geschürzt und den Modelgang eingelegt. Ich machte das gut, o ja, verdammt gut sogar – bis ich über den Laptop stolperte, den irgend so ein Trottel vor der Rezeption abgestellt hatte. Nur katzenartige Reflexe bewahrten mich davor, mit dem Kinn auf dem Rezeptionstisch aufzuschlagen. Ich streckte blitzschnell die Hände aus und hielt mich verzweifelt an der marmornen Kante fest. Da hing ich nun – praktisch in der Horizontalen, zutiefst gedemütigt. Einer der würdevollen kleinen Momente, die das Leben für uns bereithält. Bevor ich mich aufrappeln konnte, beugte sich der Empfangschef zu mir herunter, um zu sehen, wem die Hände gehörten. »Kann ich Ihnen helfen, Madam?«, fragte er, als ob er so etwas jeden Tag zu sehen bekäme.

Ich zog mich an der Kante hoch und richtete mich langsam wieder auf, mit glühend rotem Kopf, der sicherlich einen reizvollen Kontrast zur Einrichtung bildete. »Ich habe eine Verabredung mit Mr. Tusker.«

»Ah ja, Mr. Tusker erwartet Sie im Restaurant. Sie durchqueren die Halle und biegen vor dem Eingang rechts ab. Dann bis ans Ende des Korridors und wieder rechts.«

Ich bedankte mich und ignorierte die befremdeten Blicke, die ich auf mich zog. Wahrscheinlich dachten die Leute, ich sei aus einer Entzugsklinik in Malibu ausgebrochen und stünde unter dem Einfluss von bewusstseinsverändernden Drogen. Von mir aus, sollten sie doch denken, was sie wollten. Entziehungskuren lagen schließlich voll im Trend. Ich meine, was gut genug ist für Kate Moss …

Hoch erhobenen Hauptes stolzierte ich abermals durch die Halle. Ich war cool, ich war gelassen, ich war Jackie Collins' leibliche Tochter, ich befand mich in Beverly Hills, und ich würde mich mit Ike Tusker treffen, dem Agenten der Top-Stars. Es würde schon mehr brauchen als so einen peinlichen kleinen Zwischenfall wie eben, um mir den Tag zu verderben.

Ich steuerte auf den Oberkellner am Eingang des Restaurants zu. Komisch, er sah genauso aus wie der Typ am Empfang. Zwillinge. Und arbeiteten beide im selben Hotel? Das gab's ja auch nicht oft.

»Hi. Ich habe eine Verabredung mit Mr. Tusker.«

Er sah mich verwirrt an. »Wie bitte, Ma'm?«

Nun war ich es, die verwirrt war. Dann wurde mir plötzlich klar, wo das Problem lag. Das war mir in New York nämlich auch schon mal passiert. Manche Amerikaner hatten Schwierigkeiten mit meinem schottischen Akzent. War er nicht irgendwo zwischen Sean Connery und *Braveheart* angesiedelt, war er für amerikanische Ohren offenbar nur schwer zu dechiffrieren.

Ich wiederholte den Satz, diesmal langsamer und deutlicher sprechend. Der nette Oberkellner entblößte grellweiße Zähne wie die von Jojo und führte mich dann an einen Tisch in der Ecke. Ich bemühte mich, stur geradeaus zu schauen, als ich ihm folgte. Sam hatte mir erklärt, das Peninsula sei *der* Treffpunkt für die großen Namen im Filmgeschäft, und ich hatte Angst, Liam Neeson irgendwo zu erblicken, weil ich mich dann wahrscheinlich vor ihm auf den Boden werfen und ihm eindeutige sexuelle Angebote machen würde.

Ike erhob sich, als ich mich seinem Tisch näherte, klappte sein Handy zu und streckte mir die Hand hin. Du meine Güte, auch er hatte strahlende Jojo-Zähne. Gab's die hier irgendwo zu kaufen? Die arme Zahnfee – bei so viel Arbeit wusste sie bestimmt nicht mehr, wo ihr der Kopf stand.

»Ike Tusker. Freut mich sehr, Sie kennen zu lernen, Carly.« Sein Händedruck war fest. Nicht, dass er mit seiner Kraft hätte protzen wollen wie ein Muskelpaket, nein, sein Händedruck war einfach nur kräftig und beherrscht.

»Vielen Dank, dass Sie sich die Zeit nehmen, Ike. Ich weiß das wirklich zu schätzen, schließlich sind Sie ein viel beschäftigter Mann«, erwiderte ich.

Gute Einleitung, dachte ich. Eine Spur kriecherisch, aber nicht so offenkundig, dass der Eindruck entstehen könnte, die Umgebung und die großen Namen imponierten mir. Was natürlich der Fall war. Ich konnte es kaum erwarten zu sehen, ob das wirklich Mel Gibson war, der am Tisch hinter mir frühstückte. Und dort hinter der Säule – war das nicht Travolta, der seinen Koffeinfreien schlürfte?

Ich hatte kaum auf der grünen, gepolsterten Bank Platz genommen, als auch schon der Kellner dastand. Wow, der sah ja genauso aus wie der Oberkellner und der Empfangschef! Drillinge! Unglaublich. Wenn ich es mir recht überlegte, hatte auch

Ike eine gewisse Ähnlichkeit mit den dreien. Groß, breitschultrig, fantastische Bräune, dunkle, nicht allzu kurze Haare, zurückgegelt à la Beckham und Bryl-Frisiercreme. Erstaunlich blaue Augen und, wie bereits erwähnt, Jojos Gebiss. Keine Frage, es gab da einige auffällige Gemeinsamkeiten zwischen den Jungs hier ... Vielleicht Cousins?

Der Kellner reichte uns die Karte, und ich schlug meine gierig auf. Gott, hatte ich einen Hunger! Ein ausgiebiges Frühstück war jetzt genau das Richtige. Wann hatte mir das letzte Mal jemand ein Frühstück zubereitet? Wann hatte ich das letzte Mal morgens mehr gegessen als einen zwischen die Zähne geklemmten Toast, während ich zwei Kindern die Jacken überstreifte, die Kindergartentaschen schnappte und zum Auto sprintete? Ich würde mir ein schönes Frühstück mit allem Drum und Dran bestellen. Schinken. Eier. Wurst. Ob die hier wohl Schmalzbrote hatten? Sie würden mir bestimmt eins machen, wenn ich darum bat. Kartoffelpuffer wären vielleicht ein bisschen übertrieben, aber Pilze und ...

»Ein Omelett und Kräutertee, bitte«, sagte Ike, ohne auch nur einen Blick in seine Karte zu werfen.

»Und was darf ich Ihnen bringen, Ma'm?«

Bestellte ich mir jetzt ein komplettes Frühstück, würde Ike mich für eine potenzielle Kandidatin für die Anonymen Fresssüchtigen halten. Und ich hatte an diesem Morgen schon einmal den Eindruck erweckt, aus einer Klinik ausgebrochen zu sein.

»Äh, das Gleiche, bitte«, sagte ich lächelnd, auch wenn *mein* Lächeln ganz sicher nicht den gleichen Effekt haben würde, weil ich offenbar der einzige Mensch in L. A. war, der nicht Jojos Zähne hatte. Ich nahm mir vor, Sam zu fragen, wo ich sie kriegen könnte.

Ike fiel gleich mit der Tür ins Haus. »Nun, Ihr Buch gefällt mir wirklich ausgezeichnet, und ich denke, damit lässt sich etwas anfangen. Es ist absolut hochkonzeptig, und das ist genau das, wonach zurzeit alle suchen.«

»Wunderbar!«, erwiderte ich beglückt, obwohl ich keinen blassen Schimmer hatte, was »hochkonzeptig« bedeutete. »Freut mich, dass Sie der Ansicht sind, es hätte Potenzial. Sie müssen meine Unbedarftheit entschuldigen, Ike, aber wie geht es denn nun weiter?«

Er erklärte mir das Prozedere, die unerlässliche Strategie, die den Weg zum Erfolg ebnen sollte. Ich muss gestehen, ich hörte ihm nur mit halbem Ohr zu, weil ich zu beschäftigt war, mich verstohlen umzuschauen. Ich war mir inzwischen sicher, dass das am Nebentisch tatsächlich Mel Gibson war. Nur was Travolta betraf, hatte ich mich wohl getäuscht. Oder aber er hatte für *Schnappt Shorty 2* einen hervorragenden Maskenbildner gehabt und gerade einen vierwöchigen Urlaub in einem Pastetenladen hinter sich.

Die wesentlichen Punkte von Ikes Plan bekam ich jedoch mit. Er hatte mein Buch am Nachmittag zuvor einigen seiner Kontaktleute in den großen Studios und Produktionsgesellschaften sowie ein paar Schauspielern, die dort unter Vertrag standen, geschickt. Insgesamt war es an etwa zehn Personen gegangen. Falls jemand Interesse signalisierte, würde er sich bei Ike melden, und dieser würde dann mich kontaktieren, um ein erstes Treffen zu vereinbaren.

Ernüchterung machte sich schlagartig in mir breit. Er hatte mein Buch gerade erst rausgeschickt? Aber das konnte ja Wochen dauern, bis diese Leute es gelesen hatten! Oder gar Monate. Da hatte ich den weiten Weg nach L. A. gemacht, und alles, was dabei herauskam, war eine neue Frisur, eine einzige Besprechung mit einem Agenten und möglicherweise eine Ehescheidung?!

Ich schnappte im Stillen nach Luft. Es war doch Travolta!

Also eins stand fest: Er alterte bei weitem nicht so gut wie Olivia Newton-John.

Aber zurück zu mir und meinem Kummer. Ich hatte allen Ernstes geglaubt, die Filmleute hätten nur auf mich gewartet und würden sich um mich reißen, kaum dass ich amerikanischen Boden betreten hatte. Dabei war das Ganze gerade erst ins Rollen gekommen. Mark hatte Recht gehabt. O verdammt, wie ich das hasste! Ich hätte warten sollen, bis das Interesse an meinem Buch etwas konkreter geworden war. Aber ich war ja so geil auf ein bisschen Glitzer und Glamour gewesen, dass ich die Sache übers Knie brechen musste.

»Ich denke, Mitte kommender Woche können wir mit ersten Reaktionen rechnen. Würde es sich um ein fertiges Drehbuch handeln, hätten wir sicher bis Montag eine Antwort, aber meine Assistentin hat eine großartige Zusammenfassung geschrieben und einige Schlüsselpassagen als Kopien beigefügt. Daher dürfte die Romanform kein allzu großes Hindernis darstellen.«

Kommende Woche? So schnell hoffte er in dieser hektischen Branche eine Antwort zu erhalten? Du meine Güte! Da dauerte es ja länger, mir meine Einkäufe von Sainsbury's schicken zu lassen.

»A... aber ... das ist ja großartig, Ike! Ich bin sprachlos. Ich hätte nie damit gerechnet, dass das so schnell geht.«

Er beugte sich vertraulich näher und sagte leise: »Normalerweise dauert so etwas auch länger, aber offen gestanden liegt der Schwerpunkt meiner Arbeit auf der Betreuung meiner Leute – das Lesen und Einreichen von Drehbüchern delegiere ich. Dieses Mal habe ich jedoch eine Ausnahme gemacht. Ich habe bereits sämtliche Empfänger des Buchs telefonisch kontaktiert. Cameron hat bereits Interesse signalisiert, und ich habe Demi gesagt, dass die Mutterrolle perfekt für sie ist. Sie möchte gern mal ältere Frauen spielen – sie liebt es, ihre Fans zu überraschen.«

Hätte der Kellner mir in diesem Moment nicht mein Frühstück serviert, wäre ich vermutlich aus der Bank gekippt (ich stelle mir zu gern vor, wie Liam Neeson dann aufgesprungen und herbeigeeilt wäre und mich ins Leben zurückgeknutscht hätte. Und wäre ihm der Sinn nach ein bisschen Fummeln gestanden, während ich halb ohnmächtig in seinen Armen lag, hätte ich weiß Gott nichts dagegen gehabt).

Cameron. Demi. Letzte Woche noch war mir nichts Aufregenderes passiert als die Zusendung eines Versandhauskatalogs, und jetzt saß ich in Beverly Hills und redete darüber, wie ich bald Demi Moores beste Freundin werden würde! Ike Tusker, der sonst Wichtigeres zu tun hatte, als Romane zu lesen und weiterzuleiten, hatte für mich eine Ausnahme gemacht. Für mich! Ich war ein Glückskind! Ich war etwas Besonderes! Ich war begabt! Ich war hoch talentiert! Ich war … o Scheiße, ich war eine dumme Gans.

»Ich würde Sie gern etwas fragen, Ike, aber Sie müssen mir eine ehrliche Antwort geben.«

Er zögerte. Das war nie ein gutes Zeichen. »Sicher, fragen Sie nur.«

»Haben Sie mein Buch nur angenommen, weil Sam Ihr Klient ist und er Sie darum gebeten hat?«

Langes Schweigen. Ich hatte also den Nagel auf den Kopf getroffen. Volltreffer. Bingo. Mist!

»Hören Sie, Carly, ich will aufrichtig zu Ihnen sein.«

Mein Magen machte einen Satz. Ein Glück, dass ich nicht Schmalzbrot und Pilze bestellt hatte! Ich hasste diese Einleitung. Jedes Mal, wenn jemand zu mir sagte, er wolle aufrichtig zu mir sein, würde ich am liebsten entgegnen: »Nein, bitte nicht, tu mir den Gefallen und sag was Nettes! Mir egal, wenn's nicht stimmt. Ich tu einfach so, als würde ich es glauben, und dann sind wir beide glücklich und zufrieden.«

Ich nickte und hatte ein mulmiges Gefühl dabei.

»Hätten Sie mir Ihr Buch zugeschickt, wäre es niemals an meinen Assistenten vorbei auf meinen Schreibtisch gelangt. Und falls doch, wäre ich garantiert nicht dazu gekommen, es zu lesen. Ob ich es mir angesehen habe, weil Sam mich darum bat? Sicher.«

Meine schlimmsten Befürchtungen hatten sich bewahrheitet. Für Ike war ich praktisch so etwas wie ein Sozialfall der Filmindustrie.

»Ich habe aber auch einen Ruf zu verlieren, und wenn mir Ihr Buch nicht gefiele, würde ich die Finger davon lassen, glauben Sie mir. Carly, ich habe mich beim Lesen köstlich amüsiert! Ich habe mich schon auf den ersten fünf Seiten gebogen vor Lachen. Also. Ich habe mich Ihres Romans angenommen, weil Sam mich darum bat, keine Frage. Aber ich bin der ehrlichen Überzeugung, dass er großes Potenzial in sich birgt.«

Tatsächlich? Oh, ich liebte Ike Tusker! Ich liebte Sam Morton! Ich liebte Los Angeles! Komisch, auf einmal liebte ich die ganze Welt, während ich mich sonst eher auf die Bank der Verbitterten und Verschrobenen pflanzte.

»Gut, Ike, nehmen wir also an, die erste Hürde ist genommen, das Interesse geweckt, die Vorbesprechungen vereinbart …«

»Oh, ich bin mir ziemlich sicher, dass wir diese Hürde nehmen werden«, meinte er zuversichtlich.

»Okay, und was passiert dann?«

»Sinn und Zweck einer Vorbesprechung ist es, das Projekt von Anfang bis Ende in Gedanken durchzuspielen, sich auch ein wenig zu beschnuppern, Sie wissen schon. Man interessiert sich natürlich dafür, wo Sie herkommen, wer Sie sind.«

Ich bin die Frau aus dem verregneten London. Die Frau mit dem überzogenen Konto.

»Es hängt davon ab, mit wem Sie zusammentreffen. Ist es

einer von denen, die auf unserer Studioliste stehen, handelt es sich bereits um einen Leiter der Abteilung Projektentwicklung, das heißt, wir haben ein paar Leute in der Nahrungskette übersprungen. Ist sein Interesse geweckt, wird er ein weiteres Treffen vereinbaren, an dem dann die Entscheidungsträger teilnehmen werden. Und wenn denen das Projekt zusagt, können Sie das Klingeln praktisch schon hören …«

»Ich verstehe nicht. Welches Klingeln denn?«

Ike grinste. »Das Klingeln der Kasse. Zahltag, Carly!«

Meine Augen leuchteten auf. Zahltag. Geld! Viel Geld!

»Sollten wir jedoch im ersten Anlauf nicht so weit kommen, gibt es noch einen anderen Weg. Liest eine Schauspielerin das Buch und es gefällt ihr und sie sieht in der Story eine Rolle für sich, können wir es dem Studio oder der Produktionsfirma mit dem Hinweis darauf vorlegen. Hält ein Star einen Stoff für verfilmenswert, hat die Sache gleich ein ganz anderes Gewicht. Womit wir wieder beim Klingeln der Kasse wären«, fügte er grinsend hinzu.

Zahltag! Oh, wie ich dieses Wort liebte!

»Ike, über welche Summe sprechen wir hier? Nur so über den Daumen. Ich meine, heißt das neue Schuhe, neue Garderobe oder neues Haus?«

Er lachte, und mir fiel zum ersten Mal auf, dass seine Augenwinkel glatt wie ein Kinderpopo blieben. Das schien mir auf etwas hinzudeuten, das mit B anfängt und mit X endet. Und das bei einem Mann! Also entweder hatte er keine Kinder, oder aber er griff zu einer anderen Methode als dem Hochziehen der Augenbraue, um sie unter Kontrolle zu halten. Ich würde ihn fragen, sobald ich ihn ein bisschen besser kannte. Gleich nach unserem Kräutertee.

Ike lehnte sich zurück. »Ich werde offen zu Ihnen sein, Carly. Die Zeiten, da die Studios Schecks in Millionenhöhe für die

Rechte an einer Story ausstellten, sind vorbei. Es sei denn, man gehört zu den ganz Großen.«

Mist. Meine Einkaufstour zu Prada konnte ich wohl abschreiben. Na ja, Primark war auch nicht übel. Bei schummriger Beleuchtung und mit den richtigen Accessoires würde sowieso kein Mensch den Unterschied bemerken.

»Ich möchte Ihnen keine falschen Hoffnungen machen. Seien wir realistisch: Für die Option auf ein Buch wie Ihres – Option heißt, das Studio behält sich ein Jahr lang die Rechte zur Vermarktung vor, und Sie können es in dieser Zeit nicht weiterverkaufen – springen vielleicht fünfzig bis hundert Riesen heraus.«

Schluck. Fünfzig bis hundert Riesen? Kneif mich in den Arsch und nenn mich G-String! Prada, ich komme! Ich konnte meine Kreditkarten schon singen hören: Und jetzt alle zusammen – auf P folgt R, auf R folgt A …

Und die Jungs könnten Skifahren lernen. Einen Tag durch Disneyland bummeln. Ach was, Scheiße, ich würde ihnen Donald Duck *kaufen!*

Okay, aber erst mal zurück in die Wirklichkeit. Ike hielt mein Schweigen offensichtlich für Enttäuschung, denn er fuhr fort:

»Ist es jedoch Liebe auf den ersten Blick, oder sie vermuten, andere könnten auch an dem Stoff interessiert sein, kaufen sie sofort. Und dann werden wir uns in einer Größenordnung von schätzungsweise zweihundert- bis fünfhunderttausend bewegen.«

Zum zweiten Mal innerhalb von dreißig Minuten fühlte ich mich einer Ohnmacht nahe. Fünfhunderttausend. Eine halbe Million Dollar! Und Ike war noch nicht fertig.

»Danach geht es erst richtig los. Die Bearbeitung wäre Ihr Baby, das heißt, Sie sollten die erste Drehbuchfassung schreiben. Oder zumindest beratend dabei mitwirken. Wir würden also versuchen, Sie für die Durchführung des Projekts mit an

Bord zu nehmen. Das würde natürlich bedeuten, dass Sie eine Weile hier bleiben müssten oder, je nach Zeitplan, dass Sie nach England zurückkehren und wieder herkommen müssten, wenn wir Sie brauchen. Wäre das ein Problem?«

Ich dachte lange und gründlich nach. Ike hatte eine ehrliche Antwort verdient. War die Geschichte erst einmal angelaufen, durfte sie nicht aufgrund meiner schwierigen persönlichen Situation wieder gestoppt werden. Das würde Ikes Ruf beträchtlichen Schaden zufügen, und das konnte ich nicht verantworten. Der Entschluss, für vier Wochen nach L. A. zu fliegen, hatte meine Ehe bereits einer erheblichen Belastungsprobe ausgesetzt. Ein weiterer längerer Aufenthalt würde sie in ein Krisengebiet verwandeln, gegen das der Nahe Osten eine Insel der Seligen wäre. Ich konnte diese Frage nicht aus dem Handgelenk beantworten. Dieses Problem musste von allen Seiten beleuchtet werden. Es musste gründlich analysiert werden. Ich musste es mit meinem Mann besprechen. Ich musste die Auswirkungen für meine Kinder bedenken. Ich musste den finanziellen Vorteil abwägen gegen ... Dummerweise hatte niemand daran gedacht, diese Überlegungen von meinem Hirn an mein Mundwerk weiterzuleiten.

»Nein, das wäre absolut kein Problem. Das würde mir wunderbar passen!«

Wirklich wunderbar.

Als ich mich zwanzig Minuten später mit einem Händedruck von Ike verabschiedete, hätte ich ihn am liebsten abgeküsst – aus rein geschäftlicher Dankbarkeit, versteht sich. Ich hütete mich davor, das Fell des Bären zu baden, bevor ich ihn im Käfig hatte (wie meine Schwägerin Carol, die Meisterin der verhunzten Metaphern, sagen würde), aber Ike hatte mir einen Blick in die Welt ermöglicht, von der ich träumte, seit ich als flachbrüstiges, präpubertäres Mädchen nachts unter der Bettdecke in meinem Zimmer in einem gemeindeeigenen Haus in Glasgow gelegen und beim Schein des Schalters der elektrischen Heizdecke Hollywood-Schmöker gelesen hatte. Stell dir vor, du würdest dort leben! Stell dir vor, du würdest in der Filmindustrie arbeiten! Stell dir vor, aus einem Buch, das du geschrieben hast, würde eine Ausrede für Popcorn, Hotdogs und Fummeln in der letzten Reihe werden!

Und das Geld wäre natürlich auch nicht zu verachten. Verdiente ich ordentlich, könnte Mark weniger arbeiten. Oder überhaupt nicht mehr. Wir könnten reisen. Wir könnten auf einer Insel leben, wo ich mein nächstes Buch im Schatten einer Kokospalme schriebe. Die Jungs könnten surfen und Wasserskifahren lernen und würden sich in zwei braun gebrannte Strandläufer verwandeln. Wir hätten viel Zeit füreinander – vorbei wäre der Dauerstress, der mich dazu trieb, Politessen giftig anzumachen. Stattdessen würde ich an meinem Ananassaft nippen und in Flipflops und Bikinis herumlaufen. Zur Premiere meines neuesten Films müsste ich unser Inselparadies selbstverständlich verlassen und mich auftakeln. Vielleicht könnte Matt Damon mich mitnehmen, wenn er in seinem Privatjet vorbeidüste. Ach ja, es wäre wirklich ein hartes Los!

Ich bemerkte, dass meine Hände zitterten und ich am liebsten jedem um den Hals gefallen wäre. Und das, obwohl kein Alkohol im Spiel war. Zwei Dinge wurden mir plötzlich klar. Erstens, ich platzte schier, so überdreht und aufgeregt war ich. Sollte die ganze Sache im Sand verlaufen, hätte es sich dennoch allein für diesen Augenblick ungetrübter, ekstatischer Vorfreude gelohnt. Zweitens, ich wollte Mark unbedingt davon erzählen, und zwar sofort. Ich schaute auf meine Armbanduhr. Zehn Uhr. Also war es in London sechs Uhr abends. Er würde noch im Büro sein und schuften, um sich einen Orden für seinen aufopfernden Einsatz am Arbeitsplatz zu verdienen. Vielleicht hatte er sich auch den Nachmittag freigenommen und vergnügte sich mit einem der Mädels aus der Telefonzentrale in irgendeiner Absteige. Dann geschähe es ihm nur recht, wenn er gestört wurde.

Ich fand, es war genug geschmollt. Ich vermisste meinen Mann, und ich wollte die aufregende Neuigkeit mit ihm teilen. Höhen und Tiefen gab es schließlich in jeder Ehe. Sicher, wir befanden uns gerade in einer ziemlich abschüssigen Phase, doch die Talsohle wäre bestimmt bald durchschritten. Ich fühlte es. Entschlossen griff ich zu meinem Handy. Es war höchste Zeit, dass wir wieder miteinander redeten wie zwei erwachsene Menschen, anstatt zu bocken wie kleine Kinder.

Ich wählte die Nummer von Marks Büro. Er meldete sich nach dem zehnten Klingeln mit einem genervten »Ja?«.

»Ich bin's. Ich rede zwar noch immer nicht mit dir, aber ich wollte dir etwas sagen.«

Ich hatte damit gerechnet, dass er lachen und sich über mein Friedensangebot erleichtert zeigen würde. Stattdessen eisiges Schweigen, dann: »Hi.«

Nicht »Hi, Darling!« oder »Bin ich froh, dass du anrufst, Schatz, ich hätte es nicht eine Sekunde länger ausgehalten, ohne deine Stimme zu hören!«. Nicht einmal »Es sind keine Fünf-Minuten-Nudelterrinen mehr da – wo kriege ich Nachschub her?«.

Er hatte meinen Olivenzweig zertrampelt.

»Ich wollte dir nur sagen, dass ich mich gerade mit Sams Agent im Peninsula Hotel getroffen habe. O Mark, du kannst dir nicht vorstellen, was für ein todschicker Laden das ist, richtig nobel, und ausgerechnet dort muss ich über so einen blöden Laptop stolpern und – egal, das ist eine andere Geschichte. Also pass auf. Ike, der Agent, hält große Stücke auf mein Buch, und Demi Moore spielt vielleicht die Mutter, und die Studiobosse haben es gestern bekommen, und vielleicht kauft es einer, und das könnte bis zu einer halben Million Dollar bringen! Eine halbe Million, Mark! Kannst du dir das vorstellen? Es ist so traumhaft hier, Mark …« Na schön, der Olivenzweig war hinüber, aber möglicherweise würde es helfen, wenn ich die weiße Flagge schwenkte. »Du fehlst mir, Mark. Die Jungs vermissen dich auch. Kannst du nicht herkommen?«

Ein tiefer Seufzer, dann Schweigen. Letzteres zog sich so lange hin, dass ich schon fürchtete, er wäre eingeschlafen. (Sie halten das für lachhaft? Dann darf ich Sie an die Sofa-Selbststreichler-Schnarcher-Szene erinnern, die ich weiter oben schilderte.) Da dies eine höchst emotionsgeladene, bedeutungsschwangere Situation war, die ein hohes Maß an Einfühlungsvermögen erforderte und die definitiv mit Gefühlen, vermutlich auch mit Hormonen, zu tun hatte, wäre es nur natürlich gewesen, wenn Mark sich ihr durch Einschlafen, den Hinweis auf eine angeblich schlechte Verbindung oder durch plötzlich auftretende Halsschmerzen entzogen hätte.

»Wo sind die beiden denn?«

»Sam hat sie zu Spider-Man mitgenommen.«

»Sie sind doch noch viel zu klein dafür, *Spider-Man* ist erst ab zwölf Jahren.«

»Nicht der Film. Der richtige Spider-Man. Sam ist ein guter Kumpel von Tobey Maguire.«

»Wer ist das?«

»Na, Spider-Man. Ich meine, der Typ, der ihn spielt.«

»Ach so. Ich dachte, das wär George Clooney.«

»Nein, der war Batman … Herrgott, Mark, das ist doch völlig unwichtig!«, fuhr ich ungeduldig fort. »Hast du mir überhaupt zugehört?«

O … mein … Gott! In unserer Beziehung kriselte es, und ich rief ihn an, um ihm eine fantastische Neuigkeit mitzuteilen und ihm gleichzeitig die Hand zur Versöhnung hinzustrecken, und er verwickelte mich in eine Unterhaltung über einen Kerl in einem blau-roten Kostüm, der die Wände hochklettern konnte.

»Es tut mir Leid, Carly. Ich bin müde. Es war ein langer Tag. Ich freue mich für dich und dass deine Besprechung so gut gelaufen ist, und ich finde es schlimm, wie es im Moment bei uns läuft, aber ich werde nicht kommen. Es geht einfach nicht. Ich stecke bis zum Hals in Arbeit. Hör zu, Kleines, ich mach dir einen Vorschlag. Du hast zwar gesagt, du willst einen Monat bleiben, aber ich möchte nicht, dass ihr so lange wegbleibt. Komm in vierzehn Tagen zurück, falls sich bis dahin nichts getan hat, okay?«

Typisch Mark. Realistisch. Direkt. Vernünftig. Hämorrhoiden zu haben war ein lustvolleres Vergnügen, als sich mit Mark zu unterhalten.

Was da plopp machte, waren meine Träume, die in diesem Moment zerplatzten. Als hätte er das zweite Gesicht, fuhr er fort:

»Ich sage das nicht, weil ich dir deine Träume zerstören will, Carly. Ich möchte einfach nur meine Familie um mich haben. Ihr fehlt mir, weißt du.«

Ich hätte weinen können. Es hätte nicht viel gefehlt, und ich hätte es getan. Doch dann fing ich die Blicke des Empfangschefs auf: Er überlegte zweifellos schon, ob er herumtelefonieren sollte, um herauszufinden, aus welcher Entzugsklinik ich geflüchtet war. Da ich keine Lust hatte, in der Promises Clinic in Malibu zu landen, verzichtete ich auf einen hysterischen Ausbruch und begnügte mich mit verhaltenem Zorn und Trotzköpfigkeit.

»Weißt du, Mark, ich hab nicht erwartet, dass du aus dem Häuschen gerätst. Ich hätte nicht einmal zu hoffen gewagt, dass du dich freust. Aber ich hatte gedacht, du würdest nach einer langen, intensiven Gewissensprüfung wenigstens ein ganz klein wenig auf meiner Seite sein und mich unterstützen.«

»Herrgott noch mal, Carly, steig doch bitte von deinem hohen Ross herunter, ja?«

Ach so, jetzt war *ich* schuld an allem!

»Ich denke gar nicht dran. Meine Güte, Mark, ich hab gar nicht gewusst, dass du schon so ein alter Knacker bist! Ist das das Leben, das du dir gewünscht hast? Von früh bis spät in der Tretmühle, sodass du deine Kinder nur zu sehen kriegst, wenn sie schon im Bett liegen und schlafen, und du nur einmal im Jahr die Energie aufbringst, deine Frau zu vögeln?«

Eine Frau, die in diesem Moment vorüberging, schnappte empört nach Luft und warf mir einen bitterbösen Blick zu. Das war Sharon Stone, jede Wette. Die hatte es gerade nötig! Die Zuschauer einen Blick zwischen ihre gespreizten Beine werfen zu lassen! Würde ich diesen Teil der weiblichen Anatomie sehen wollen, wäre ich Gynäkologin geworden.

»Jetzt komm schon, Mark, sei doch wenigstens ein kleines bisschen ...«

Tüüüüüüüüüt. Aufgelegt. Er hatte aufgelegt. Er hatte doch tatsächlich aufgelegt! Eine Sekunde lang fragte ich mich, ob in der Halle des Peninsula Hotel jemals jemand festgenommen worden war, weil er »Scheiße, Scheiße, Scheiße!« gebrüllt und dabei sein Motorola-Handy in den Boden gestampft hatte. Nein, entschied ich, auf diese Weise wollte ich in Hollywood keine Berühmtheit erlangen. Ich guckte mich panisch um, ob ich beobachtet wurde – außer vom Empfangschef und von Sharon Stone, meine ich –, setzte dann ein strahlendes Lächeln auf und hauchte in einer gekonnten Marilyn-Monroe-Imitation: »Ich liebe dich auch, mein Schatz ... Nein, du legst zuerst auf ... Nein, du ... Ach, du! ... Bussi, bussi, bussi!«

Ich tat, als beendete ich mein Gespräch, ließ mich dann in einen der Sessel fallen und schickte Sam eine SMS, damit er mich abholen kam. Jetzt war es offiziell: Mark machte mich wahnsinnig. Ich hätte liebend gern Kate oder Carol angerufen, weil ich dringend moralische Unterstützung benötigte, über meinen

Mann herziehen und Vorschläge für richtig gemeine Schimpfwörter hören wollte. Aber es schickte sich nicht, die Gebärmutterkavallerie zu alarmieren – ich wusste, um diese Zeit würden die beiden das Abendessen für die Kinder zubereiten und bis zum Hals in Chicken-Nuggets stecken.

Und so schickte ich Kate nur eine SMS: Notfall! Bitte geh heute Nacht rüber, und erschlag meinen Mann mit stumpfem Gegenstand!

Die Polizei könnte niemals beweisen, dass diese Nachricht von mir stammte. Und falls doch, hatte ich vielleicht Glück und wurde vor eine Richterin und nicht vor einen Richter gestellt, die Verständnis für meine Situation hätte.

»Ms. Cooper?« Der Portier unterbrach mich beim Schmieden meiner Mordpläne. »Entschuldigen Sie, aber Ihr Wagen ist da.«

»Vielen Dank«, erwiderte ich lächelnd. Ein Trinkgeld, durchzuckte es mich in der nächsten Sekunde. Er hatte mit mir gesprochen, also erwartete er ein Trinkgeld. Aber wie viel sollte ich ihm geben? Ich kramte in meinem Portmonee und zog den erstbesten Schein heraus. Es war eine Zwanzig-Dollar-Note. Kein Wunder, dass der Kerl mir die Tür aufriss und seine Mundwinkel fast die Ohrläppchen berührten. Du meine Güte, auch er hatte ein Jojo-Gebiss!

»Hallo, Jungs!«, rief ich, als ich in den Wagen stieg. »Mum, Mum, Mum, Mum!«, antwortete ein zweistimmiger Chor. Mac und Benny waren so aufgedreht, dass sie rosarot angelaufen waren.

»Schön der Reihe nach, Jungs!«, ermahnte ich sie lachend. Dann wandte ich mich zu Sam um. »Sind sie auch brav gewesen?«

»Mustergültig«, antwortete er mit einem umwerfenden Grinsen. »Wir haben Spider-Man besucht; ich war so aufgeregt, dass ich mir fast in die Hose gemacht hätte. Und wie war's bei dir?«

»Fantastisch!«, kreischte ich und war schon wieder ganz aus dem Häuschen. »Nächste Woche um diese Zeit sitze ich vielleicht schon auf hunderttausend Dollar, habe eine Villa in Beverly Hills und gehe shoppen mit Paris Hilton!«

Sam beugte sich zu mir und nahm mich fest in die Arme. »Gut gemacht, Coop! Der erste Schritt auf dem Boulevard zum Ruhm wäre getan. Das muss gefeiert werden, was meint ihr?« Er drehte sich zu den Jungs im Fond um. »Was haltet ihr davon, wenn wir am Strand eine kleine Party veranstalten?«

Es würde Tage dauern, bis die Sitze wieder trocken wären.

Sechster Schritt

Falls mir eines Tages der liebe Gott erschiene und zu mir sagte: »Hör zu, Puppengesicht, ich will den perfekten Lebensstil erschaffen, und dabei kann mir niemand besser helfen als du«, nun, dann würde ich ihm als Vorlage einfach die Fotos zeigen, die wir am Wochenende nach meinem Treffen mit Mr. Wichtig im Peninsula Hotel geschossen hatten. Besser gesagt, ich könnte sie ihm zeigen, hätte Benny die Kamera nicht zehn Minuten nach unserer Ankunft am Strand im Sand verbuddelt. Wir haben sie nie wiedergefunden.

Vom Hotel aus fuhren wir an jenem Samstag erst auf einen Sprung nach Hause, wo wir uns umzogen und ein paar Dinge zusammenpackten. Dann ging es zurück ins Auto. Eine halbe Stunde und mehrere Beinahe-Zusammenstöße auf der als Schnellstraße getarnten Rennstrecke später bogen wir auf einen Parkplatz am Meer ein. Sam lud einen Picknickkorb und einen Seesack aus. Wie es meinem neuen mondänen, exklusiven Lebensstil entsprach, rechnete ich damit, dass Eliza, der Koch, zwei Bedienstete und eine Sekretärin aus dem Kofferraum kletterten. Doch Sam hatte ihnen leider den Tag freigegeben.

Wir teilten die Kinder unter uns auf, und ich folgte Sam an einem riesigen Restaurant namens The Cheesecake Factory vorbei zu einem wahren Kinderparadies – Mother's Beach. Bei diesem Strand handelt es sich nicht, wie der Name vermuten lässt, um eine Zone ausschließlich für Frauen mit postnatalen Hängebrüsten und Schwangerschaftsstreifen (*»Kaiserschnitte links, epidural Anästhesierte rechts, und die Dammschnitte bitte in die Tretboote!«*).

Nein, Mother's Beach ist eine traumhafte Bucht in der luxuriösen Umgebung eines der weltweit größten künstlich angelegten Yachthäfen, Marina del Rey. Die Bucht wurde so konzipiert, dass das Wasser keinerlei Strömung aufweist; deshalb ist dieser Platz ideal für Kinder. Hinzu kommen ein wunderbares Picknickgelände und ein Spielplatz am Strand. Das Ergebnis? Zwei begeisterte kleine Jungs und Sand an Stellen, wo er definitiv nicht hingehört. Erstaunlicherweise war der Strand nicht einmal überfüllt; lediglich eine Hand voll Familien, die alle aussahen wie aus einem Katalog von Kay's, tummelte sich hier.

Wir blieben den ganzen Tag dort, spielten Frisbee, bauten Sandburgen und versteckten wertvolle persönliche Gegenstände. Gegen Abend fuhren wir zurück zu Sam, zogen uns abermals um und gingen zum Essen ins Hard Rock Café, wo noch mehr auf Hochglanz polierte Kellner uns makellos lächelnd bedienten. Sie sahen dem Personal im Peninsula beunruhigend ähnlich, und ich hatte allmählich den Verdacht, dass ganz L. A. nichts weiter als ein gigantischer Inzuchtgenpool war. Aber hey, was soll's – die Jungs waren ein Genuss fürs Auge, und oberflächlich war ich schon immer, ich trug es also mit Fassung.

Sam zu beobachten war ebenfalls ein Genuss. Ich hörte bald auf zu zählen, wie oft er angesprochen und um ein Autogramm oder ein Foto gebeten wurde. Sam. Mein Exfreund. Der Mann, der für weniger als zwanzig Mäuse die Stunde Türsteher in einem Nachtklub gewesen war, als ich ihn kennen lernte. Und jetzt nahm er den Rummel um seine Person so gelassen, als hätte er nie etwas anderes gekannt.

Nachdem wir später an diesem Abend die Jungs ins Bett gebracht hatten, tranken wir Bier aus der Flasche und krakeelten Lieder zu der Karaokeanlage, die Sam in seiner Freiluftbar installiert hatte. Ich fand es echt fies von den Nachbarn, dass sie wegen des Lärms die Polizei riefen, und mächtig nett von den Beamten, dass sie uns lediglich ermahnten und wieder abzogen, nachdem sie zwei Autogramme von Sam und die Gelegenheit bekommen hatten, Gloria Gaynors *I Will Survive* auf einer professionellen Anlage zu singen – was sie ziemlich tuntig taten, wenn Sie mich fragen.

Am Sonntag ließ sich der bestbezahlte Reiseführer der Welt eine weitere Attraktion für meine beiden Dreikäsehochs einfallen: ein Besuch in Disneyland. Dem Gelobten Land. Oder, wie ein völlig hingerissener Mac es formulierte, als wir durch das Tor schritten und er die Burg entdeckte: »Heiliger Jesus, Mum, das ist das Haus von Micky Maus!« Ich beschloss, seinen Ausruf als Dankgebet zu werten und nicht als gotteslästerliche Rede, die bestraft werden musste.

Um nicht erkannt zu werden, trug Sam eine große Sonnenbrille, eine Baseballmütze und ein T-Shirt mit dem Aufdruck »Chiropraktiker-Tagung Milwaukee 2006«. Es funktionierte. Angesprochen wurde er allerdings trotzdem: Man fragte ihn um Rat bezüglich einer Wirbelsäulenverletzung, eines steifen Genicks und einer ausgerenkten Schulter.

»Alles in Ordnung?«, fragte ich ihn, nachdem wir drei »Weltreisen« im Käseboot durch verschiedene, mit bewegten Figuren ausgestattete Länder absolviert hatten. Die schrille Musik, mit der diese Fahrt untermalt wurde, verursachte Zahnschmerzen. Ich hätte Tick, Trick und Track aus einer Kanone auf die Lautsprecher feuern mögen, damit endlich Ruhe war.

»Bestens«, antwortete Sam. »Schon merkwürdig. Da lebe ich schon so viele Jahre hier, und dieser ganze Touristenkram hat mich nie interessiert. Aber mit deinen Jungs macht es unglaublich viel Spaß. Ihr drei macht das alles zu einem großartigen Erlebnis. Ich bin so froh, dass du gekommen bist, Carly.«

Ja, nicht wahr? Ich stehe fleckig und speckig und mit zwei kleinen Kindern im Schlepptau vor seiner Tür, verwandle sein Haus in einen Schweinestall, nötige ihn, einen Gefallen von Freunden einzufordern, sorge dafür, dass er fast von zwei Beamten des Los Angeles Police Department wegen nächtlicher Ruhestörung festgenommen wird, und setze ihn dem Ausharren in langen Warteschlangen, glühender Hitze und Unterhaltungen mit großen, ausgestopften Wesen wie Chip und Chap aus. War das nicht wahnsinnig nett von mir?

Das Merkwürdige ist, dass das alles so selbstverständlich schien. Ein zufälliger Beobachter hätte uns mit Sicherheit für die sympathischste Familie aus Milwaukee gehalten, der er je begegnet war. Ich musste mir mehrmals ins Gedächtnis zurückrufen, dass das hier – ich, Sam, die Jungs, dieser Mordsspaß – nicht das wirkliche Leben war. Das wirkliche Leben sah anders aus: Da war ich mit einem Workaholic verheiratet und hämmerte an einem Samstagmorgen zwei Minuten vor der Öffnungszeit gegen die Tür eines Whacky Warehouse, damit sie mich reinließen, weil es draußen so bitterkalt war.

Die Jungs waren ganz in ihrem Element. Es hatte zwar einige kleinere Kabbeleien gegeben, die auf ein Zuviel an Süßigkeiten und einen Mangel an Schlaf zurückzuführen waren, aber im großen Ganzen schwebten sie auf Wolke sieben, was sie ihrem Vater auch unmissverständlich zu verstehen gaben, wenn sie zweimal täglich mit ihm telefonierten. Ich wählte die Nummer für sie und drückte ihnen dann den Apparat in die Hand. Schäbig, ich weiß, aber ich wollte erst wieder mit meinem Mann sprechen, wenn ich sicher sein konnte, dass ich weder Verwünschungen noch Drohungen ausstoßen würde. Sonst würde ich am Ende noch aus der gemeinsamen Wohnung verwiesen.

Abgesehen von chronischer Unreife meinerseits war es jedoch ein perfektes Wochenende gewesen. Glück in Reinkultur. Ich konnte mich nicht erinnern, wann die Jungs oder ich das letzte Mal so viel Spaß gehabt hatten. »Du bist nicht lange auf dieser Welt, also genieße die Zeit, die du hast«, hatte meine Großmutter mich jeden Tag ermahnt. Sie hatte Recht. Mir wurde schmerzlich bewusst, in was für einem Trott ich die letzten Jahre gelebt hatte. Es wurde höchste Zeit, den Stier bei den Hörnern zu packen und mich wieder auf das Leben einzulassen, auf seine aufregenden Seiten und auf einen Tick Nervenkitzel.

Apropos ...

Es war spät an diesem Sonntagabend. Sam und ich hatten es uns in den Liegestühlen am Pool bequem gemacht, Freude im Herzen, Sterne am Himmel und Bierdosen in der Hand. Auf das Karaoke verzichteten wir diesmal – die Polizei hatte schließlich noch anderes zu tun, zum Beispiel sich um so nebensächliche Dinge wie Bandenkriege und Serieneinbrüche zu kümmern.

Es war ein zauberhafter Abend. Keiner sagte etwas; wir kannten uns lange genug, um behaglich miteinander schweigen zu können. Ich verspürte noch immer ein aufgeregtes Prickeln im Bauch bei dem Gedanken daran, dass vielleicht schon am nächsten Tag der Anruf von Ike Tusker käme, der unser aller Leben entscheidend verändern würde – im positiven Sinn. Von einer Scheidung und der Tatsache, dass unsere Kinder dann aus einer zerrütteten Familie kämen, einmal abgesehen. Okay, das war eine zynische Bemerkung, ich weiß. Im Augenblick wäre mir Mark zwar genauso willkommen gewesen wie Osama Bin Laden oder Saddam Hussein, aber ich war trotz allem fest überzeugt, dass wir diese Krise meistern würden und Mark mir früher oder später Recht geben würde.

Mark und ich waren ein Team. Nichts und niemand war jemals zwischen uns gekommen. Wir hielten zusammen. Wie Pech und Schwefel.

»Denkst du auch manchmal an früher?«

Sams Frage riss mich unsanft aus meinen Gedanken. Eine Sekunde lang wusste ich nicht, was er meinte. »An früher?«

»Ja. An uns. Hast du dich jemals gefragt, wie es mit uns weitergegangen wäre, wenn du nicht aus Hongkong weggegangen wärst? Oder wenn du früher zurückgekommen wärst?«

Ich dachte einen Augenblick nach. Ich hasste solche Gespräche. Wehmütiges Sicherinnern gehört, wie ich finde, verboten. Nichts ist einer Migräne und dem teenagerhaften Drang zu leichtsinnigem Handeln förderlicher, als darüber zu sinnieren, was wohl aus einer Beziehung geworden wäre, wenn …

»Ja, manchmal schon«, antwortete ich schließlich.

»Und?«

Ich lachte nervös. Dieses Kichern überkam mich stets in Augenblicken überwältigender Traurigkeit (Beispiel: Beerdigungen), bei Stress (Beispiel: lange Schlange an der Supermarktkasse – trägt mir regelmäßig schräge Blicke ein) und beim Versuch, eine potenziell peinliche/gefährliche/fatale Situation abzuwenden (Beispiel: umwerfender Exlover, Geilheit, Sternenhimmel, bescheuerter Ehemann, langer Sexentzug).

»Ich glaube, ich hätte dich wahnsinnig gemacht«, sagte ich langsam. »Ich war ein hoffnungsloser Fall von Sprunghaftigkeit und hatte die Aufmerksamkeitsspanne eines Huhns, während du sehr viel reifer und realistischer warst. Du hast damals schon ganz genau gewusst, was du willst. Ich dagegen weiß es heute noch nicht. Ich wurstle mich so durch und baue regelmäßig Mist. Außerdem, hätte es mit uns geklappt, würdest du wahrscheinlich heute noch in Hongkong für einen Hungerlohn arbeiten, anstatt ein Leben in Saus und Braus in Hollywood zu führen.«

Ich konnte ihn nicht ansehen. Ich konnte einfach nicht. Wo

waren die Cops, wenn man sie brauchte? Achtung, Achtung, erbitte dringend Verstärkung von allen Karaoke singenden Polizeibeamten!

Ein neuerliches Schweigen entstand. Doch dieses Mal war es kein behagliches, sondern ein quälendes, bedrückendes Schweigen. Nach ein paar Minuten knickte ich ein.

»Und du? Hast du dir jemals diese Frage gestellt?«, flüsterte ich. So musste es sein, wenn man in einigen hundert Metern Höhe auf einem Vorsprung stand und sich zum Bungeejumping anschickte. Wie würde ich reagieren, wenn ich in die Tiefe stürzte und der Boden auf mich zuraste? Bitte sag Nein!, flehte ich im Stillen. Bitte tu mir den Gefallen. Sag einfach: Nein. Sag einfach: Ich glaube, ich bin gerade noch mit einem blauen Auge davongekommen. Wären wir zusammengeblieben, hätte ich niemals dreihundertvierundachtzig der reichsten Frauen der Welt vögeln können, und das hätte ich um keinen Preis vermissen wollen!

Die Stille dauerte an. Knoten im Bauch. Zu Stein erstarrter Körper. Ich starrte in den Nachthimmel, weil ich es nicht ertrug, in sein braun gebranntes, wunderschönes Gesicht zu blicken. O nein! Also entweder krabbelte ein ziemlich großes Insekt meinen Arm hinauf, oder aber es waren Sams Fingerspitzen, die unendlich langsam und so verdammt sinnlich über meine Haut strichen, dass meine Eierstöcke das Halleluja anstimmten.

Ich stellte fest, dass ich vergessen hatte, wie man atmet. Tiere mit stecknadelkopfgroßem Gehirn waren im Stande zu atmen, aber ich war urplötzlich zu dumm dazu.

»Carly …«

Meine Zehennägel kräuselten sich buchstäblich. Ich lief rot an, weil die Sauerstoffzufuhr unterbrochen war. Mein Skelett verwandelte sich in eine schwammige Masse. Ich mutierte zu einem Pudding. Heilige Maria Mutter Gottes, Schutzheilige aller Jungfrauen und aller vom Sex unbefleckten Dinge, bitte steh mir bei!

»Carly ...«

»Carly ...«

Das war eine Frauenstimme, die da meinen Namen rief! Los Angeles, Stadt der Engel, Stadt der Träume, wo alles möglich ist – sogar eine Mutter Gottes, die Hausbesuche macht.

»Carly? Alles in Ordnung?« Jetzt stand sie vor mir, doch statt fließender Gewänder und Heiligenschein erblickte ich Eliza und Motorola.

»Ihr Handy hat geklingelt, und da bin ich rangegangen. Es ist eine gewisse Kate.«

Ich schnappte nach Luft, und meine Lungen ächzten dankbar. »Danke, Eliza«, stammelte ich und sprang auf. »Ich ... äh ... ich schau bei der Gelegenheit mal nach den Jungs«, sagte ich zu Sam, das Telefon hochhaltend, während ich mich rückwärts entfernte wie ein bewaffneter Bankräuber, der von einem Einsatzkommando in die Enge getrieben wird.

Nach ein paar Metern drehte ich mich abrupt um und lief ins Haus.

»O Kate, ich liebe dich«, flüsterte ich ins Telefon. »Ich liebe dich so sehr – ich kann dir gar nicht sagen, wie sehr!«

Sie stöhnte auf. »O Gott! Da ist sie noch nicht mal eine Woche in L. A., und schon gehört sie der Bussi-Bussi-Liga an! Ich warne dich: Falls du dich schon einem Kabbala-Zirkel angeschlossen hast, komme ich rüber und rette dich.«

»Viel schlimmer. Aber das erzähl ich dir lieber, wenn wir uns das nächste Mal sehen. Ohne Gin und begleitende Gesten geht das nicht. Und wie geht's dir so?«

»Bestens, alles okay, du fehlst uns. Hör mal, das kostet mich eine Gliedmaße pro Minute, deshalb in aller Kürze das Wichtigste. Ich mach mir Sorgen wegen Mark.«

»Darf ich dich daran erinnern, dass du als meine Freundin mir in Zeiten ehelichen Knatsches zu bedingungsloser Loyalität verpflichtet bist?«

»Ach komm schon, Carly, er ist todunglücklich! Ich hab ihm gestern Abend was zu essen rübergebracht ...«

Typisch Kate. Sie sorgt sich immerzu um andere und würde einen Freund in Not niemals im Stich lassen. Das hilft mir aber leider überhaupt nichts, wenn ich mir wünsche, dass sie meinen Mann als Dumpfbacke beschimpft und ihn mit einem Küchengerät attackiert.

»... und er ist wirklich stinksauer, Carly.«

»Selber schuld! Er hätte ja mitkommen können! Er ist doch derjenige, der auf stur schaltet! Dieser elende Dickkopf!«

»Wer im Glashaus sitzt ...«

Ich zog geräuschvoll die Luft ein. »Sogar du, liebe Kate, die du ein Ausbund an Standfestigkeit und Vernunft bist, hast gesagt, es wäre Wahnsinn, diese Chance nicht zu nutzen.«

»Das ist richtig«, gab sie zu. »Aber ich kann auch Mark verstehen, weißt du. Er will dir deine Freude nicht vermiesen, Carly, er versucht lediglich, auf dem Boden der Tatsachen zu bleiben. Hätte er einen Verdienstausfall oder würde gar seinen Job verlieren, bloß weil er aus einer Laune heraus nach L. A. fliegt, wäre das eine Katastrophe für eure Familie. Er tut doch nur, was er für das Beste für dich und die Jungs hält.«

»Wie viel hat er dir bezahlt, Judas?«

»Weiß nicht genau, aber es gibt Gerüchte, dass ich euer Haus mit drei Flaschen Wein und einem Elektrogrill verlassen habe. Schließ Frieden mit ihm, Carly. Er hat Sehnsucht nach den Jungs, er hat Sehnsucht nach dir, und er hat keine Nudelterrinen mehr – der arme Kerl ist völlig aufgeschmissen.«

»Und er ist ein kompletter Arsch! Kate, ich verstehe, was du mir sagen willst, aber Mark ist fuchsteufelswild, weil ich diese

Reise gemacht habe. Wenn es nach ihm ginge, könnten wir bis ans Ende unserer Tage fröhlich in dem Alltagstrott krebsen, in den wir irgendwann geraten sind. Aber so weit bin ich noch nicht. Ich will meine Träume noch nicht aufgeben! Obwohl ich den mit Liam Neeson darin langsam abschreiben kann, fürchte ich. Er hat übrigens gestern in einem noblen Hotel versucht, mich zu begrapschen.«

»Du machst Witze!!!«

»Natürlich mach ich Witze, aber weißt du, hier könnte das tatsächlich passieren. Das ist ja das Tolle an der Sache. Lieb von dir, dass du zu helfen versuchst, Kate, aber ich frage mich, ob Mark und ich uns darüber, wie wir unser Leben leben sollen, jemals einigen werden. Na ja, irgendeine Lösung werden wir finden. Früher oder später. Spätestens, wenn ich eine millionenschwere Drehbuchautorin bin, die mehr Diamanten als Elizabeth Taylors Pudel hat.«

Kate seufzte. Ob sie in ihrer neuen Eigenschaft als meine persönliche Eheberaterin nach einer anderen Strategie suchte? Sie wechselte das Thema.

»Da wir gerade von Filmstars sprechen – wie geht's meinem Lieblingsschauspieler?«

»Tom Cruise geht's glänzend.«

Sie lachte. »Oouuuu – der Typ würde einen Industriebesen brauchen, um meine Hormone durcheinander zu wirbeln! Wie geht's Sam?«

»Prima.«

»Prima?«

»Prima.«

»O nein!«

»Was?«

»O nein. Sag mir, dass du es nicht getan hast, Carly!«

Ich schnaubte entrüstet. »Natürlich nicht, wo denkst du hin.

Er ist ein guter alter Freund, und ich bin eine verantwortungsbewusste zweifache Mutter, der es nicht im Traum einfallen würde, ihre Ehe aufs Spiel zu setzen oder ihr Treuegelöbnis zu brechen. Und ich kann es offen gestanden nicht glauben, dass du mir so etwas zutraust.«

Ein langes Schweigen.

Dann: »Du hast also daran gedacht?«

Ich stöhnte auf. »Ich denke die ganze Zeit daran«, brach es aus mir hervor. »O Gott, Kate, wenn ich so weitermache, werde ich Michael Douglas bei den Anonymen Sexabhängigen bald den Rang ablaufen! Könntest du nicht ein bisschen Willenskraft einpacken und mir schicken? Ich wär dir wirklich dankbar.«

»Carly, sei vorsichtig«, ermahnte sie mich sanft.

»Okay. Mach dir keine Sorgen, ich werde keine Dummheiten machen.«

»Versprichst du mir das?«

»Ich verspreche es.«

Und es war mir ernst damit; das wurde mir bewusst, als ich das Gespräch beendete und ging, um nach den Jungs zu schauen. Es war mir unbestreitbar ernst damit.

Ich schlüpfte unter die Decke zu meinen beiden und gab jedem einen Kuss auf die Nase.

Jawohl, es ist mir hundertprozentig ernst damit, dachte ich, als ich mich zwischen meine Söhne kuschelte. Aber vielleicht sollte ich die Versuchung trotzdem meiden. Nur für alle Fälle.

Und der Oscar für die beste Schauspielerin in einer peinlichen Situation geht an … CARLY COOPER!

Ich ignorierte Sams fragende Blicke, als ich am anderen Morgen in die Küche marschierte, Benny auf meinem Rücken und Mac auf meiner Brust. Beide kreischten vor Lachen.

»Guck mal, Onkel Sam, guck mal, ein Mummy-Sandwich!«,

quietschte Mac. Schon hatte Sam ihn geschnappt. Er hielt ihn an den Füßen mit dem Kopf nach unten und kitzelte ihn, bis die Gefahr einer Überschwemmung drohte.

»Donut!« Benny zeigte gebieterisch auf die Bagels, die bereits getoastet und belegt auf dem Tisch standen.

»Das sind Bagels, Schatz«, verbesserte ich ihn.

»Nein, Donuts«, beharrte Benny. Er nahm sich einen mit Bananenscheiben darauf und schlang ihn hinunter. Ich war baff. Benny weigerte sich normalerweise beharrlich, irgendetwas Neues zu probieren. Mark und ich hatten alles versucht: schöne Worte, Drohungen, Bestechung – nichts half. Benny schüttelte nur trotzig den Kopf und biss die Kiefer so fest aufeinander, dass man sie nur mit einem Stemmeisen aufbekommen hätte.

»Das ist meine Schuld«, flüsterte Sam mir zu. »Gestern hat er erst einen gegessen, als ich ihm versicherte, das sei so eine Art Donut wie die, die er von zu Hause kennt. Dann ging's plötzlich.«

Wir warfen einen verstohlenen Blick auf Benny, dessen Gesicht jetzt mit Banane verschmiert war.

Sam grinste. »Sieht aus, als ob es ihm schmecken würde.«

Auch das noch! Ich stöhnte innerlich auf. Jetzt entpuppte sich der Halbgott auch noch als pädagogisch versierter Kinderversteher. Hebe dich hinweg von mir, Satan!

»Können wir heute wieder Spider-Man besuchen, Onkel Sam, sag doch, können wir, können wir?« Macs kleines Gesicht strahlte ungetrübte Zuversicht aus.

»Spinnenmann, Spinnenmann …«, begann Bagel-Benny zu singen.

Sam zögerte. An seiner Haltung konnte man ablesen, dass die Antwort »Nein« lauten würde. Mac spürte es. Schon hatte er eine Alternative parat.

»Oder Batman. Batman wär super«, meinte er eifrig.

»Da na na na, Da na na na …«, trällerte Benny los.

Sam räusperte sich. »Äh …« Er wusste nicht, wie er es den Kindern schonend beibringen sollte, dass er sie enttäuschen musste.

»Superman!«, warf Mac aufgeregt ein. »Wir lieben Superman! Können wir Superman besuchen, Onkel Sam, sag doch, können wir, können wir? *Bitte!*«

Jetzt stahl sich Verzweiflung in Macs Stimme, und Benny machte ein völlig verdattertes Gesicht. Die zweibeinige Musikbox hatte nämlich gerade festgestellt, dass sie die Titelmelodie zu *Superman* nicht enthielt. Er ließ Kopf und Schultern hängen und war total geknickt. Ungefähr drei Sekunden lang. Dann setzte sich seine kindliche Anpassungsfähigkeit durch, und er sang einfach die erste Strophe von *Funkle, funkle kleiner Stern*.

Und unterdessen in der Gesprächsecke …

»Äh … tut mir Leid, Sportsfreunde, aber ich muss heute arbeiten.«

Zum Glück befand sich die geöffnete Kühlschranktür zwischen Sam und mir, sodass er mein verdutztes Gesicht nicht sehen konnte. Arbeiten? Er hatte gestern nichts von Arbeit gesagt.

Ich setzte ein vergnügtes Lächeln auf und streckte den Kopf hinter der Tür hervor. »Arbeiten? Und ich hab dich für ein hochbezahltes Faultier gehalten.«

»Das bin ich auch, aber der Regisseur meines nächsten Films möchte den Zeitplan mit mir durchgehen und mir einen Überblick über die verschiedenen Drehorte geben.«

Ach so, ja dann! Ich meine, wenn ich fünf Pfund für jedes Mal hätte, wo ich praktischerweise eine in letzter Minute angesetzte Besprechung mit irgendjemandem hatte, wäre ich eine reiche Frau.

»Oh, das ist ja toll!«, sprudelte ich hervor und merkte gar

nicht, wie kräftig ich die Plastikflasche mit dem Ahornsirup zusammendrückte. Blöderweise hielt ich sie mit dem Verschluss nach unten in der Hand.

»Mum, du verkleckerst Sirup!«, rief Mac.

Sam warf mir ein Tuch zu. Na wunderbar. Und ich sorgte mich, dass meine Kinder eine Spur der Verwüstung hinterließen! Ich steckte den Kopf wieder in den Kühlschrank.

»Keine Angst, euch wird's bestimmt nicht langweilig werden«, sagte Sam hastig.

Langeweile war nicht das Problem. Das Haus hatte einen riesigen Swimmingpool mit schwimmenden Inselchen darin. Alligatoren, die man niederringen konnte. Einen Tennisplatz. Einen kleinen Bolzplatz. Eine Einfahrt, die so lang war, dass wir den ganzen Tag darauf skateboarden könnten. Nein, langweilig würde es uns garantiert nicht werden. Das Problem war vielmehr, wir vertrieben einen Superstar aus seinem eigenen Haus.

»Ihr könnt hier bleiben«, fuhr Sam fort, »oder ihr könnt den anderen Wagen nehmen und auf Entdeckungstour gehen. Ich schreib euch gern auf, was ihr euch alles ansehen könntet.«

Mac fing zu weinen an. »Aber ich will mit dir gehen, Onkel Sam!«

Ich auch, ich auch! Ich bin mir zum Glück ziemlich sicher, dass ich das nicht laut gesagt habe.

Sam nahm Mac auf den Arm und drückte ihn fest. »Ich sag dir was. Wenn ich wieder da bin, zeig ich dir im Pool, wie man taucht. Einverstanden?«

Mac musterte ihn misstrauisch. »Ohne dass ich mir die Nase zuhalte?«

»Ohne dass du dir die Nase zuhältst«, bekräftigte Sam.

»Also gut.« Macs zu einem Schmollmund geschürzte Lippen kehrten allmählich in ihre Ausgangsposition zurück.

Ich hingegen zog, verborgen hinter der Kühlschranktür,

immer noch einen Flunsch. Ich wollte nicht, dass Sam ohne uns ging. Wir hatten so viel Spaß miteinander gehabt, und ich wünschte mir, unsere Flucht aus der Realität würde noch ein bisschen andauern. Allerdings ohne den Teil, wo wir tief schürfende Gespräche über unsere Gefühle führten.

Hatte er tatsächlich eine Besprechung, oder war er sauer, weil ich ihn am Abend zuvor hatte sitzen lassen, und wollte mir deshalb aus dem Weg gehen? Oder war es ihm unangenehm, die Vergangenheit aufgewühlt zu haben? Vielleicht waren die paar Bierchen schuld daran gewesen, dass er melancholisch geworden war, und jetzt bereute er es. Möglicherweise gingen seine Exfreundin und ihre beiden kleinen Rangen ihm auch nur mächtig auf die Nerven, weil sie sein schönes Haus auf den Kopf stellten. Und dabei waren wir gerade mal seit drei Tagen hier! Ob ich ein Hotel für uns suchen sollte? Vielleicht keine schlechte Idee. Trotz Trennungen, gebrochener Herzen und einer höchst ungewöhnlichen Berufswahl waren Sam und ich seit fast fünfzehn Jahren befreundet, und ich wollte unsere Freundschaft nicht durch chronische Verstimmung über familientypisches Tohuwabohu aufs Spiel setzen.

Vielleicht litt ich ja schon unter Verfolgungswahn. War ich eine neurotische Kuh, und Sam hatte tatsächlich eine Besprechung mit seinem Regisseur? Nur seltsam, dass er das bisher mit keinem Wort erwähnt hatte.

Eine Stunde später waren die Jungs abgefüttert, gewaschen und umgezogen. Bereits zum zweiten Mal an diesem Morgen. Als sie das erste Mal fix und fertig angezogen waren, war ein Streit um ein Glas frisch gepressten Orangensaft ausgebrochen, der damit endete, dass Benny ein schuldbewusstes Gesicht machte und Mac Orangensaft von seinen Sachen tropfte.

Ich folgte Sam an dem Jaguar-Cabrio vorbei, in dem er uns bisher herumchauffiert hatte, zur Garage. Das Tor öffnete sich automatisch. Dahinter standen ein blitzender schwarzer Porsche und ein bulliger Geländewagen. Leck mich! Wenn ich die Kinder in dem Ding zum Kindergarten führe, würde den Twinset-und-Perlen-Tussis in ihren Landrovern aber die Muffe gehen!

Sam fuhr den Geländewagen aus der Garage und gab mir dann die Schlüssel. »Hier, er gehört dir«, meinte er grinsend. »Oder willst du lieber den Porsche?«

»Was für eine Frage! Natürlich will ich lieber den Porsche! Die Polizei wird bestimmt ein Auge zudrücken, wenn sie sieht, dass ich die Kinder aufs Dach geschnallt habe, damit sie die Kalbslederpolster nicht bekleckern.«

Sam lachte, und seine Augenwinkel legten sich in süße kleine Fältchen. Das unterschied ihn definitiv von der Mehrzahl der männlichen Bevölkerung in L. A. Er wandte sich zum Gehen.

»Sam?«, rief ich zögernd, als er sich schon ein paar Schritte entfernt hatte. »Es ist doch alles in Ordnung mit uns, oder?«

Er blieb abrupt stehen, machte kehrt, kam zu mir und drückte mir einen Kuss aufs Haar. »Natürlich ist alles in Ordnung mit uns, du Irre. Und daran wird sich auch nichts ändern.«

Er wandte sich abermals um und eilte zum Haus zurück. Soweit ich das beurteilen konnte, sah er nicht wie ein Mann aus, bei dem alles in Ordnung ist.

Klappe! Mother's Beach, die zweite! Ich hatte die Wahl: Ich konnte mit zwei Kindern unter sechs entweder die kulturellen Sehenswürdigkeiten der Stadt besichtigen, um ihren geistigen Horizont zu erweitern und sie an die Kunst heranzuführen, oder aber wir konnten wieder an den Strand fahren, uns im Sand herumlümmeln, Brezeln essen und Frisbee spielen, bis uns die Arme abfielen. Die Entscheidung fiel mir relativ leicht.

Als ich auf den Parkplatz am Strand fuhr, staunte ich über

die unzähligen Jogger. Das mussten hunderte sein! Wie ein Heuschreckenschwarm überzogen sie den Strand. Da wir uns in L. A. befanden, handelte es sich natürlich um Heuschrecken mit Designerstirnbändern und lipglossglänzenden Lippen. Was für beide Geschlechter galt. Der Anblick von Joggern hat sich immer schon nachteilig auf mein inneres Gleichgewicht ausgewirkt. Zu Hause gab es ein paar, die regelmäßig unsere Straße entlangtrabten, und jedes Mal, wenn sie vorbeiliefen, überkam mich das unbändige Verlangen, ihnen etwas an den Kopf zu werfen. Es gibt nur eins, das ich mehr hasse als einen Jogger – joggende Pärchen. Wie Barbie und Ken im Lycra-Partnerlook, dazu rosige Bäckchen und selbstgefälliges Grinsen. Sollte ich mir jemals ein MG aufs Dach montieren, wissen Sie, warum.

In L. A. störten mich die Jogger komischerweise überhaupt nicht. Irgendwie passten sie hier in die Landschaft. Was in England ein Hobby zu sein schien, das einzig und allein dem Zweck diente, mir auf den Wecker zu fallen, respektierte ich hier als nationalen Zeitvertreib.

Vielleicht sollte ich auch damit anfangen, dachte ich, als ich unsere Handtücher ausbreitete. Ach Quatsch, das wäre nun wirklich hirnrissig. Ich meine, nur weil ich in L. A. bin, muss ich mich noch lange nicht wie eine Einheimische benehmen, sagte ich mir und stellte meinen Schoko-Mokka-Cappuccino mit entrahmter Milch und Vanillearoma neben mein Zimtbrötchen und eine Ausgabe von *US Magazine*.

Dann schaltete ich mein Handy auf Vibrationsalarm, steckte es in die Tasche meiner Shorts (der Anruf von Ike Tusker könnte mich in mehr als einer Hinsicht in orgasmische Erregung versetzen) und ging zum Klettergerüst hinüber, wo sich meine Jungs vergnügten. Mir fiel erst nach einigen Augenblicken auf, dass die Zusammensetzung der Strandbesucher an diesem Werktag eine andere war als am Wochenende. Statt Bilderbuchfamilien nichts als Frauen, wohin man schaute. Ich konnte drei verschiedene Gruppen ausmachen. Die eine wurde von den Kindern gebildet, keines älter als fünf, die in Horden überall herumwuselten. Die zweite Gruppe setzte sich aus jungen Frauen zusammen, die einen Teil der Bänke mit Beschlag belegt hatten und in lebhaftes Geschnatter vertieft waren. Für mich hörte es sich wie Spanisch oder Portugiesisch an (ich kenne mich aus, schließlich war ich mal zwei Wochen in Benidorm). Offenbar handelte es sich um die Kindermädchen der Kleinen.

Die Frauen auf den übrigen Sitzbänken, die dritte Gruppe, schienen die Mütter zu sein. Manche trugen Sweathosen und Yogasachen, hatten frische, glänzende Gesichter und strahlten die heitere Gelassenheit jener aus, die mit ihrem Schicksal zufrieden sind; anderen stand der Stress ins Gesicht geschrieben, sichtlich abgekämpfte Nervenbündel, die erst nach Erreichen des Siedepunkts erkannt hatten, dass frische Luft und ein dem kindlichen Bewegungsdrang angepasster Spielplatz sinnvoller waren als ein heimliches Glas Wein und ein Päckchen Zigaretten hinterm Haus.

Bei diesem Gedanken durchzuckte es mich. Noch vor einer Woche hatte auch ich mit einem Glimmstängel in der Hand hinterm Haus gestanden und mit meinem langweiligen, ereignislosen Leben gehadert, während ich gleichzeitig geahnt hatte, dass etwas Außergewöhnliches geschehen würde. Mein sechster Sinn hatte mich nicht getrogen. (Wenn alle Stricke rissen, könnte ich immer noch eine Karriere als Hellseherin starten.) In nur einer Woche war mir die berufliche Chance meines Lebens angeboten worden, hatte ich meine Söhne aus dem Kindergarten genommen, mich von meinen Freunden verabschiedet, die Reise nach L. A. angetreten, Wiedersehen mit einer alten Liebe gefeiert, den Lebensstil einer Millionärin angenommen, ein hohes Tier aus der Filmbranche getroffen, unkeusche Gedanken hinsichtlich besagter alter Liebe gehegt, mich mit meinem Mann verkracht und mich von Liam Neeson befummeln lassen (Letzteres zu meinem Leidwesen nur in meiner Fantasie).

Ich hatte nicht nur den Stier bei den Hörnern gepackt, sondern mich auf ihn geschwungen und ihn geritten, bis er vor Erschöpfung zusammenbrach.

Und es war noch nicht vorbei. Der Anruf, der alles entscheidende Anruf von Ike Tusker könnte jede Minute kommen. Ich griff in meine Hosentasche und vergewisserte mich, dass mein Handy noch da war, widerstand aber dem Drang, es herauszuziehen, einen Blick auf das Display zu werfen und es gegen meine Hand zu schlagen, um sicher zu sein, dass es auch funktionierte. Es war wie damals mit fünfzehn, wenn man auf den Anruf des Jungen wartete, mit dem man am Abend zuvor an der Bushaltestelle geknutscht hatte. In meinem Fall war es ein gewisser Mark Barwick gewesen, auf dessen Anruf ich bangen Herzens gewartet hatte. In diesem Punkt zumindest hatte sich nichts geändert, denn auf Marks Anruf … Ich sag jetzt lieber nichts mehr.

Ich beobachtete Benny, der rückwärts auf dem Bauch die Rutsche hinuntersauste. Ich staunte über die Ähnlichkeit mit seinem Vater. Komisch, das hatte ich bisher nie bemerkt. Mark würde es hier gefallen. Die Sonne, das Meer, die Jungs, die abwechselnd freudig jauchzend über das Klettergerüst turnten und sich das Pfund zu verdienen versuchten, das ich demjenigen versprochen hatte, der unsere Kamera wieder ausgraben würde.

Es ist Marks Schaden, dass er nicht mitgekommen ist. Hoffentlich wird ihm das klar, bevor es zu spät ist, dachte ich trotzig.

»Mum, Mum, ich hab sie gefunden, ich hab sie gefunden!«, kreischte Mac aus voller Kehle. Offenbar konnte mein Sohn nur mit einer Stimme sprechen, die Fensterscheiben noch in hundert Metern Entfernung zerbersten ließ. Eine sandige Kamera in den Händen stürmte er aufgeregt auf mich zu. *Eine* Kamera.

Nicht *unsere* Kamera. Bei der hier handelte es sich um eine noble Pentax, während unsere von einem noblen unbekannten taiwanesischen Hersteller stammte. Kameras im Sand zu verbuddeln schien ein beliebter Zeitvertreib zu sein. Ich gab Mac einen Kuss, versicherte ihm, dass er sein Pfund auf jeden Fall bekäme, und schickte ihn zu weiteren Grabungen los. Mit ein bisschen Glück könnten wir bald einen profitablen Handel betreiben – Geklaute Kameras GmbH & Co. KG.

Einige Stunden, drei Kameras, zwei verschiedene Stiefel, vier Tupperwaredosen und einen Tanga später (Letzteren brachten wir schleunigst dorthin zurück, wo er hergekommen war) zog ich mein Handy aus der Hosentasche, warf einen Blick auf das Display und schlug das Telefon dann gegen meine Handfläche. Funktionierte das verdammte Ding überhaupt? Keine Anrufe. Nicht ein einziger! Wo zum Teufel trieb sich Ike Tusker bloß herum? Wahrscheinlich blies er Tom Hanks Staubzucker in den Hintern und beteuerte Catherine Zeta Jones, wie hinreißend sie aussah.

Ich guckte auf meine Armbanduhr. Vier Uhr. Jetzt würde er garantiert nicht mehr anrufen. Verdammt! Ja, ich weiß, es war erst Montag, und er hatte gesagt, er würde frühestens Mitte der Woche Bescheid bekommen, aber Geduld war nun einmal nicht meine Stärke. Ich hatte zu ihr ein ebenso gestörtes Verhältnis wie zu, sagen wir, nepalesischen Panflöten.

Ich wählte Kates Nummer. Sie nahm nach dem dritten Klingeln ab.

»Kate, ich bin's. Kannst du mich mal kurz auf meinem Handy zurückrufen, bitte?«, sagte ich, ohne Zeit mit Nebensächlichkeiten wie »Hallo« oder »Wie geht's dir« zu verlieren.

Zwei Sekunden später klingelte mein Handy. Ich nahm das Gespräch an.

»Verdammte Scheiße, es geht«, fluchte ich.

»Soll ich etwa so tun, als wüsste ich, wovon du redest?«, meinte Kate.

»Entschuldige, Schätzchen, ich hatte gehofft, mein Handy wär kaputt«, erwiderte ich.

Ein langes Schweigen, dann: »Äh … ja, verstehe. Du hast gehofft, dein teures Telefon wär kaputt. Klar, das macht absolut Sinn. Ich hoffe auch immer, dass mein Laptop abstürzt oder mein Dampfkochtopf explodiert.« Ihr Ton war irgendwo zwischen »fassungslos« und »Hilfe, such mir schnell mal einer die Nummer des psychologischen Notdienstes heraus« angesiedelt. »Carly, ich mach jetzt Schluss, weil es Mitternacht ist und ich die sonderbare kleine Angewohnheit habe, um diese Zeit zu schlafen. Vielleicht … äh … solltest du einen Spezialisten aufsuchen. Mir scheint, du warst in letzter Zeit zu großem Druck ausgesetzt.«

Damit beendete sie das Gespräch. Na toll. Meine beste Freundin denkt also, ich sei reif für die Klapsmühle. Das hatte mir gerade noch gefehlt. Ich packte unsere Sachen und meine Kinder zusammen und fuhr mit einem mulmigen Gefühl wegen Sam nach Hause.

Ich hätte mir keine Gedanken zu machen brauchen. Ich drückte den Knopf für das funkgesteuerte Tor, und die Flügel schwangen auf (es wäre absolut kindisch, den Knopf zu drücken, ein paar Meter hineinzufahren, zurückzusetzen, zu warten, bis sich das Tor wieder geschlossen hat, den Knopf abermals zu drücken, ein paar Meter hineinzufahren, zurückzusetzen, zu warten, bis sich das Tor wieder geschlossen hat und so weiter und so fort, und das Ganze mindestens eine halbe Stunde lang, weil es den Kindern und einem selbst einen Mordsspaß bereitet. So was würde ich nie machen. Nie! Ganz ehrlich, Officer!). Als wir die Einfahrt hinauffuhren, fielen mir ein paar fremde Autos sowie Jojos schicker Sportwagen auf. Im Haus war niemand, also gingen wir nach hinten zum Swimmingpool. Ich wünschte, ich hätte es nicht getan. Jojo, die Schutzpatronin körperlicher Vollkommenheit, hatte nämlich vier Freundinnen mitgebracht, alle mit der gleichen perfekten Bikinifigur. Müssten diese Weiber ein Schlemmermenü zusammenstellen, sähe es folgendermaßen aus: grüner Salat für alle, kein Wein, dafür Wasser in Form von Perrier und natürlich kein Brot. Die South-Beach-Diät eben. Ich halte es lieber mit der Blackpool-Beach-Diät: Fisch und Fritten und ein gebuttertes Brötchen dazu und viel, viel süße Erdbeerlimo!

Sam stellte mir Deedee, CeeCee, Mimi und Bibi, oder wie immer sie heißen mochten, vor. Ich hörte ehrlich gesagt nicht mehr so genau hin, nachdem die eine gemeint hatte: »Wow – Schlaghosen! Ganz schön, wie soll ich sagen, Retro.« Ach ja? Da, wo ich herkomme, gilt alles, was höchstens zwei Jahre alt ist, als äußerst trendy. Sie beglückte mich sodann mit der Geschichte, wie sie die »beste hautenge Jeans ihres Lebens« in einer Schickimickiboutique in Westwood entdeckt hatte (zum sensationell günstigen Preis von dreihundert Dollar übrigens!), und drehte sich um die eigene Achse, um mir besagte Jeans vorzuführen. Meine Reaktion auf diese ausgesprochen oberflächliche, materialistische, Würgereflex auslösende Einstellung war denn auch dementsprechend: Ich heuchelte Bewunderung und bat diesen Barbie-Verschnitt, mir den Namen der Boutique zu nennen, damit ich gleich am anderen Morgen hinfahren und mir auch eine Jeans besorgen könnte.

Während ich mit den Teilnehmerinnen für »America's Next Top Model« plauderte, hüpften die Jungs mit Sam und Jojo in den Pool. Diese Verräter! Sie riefen mir zu, ich solle auch reinkommen, aber die Chance, dass ich hier meinen leichenblassen Postschwangerschaftskörper entblößte, war ungefähr so groß wie die, dass Deedee oder CeeCee sich einen Big Mac und Pommes reinstopften.

Stattdessen befahl ich meinen Jungs, sofort aus dem Wasser zu kommen. Nachdem ich sie trockengerubbelt hatte, gingen wir in die Küche, und ich machte ihnen etwas zu essen.

»Hast du schon was von Ike gehört?«, fragte Sam, als er hereinkam, um sich ein weiteres Bier zu holen.

Ich schüttelte den Kopf und bemühte mich, nicht wie eine trauernde Witwe auszusehen.

»Hey, Kopf hoch, wir haben doch erst Montag!«

»Das weiß ich. Ich hab auch kein Problem damit, ehrlich. Ich bin auch nicht besorgt deswegen«, erwiderte ich in äußerst besorgtem Ton.

Gott, jetzt wusste ich, warum Julia Roberts zwanzig Millionen Dollar pro Film bekam – diese Schauspielerei war gar nicht so einfach, wie sie aussah. Mir kam es so vor, als benähme auch Sam sich ein wenig sonderbar. Kein Wunder. Mr. Sexy Superstar hatte das Haus voller heißer Häschen, musste jedoch in der Küche höflich zu seinen Gästen sein, die sich allmählich zu Hausbesetzern entwickelten. Er schlenderte wieder zum Pool hinaus, und ich tischte den Jungs ein Schlemmermenü aus Gurke, Mais, Tomaten und Kartoffelpuffern auf. Nach dem Essen wollten sie noch einmal in den Swimmingpool hüpfen, aber ich verbot es ihnen. Ich hatte die Warnungen aus meiner Kindheit nicht vergessen: Auf keinen Fall mit vollem Magen schwimmen gehen, sonst ertrinkt man oder, schlimmer noch, muss sich vor den Jungs aus der vierten Klasse übergeben!

Ich holte stattdessen Bastelpapier, Zeichenblock und Farbstifte hervor, und wir fertigten gemeinsam eine wunderschöne Collage. Oh, na schön, ich geb's zu, das war gelogen. Wir fläzten uns vor die Flimmerkiste und schauten uns ein paar Folgen von *Scooby Doo* an. Nach einer Weile gesellte sich Jojo zu uns. »Hi, Leute«, sagte sie und strahlte uns an.

»Hi, Jojo«, antworteten die Jungs wie aus einem Mund und

strahlten zurück. Diese Verräter, schäumte ich innerlich zum zweiten Mal an diesem Abend. Zehn Minuten Wasserpolo, und sie gehen mit jedem mit!

»Wir kommen nicht mit raus an den Pool, Jojo«, sagte ich. »Halten Sie uns bitte nicht für unhöflich, aber die Jungs sollten ihr abendliches Ritual einhalten: Essen, potenziell Angst einflößende Zeichentrickfilme über sprechende Hunde, die sich von Junkfood ernähren, und dann ab ins Bett.«

Sie lachte. »Kein Problem. Ich liebe *Scooby Doo* über alles.« Sie hockte sich neben Benny und sah sich die nächsten beiden Folgen mit uns an.

Gggrrrrr, das war so was von nervtötend! Meine anfängliche Zuneigung zu Jojo hatte sich verflüchtigt, als ich sie im Bikini gesehen hatte, und jetzt *das*! Es gab nichts Schlimmeres als aufrichtige Freundlichkeit, um rasender Eifersucht den Nährboden zu entziehen.

Als Sam später hereinkam, waren die Jungs eingeschlafen, und Jojo und ich guckten eine alte Folge von *Miami Vice*. Ich bat Sam, mir zu helfen, die Jungs ins Bett zu bringen. Wir trugen die beiden ins Schlafzimmer. Dort wandte sich Sam plötzlich zu mir um und flüsterte: »Es tut mir Leid wegen neulich abends, Carly. Zu viel Bier, zu viel Sonne und eine Spur Heimweh und Sehnsucht nach den alten Zeiten, schätze ich. Das Ganze ist mir wirklich unangenehm, ich wollte dich nicht in Verlegenheit bringen.«

Ich schnaubte leise (was nebenbei bemerkt eine Kunst ist). »Red keinen Unsinn«, erwiderte ich kichernd. »Ich hab gar nicht richtig zugehört. Du hast immer schon Mist verzapft.«

Das war es also! Das Budweiser hatte ihm die Zunge gelockert, und die Sache war ihm so peinlich, dass er mir am Morgen danach ausgewichen war.

»Danke, Carly.«

»Kein Problem. Hör mal, ich werd mich jetzt auch aufs Ohr hauen. Ich bin total erledigt. Das viele Nichtstun am Strand hat mich geschafft. Sag Jojo Gute Nacht von mir. Wir sehen uns dann morgen.«

»Äh … ich fürchte, daraus wird nichts. Sorry, Liebes, aber ich habe eine Reihe von Terminen und werde den ganzen Tag unterwegs sein.«

Okay, wieder gab es zwei Möglichkeiten. Mein vernünftiges, pragmatisches Ich, das normalerweise nur auf Elternabenden und bei Gerichtsterminen zum Einsatz kam, sagte mir, diese Termine standen schon seit langem fest, er hatte nur vergessen, sie zu erwähnen. Sie standen in keinerlei Zusammenhang mit unserer Ankunft hier oder der Tatsache, dass er an jenem Abend dank Budweiser einen Idioten aus sich gemacht hatte. Was er jetzt zutiefst bedauerte. Mein neurotisches, paranoides Ich jedoch, das normalerweise täglich von früh bis spät zum Einsatz kam, schrie, dass er mir schlicht aus dem Weg gehen wollte, weil wir ihm auf die Nerven fielen und sein Leben völlig auf den Kopf stellten. Seien wir doch mal ehrlich: Wir hatten seine Gastfreundschaft im Grunde bereits überstrapaziert.

Ich quetschte mich zwischen meine beiden Jungs, die alle viere von sich streckten und mir ungefähr zehn Zentimeter Platz zum Schlafen ließen. Ich nahm mir vor, die Sache gleich am nächsten Tag zu klären. Es musste etwas geschehen, ehe unsere Freundschaft noch mehr unter dieser Situation litt. Hatte ich diesen Monat nicht schon genug Angehörige des starken Geschlechts verprellt? Ein verirrter Fuß traf mich im Gesicht. Die Götter der Pimmelträger ließen die Drecksarbeit anscheinend von ihren kleinen Helfern erledigen.

Jawohl, ich musste etwas unternehmen.

Siebter Schritt

Was ich unternahm? Nichts. Rein gar nichts. Ich kam mir vor wie in *Und ewig grüßt das Murmeltier*, als der Dienstag, der Mittwoch und der Donnerstag nach exakt dem gleichen Schema abliefen wie der Montag. Ich stand auf, Sam verließ unmittelbar nach dem Frühstück das Haus (zum Frühstück gehörten für meine Jungs wenigstens ein umgestoßenes Getränk oder wahlweise ein verschüttetes Essen sowie eine ausführliche Diskussion über ihren morgendlichen Stuhlgang), wir fuhren zum Strand hinunter, lagen den ganzen Tag auf der faulen Haut, Ike Tusker ließ nichts von sich hören, wir fuhren nach Hause zurück, Sam hatte Besuch, ich brachte die Kinder zu Bett. Dienstagabend wurde die Routine kurz unterbrochen: Ich schrieb meine wöchentliche Kolumne für das *Familienglück*-Magazin und mailte sie dann von Sams Laptop an die Zeitung – ein Vorgang, der ein Mindestmaß an Kommunikation mit meinem Gastgeber erforderte. Davon einmal abgesehen schwiegen Sam und ich uns an wie jene alten Ehepaare, die in einem Restaurant Würstchen und Kartoffelbrei verzehren und dabei kein einziges Wort miteinander wechseln.

An der Heimatfront sah es nicht besser aus. Zweimal am Tag wählte ich Marks Nummer, drückte dann meinen Jungs das Telefon in die Hand und ließ sie mit ihrem Daddy plaudern. Ich dagegen zog es vor, mich in vornehmes (trotziges) Schweigen zu hüllen. Sollte er ruhig im eigenen Saft schmoren. Er hatte die Jungs nicht ein einziges Mal gebeten, mich ans Telefon zu holen, und deshalb würde ich mir eher elektrisch geladene Zangen an die Brustwarzen klemmen lassen, als klein beizugeben. Ich hatte ihn lange genug bekniet – sollte er doch zu Hause versauern mit seinen Nudelterrinen!

Als ich bis Freitagmittag immer noch keine Nachricht von Ike Tusker erhalten hatte, stieg Panik in mir auf. Hätte ich nicht die Möglichkeit gehabt, mich mit den anderen Frauen am Strand zu unterhalten und mich dadurch ein wenig abzulenken, wäre ich wahrscheinlich durchgedreht. Ich plauderte sogar zwanzig Minuten mit einer gewissen Consuela, obwohl sie kein Wort Englisch sprach. *Ich* redete über die Vorzüge von Baseballmützen verglichen mit Sonnenhüten für Kinder unter fünf; worüber *sie* redete, kann ich leider nicht sagen (möglicherweise über die geschmackvolle Ästhetik von Elton Johns Haartransplantation).

Der einzige Trost war, dass die Jungs eine Menge Spaß hatten. Sie hatten haufenweise neue Freunde gefunden und gehörten jetzt allem Anschein nach ganz offiziell der Leitung des Vereins zur Verehrung von Superhelden, Sektion Marina del Rey, an.

Ich guckte auf meine Armbanduhr. Zwei Uhr. So, wie ich den Laden hier kennen gelernt hatte, brachen die Leute um diese Zeit schon ins Wochenende auf oder waren unterwegs zum Golfplatz oder zum Strand. Es schien, als wäre mein amerikanischer Traum abgesoffen. Zumindest für diese Woche.

Wer wusste schon, ob er jemals wieder auftauchen würde.

Ich musste den Tatsachen ins Auge blicken: Es bestand durchaus die Möglichkeit, dass alles umsonst gewesen war. O Gott, ich durfte gar nicht daran denken! Wenn ich mir vorstellte, mit eingezogenem Schwanz nach Hause zurückschleichen und zugeben zu müssen, dass ich mich wie ein Idiot benommen hatte! Diese Schande würde ich nicht überleben.

Mark würde die nächsten zehn Jahre – mindestens! – einen selbstgefälligen Ausdruck zur Schau tragen. Das heißt, wenn er überhaupt so lange bliebe. Wahrscheinlicher war, dass er die Nase so voll von meinen neuen Schulden hatte, dass er die Fliege gemacht hatte oder Trost bei der Tussi von der Telefonzentrale suchte.

Warum hatte er nicht angerufen? Warum? Verdammter Mist! Gottverdammter Mi… Was vibrierte denn da unterhalb meines Bauchnabels? Hey! Wer sagt's denn!

Ich riss freudig das Handy aus der Tasche meiner Shorts, klappte es auf und …

»Guten Tag, spreche ich mit Carly Cooper?«, fragte eine Stimme mit unverkennbar amerikanischem Akzent.

Im Geist antwortete ich »Ja«, heraus kam aber ein schrilles Quieken, das dem eines Ferkels nicht unähnlich war.

»Mein Name ist Stefan, ich rufe im Auftrag von Mr. Tusker an.«

Quiek! Ich wusste es doch! Endlich! Habe ich es dir nicht prophezeit, Mark Barwick? Jetzt – jetzt kam's, gleich würde er mir die große Nachricht mitteilen, die mein Leben …

»Ich würde gern einen Termin mit Ihnen ausmachen, wann Mr. Tusker Sie anrufen kann.«

Wie bitte?

»Einen Termin? Um mich anzurufen? Entschuldigung, aber das verstehe ich nicht so ganz.«

Eine winzige Spur Ungeduld schwang in seiner Stimme, als er mir erklärte: »Mr. Tusker würde sich gern mit Ihnen unterhalten, und dafür möchte ich einen Termin mit Ihnen vereinbaren, der Ihnen beiden zusagt.«

Klar. Logisch. Er rief mich an, um einen Termin für einen Anruf mit mir auszumachen. Wieso auch nicht. Das kapierte ich zwar nicht, und es gefiel mir noch viel weniger, aber für mich galt vermutlich das Gleiche wie für die Leute, die sich weigerten, das metrische System zu übernehmen: Widerstand war zwecklos.

»Äh, wann immer Sie möchten. Jetzt. Oder in einer halben Stunde. Oder irgendwann im Lauf des Tages. Oder morgen oder in den nächsten Tagen. Ich kann mich ganz nach Ihnen richten. Nächste Woche Dienstag treffe ich mich zum Lunch mit Bruce Willis, aber abgesehen davon kann ich mir meine Zeit einteilen.«

Hey, das war schließlich L. A. – woher sollte er wissen, dass Bruce Willis kein persönlicher Bekannter von mir war?

Schweigen. Dann:

»Okay, ich habe in Mr. Tuskers Terminkalender nachgesehen. Wie wäre es mit heute Nachmittag 16 Uhr 04? Da könnte er Ihnen sieben Minuten einräumen. Würde Ihnen das passen?«

»Das passt mir sogar ausgezeichnet!«

Jipppiiiiihhh! Super! Ike Tusker wollte mich sprechen! Lieber Gott, ich verspreche dir hoch und heilig, dass ich für den Rest meines Lebens Geld in die Umschläge stecken werde, die die Heilsarmee immer durch den Briefschlitz wirft, aber lass das bitte eine gute Nachricht sein! Ich trommelte meine Jungs zusammen – wir mussten nach Hause, und zwar zackig. Ich hatte keine Lust, ein anspruchsvolles Gespräch mit einem der größten Macher Hollywoods zu führen, während sich ein Knirps an meinen Rücken klammerte und schrie: »Ninja Turtles! Ins Wasser mit dir, Shredder!«

Auf der Fahrt zu Sams Haus hoffte ich inständig, Eliza würde da sein und sich bereit erklären, von 16 Uhr 04 an für sieben Minuten auf die Kinder aufzupassen.

Heiho, heiho, wir sind vergnügt und froh schmetternd, marschierten die Jungs und ich ins Haus und sahen uns zu unserer Überraschung Sam gegenüber. Er schien genauso verdutzt, dass wir schon zurück waren. Außerdem war er allein, was mich noch mehr erstaunte. Anscheinend hatte er seiner Supermodel-Eskorte heute freigegeben. Es hätte mich auch nicht gestört, wenn sie da gewesen wären. Ich war viel zu aufgeregt, um mir den Tag von straffen Titten und knackigen Pos verderben zu lassen.

»Sam, Sam, rate mal!«, kreischte ich wie ein zugedröhntes Quietschentchen. »Ike Tuskers Büro hat angerufen und einen Termin für einen Anruf vereinbart! Einen Termin für einen Anruf – hast du so was schon mal gehört?«

Er grinste. »Das ist hier üblich. Und?«

»Keine Ahnung. Er will mich um 16 Uhr 04 anrufen. Was meinst du, gute Nachrichten oder schlechte?«

»Gute. Eindeutig gute«, versicherte Sam im Brustton der Überzeugung.

Wunderbar! Wenn sich jemand in dieser Stadt und in dieser Branche auskannte, dann war es Sam. Er hatte einen messerscharfen Verstand, und sein Insiderwissen trug zusätzlich zur Schärfung seines Urteilsvermögens bei.

»Und warum glaubst du, dass er gute Nachrichten für mich hat?« Ich wollte Fakten, wollte von seinen Erfahrungen profitieren.

Sam zuckte die Achseln. »Weiß nicht. Bloß so ein Gefühl.«

Aha. Na gut. Das reichte mir völlig.

Ich guckte auf meine Armbanduhr; ich hatte noch Zeit. Die Jungs hatten sich auf die Suche nach Eliza gemacht (aber erst, nachdem ich mich vergewissert hatte, dass die Türen zum Garten und zum Swimmingpool verschlossen waren; der Gedanke, die beiden könnten unbeaufsichtigt in den Pool klettern, um mit ihren Alligatoren zu kämpfen, jagte mir eine Gänsehaut über den Rücken). Sam hatte einen Karton Saft und diverse Fressalien aus dem Kühlschrank genommen und schichtete sich ein

Sandwich auf, das ungefähr so hoch wie Benny war. Ich schaute ihm verblüfft dabei zu. Galt Brot in Kalifornien nicht als gefährliche Droge? Sollte er nicht irgendeine Diät halten, nach Atkins oder wem auch immer? Stattdessen schlang er einen Laib Brot auf einen Rutsch hinunter. Und hatte dennoch den Körper eines Athleten. Wie machte er das bloß? Ich ließ verstohlen meine Blicke über seine Figur wandern. Perfekt geformte Arme und Bizepse wie Melonen. Eine gewölbte, klar definierte Brust. Und dieser Bauch, dieser herrliche Waschbrettbauch! O Gott, ich könnte den ganzen Tag damit zubringen, diese süßen kleinen Wellen zu zählen. Und diese Schenkel. Diese Schenkel. Diese Schenkel. Sorry, ich bin einen Moment hängen geblieben.

»Woran denkst du?«

Diese Schenkel. Diese Schenkel. Diese …

»Woran denkst du gerade?«

Schenkel.

»CARLY!«

Ich schreckte hoch. »Hä? Was? Was hast du gesagt?«

Was war eigentlich mit der Klimaanlage los? Funktionierte das Ding überhaupt?

Sam starrte mich merkwürdig an. »Ich hab dich gefragt, woran du gerade denkst.«

»Oh, äh … sorry, ich hab nur … nachgedacht. Über Ike Tusker. Und was er mir wohl zu sagen hat.«

»Oh. Das … äh … dachte ich mir«, erwiderte Sam hilflos. Dann führte er sein Sandwich mit beiden Händen zum Mund und biss herzhaft hinein.

Was war nur aus uns geworden? Unsere Beziehung war immer so unkompliziert gewesen, wir hatten über alles miteinander reden können, und jetzt herrschte eine sonderbare Befangenheit zwischen uns. Ich wusste nicht, was ihm durch den Kopf ging, aber ich hatte das dumpfe Gefühl, dass es mir gar nicht gefallen würde, wüsste ich es. Fielen wir ihm auf die Nerven? Widerte ihn das Chaos an, das wir verursachten? Wollte er sein Leben und sein Haus wieder für sich allein haben?

Eine Sekunde lang überlegte ich, ob ich es nicht wie mein Mann machen und zu der altbewährten Strategie bei Beziehungsproblemen greifen sollte – den Kopf einfach in den Sand stecken. Bei Mark funktionierte das ja offensichtlich ganz gut. Ich könnte ein ausgiebiges Bad nehmen und die ganze Sache buchstäblich aussitzen.

Aber das hatte Sam, der so großzügig und nett zu uns gewesen war, schlicht nicht verdient. Außerdem fürchtete ich im Stillen, dass er das Sandwich aus Frust futterte, und deshalb erschien es mir klüger, das Problem sofort anzusprechen, sonst würde er bald nur noch den späten Elvis darstellen können.

»Sam, ich hab nachgedacht. Es war total nett von dir, dass du uns bei dir aufgenommen hast, aber ich möchte deine Gastfreundschaft nicht überstrapazieren. Wir bringen deinen Rhythmus durcheinander und stellen dein Haus auf den Kopf. Ich bin dir wirklich dankbar für alles, was du für uns getan hast, aber ich glaube, wir sollten uns eine andere Bleibe suchen. Wenn es dir recht ist, werde ich Eliza morgen bitten, uns bei der Suche nach einem geeigneten Hotel zu helfen.«

Er starrte mich sprachlos an. Mist, jetzt hatte ich ihn gekränkt. Er hatte gedacht, ich würde ihm nicht anmerken, wie sehr wir ihm auf die Eier gingen, und jetzt wusste er, dass ich ihn durchschaut hatte.

Nach einer halben Ewigkeit – so lange dauerte es, bis er den Mund leer hatte – stammelte er: »A… aber … *willst* du denn ausziehen?«

»Nein, das nicht«, druckste ich. »Es ist nur so, dass ich dich wirklich liebe, Sam …«

Er verschluckte sich, hustete, und ein Stückchen Gurke

schoss durch die Küche. Ich tat, als wäre nichts gewesen, und fuhr fort: »Ich meine, du bist einer meiner besten Freunde. Aber das heißt nicht, dass wir uns nicht auf die Nerven gehen können, wenn wir ständig zusammen sind.«

Ich wollte es ihm leicht machen, ihm zu verstehen geben, dass ich volles Verständnis hatte, wenn er uns mittlerweile so gerne sah wie Fußpilz.

»Carol zum Beispiel ist eine meiner engsten Freundinnen, wir kennen uns seit unserer Kindheit, sie ist ja sogar meine Schwägerin geworden, aber wenn wir länger als acht Stunden am Stück zusammen sind, kriege ich nervöse Zuckungen und würde ihr am liebsten den Mund mit Heftklammern zutackern.«

Er musste lachen. Glaube ich wenigstens. Vielleicht hatte er sich auch nur wieder verschluckt. Mein Gott, das war die reinste Folter! Sag doch was!, flehte ich im Stillen. Irgendetwas!

Ein komisches Geräusch von irgendwoher. Das Telefon! Mein Handy! Ich riss es hektisch aus meiner Hosentasche, ließ es fallen, hob es wieder auf, drückte eine Taste, hielt es ans Ohr, merkte, dass ich es verkehrt herum hielt, und drehte es um.

»Hallo?«

»Hier ist Stefan von Mr. Tuskers Büro. Einen Augenblick, ich verbinde Sie mit Mr. Tusker.«

Ich bin kein religiöser Mensch, aber jetzt wusste ich plötzlich, wie ein einfacher Pfarrer sich fühlen musste, wenn ihm eine Audienz beim Papst gewährt wurde.

»Carly!«, donnerte Ikes Stimme durch die Leitung.

»Hi, Ike, wie geht es Ihnen?« Verdammt. Wieso verschwendete ich Zeit mit Höflichkeitsfloskeln? Ging alles von den sieben Minuten ab, die Seine Heiligkeit für mich reserviert hatte. Na los, sag es, red nicht lange drumherum, raus mit der Sprache!, drängte ich im Geist. Meine Nerven schleiften am Boden, und ich hatte die Pobacken vor Anspannung zusammengekniffen.

»Fantastisch, Carly, fantastisch! Also. Ich habe erste Reaktionen auf Ihr Buch bekommen.«

Mach schon, mach schon …

»Von den Studios haben einige abgelehnt – nicht das, was sie im Moment suchen.«

Mach schon …

»Zwei von den Schauspielern, denen ich es geschickt habe, haben ebenfalls abgelehnt. Ein paar Antworten stehen jedoch noch aus. Julia hält sich zurzeit bei Dreharbeiten in Marokko auf, und die Verbindung dorthin ist sehr schlecht.«

Okay, das reicht. Ich will nichts mehr hören. Meine Träume waren geplatzt wie eine Kaugummiblase, und ich würde mir vermutlich noch in zehn Jahren die Reste aus den Haaren klauben.

»Aber drei Studios haben Interesse signalisiert: Global, GMG Studios und Dreamtime würden Sie gern kennen lernen.«

»Wunderbar, Ike, das ist wirklich eine tolle Neuigkeit! Könnten Ihre Leute vielleicht meinen Leuten die voraussichtlichen Termine faxen? Ich gebe Ihnen dann Bescheid, ob das bei mir zeitlich klappt.«

Meiner momentanen Verfassung entsprechend kam diese angemessene, sachliche Antwort heraus als: »Iiiiiijjaaaaahhhh!!!«

Nach einigen Sekunden hatte ich glücklicherweise die Sprache wiedergefunden. Ike konnte mir bereits mitteilen, dass zwei Besprechungen für Donnerstag und die dritte für Freitag kommender Woche angesetzt waren. Als ich das Gespräch beendet hatte, fragte Sam gespannt:

»Und?«

Ich wiederholte, was Ike zu mir gesagt hatte. Es gelang mir zwar einigermaßen, meine Stimme unter Kontrolle zu halten, sodass ich mich nicht anhörte wie Minni Maus auf Speed, aber dann warf ich mich in seine Arme, hüpfte vor Freude auf der Stelle auf und ab und drückte ihm schier die Luft ab. Ich konnte einfach nicht anders. Ich hätte ausflippen können vor Glück, ich hätte Sam umarmen können – halt, das tat ich ja bereits! *Stopp!*

Schlagartig wurde mir bewusst, dass ich die Arme um Sam Morton geschlungen hatte, meine Titten und meinen Kopf gegen seine Brust presste und seinen Atem auf meinen Haaren spürte. Was zum Teufel war bloß mit der Klimaanlage los? Hatte Sam etwa seine Stromrechnung nicht bezahlt, und sie hatten ihm den Strom abgestellt?

»Ich freue mich riesig für dich, Kleines«, murmelte er. »Du hast es verdient. Sie werden dich lieben, wenn sie dich erst persönlich kennen.«

»Mmtsch.« Mehr brachte ich nicht hervor, weil mein Gesicht immer noch in seiner Brusthöhle versunken war.

»Und nur, damit du's weißt: Ich habe euch GERN hier, ich will NICHT, dass ihr auszieht, und ihr könnt BLEIBEN, solange ihr wollt.«

Ich befreite meinen Schädel und blickte zu Sam auf. »Bist du wirklich sicher, Sam? Ich bin dir auch ganz bestimmt nicht böse.«

»Ich bin mir sicher. Ich hätte da eine Idee«, fügte er langsam hinzu. »Deine erste Besprechung findet nächsten Donnerstag statt, hast du gesagt?«

»Stimmt genau.«

»Was würdet ihr drei von einem kleinen Ausflug halten? Mit mir zusammen, meine ich.«

Lass mich kurz überlegen. Ein weiteres Wochenende am, zugegeben, herrlichen Mother's Beach oder eine Fahrt ins Blaue mit einem der Menschen, die mir auf dieser Welt die liebsten waren? Kein echtes Dilemma, würde ich sagen. Ich widerstand der Versuchung, an seinen Brustwarzen zu knabbern, und entgegnete:

»Oh, gegen einen kleinen Ausflug hätte ich nichts einzuwenden.« In diesem Moment kamen Mac und Benny hereingestürmt.

»He, Sportsfreunde, würdet ihr gern mal wohin, wo es richtig, richtig cool ist?«, fragte Sam die beiden.

Mac warf ihm einen misstrauischen Blick zu. »Wie cool?«

»*Sehr* cool«, antwortete Sam. Das war zu wenig für Mac.

»Darf unser Alligator auch mit?«

Sam tat so, als müsste er nachdenken. Dann nickte er. »Der Alligator darf auch mit.«

»Jaaaa!«, riefen die Knirpse wie aus einem Mund und hüpften in die Hände klatschend auf und ab. In der einen Woche, die wir jetzt hier waren, hatten sie praktisch ununterbrochen gegrinst. Ein Wunder, dass sie noch keine Maulsperre hatten. Die beiden hatten einen Heidenspaß. Und ich auch, wenn man von den nervenaufreibenden Umständen, die meine Versuche, eine neue Karriere zu starten, begleiteten, einmal absah. Und jetzt würden wir auch noch eine Spritztour unternehmen! Einen kleinen Ausflug, der, im Gegensatz zu meiner Körpertemperatur in jenem Augenblick, tatsächlich äußerst cool werden sollte.

Familienglück
Carlys Kolumne
Diese Woche ... Die Lieblingsspielsachen Ihrer Kinder

Kinder entwickeln oft eine besonders innige Bindung zu bestimmten Gegenständen oder Spielsachen. Seien Sie nicht beunruhigt, falls Sie plötzlich Ihre bevorzugte Kaschmirstola vermissen sollten – wahrscheinlich hat Ihr kleiner Liebling sie sich ausgeborgt, weil sie so weich und kuschelig ist und daher etwas Besänftigendes hat.
Auch Jungen haben im Allgemeinen etwas, an dem ihr Herz ganz besonders hängt; das kann ein Teddy sein, eine Lokomotive oder eine Decke. Das ist völlig normal, eine Entwicklungsstufe, die alle Kinder durchlaufen. Seien Sie unbesorgt, meine Damen, das geht vorbei! Ihr kleiner Engel wird ganz bestimmt nicht mit seinem Stoffhund Poopoo im Arm durch die Pforten von Eton schreiten.

Die kindliche Zuneigung zu einem unbelebten Gegenstand ist Ausdruck von Liebe, Fürsorge und einem sich bereits entwickelnden Verantwortungsgefühl und sollte daher nicht Anlass zur Sorge sein. Nicht selten wählt ein Kind einen Gegenstand aus, weil dieser eine Verbindung zu seiner Familie oder seinem Zuhause herstellt und daher Trost spendet. Das kann ein Geruch sein oder die Art, wie das Spielzeug sich anfühlt; vielleicht glaubt der Kleine sogar eine Ähnlichkeit mit Mummy oder Daddy in seinem neuen Freund zu erkennen!
Was immer der Grund sein mag – lassen Sie Ihrem Kind diese Freude. Erlauben Sie ihm, das Objekt seiner Zuneigung überallhin mitzunehmen. Behandeln Sie es wie eine Kostbarkeit. Was es übrigens auch ist – es trägt nämlich dazu bei, dass sich die Persönlichkeit Ihres Kindes in ihrer ganzen Tiefe und Reichhaltigkeit zu entfalten vermag.
Und das kann man gar nicht hoch genug schätzen, meinen Sie nicht auch?

Achter Schritt

Ich gebe ja zu, dass ich oft voreilige Schlüsse ziehe und gelegentlich besser zuhören sollte, aber ich glaube, die meisten Leute hätten aus Sams Äußerung, was das Ziel unseres kleinen Ausflugs betraf, die gleichen Schlüsse gezogen wie ich. Wir befanden uns in Kalifornien. Es war warm, die Sonne schien. Die Leute liefen in Flipflops herum. Halb Nackte, wohin man auch blickte, und die meisten hatten sich Rollen an die Füße geschnallt. Ein Bild wie aus einer Tamponwerbung. Doch unsere Spritztour sollte an ein richtig cooles Ziel führen. »Cool« im wahrsten Sinn des Wortes. Es stellte sich heraus, dass es sogar sehr kühl dort sein würde. Wir fuhren nämlich ...

»Zum Skilaufen«, verkündete Sam am anderen Morgen, als ich ihn fragte, wo wir hinführen, damit ich wusste, was ich einpacken sollte.

Ich traute meinen Ohren nicht. »Zum Skilaufen?« War der Orangensaft über Nacht gegoren und der arme Sam daher leicht benebelt?

Ich hatte immer gedacht, zum Skifahren bräuchte man Schnee, und falls nicht zum ersten Mal seit Menschengedenken ein Meter Schnee in Pacific Palisades gefallen war, fragte ich mich, wie bitte schön das hier gehen sollte.

Außerdem muss ich Ihnen ein Geständnis machen: Ich hätte mir eher die Zähne mit einem Billardstock einzeln herausschießen lassen, als Ski zu fahren. Was machte es für einen Sinn, sich einen Berg hinaufzuquälen, nur um dann mit einem Affenzahn wieder herunterzusausen? Oder dieses Bergwandern! Also dazu möchte ich nur eines sagen: Meiner Meinung nach brauchen diese Leute dringend psychologische Hilfe, und mir ist vollkommen klar, wieso unverhältnismäßig viele von ihnen Singles sind.

Skifahren entspricht meiner Vorstellung von grausamster Folter: kalt, nass und kräfteraubend. Sollte ein feindliches Heer mich gefangen nehmen und oben an einen Skihang stellen, um mich unter Druck zu setzen, würde ich ohne zu zögern jedes nur erdenkliche Staatsgeheimnis verraten. Skifahren war in meinen Augen kein Urlaub, sondern eine Strafe!

Logischerweise war ich daher alles andere als begeistert. Unter einem amüsanten Kurzurlaub stellte ich mir faulenzen im Liegestuhl vor, essen, worauf und wann man gerade Lust hatte, mit raffinierten Fruchtgarnierungen dekorierte Cocktails schlürfen und heiße Sex- und Skandalromane aus der Feder meiner leiblichen Mutter lesen.

Noch nie, zu keinem Zeitpunkt meines Lebens, hatte ich das Verlangen gehabt, mich daunenumhüllt und mit einem seltsamen Deckel auf dem Kopf einen Berghang hinunterzustürzen.

Es wäre natürlich undankbar, schäbig und rüde gewesen, über Sams gut gemeintes Angebot zu meckern. Ich tat es trotzdem.

»Aber Sam, wie stellst du dir das vor? Ich bin doch gar nicht dafür ausgerüstet – ich hab keine passende Kleidung, keine Koordinationsfähigkeit, keinen Mumm …«

»Keine Angst, besorgen wir dir alles! Zumindest die Kleidung. Und für die Jungs natürlich auch.«

O Gott, die Jungs! Auf einem Berg! Mit spitzen Stöcken bewaffnet! Ich konnte schon die Polizeihubschrauber über uns kreisen hören.

Kurze Zeit später waren wir startklar und kletterten ins

Auto. Mir war zumute, als müsste ich zu meiner eigenen Beerdigung, aber ich setzte ein fröhliches Lächeln auf und beschloss, das Beste daraus zu machen. Wenigstens würde ich meinen Enkeln später mal was zu erzählen haben. Vorausgesetzt, ich überlebte den Absturz aus tausend Metern Höhe und erwachte irgendwann wieder aus dem Koma.

Wir hielten an einem der letzten Außenposten der Zivilisation und kauften Kaffee, Säfte und Muffins.

»Das hätten wir alles doch auch am Flughafen bekommen«, sagte ich leicht verwirrt.

Sam sah mich an. »An was für einem Flughafen denn?«

»Skifahren. Schnee. Flughafen. Großer Flieger, um dorthin zu kommen.«

Er lachte. »Wir fliegen nicht, wir fahren! Wir fahren nach Mammoth Mountain. Das ist ein traumhaftes Skigebiet im Norden, mit dem Auto ungefähr fünf Stunden von hier.«

Ich bewunderte seinen Mut aufrichtig. Jetzt war mir klar, wie Sam Morton zu Ruhm und Ansehen als furchtloser Actionheld gekommen war. Kein Berg war ihm zu hoch. Er nahm es locker mit zehn Karatekämpfern auf. Er kämpfte bis zum letzten Atemzug, um Kleinstaaten vor Terroristen zu retten. Und er verbrachte freiwillig fünf Stunden mit zwei kleinen Kindern in einem Auto.

Mammoth Mountain. Mammutberge. Das klang aufregend. Nicht zuletzt deshalb, weil mir die Gegend freundlicherweise nach meinem Hinterteil benannt zu sein schien. Und ich fand es unheimlich spannend, mit dem Auto Neuland zu erkunden. Fast ein bisschen wie in *Thelma and Louise* – nur dass in unserem Film Sam und ich vorne saßen, Mac und Benny im Fond und ein aufblasbarer Alligator namens Archie zum Heckfenster hinausguckte.

Sam war wieder ganz der Alte. Die Befangenheit der letzten Tage war gewichen, und er war lustig und charmant wie eh und je. Das lag bestimmt an den Hormonen. Ich bin sicher, Männer haben auch so etwas wie einen monatlichen Zyklus.

Er drückte mir eine Straßenkarte in die Hand. Wir würden auf der Interstate 5 North bis zur State Route 14 North fahren, von dort zur US 395 North und weiter zur State Route 203 North – insgesamt dreihundertsieben Meilen. Kein Problem. Mit Satellitennavigationssystem fand das jeder. Sogar ich.

Wir ließen das dicht besiedelte Los Angeles bald hinter uns, und die Ortschaften, durch die wir kamen, lagen immer weiter auseinander. Wir beschäftigten die Kinder so gut wir konnten. Wir sangen jedes Lied aus unserem recht umfangreichen Repertoire, wir erzählten Witze, wir spielten »Ich sehe was, was du nicht siehst«, »Tieralphabet« und »Wer bin ich?« (eine gestresste Mutter mit einer Abneigung gegen Extremsportarten). Und wir legten schätzungsweise vierhundertfünfunddreißigmal eine Pinkelpause für kleine Jungs ein.

Einmal kamen wir an einem riesengroßen Gelände voller ausgemusterter Flugzeuge vorbei: Schier endlos reihten sich Flieger aller Formen, Größen und Nationalitäten auf diesem Flugzeugfriedhof aneinander. Die Jungs gerieten völlig aus dem Häuschen. Was zu Pinkelpause Nummer vierhundertsechsunddreißig führte. Bald darauf kam … gar nichts mehr! Meilenweit absolut nichts. Auf einer schmalen Straße durchquerten wir nämlich die Mojave-Wüste, und weit und breit war kein anderes Auto in Sicht. Noch waren wir, die vier furchtlosen Forscher und ein Alligator, nicht am Ziel unserer Reise angelangt. Wir ahnten nicht, welche Abenteuer wir noch zu bestehen hatten. Wir ließen die Wüste hinter uns, und da geschah es. Ich wusste sofort, dass ich es geschafft hatte. Sicher, es war die Suche nach dem amerikanischen Traum gewesen, die mich nach L. A. geführt hatte, und ich hätte ohne zu zögern jedem Filmproduzenten, der einen meiner Romane auf die Leinwand bringen würde, eine meiner

Nieren spendiert. Ja, ich war unterwegs in ein Skigebiet, wo ich ein paar Tage herumlaufen würde wie ein Michelin-Männchen auf zwei Brettern. Doch das alles zählte nicht mehr angesichts dessen, was mich erwartete: Glamour, Glitzer, der ultimative Nervenkitzel! Als wir den verlassenen Highway hinauffuhren, tauchte nämlich aus dem Nichts ein Ortsschild wie eine verlockende Verheißung vor uns auf: »Willkommen in Pearsonville, der Radkappenhauptstadt der Welt«.

O ja, ich erkenne eine attraktive Stadt auf Anhieb! Ich hatte regelrecht Herzrasen vor Aufregung. Vielleicht verhält es sich mit Radkappen wie mit Katzen: Sie finden immer wieder nach Hause zurück. Falls ja, stand das freudige Wiedersehen mit den Radkappen, die mir 1988 in Peckham von meinem Fiat 126 stibitzt worden waren, möglicherweise kurz bevor.

Doch mein prominenter Chauffeur reagierte nicht auf meine flehentlichen Bitten anzuhalten und fuhr weiter. In einer kleinen Stadt einige Meilen weiter legten wir dann doch einen Zwischenstopp ein, um Winterkleidung zu kaufen, die wir gleich anbehielten. Es war kaum zu glauben, dass wir im warmen, sonnigen L. A. gefrühstückt hatten und jetzt durch kniehohen Schnee stapften.

Zweihundert »Sind-wir-bald-da?«-Fragen später (vier von den Jungs, der Rest von mir) hatten wir das Skiparadies endlich erreicht.

»Wow, gigantisch!«, hauchte Mac ehrfürchtig. Na wunderbar. Eine Woche in L. A., und schon hatte er den Jargon drauf, der ein Serienspecial von *Baywatch* auszeichnete.

Aber ich musste ihm Recht geben. Das Panorama war atemberaubend. Scheinbar endlose Pulverschneehänge, dutzende hochmoderner Skilifte und jede Menge rotbäckige Schneesüchtige, die ihre Ski mühelos auf der Schulter balancierten. Mir wurde jetzt erst so richtig bewusst, worauf ich mich da eingelassen hatte. Für eine Frau, deren einzige Erfahrung mit Skipisten darin bestand, dass sie als Teenager an einem Schulausflug nach Glenshee teilgenommen und dann eine Erfrierung vorgeschützt hatte, um im Bus bleiben und mit ihrem Freund herumknutschen zu können, waren das schlichtweg beängstigende Aussichten. Der Freund von damals hieß übrigens Mark Barwick, glaube ich. Keine Ahnung, was aus ihm geworden ist.

Für einen kurzen Augenblick plagte mich das schlechte Gewissen. Während wir im Begriff waren, uns in ein aufregendes neues Abenteuer zu stürzen, riss sich Mark im Büro den Arsch auf.

Okay, Anfall von schlechtem Gewissen vorbei. Ich hab ja gesagt, es war nur ein kurzer. Ich wählte Marks Handynummer, drückte dann Mac das Telefon in die Hand und überließ es ihm, seinen Dad über den neuesten Stand der Dinge aufzuklären. Ich glaube, er verstand nicht so ganz, weshalb wir einen Alligator in ein Skigebiet mitnahmen.

Der Direktor unseres Hotels, The Village hieß es, erwartete uns bereits. Er begrüßte Sam wie einen lieben alten Freund und fügte hinzu, er habe ihm seine übliche Suite bereitgehalten. Ich staunte über diesen fantastischen Service. Das Personal vom Glasgow Travel Inn könnte sich ruhig eine Scheibe davon abschneiden. Ich hoffte doch sehr, das nächste Mal, wenn ich dort abstieg, mit der gleichen eilfertigen Freundlichkeit empfangen zu werden.

Ich fragte mich, ob ich mich jemals an das Getue gewöhnen würde, das Filmfans in aller Welt um Sam machten, so als hätte er tatsächlich erst den Planeten vor der Vernichtung durch einen Meteoriten bewahrt und danach ein nukleares Wärmeerzeugungssystem erfunden, das eine zweite Eiszeit verhinderte. Sofern er nicht gerade damit beschäftigt war, das nationale Rechtssystem zu reformieren und Nicole Kidman den Kopf zu verdrehen.

Als ich unser Zimmer betrat, schnappte ich in ehrfürchtigem Staunen nach Luft (total uncool, ich weiß). Nie zuvor hatte ich eine so traumhafte Suite gesehen – Verzeihung, ich meine natürlich ein *Luxusferienappartement*. Die offene, in den Raum integrierte Küche war aus Eiche; der Essbereich bot Platz für mindestens zwölf Personen, und im Wohnzimmer loderte ein riesiges Feuer im Kamin. Die Einrichtung war rustikal gehalten, Stoffe und Polster nur vom Feinsten. Von den insgesamt drei Schlafzimmern befanden sich zwei auf der einen Seite des Wohnbereichs (eins hatte zwei große Einzelbetten, eins ein Doppelbett, beide mit angrenzendem Bad) und das dritte, größere, auf der anderen Seite; letzteres verfügte über ein Bett in Übergröße, ein Ankleidezimmer und ebenfalls ein eigenes Bad.

»Du nimmst das große Schlafzimmer und ich und die Jungs eins von den beiden anderen«, sagte ich sofort. Mir war nur allzu klar, dass der Aufenthalt hier ein Vermögen kosten musste. Selbst wenn ich meinen Überziehungskreditrahmen völlig ausschöpfte, würde ich mir mit Mühe und Not vielleicht *eine* Übernachtung leisten können.

»Red keinen Unsinn«, erwiderte Sam. »Du und die Jungs, ihr nehmt das Hauptschlafzimmer – das Bett dort ist doch viel größer. Ich werde das letzte Zimmer drüben mit dem Doppelbett nehmen.«

Warum nur war ich erleichtert, dass wir nicht unmittelbar Wand an Wand schlafen würden?

Wir zogen uns rasch um und brachen dann zu einem kleinen Stadtrundgang auf. Die Jungs waren ganz in ihrem Element – Schneebälle werfen, Schneemänner bauen, sich von mir oder Sam auf dem Schlitten ziehen lassen (ein schweißtreibendes Unterfangen, schließlich brachten die beiden ein Kampfgewicht von etlichen Kilo auf die Waage).

Zu Abend aßen wir im Lakanuki, einem wunderschönen, gemütlichen, in die Winterlandschaft eingebetteten Restaurant, das dekoriert war mit – Motiven aus Hawaii. Wer sagt denn, Amerikaner hätten keinen Sinn für Humor?

Zurück im Hotel dauerte es keine zehn Minuten, bis die Jungs eingeschlafen waren. Ich war auf Seite acht ihres Lieblingsbuchs angelangt (es hieß *Ich will nicht erwachsen werden*; mein Mann behauptet, es handle sich um meine Autobiografie – hören Sie nicht auf ihn), als ich merkte, dass sie bereits tief und fest schliefen. Ich gab jedem einen Kuss auf die Nasenspitze und deckte sie zu. Benny drehte sich um, warf einen Arm über Mac und kuschelte sich noch näher an ihn. Tiefe Liebe und Dankbarkeit erfassten mich. Was hatte ich doch für ein unglaubliches Glück! Ich hatte alles, was eine Frau sich nur wünschen konnte: Ich war gesund, hatte wunderbare Freunde und außergewöhnliche Kinder. Okay, ein Ehemann und regelmäßiger Sex wären auch nicht zu verachten, aber das feudale Appartement in Mammoth Mountain linderte den Schmerz ein wenig.

Als ich ins Wohnzimmer zurückging, sah ich, dass Sam mir ein Glas Wein eingeschenkt hatte. Er war anscheinend noch unter der Dusche; es hörte sich jedenfalls so an. Ich griff nach dem Weinglas und bemerkte jetzt erst die Tür in der Ecke des Zimmers, die nach draußen führte. Was für ein unverhoffter Glücksfall, denn mein Organismus lechzte förmlich nach dem lange entbehrten Gift. Super! Ich kramte eilig meine Zigaretten aus meiner Handtasche. Da Rauchen in weiten Teilen von Los Angeles als schwerstes Verbrechen galt, war ich immer noch bei derselben Packung, die ich am Tag unserer Ankunft aufgerissen hatte. Meine Lungen litten vermutlich schon an ernsten Entzugserscheinungen.

Ich trat auf den Balkon hinaus und holte tief Luft. Es war kalt geworden, ungefähr zehn Grad unter null, mein Atem bildete Wölkchen, der schwarze Himmel war sternenübersät, und die

Szenerie, die sich vor mir ausbreitete, war die bezauberndste, die ich jemals gesehen hatte. Unzählige Bäume standen auf dem Dorfplatz, alle ungefähr drei Meter hoch und alle mit hunderten funkelnder kleiner Lichter geschmückt. Es war ein einmalig schöner Anblick. Gäbe es den Weihnachtsmann wirklich, wäre das hier sein Garten.

Ich weiß nicht, ob es am Wein lag, an der Höhenlage oder an den Vorläufern von PMS, aber plötzlich spürte ich, wie mir die Tränen über die Wangen rollten. Ich würde diesen Augenblick niemals vergessen. Niemals. Es gab im Leben nur wenige Momente von solcher Vollkommenheit.

Zum Teufel mit Mark! Warum war er nicht hier bei mir, damit wir dieses Erlebnis in das Buch unserer gemeinsamen Erinnerungen schreiben könnten, von denen wir im Altersheim zwischen Bingo und Körbeflechten einmal zehren würden? Ich hätte ihn umbringen können, weil er nicht den Mumm gehabt hatte, diese Gelegenheit wahrzunehmen. Ich hätte ihn umbringen können, weil er mich nicht genug liebte, um das für mich zu tun.

»Hey … alles in Ordnung?«, flüsterte eine sanfte Stimme.

Ich hätte ihn umbringen können, weil er keine Spur eifersüchtig war. Ich hätte ihn umbringen können, weil er mich zu einem Aufenthalt in einer Nobelherberge am schönsten Ort der Welt mit meinem zweitliebsten Mann auf dieser Erde verdammte!

Ich nickte. »Mmm. Es ist nur so … so wunderschön.«

»Genau wie du.«

O verdammt, verdammt, gottverdammt aber auch!

Sam war einfach nur freundlich. So, wie Sam eben war. Er stand nur ganz dicht hinter mir und blies mir seinen Atem ins Genick.

Er legte seine Arme um mich. Zu dumm, dass er einen Bademantel aus Kaschmir trug und die Zigarette in meiner Hand nicht bemerkt hatte. Es war auch nur ein ganz kleines Loch.

Und zum Glück war der Bademantel nicht leicht entflammbar, sonst hätte ich bald Prozesse von einigen großen Filmstudios am Hals.

Die Arme um meine Taille geschlungen, drückte er mir einen Kuss auf die Haare. Ich hielt stumm den Atem an. Ich hatte gerade einen tiefen Zug an meiner Silk Cut getan, und wenn mir jetzt der Rauch aus den Nasenlöchern quölle wie einem Drachen im Märchen, wäre der magische Augenblick verdorben.

Halt, Moment mal – welcher magische Augenblick?

Sam war einfach nur freundlich. Überaus freundlich. So freundlich man eben sein konnte, ohne dass es zum Austausch von Körperflüssigkeiten kam.

In diesem Moment sehnte sich jede Pore meines Körpers danach, seine Freundlichkeit zu erwidern. Und was den Austausch von Körperflüssigkeiten betraf, ließe ich sogar mit mir reden.

Eine lange Stille trat ein. Zumindest äußerlich, denn in meinem Kopf, wo mein Gewissen und meine Libido aufeinander eindroschen, herrschte ein ziemlicher Aufruhr.

»Ich geh ins Bett, wir müssen morgen früh aus den Federn«, sagte Sam leise. Damit löste er seine Arme von mir und ging wieder hinein. In der roten Ecke stand mein Gewissen, die Hände in die Seiten gestemmt und einen selbstgefälligen Ausdruck auf dem Gesicht, während in der blauen Ecke meine Libido in eine Papiertüte hyperventilierte.

Ich stieß keuchend eine kleine Wolke Zigarettenrauch durch den Mund aus; der größere Teil hatte seinen Weg in meine Lungen gefunden. Eindeutig PMS, diagnostizierte ich dann. Meine Gefühle lagen kreuz und quer wie Mikadostäbchen, und ich reagierte auf alles überempfindlich. Einen Augenblick lang hatte ich gedacht … ach, egal. Tatsache war, dass Sam einfach nur freundlich zu mir war.

Als ich am anderen Morgen aufwachte, lag ich allein im Bett. Panik streifte mich, doch dann hörte ich Gelächter aus dem Wohnzimmer. Ich stand auf und tappte hinüber. Sam und meine beiden Jungs sahen aus wie die Prototypen für einen snowboardenden Action-Man.

»Die Skianzüge, die ich bestellt habe, sind gerade heraufgeschickt worden. Und, was denkst du?« Sam deutete auf Mac und Benny, die sich sogleich in Positur warfen und mich erwartungsvoll anguckten.

»Ich denke, dass meine schönen Pläne, den Tag mit einer Schachtel Pralinen und einem Glas Wein zu verbummeln, gerade ins Wasser gefallen sind.«

Wie wahr! Ich konnte gerade noch ein kurzes Telefonat mit meinem Anwalt führen, um mich zu vergewissern, dass mit meinem Testament alles in Ordnung war. Dann wurde ich in einen federbettähnlichen Skianzug gesteckt, und bevor ich wusste, wie mir geschah, schwebte ich todesmutig in einer Seilbahngondel in eine Höhe hinauf, in die man sich eigentlich nur in einer Cessna und mit umgeschnalltem Fallschirm begeben sollte. Sam hatte die Jungs bereits für einen Kinderskikurs angemeldet, der von einer lebhaften und allem Anschein nach kompetenten jungen Frau namens Heidi geleitet wurde.

Wir brachten Mac und Benny hin, und nachdem sie sich die ersten zehn Minuten lang nicht ein einziges Mal nach uns umgedreht hatten, wandten wir uns zum Gehen und schlenderten zu den Skihängen hinüber.

»Äh ... sag mal, Sam, kannst du wirklich Ski laufen?«

»Klar, ich musste es doch für *Eiszeit* lernen«, antwortete er.

»Ich dachte, du wärst in dem Film nur in diesem Labor gewesen, um ein Wärmeerzeugungssystem zu entwickeln.«

»Und wo befand sich dieses Labor, Carly?«

Richtig, jetzt fiel es mir wieder ein! Irgendwo im Innern eines

Bergs mitten in den Alpen. Der Schluss war den berühmten Skiszenen aus den James-Bond-Filmen nachempfunden. Nachdem Sam alle Bösewichte mit einer Scudrakete vom Berg gepustet hatte, schnallte er sich die Ski an und landete nach einem spektakulären Dreihundertmetersprung direkt neben Renee Zellwegers Aston Martin. Renee Zellweger sieht im Skianzug wenigstens nicht wie ein Teletubby im Schlafsack aus, seufzte ich innerlich, als ich zum gefährlichen Anfängerbuckel – nicht ohne Grund auch Idiotenhügel genannt – watschelte.

Die erste Stunde brachte Sam mir die Grundlagen des Skilaufens bei. Ski anschnallen. Ski abschnallen. In die Hocke! Aufrichten! Haltung! In den Knien federn! Nicht in die Rücklage! Schneepflug! Schneepflug! SCHNEEPFLUG!!! Wumm. Und schon entschuldigte ich mich wieder bei irgendwelchen Touristen und schluckte noch mehr Schnee.

Irgendwann jedoch geschah ein Wunder, das – zumindest für mich – gleichzusetzen war mit der Heilung von Leprakranken und dem Gehen auf dem Wasser: Ich schaffte es, mich volle fünf Minuten auf meinen Skiern zu halten! Das genügte; mehr Ansporn brauchte ich nicht. Von da an fegten meine Mammutberge den Hang hinunter und verbreiteten Furcht und Schrecken, wo immer sie auftauchten. Von einigen hastigen Entschuldigungen bei Skiläufern, die ich unten am Hang als meine Bremsklötze benutzte, und zwei schmerzhaften Zusammenstößen einmal abgesehen machte das Ganze jedoch einen Riesenspaß.

Nach ein paar weiteren Abfahrten kam ich mir vor wie ein echter Profi. Ich vermute allerdings, dass ein Profi sich nicht mit geschlossenen Augen den Hang hinunterstürzt und dann inständig betet, bis er unten mit einem heftigen Aufprall zum Stehen kommt.

Als ich am späten Nachmittag Mac und Benny abholen ging, hatten meine Skier definitiv einen federnden Schwung. O ja,

Big Mama Cooper war die geborene Sportskanone! Immerhin hatte ich den Tag ohne einen einzigen Abstecher in die Notaufnahme hinter mich gebracht. Ich konnte es kaum erwarten, meinen Sprösslingen meine neu erworbenen Fertigkeiten vorzuführen und mein Wissen an sie weiterzugeben. Sie würden ihrer Mutter unendlich dankbar sein für die fachkundige Anleitung in Sachen Wintersport.

»Mum, guck mal, guck doch mal!«, schrie Mac, als er mich entdeckt hatte. Ich setzte eine nachsichtige Miene auf und bereitete mich innerlich darauf vor, die freudig Erstaunte zu spielen, wenn er mir zeigte, wie er auf seinen Skiern stehen konnte.

Mac raste vom Kinderhügel hinunter, im Slalom um drei Stangen herum, sprang über eine niedrige Schanze und kam dann mit einem perfekten Bremspflug zum Stehen.

»Ich auch, Mummy, ich auch!«, kreischte Benny. Schon stieß er sich mit den Stöcken ab und vollführte genau die gleichen Kunststücke wie sein Bruder. Na wunderbar. Ein Tag im Skikurs, und schon konnten sie bei den Meisterschaften im Synchronskilaufen antreten.

Mir war die Lust, mit meinem sportlichen Können zu prahlen, vergangen. Vielleicht sollte ich in Zukunft das Skifahren einfach auslassen und stattdessen ein langes Wochenende in der Radkappenhauptstadt der Welt buchen.

Sam und ich klatschten den Jungs stürmisch Beifall, nahmen sie in die Arme und drückten sie fest. Dann schlenderten wir ins Hotel zurück.

Eine Stunde später fühlte sich mein Körper an, als hätte ich mit einem Alligator gekämpft. Einem richtigen.

Jeder einzelne Muskel schien für jemanden geschaffen worden zu sein, der mindestens fünfzehn Zentimeter kleiner war als ich. Ich konnte meinen Fuß nicht mehr flach aufsetzen, weil meine Achillessehne zu reißen drohte. Ich konnte mich nicht mehr hinsetzen, weil ich fürchtete, meine Schenkel brächen entzwei. Und meine Mammutberge erst! Jemand hatte sie – obwohl nicht trocknergeeignet – offenbar in den Wäschetrockner geworfen, wo sie ganz eindeutig geschrumpft waren. Kurzum, mir tat vom Scheitel bis zur Sohle alles weh. Nicht einmal ein ausgiebiges Bad im Whirlpool (welch ein Genuss!) stellte mich so weit wieder her, dass ich mit weniger als zwei hoch dosierten Schmerztabletten ausgekommen wäre.

Zum Glück waren die Jungs genauso schachmatt wie ich. Wir aßen ein paar Ecken von der Pizza, die wir uns hatten kommen lassen, und verzogen uns dann ins Bett. Sam blieb noch auf, um sich eine Sportsendung anzusehen.

Vor dem Schlafengehen schickte ich Kate eine kurze SMS: Waren heute Ski laufen – es war echt fantastisch!

Die Antwort kam postwendend: Lass bloß die Finger von den Drogen!

Mir fiel ein, dass ich ihr gar nichts von unserem Ausflug nach Mammoth Mountain erzählt hatte. Vermutlich rief sie bereits bei der Suchtberatungsstelle an und erkundigte sich nach der nächsten Entzugsklinik.

Was für ein Tag! Carly Cooper, hartnäckige Liegestuhlpupserin und Urlaubssandstrandgestrandete, hatte Ski laufen gelernt! Völlig erschöpft, mit schmerzenden Gliedern, aber trotz allem seltsam stolz schlief ich ein.

Als ich am anderen Morgen aufwachte, schien die Leichenstarre eingesetzt zu haben. Entweder das, oder aber jemand hatte sich in der Nacht hereingeschlichen und mir Skistöcke in die Ärmel und Beine meines Pyjamas gesteckt, sodass ich mich nicht mehr rühren konnte.

»Sam!«, rief ich so ruhig ich konnte. Ich wollte kein Drama aus dieser äußerst kritischen Situation machen. Sam kam gemächlich hereingeschlendert. Mac und Benny trotteten hinter ihm her. »Ich will dich ja nicht beunruhigen, aber ich glaube, ich bin gelähmt.«

Er lachte laut heraus. Sollte ihm jemals eine Rolle in *Emergency Room – Die Notaufnahme* angeboten werden, würde er an seinem Verhalten seinen Patienten gegenüber noch dringend arbeiten müssen.

»Sag mal, wann hast du dich das letzte Mal in irgendeiner Form sportlich betätigt?«, fragte er belustigt.

»In Jahren oder in Dekaden?«, gab ich ächzend zurück.

»Siehst du? Du bist nicht gelähmt, du bist nichts gewöhnt!«

Was du nicht sagst, Sherlock Holmes. Wenn ich eins nicht ausstehen konnte, dann waren es selbstgefällige Kerle. Nur eins hasste ich noch mehr: selbstgefällige Kerle, die nur in Jeans und mit nacktem Oberkörper herumliefen! Ich bekam auf einmal Herzklopfen. Ganz ruhig, ganz ruhig, tief durchatmen! Und rasiert hatte er sich auch noch nicht, was seinem Gesicht etwas unglaublich Süßes verlieh. O Gott, was ich alles anstellen könnte, wäre ich nicht verheiratet! Oder vom Hals abwärts gelähmt.

Ich fragte mich unwillkürlich, ob die Heilige Jungfrau Maria ihre Hände im Spiel hatte. Allerdings wären ihre wallenden Gewänder kaum die angemessene Kleidung für einen Wintersportort.

Sam und meinen beiden Jungs gelang es mit vereinten Kräften, mich in eine sitzende Position zu hieven.

»Bitte bring mich zum Flugzeugfriedhof, damit ich mich neben eine Virgin Atlantic 747 legen und in Ruhe sterben kann«, bettelte ich, was die Testosterondreierbande sehr lustig fand.

Benny und Mac lachten sich kringelig über mich. Das war's – das Taschengeld war gestrichen, bis sie in den Stimmbruch kamen!

»Ich fürchte, Carly, es gibt nur ein einziges Mittel gegen deinen Muskelkater«, meinte Sam.

»Was, eine Vollnarkose?«

Er schüttelte den Kopf. »Viel schlimmer. Die geeignete Therapie ist schmerzhaft, traumatisch und ausgesprochen riskant.«

Ich starrte ihn entgeistert an. »Sam, sag mir bitte nicht, dass ich wieder auf diesen verdammten Berg hinaufmuss!«

»Okay, dann sag ich es eben nicht. Aber beeil dich bitte ein bisschen mit dem Anziehen, weil die Jungs und ich hier wertvolle Pistenzeit vertrödeln. *Wir* können es nämlich kaum erwarten, wieder hinaufzukommen«, fügte er grinsend hinzu.

So eine Frechheit! *Mir* zu erzählen, was meine Kinder gern taten und was nicht! Was bildete er sich eigentlich ein! Diese Kinder waren neun Monate lang ein Teil meines Körpers gewesen. Ich kannte sie besser als irgendjemand sonst, ich wusste alles über ihre Gefühle, ihre Bedürfnisse, ihre Sehnsüchte. Und ich wusste genau, wie ich sie anpacken musste, um zu bekommen, was ich wollte. »Was haltet ihr davon, Jungs, wenn wir heute den ganzen Tag auf dem Sofa faulenzen und *Scooby Doo* anschauen?«, sagte ich mit schmeichelnder Stimme. Jetzt pass gut auf, Sam Morton! Und lass dir das eine Lehre sein.

Die Jungs grinsten.

Na also, wusste ich's doch!

Sie schauten sich an.

Nun macht schon, Jungs, kommt schnell zu Mummy unter die Decke!

Dann schauten sie wieder mich an.

Ihr braucht mir nicht zu danken, Jungs. Ich bin eure Mutter, und Mütter sind nun mal großartige Menschen.

Und dann skandierten sie wie aus einem Mund: »Wir wollen Ski fahren, Ski fahren, Ski fahren!«

Verdammt! Diese Heidi war offenbar keine Skilehrerin, sondern eine Hexe, die meine Kinder verführt und der Sekte der Schneeanbeter zwangseingegliedert hatte.

Ich wusste, wann ich mich geschlagen geben musste. Nach ein paar vorsichtigen Streck- und Dehnübungen konnte ich meine Beine wieder so weit bewegen, dass ich mit staksigen Schritten gehen konnte. Die Kinder halfen mir in meinen Skianzug, und wir brachen von neuem in Richtung Seilbahn auf. Mir tat jeder Knochen weh, ich konnte mich kaum auf den Beinen halten, und meine Kinder waren dem Bann übersinnlicher Kräfte erlegen. Mark hatte ja keine Ahnung, was ihm entging.

»Weißt du, was du brauchst?«, fragte Sam mich anderntags um die Mittagszeit. Jawohl, es war mein dritter Tag auf der Piste! Mir tat immer noch alles weh. Abgesehen von zwei weißen Ringen um die Augen, wo meine Skibrille saß, leuchtete mein Gesicht in dezentem Rot. Meine Haare sahen wie Strohbüschel aus, deshalb nahm ich meine Mütze lieber gar nicht mehr ab. Ich hatte blaue Flecken an Stellen, die ich nur mithilfe von drei gegeneinander versetzten Spiegeln erspähen konnte. Ich weiß, Sie erwarten jetzt, dass ich trotz allem schwärme: »Ach, das war die Sache wert, weil ich mich durch das Skifahren auf eine höhere geistige Ebene emporschwingen konnte und der Wunsch nach einer lesbischen Vereinigung mit Mutter Natur in mir geweckt wurde.« Doch so sehr ich Skilaufen inzwischen als durchaus amüsanten Zeitvertreib schätzen gelernt hatte (verglichen mit der Arbeit unter Tage etwa oder mit einer Geiselnahme), würde ich, das war mir jetzt klar geworden, den Tag viel lieber im Liegen und mit einer Piña Colada verbringen. Erstaunlich, nicht wahr? Vor zehn Tagen hatte ich mich noch über mein eintöniges Leben beklagt, und jetzt war ich schon wählerisch geworden, was die Art meiner Jetset-Freizeitvergnügungen betraf.

Ich merkte, dass Sam auf eine Antwort wartete.

»Oh, sorry, ich dachte, das sei eine rhetorische Frage gewesen. Äh ... was brauche ich?«

Ein Schmerzmittel. Skiunterricht. Eine Haarkur und eine gute Maskenbildnerin, damit ich nicht länger aussah wie ein Waschbär, der zu lange auf der Sonnenbank gelegen hat.

»Ein paar Streicheleinheiten!«, erwiderte er grinsend.

Ich habe einen Grundsatz, und der lautet: Streite nie mit einem Mann, der eine Knarre, ein Messer oder einen Gutschein für eine Wellnessbehandlung in der Hand hält.

Nachdem wir uns vergewissert hatten, dass sich die Jungs mit ihren neuen Freunden aus dem Skikurs das Mittagessen schmecken ließen und uns nicht vermissen würden, kehrten wir zum Hotel zurück. Eine halbe Stunde später lag ich, nur mit einem Handtuch über dem nackten Po, auf einer Bank und wurde sanft mit Ölen und Lotionen massiert.

»Besser?«, murmelte Sam.

»Mmmm«, antwortete ich genießerisch.

Habe ich erwähnt, dass ein nackter Mann neben mir lag? Na ja, nicht direkt neben mir; uns trennten ungefähr ein Meter Abstand und zwei gut gebaute schwedische Masseure. Der Empfangschef hatte offenbar in der Annahme, dass wir ein Paar waren, dieselbe Kabine für uns reserviert. Im Grunde spielte es keine Rolle. Sam hatte mich unzählige Male nackt gesehen. Allerdings bevor ich einen anderen geheiratet und zwei Kinder aus meinem Geburtskanal in die Welt befördert hatte. Ach egal; dank der strategisch platzierten Handtücher konnten wir weder die baumelnden Körperteile noch das südlich des Bauchnabels sich kringelnde Gelock des anderen sehen.

Und dennoch fragte ich mich, ob ich nicht über eine Art unsichtbaren Seitensprungdraht gestolpert und voll auf die Nase gefallen war. Wie würde ich mich fühlen, wenn Mark mit einer anderen Frau hier läge? Ich wäre zu einem Mord fähig, schoss es mir durch den Kopf. Natürlich würde ich vor Gericht Verrat und PMS zu meiner Entschuldigung anführen; ich bin sicher, die Richterin hätte Verständnis und würde mich zu höchstens vierundzwanzig Stunden gemeinnütziger Arbeit verurteilen.

Nein, ich könnte es nicht ertragen. Ich wäre außer mir vor Wut, verletzt und am Boden zerstört. Ich würde heulen, jammern und mir dann etwas einfallen lassen, wofür ich heißes Wachs und die Weichteile meines Mannes benötigte.

Ich wäre total sauer. Und mir wurde klar, dass das falsch war, was ich hier tat. Ganz furchtbar falsch. Was hatte ich mir nur dabei gedacht? Anscheinend hatte ich meinen Verstand ausgeschaltet. Müsste ich mich nicht in jeder Situation fragen, ob sich so etwas für eine verheiratete Frau schickte? Eine verheiratete Frau, die ihren Mann liebte? Plötzlich wäre ich am liebsten aufgesprungen, in meine Sachen geschlüpft und nach Hause gefahren.

Ich stellte mir vor, Mark käme herein. Ich sah ihn vor mir, direkt vor mir. Und sein Gesicht war …

Völlig ausdruckslos. Er begrüßte Sam mit einem freundlichen Händedruck und plauderte dann zwanzig Minuten mit den Masseuren über die besten Verbindungen nach Göteborg.

Dass meinem Mann jegliche Eifersucht abging, war beruhigend, bewundernswert und zeugte von seinem Selbstbewusstsein. Und es machte mich wahnsinnig! Drohte ich ihm damit – was im Streit mehrmals vorgekommen war –, dem kompletten Fußballteam von Chelsea einen zu blasen, zuckte er nicht einmal mit der Wimper. Auf meine Frage, wieso ihn das so kalt ließ, antwortete er:

»Carly, ich vertraue dir. Du würdest doch niemals etwas tun, das mich verletzt, oder?«

Worauf ich entgegnete: »Nein, natürlich nicht.« Was hätte ich denn sonst antworten sollen? Nicht einmal Heinrich VIII. hätte zu seinen Frauen gesagt: »Äh, na ja, ich lege alles flach, was mir über den Weg läuft, und dann werde ich dich köpfen lassen, aber keine Angst: Das geht blitzschnell, du wirst überhaupt nichts spüren.«

Wie auch immer, es war mir ernst. Ich konnte mir nicht vorstellen, irgendetwas mit einem anderen Mann zu tun, das ich mit meinem Ehemann nicht hätte tun mögen. Ich weiß, die Lektüre der letzten hundert Seiten lässt einen anderen Schluss zu, aber zu meiner Verteidigung sei gesagt, dass meine Diskussionen mit Mark über Vertrauen et cetera vor der überstürzten Reise nach L. A. und der Massageepisode in einem noblen Wintersportort stattfanden.

Womit wir wieder in der Gegenwart wären. Wieso fühlte ich mich in dieser Situation unbehaglich? Ich wusste doch, dass Mark nichts dagegen hätte.

Mir kam ein weiterer Gedanke, der mir half, meine Zweifel zu beseitigen. Läge Mark mit Kate oder Carol hier, würde mich das nicht im Mindesten stören. Sie waren miteinander befreundet, wir waren miteinander befreundet, und deshalb wäre das Ganze vollkommen harmlos. So wie jetzt auch. Sam und ich waren Freunde. Wir kannten uns unser halbes Leben lang. Und da Mark ihn ebenfalls gut kannte, würde er diese Situation richtig einzuschätzen wissen und hätte keinerlei Hintergedanken. Es gab also nichts, weswegen ich mir Sorgen machen müsste. Absolut nichts. Ich missachtete weder die Grenzen meiner Ehe noch verletzte ich in irgendeiner Weise die Gefühle meines Mannes. Es war völlig in Ordnung, dass ich hier neben Sam lag. Es spielte keine Rolle, dass ich die Hand ausstrecken und seinen Arm berühren könnte. Oder dass mein Fuß sich hinübertasten und liebkosend über seine perfekten Waden streichen könnte. Oder dass …

»Wenn Sie sich jetzt bitte umdrehen würden«, sagte Sven mit den sanften, starken Händen. Er hob das Handtuch ein Stückchen an, und ich rollte mich so würdevoll, wie es unter den Umständen möglich war, auf den Rücken. Als Sven das Handtuch wieder sinken ließ, war es mit der Würde jedoch vorbei, fürchte ich. Ich sah aus, als hätte jemand zwei Zirkuszelte auf meinem Oberkörper aufgeschlagen.

Dagegen hätte möglicherweise sogar Mark etwas einzuwenden.

»Mummy, ich will nie, nie wieder nach Hause«, murmelte ein schläfriger Mac, als ich ihn an diesem Abend zu Bett brachte.

»Aber wieso denn nicht, Schatz?«

»Weil es hier so schön ist, Mum. Hier kann ich Ski laufen und schwimmen, und außerdem will ich Archie nicht allein lassen.« Er deckte seinen Alligator zu, sodass nur noch die Schnauze zwischen den Laken hervorschaute. Sollte sich ein Einbrecher in der Nacht in das Zimmer stehlen, bekäme er garantiert einen Schock fürs Leben.

»Aber was ist mit all deinen Freunden zu Hause?«, gab ich zu bedenken. »Die würden dir doch fehlen.«

Er schaute mich an, als hätte ich den Verstand verloren. »Aber Mum, ich hab hier doch jede Menge neue Freunde gefunden!«

Mein Sohn – sprunghaft, oberflächlich und flacher als eine Pfütze in der Wüste Gobi.

»Schlafen sie?«, fragte Sam, als ich ins Wohnzimmer zurückkehrte. Zum ersten Mal seit Tagen ähnelte mein Gang nicht dem eines Rodeoreiters mit einer Leistenzerrung.

Ich nickte.

»Es sind zwei wunderbare Kinder«, meinte er und reichte mir ein Glas Wein.

»Danke. Ich weiß, ich bin voreingenommen, aber ich stimme dir zu. Und ich werde selbst dann noch stolz auf sie sein, wenn ich ihnen eines Tages eine in einem Kuchen versteckte Feile in den Knast schmuggeln muss.« Ich verzog in komischer Verzweiflung das Gesicht. »Sie haben dich übrigens sehr gern«, fügte ich grinsend hinzu. »Mac meinte, ihr wärt geistig etwa auf der gleichen Stufe, oder so was in der Art«, frotzelte ich.

Sam zog eine Augenbraue hoch. »Ganz schön kesse Lippe! Weißt du nicht, wer ich bin?«

»Jude Law?«

»Ich bin ein berühmter Filmstar, dem man rund um die Uhr jeden Wunsch von den Augen ablesen muss«, belehrte er mich.

»Okay, darum kümmere ich mich nachher. Zuerst will ich meine Chancen auf einen vorzeitigen Tod mit einem Gesicht wie eine verschrumpelte Kuhhaut verbessern, und deshalb verzieh ich mich auf eine Zigarettenlänge auf den Balkon.«

»Die Dinger werden dich noch umbringen«, ermahnte er mich mit gespielter Missbilligung.

Ich wirbelte herum und verschüttete dabei ein paar Tropfen Wein auf den Angorateppich.

»Und das sagst gerade du? Wer hat mich denn tagelang auf die höchsten Berge geschleift und mich dann gezwungen, in halsbrecherischem Tempo wieder hinunterzurasen? Ich glaube, da bin ich bei Mr. Marlboro besser aufgehoben«, fügte ich lachend hinzu.

Ich schnappte mir eine dicke rote Chenilledecke vom Sofa und ging auf den Balkon hinaus. Ich setzte mich auf einen der beiden Stühle und mummelte mich in die Decke ein; ich hatte keine Lust, mir die letzten Stunden dieses einmalig schönen Urlaubs mit einer Blasenentzündung zu verderben. Ich zog die Knie an die Brust und zündete mir eine Zigarette an. Wieder verzauberte mich der atemberaubende Blick von hier oben. In der Ferne stieg gerade ein Pärchen Arm in Arm aus der Seilbahn; die beiden lachten und machten einen sehr verliebten Eindruck. Oder war es dieser romantische Ort, der mich alles in einem romantischen Licht sehen ließ?

Ein romantischer Ort wie kein zweiter auf dieser Welt.

Der attraktivste Mann der Welt.

Der Kinder, Tiere und Alligatoren liebte. Und mich.

Oder der mich zumindest früher liebte und heute immer noch liebt, wenn er zu tief ins Glas geschaut hat.

Wie habe ich mich bloß in diese verrückte Situation manövriert? Das Seltsamste war, dass es sich so *normal* anfühlte, so selbstverständlich. *Wo warst du eigentlich letzte Woche, Carly? – Oh, ich war ein paar Tage mit Sam Morton weg, ja, ganz recht,* der *Sam Morton, wir hatten ein Ferienappartement von der Größe des Wembley-Stadions in einem Wintersportort in fast dreitausend Metern Höhe.*

Ich war richtig traurig, dass wir am anderen Tag abreisen würden. Der einzige Trost: meine bevorstehenden Termine mit den Filmgesellschaften. Ein wohliger Schauder der Erregung überlief mich, und mein Magen machte einen Hüpfer. Vielleicht stand ich unmittelbar vor der aufregendsten Wende in meiner beruflichen Laufbahn. Vielleicht würde eines Tages auf der Leinwand zu lesen sein: Drehbuch – Carly Cooper. »Wer ist das?«, würden die Leute fragen. »Ach, die Tochter von Jackie Collins. Das Talent zum Schreiben liegt anscheinend in der Familie.«

Lächelnd drückte ich meine Zigarette in dem Metallaschenbecher auf dem Fußboden aus. Höchste Zeit, wieder hineinzugehen: Meine Füße und die meisten meiner Finger waren schon taub geworden. Dies war der erste Abend seit unserer Ankunft, den Sam und ich allein miteinander verbringen würden. Da ich immer einen furchtbaren Muskelkater gehabt hatte, hatte ich jeden Abend eine Schmerztablette eingeworfen, war dann mit den Jungs ins Bett gegangen und gleich ins Koma gefallen. Ich guckte auf meine Armbanduhr. Acht Uhr. Was sollten wir mit dem Abend anfangen? Musik hören? Nein, zu romantisch. Das wäre, als würde man einen Appetitanreger kosten, aber auf den

Hauptgang und das Dessert verzichten. Fernsehen? Hm, uns würde doch sicherlich etwas Gescheiteres einfallen, als in die Glotze zu starren. Spiele! Genau, wir könnten doch irgendein Spiel spielen. Und wenn meine Libido nun nach sechzehn Partien Strippoker verlangte? Vielleicht sollten wir doch lieber fernsehen. Uns eine DVD ansehen. Aber bloß nichts mit Sex, Romantik oder einem nackten Sam Morton!

Ich öffnete die Tür zum Wohnzimmer. Und da geschahen drei Dinge gleichzeitig:

1. Ich hörte Musik. Luther Vandross. Mist! Ich hatte ganz vergessen, wie sehr Sam den Sänger mochte. Als wir noch zusammen waren, liefen seine Songs andauernd. Mit »zusammen« meine ich »ein Paar« und nicht »platonische Freunde mit zwei Kindern und einem aufblasbaren Alligator«.
2. Ich sah Sam, der auf der Couch lag, ein Bein über der Rückenlehne, und etwas las, das wie ein Drehbuch aussah. Er trug ein weißes T-Shirt und Jeans; seine Haare schimmerten fast wie Gold im Schein von dutzenden Kerzen, die rings um den Kamin aufgestellt waren, in dem ein Feuer prasselte.
3. Und dann hörte ich noch etwas. Laut und unmissverständlich meldete sich meine Libido zu Wort, und es klang wie »Wo sind diese verdammten Karten? Ich will Strippoker spielen, und zwar JETZT GLEICH!«.

Sam schaute auf und richtete seinen Blick auf mich. Mir war unbehaglich zumute, weil ich aufs Neue wie gelähmt war. Ich konnte mich nicht vom Fleck rühren, ich stand nur da und starrte Sam unverwandt an.

Ohne den Blick von mir zu nehmen, legte er das Drehbuch aus der Hand. Sein Gesichtsausdruck war zärtlich, fast fragend.

Wäre ich nicht gelähmt gewesen, wäre ich vermutlich wie im Bann eines magnetischen Strahls zu ihm hingezogen worden. Ich muss wirklich aufhören, mir mit den Jungs *Star Wars* anzusehen.

Die Jungs! In einem Film würde an dieser Stelle eines der Kinder ins Zimmer tappen, sich verschlafen die Augen reiben und um ein Glas Wasser bitten oder mitteilen, dass es sich soeben über die Bettdecke übergeben hat.

Aber nein. Keins der Kinder tauchte auf. Sogar die Jungfrau Maria schien mich verlassen zu haben. Und das in der Stunde der Not! Ich meine, das war tatsächlich ein Notfall! Meine motorischen Funktionen versagten, mein Herz rumpelte wie der D-Zug nach Paddington, aber keine Spur von göttlichem Eingreifen. Das war's, die Heilsarmee würde nächstes Jahr keinen müden Penny von mir bekommen.

Sam stand auf und kam langsam auf mich zu. Er legte mir den Finger unters Kinn, hob meinen Kopf und küsste mich. Ich spürte den Kuss kaum, so flüchtig und leicht berührten seine Lippen meine. Also, ich küsste ihn wesentlich herzhafter, wenn er Mark und mich besuchen kam. Folglich war das hier kein Grund zur Aufregung. Nichts Schlimmes. Bloß ein freundschaftliches kleines Küsschen. Bloß ein … ein … ein krasser Fall von Verdrängung.

Mark. Mark! O mein Gott, was war denn in mich gefahren? Mark. Sam. Hätten beide in einem Grabbelsack gesteckt, hätte es keine Rolle gespielt, welchen von beiden ich in diesem Moment herausgezogen hätte – ich wäre sowohl über den einen wie über den anderen glücklich gewesen. Was stimmte bloß nicht mit mir? Seit wann stellte ich Sam auf dieselbe Stufe wie meinen Mann?

»Carly, wir müssen … reden.«

Meine Gedanken gingen in eine etwas andere Richtung, aber

wenigstens hatte ich meine Hormone unter Kontrolle. Galt es, die Hindernisse, die das Leben vor einem auftürmte, zu umfahren und verantwortungsbewusste Entscheidungen zu treffen, waren meine Hormone nämlich berüchtigt für ihre Unzuverlässigkeit.

Ich stöhnte auf. Unfähig, mich zu rühren, stand ich nur da und schaute in dieses wunderschöne Gesicht. »Ich weiß«, flüsterte ich.

Er hob die Hand, strich mir mit dem Finger über die Wange und legte dann seine Hand zärtlich an mein Gesicht. Oh, jetzt kämpfte er aber mit unfairen Mitteln! Das war eindeutig ein Schlag unter die Gürtellinie. Seit ich als Vierzehnjährige diese Geste bei Richard Gere in *Ein Offizier und Gentleman* gesehen hatte, stellte sie für mich den Inbegriff des Erotischen schlechthin dar. Nichts ließ mich schneller dahinschmelzen, beschleunigte meinen Herzschlag zuverlässiger und sorgte verlässlicher dafür, dass mein BH sich von ganz allein aufhakte. Und das wusste Sam ganz genau.

Schweigen.

»Ich weiß nicht, was ich sagen soll«, flüsterte er schließlich. »Ich … O Gott, Carly, wenn du wüsstest, was ich jetzt gern mit dir machen würde.«

Hm, lass mich raten …

»Hat es was mit Kartenspielen zu tun?«

»Was?« Er starrte mich vollkommen verwirrt an.

Ich musste kichern. Ich weiß auch nicht, wieso, die Situation hatte ja überhaupt nichts Komisches. Es war offenbar ein nervöses Kichern wie jenes, in das ich auf der Beerdigung meines Onkels Joseph 1985 plötzlich ausgebrochen war. Meine Tante Maud fand das gar nicht komisch; sie befahl mir, sofort zu gehen.

Ich griff nach seiner Hand, die immer noch an meiner Wange

lag. Ich konnte mich nicht konzentrieren, solange ein Teil meines Gehirns *Love Lifts Us Up Where We Belong* in einer Lautstärke schmetterte, dass ich fürchtete, die Kinder könnten wach werden.

»Du hast Recht, wir müssen reden«, sagte ich leise. »Aber das geht nicht, solange du so dicht vor mir stehst, dass ich deinen Herzschlag sehen kann.«

Ich führte ihn an der Hand zum Esstisch hinüber. Er setzte sich, und ich schenkte mir erst einmal eine Tasse Kaffee ein. Dann setzte ich mich ihm gegenüber. Okay, jetzt trennte uns immerhin die breite Eichenholztischplatte. Nicht okay war, dass wir uns an den Händen hielten. Wann war das denn passiert?

Sam sprach zuerst:

»Ich glaube, ich bin im Begriff, mich wieder in dich zu verlieben.«

Großartig. Ein Glück, dass er bei einem so heiklen Thema nicht gleich mit der Tür ins Haus fiel.

»Ist das dein Ernst?«

Er nickte. Ich stöhnte auf und ließ den Kopf auf die Tischplatte sinken. Als ich wieder aufblickte, erschrak ich. Nackte Emotionen spiegelten sich auf Sams Gesicht wider. Ich kannte diesen Ausdruck. Genauso hatte er mich angesehen, als er mich bat, seine Frau zu werden, als er mich beschwor, bei ihm in Hongkong zu bleiben, und als er mich Jahre später bedrängte, uns doch eine zweite Chance zu geben.

»Sam, das geht nicht. Das dürfen wir nicht!«

»Sag mir, dass du es nicht willst, und ich verspreche dir, ich werde nie wieder ein Wort darüber verlieren.«

Ich öffnete den Mund, aber kein Ton kam heraus. Meine Stimme hatte sich zusammen mit meiner Selbstdisziplin, meinem Anstand und meiner Vernunft aus dem Staub gemacht.

»Carly?«

Er drückte meine Hand und löste damit eine Kettenreaktion aus: Mein Magen hüpfte, meine Hormone zuckten ekstatisch, meine Beine verwandelten sich in Pudding, und meine Zehennägel kräuselten sich. Endlich schaltete sich mein Notstimmaggregat ein.

»Ich weiß es nicht, Sam. Ich weiß es einfach nicht! Ich war völlig durcheinander, als ich hier ankam. Mit Mark und mir läuft es zurzeit nicht so gut. Das heißt, eigentlich kriselt es schon seit einiger Zeit. Mein Leben hat sich so ganz anders entwickelt, als ich es mir vorgestellt habe. Keine Dekadenz, keine Spannung, keine Dramen. Jeden Tag das Gleiche, nichts als langweilige Routine. Und dann tauchst du plötzlich auf, und ich finde mich in L. A. wieder, und Ike Tusker gehört auf einmal zu meinen Freunden, und ich frühstücke im Peninsula und führe ein Leben, wie ich es mir immer gewünscht habe. Und ich erlebe das alles mit dir.« Ich schwieg, während mein Hirn zu verarbeiten versuchte, was ich gerade hervorgesprudelt hatte. »Und es ist alles so perfekt«, flüsterte ich. Eine Träne rollte mir über die Wange. O nein, nur das nicht! Ich weine nämlich nicht hübsch oder ergreifend oder süß, nein, ich weine mit Grimasse und Schniefnase und abgehackten Schluchzern. Ich biss mir kräftig auf die Zunge.

Sam beugte sich vor, wischte mir die Träne von der Wange und griff dann wieder nach meiner Hand. »Und du, bist du … ich meine, was … was empfindest du für mich?«

Ich zuckte mit den Schultern. »Ich weiß es nicht. In meinem Kopf geht alles durcheinander – dieses Leben hier, dieses Abenteuer, meine Ehe, meine Aufregung wegen der Sache mit meinem Buch, meine Hoffnungen … Ich weiß nicht mehr, was Wirklichkeit ist und was nicht. Und ich trau mich nicht, es herauszufinden. Ich liebe dich, Sam. Aber ich weiß nicht, ob es dieselbe Zuneigung ist, die ich immer für dich empfunden habe, oder ob sich etwas Tieferes daraus entwickelt hat. Ich weiß nur eins …«

Ich verstummte abrupt. Ich brachte es nicht über mich, den Satz zu beenden. Falls die Heilige Mutter Gottes sich jetzt irgendwo dort draußen auf der Piste vergnügte, anstatt mir in meiner Not Beistand zu leisten, wünschte ich ihr ein jähes Ende ihrer Schussfahrt.

»Was?«, drängte Sam behutsam.

»Ich möchte mit dir schlafen.«

Ich schwöre, ich hörte in diesem Moment ein lautes Krachen und den Schrei einer Frau.

Da, jetzt war es heraus. Ich wollte mit ihm schlafen. Ich wollte, dass wir uns langsam und wild und unanständig und zärtlich liebten.

»Ich möchte mit dir schlafen«, sagte ich noch einmal, nur für den Fall, dass er mich beim ersten Mal nicht richtig verstanden hatte, weil er noch nicht über den Tisch gehechtet war, mich zu Boden geworfen und mir die Sachen vom Leib gerissen hatte.

Nach ungefähr dreieinhalb Monaten – draußen war es Frühling geworden, und ich war inzwischen in die ewigen Jagdgründe eingegangen – fand er seine Stimme wieder. »Ich möchte auch mit dir schlafen.«

Er streckte die Hand nach meinem Gesicht aus und machte wieder auf Richard Gere.

»Aber das geht nicht«, fügte er kaum hörbar hinzu. Ich hatte ihn noch nie so traurig gesehen.

»OH, WIESO DENN NICHT, VERDAMMTE SCHEISSE!« Das war nicht ich, sondern meine Klitoris, die da in höchster Verzweiflung, Fassungslosigkeit und maßloser Enttäuschung geschrien hatte.

Zum Glück blieb mein Mund verschlossen. Sam hatte Recht. Natürlich hatte er Recht. Wenn wir jetzt miteinander schliefen, würde sich etwas ändern, das nie mehr rückgängig zu machen wäre. Unsere schöne, einmalige Freundschaft würde sich entweder zu einer Beziehung auf einer anderen Ebene entwickeln oder aber kaputtgehen. Ein Seitensprung mit Sam würde meiner Ehe den Todesstoß versetzen. Mark war der ausgeglichenste, umgänglichste Mann, den ich kannte, und er vertraute mir blind. Doch mir war klar, dass er die längste Zeit mein Mann gewesen wäre, sollte ich sein Vertrauen jemals missbrauchen. Vor allem aber …

»Ich weiß. Meine Kinder«, sagte ich. Ich brauchte nicht mehr zu sagen. Sam kannte mich. Er wusste, wie viel meine Familie mir bedeutete. Ich würde meine Jungs niemals den seelischen Belastungen einer zerrütteten Familie aussetzen, wenn ich mir nicht hundertprozentig sicher war, dass ich das Richtige tat. Ihr Wohl lag mir mehr am Herzen als mein eigenes.

Und ich wollte es nicht riskieren, die falsche Entscheidung zu treffen, nur weil ich vor meinem inneren Auge meine Klitoris auf dem Tisch mit einem Protestschild auf und ab marschieren sah, auf dem zu lesen war: »Bin ein Opfer schmählicher Vernachlässigung – Suche dringend neues Zuhause!«

»Ach Sam, wenn du wüsstest, wie schwer das ist«, sagte ich bedrückt.

Er lächelte wehmütig. »Ich weiß es, glaub mir, ich weiß es.«

»Und wie geht's jetzt weiter?«

Er dachte einen Augenblick nach. »Wir bleiben Freunde wie bisher. Keine Angst, ich werde dich bestimmt nicht anschmachten vor lauter Liebeskummer und dir auf Schritt und Tritt hinterhertappen.«

Ich setzte eine enttäuschte Miene auf. »Nicht? Und ich hatte so gehofft, du würdest meine Wege mit Rosenblättern bestreuen, mir Gedichte schreiben und mich derart belästigen, dass ich dich per richterlicher Verfügung zur Räson bringen müsste.«

Wir lachten beide, aber es war ein freudloses Lachen.

»Ich werde dir kein Ultimatum stellen, Carly, oder eine Entscheidung von dir verlangen. Du weißt, was ich empfinde. Ich musste es dir einfach sagen. Mir behagt diese ganze Situation auch nicht, das kannst du mir glauben. Ich habe Mark gern. Und ich will niemandem wehtun. Aber ich musste es dir sagen.«

»Bist du mir letzte Woche deshalb aus dem Weg gegangen?«

Er zuckte die Achseln wie ein Vierzehnjähriger, den man mit einem Stapel Pornohefte unter dem Bett erwischt hat.

»Ich brauchte ein bisschen Zeit zum Nachdenken, deshalb habe ich meine Besprechungen ein klein wenig in die Länge gezogen. Aber mein Terminkalender für die nächsten Tage ist tatsächlich ganz schön voll, also werd nicht gleich schizophren, wenn ich öfter weg muss.«

Schizophren? Ich? Ich wusste nicht einmal, was dieses Wort bedeutete.

»Hör mal, was ich dir noch sagen wollte – danke, Sam.«

»Wofür?«

»Für alles. Für diese traumhaften Tage hier, dafür, dass du meine Jungs liebst, dafür, dass du mich liebst – in vollständig bekleidetem Zustand, wohlgemerkt. Dafür, dass du so ein wunderbarer Mann bist. Und für dein Verständnis, weil ich mich nicht ausgezogen habe und jetzt splitternackt an der Deckenlampe hin und her schwinge. Ich hab dich wirklich lieb, Sam. Würdest du mir einen letzten Gefallen tun?«

»Sicher.«

»Stellst du bitte Luther Vandross ab? Dir kann ich widerstehen, aber Luther? Da hab ich ehrlich gesagt meine Zweifel.«

Er kam meiner Bitte schmunzelnd nach. Den Rest des Abends verbrachten wir aneinander geschmiegt auf der Couch und schauten uns Folgen von *CSI Miami* an. Nichts erstickt sexuelle Lust zuverlässiger als Autopsien, Leichenteile und wahlloses Morden. Gott sei Dank.

Als ich später im Bett lag, Macs Füße im Gesicht hatte und Benny in einer Lautstärke schnarchte, die eine Lawine hätte auslösen können, erkannte ich, wie viel für mich auf dem Spiel stand. Alles hing von den Terminen mit den Filmgesellschaften ab. Kam ich mit einer von ihnen ins Geschäft, würde ich möglicherweise ganz nach L. A. übersiedeln müssen. Würde ich Mark überreden können mitzukommen? Ich meine, ohne dass ich zu Beruhigungsmitteln, Handschellen und einem Schrankkoffer greifen musste? Oder würde dieser Schritt das Ende unserer Ehe einläuten? Und wenn er herüberkam, wie würde es ihm gefallen? Das Oberflächliche, Gehaltlose war nicht Marks Ding. Er würde sich eher die Augen ausstechen, als zu einem Boulevard-Magazin zu greifen oder Interesse für die Klatschgeschichten über irgendeinen Filmstar zu zeigen.

Angenommen, er weigerte sich, nach Kalifornien zu kommen. Was dann? Eine Fernbeziehung? Ja, klar. Ich war gerade mal seit zwei Wochen hier und konnte bereits auf einen Beinahe-Seitensprung verweisen. Ich machte mir nichts vor: Würde ich auf Dauer allein hier leben, wäre es nur eine Frage der Zeit, wann meine Selbstbeherrschung und meine Disziplin dem Druck nicht mehr standhalten könnten.

Und das bedeutete … ja, was? Trennung? Scheidung? Sam? Sicher, ich könnte zu Sam ziehen und mit ihm glückliche Familie spielen. Doch was empfand ich wirklich für ihn? War meine Liebe zu ihm groß genug für eine dauerhafte Beziehung? Was, wenn wir es miteinander versuchten und es nicht klappte? Dann hätten meine Jungs ZWEI Vaterfiguren gehabt, würden sich aber an keiner von beiden orientieren können, weil ich ihnen beide wieder genommen hatte.

O Gott, das war doch nicht zu glauben! Ich schüttelte im

Geist den Kopf über mich selbst. Da war ich ein kleines bisschen scharf, und schon sah ich Sam und mich verheiratet, geschieden und meine Kinder therapiebedürftig.

Ich hörte Schritte auf der anderen Seite der Tür. Sam holte sich anscheinend etwas zu trinken.

Einen Sekundenbruchteil fragte ich mich, ob er hereinkommen würde. Doch ich kannte die Antwort natürlich. Sam würde mich niemals bedrängen. Von jetzt an hing alles von mir ab: Ich hatte die Entscheidungen zu treffen und den ersten Schritt zu machen. Mac trat mich ins Gesicht, als wollte er mich an seine Anwesenheit erinnern. Okay, okay, auf dich und deinen Bruder wollte ich gerade zu sprechen kommen. Denn welche Entscheidung ich auch traf, es musste nicht nur das Beste für mich, sondern für uns drei sein. Und ich hatte im Moment keine blasse Ahnung, was das Beste für uns war.

Neunter Schritt

Mum, Benny hat seinen Fuß auf meiner Hälfte!«

»Hab ich nicht!«

»Hast du doch!«

»Nein!«

»Doch!«

Ich wandte mich Sam zu. »Was steht in Kalifornien eigentlich auf das Aussetzen von Kindern? Egal, ich glaube, das ist es wert.«

Wir befanden uns auf der Rückfahrt, und es war schlicht die Hölle. Die Jungs waren müde, aufgekratzt und mit dem Schlimmsten geschlagen, das Kindern passieren konnte: Die Batterien des Gameboy waren leer.

Ich hätte mir am liebsten die Ohren abgenagt. Jetzt wusste ich auch, warum in Taxis der Fond mit einer schalldichten Scheibe abgetrennt war.

»Mac!!«, brüllte Benny gerade erbost. Wahrscheinlich hatte sich eine Zehe seines Bruders in seine Hälfte der Rückbank verirrt.

»ICH HEISSE NICHT MAC!«, schrie dieser zurück.

Nun war ich neugierig geworden. »Wie heißt du denn dann?«, wollte ich wissen.

»Dr. Octopus.«

»Aber Dr. Octopus ist ein Bösewicht.«

»Weiß ich doch. Ich will ein Bösewicht sein. Ein Guter zu sein ist langweilig.«

O Gott, er hatte die Seiten gewechselt! Hoffentlich gelang es uns noch rechtzeitig, ihn wieder zurückzuholen, bevor er auf die schiefe Bahn geriet. Heute Dr. Octopus und morgen Drogendealer und »Beschützer« von Mädels, die nach Stunden bezahlt wurden.

»Was meinst du, muss ich mir Sorgen machen?«, fragte ich Sam.

»Ach was! In meinem nächsten Film spiele ich einen intergalaktischen Anwalt – ich werde eine Bewährungsstrafe für ihn rausholen!«

»MUM, Dr. Octopus hat mich gehauen!«

Ich guckte aus dem Augenwinkel zu Sam hinüber, ob sich seine Hände um das Lenkrad krampften oder er die Kiefer zusammengebissen hatte. Aber er machte einen bemerkenswert gelassenen Eindruck. Er würde eines Tages einen großartigen Vater abgeben. Bei diesem Gedanken rief ich mich sofort zur Ordnung: Bloß nicht wieder davon anfangen! Die ganze Geschichte mit Sam und mir hatte ich vorerst auf Eis gelegt. Ich hatte mir fest vorgenommen, keinen weiteren Gedanken daran zu verschwenden. Was natürlich nicht hieß, dass ich ihn nicht gelegentlich mit einem begehrlichen Blick mustern würde – ich war verheiratet, nicht tot. Doch die Gespräche mit den Studiobossen hatten absoluten Vorrang; das war das Einzige, worauf ich mich im Moment konzentrieren wollte. Ich konnte es sowieso nicht ändern, dass Sam ein wunderbarer Mann war. Ich konnte es auch nicht ändern, dass mein Mann ein ausgesprochener Arsch war. Und ich konnte es auch nicht ändern, dass Benny Dr. Octopus im Schwitzkasten hatte. Na schön, dagegen hätte ich etwas tun können, aber wieso sollte ich? So hielt Dr. Octopus wenigstens den Schnabel.

Sam zeigte sich angesichts der ganzen Situation sehr gefasst und abgeklärt. Ich hatte ihn vor Jahren, als seine Callboy-Karriere ans Licht kam und ein Wiederanfachen unserer erloschenen Beziehung verhinderte, schon einmal so erlebt. Damals waren wir nach Thailand gefahren und hatten ganz ohne Sex ein paar wundervolle Wochen miteinander verbracht. Das Platonische lag uns also sehr. Und Sam war nicht der Typ, der etwas erzwang. Nachdem er offen über seine Gefühle gesprochen hatte, würde er in Ruhe abwarten, wie sich die Dinge entwickelten. Ja, auf diesen kräftigen, braun gebrannten, perfekt geformten Schultern ruhte ein kluger Kopf.

Trotzdem atmete ich auf, als wir endlich zu Hause angelangt waren. Die Tore zur Einfahrt schwangen auf, und Sam fuhr hinein. »Zurück, zurück, noch mal, noch mal!«, kreischte Benny. Zum Glück schob Sam die Aufforderung auf die Müdigkeit und die leichte Gehirnerschütterung von dem Skistiefel, den Dr. Octopus ihm an den Kopf geknallt hatte. Es war kurz vor sieben – Schlafenszeit für die Jungs. Ich würde ihnen schnell etwas zu essen machen (etwas Gesundes: Hühnchen mit Gemüse, das im Abfalleimer landen würde, sobald ich so tat, als guckte ich nicht hin), dann Katzenwäsche und dann ab ins Bett.

Danach würde ich mir selbst ein ausgiebiges Bad gönnen, vielleicht mit Sam eine Kleinigkeit essen und mich dann hinlegen, damit ich frisch war für meinen großen Tag. Ich war bereit. Hundertprozentig bereit. Nichts, aber auch wirklich gar nichts sollte mich aufhalten.

Eliza war aus dem Haus geeilt, um uns mit dem Gepäck, den Kindern und dem Alligator zu helfen.

»Hallo, Eliza! Schön, Sie zu sehen«, grüßte ich sie und gab ihr einen flüchtigen Kuss auf die Wange.

»Eliza! Eliza!« Die Jungs stürmten los und warfen sich ihr in die Arme. Sie kannten sie gerade mal vierzehn Tage, und schon hielten sie sie für Mary Poppins.

Eliza nahm Archie aus dem Kofferraum.

»Ich hab Neuigkeiten.«

Niemand reagierte.

»Carly?«, fügte sie hinzu.

Ich fuhr zusammen.

»Oh, entschuldigen Sie, ich dachte, Sie reden mit Archie. Wir haben nämlich in den letzten Tagen ständig mit ihm geredet, wissen Sie. Er ist für uns das Haustier geworden, das wir nie hatten. Oder wollten. Neuigkeiten, sagen Sie? Für mich?«

»Mr. Tusker hat angerufen. Er sagte, es sei nicht nötig, dass ich Sie in Mammoth Mountain störe.«

Mein Magen schickte sich zu einem Salto an. Ike Tusker! Das konnte doch nur bedeuten, dass er weitere Termine für mich vereinbart hatte!

»Er sagte, Ihre Termine seien abgesagt ...«

Mir war, als hätte mir jemand einen Schlag in die Magengrube verpasst. O nein!

»... und auf nächste Woche Montag und Dienstag verschoben worden.«

Meine Knie gaben vor Erleichterung nach, ich musste mich am Auto festhalten. Ufff! Vielleicht war die Verlegung gar nicht so schlecht; auf diese Weise hätte ich mehr Zeit, mich vorzubereiten. Ich könnte ein paar Tage relaxen und mir ein bisschen was Gutes tun. Vielleicht ließe sich Jojo überreden, mich einer weiteren Generalüberholung zu unterziehen. Ich könnte Yoga machen. Mit meinem höheren Selbst in Verbindung treten. Falls ich noch eines hatte. Irgendwie hatte ich den Verdacht, dass ich es ohne chemische Hilfsstoffe nicht würde wiederfinden können.

»Aufgrund der Verschiebung der Termine kann er Sie nicht begleiten, da er geschäftlich verreisen muss«, fuhr Eliza fort. »Aber er meinte, das sei kein Problem, da es sich lediglich um Vorbesprechungen handle.«

Okay. Gut, das würde ich schon schaffen. Filmbosse waren auch nur Menschen. Ich meine, so Furcht einflößend waren sie nun auch wieder nicht. Dass sie für so grauenvolle Wesen wie Alien, Freddy Krueger oder den Dämon in *Der Exorzist* verantwortlich waren, übersah ich dabei geflissentlich.

»Danke, Eliza.«

»Da ist noch etwas«, begann sie und konnte nur mühsam ein Lächeln unterdrücken. »Sie haben Besuch.«

Es dauerte eine Sekunde, bis ich begriff. Besuch. Von der Polizei vielleicht? Die beiden Beamten, die Sams Karaokeanlage getestet hatten? Aber in der Einfahrt stand kein Streifenwagen.

Besuch? Ich schaute Sam an und sah den angespannten Ausdruck in seinen Augen.

Alle verharrten regungslos, keiner schien zu wissen, wie er sich verhalten sollte. Besuch. Besuch! Das konnte nur eins bedeuten: Der Mensch, von dem ich mir so sehr gewünscht hatte, er würde kommen, war endlich über seinen Schatten gesprungen! Der Mensch, an den ich seit meiner Ankunft ununterbrochen gedacht hatte (von den wenigen Minuten, als mein Verstand von meiner Klitoris beherrscht wurde, einmal abgesehen), war endlich da!

Ich konnte es kaum erwarten, meinen Besuch zu sehen. Ich war ja so …

»Hi, Schätzchen«, rief eine Stimme. Mein Kopf fuhr herum. »Hast du mich vermisst?«

In der Haustür stand in voller Lebensgröße und in Technicolor – Carol!

Ich wusste nicht, ob ich lachen oder weinen sollte. Carol! O mein Gott! Ich lief zu ihr und umarmte sie stürmisch, dicht gefolgt von meinen Jungs. »Tante Carol! Tante Carol!«, kreischten sie.

Mein Herz schlug immer noch wie wild. Ich war mir so sicher gewesen, dass mein Ritter in der funkelnden Rüstung gekommen war, unsere Ehe vor dem sicheren Zusammenbruch zu retten. Ha! Falls der liebe Gott Optimisten liebte, hatte ich soeben die Eintrittskarte zum Paradies gelöst.

Mein Blick fiel auf Eliza. Ob die Ärmste ahnte, dass sie in der Zuneigung meiner Jungs gerade auf einen der hinteren Plätze verwiesen worden war? Gegen Carol kam sie nicht an, denn Carol bedeutete Liebe, Aufmerksamkeit und vor allem neue Spielsachen!

Carol hob beide gleichzeitig hoch und drückte sie lachend an sich. Nicht schlecht für eine Frau, neben der Kate Moss stämmig wirkte.

»Ich hab euch was mitgebracht, Jungs«, verkündete sie, und die beiden quietschten vor Freude. Ich schloss mich der Gruppenumarmung an und murmelte:

»Ich bin ja so froh, dass du da bist!« Noch leiser, damit Sam es nicht hörte, fuhr ich fort: »Ich hab dir so viel zu erzählen. Ich schwöre dir, ich habe mir einen Orden verdient für so viel Selbstbeherrsch…«

»Fantastisch!«, fiel sie mir ins Wort, in einer Lautstärke, dass die Jungs erschraken und ich fast einen Hörsturz bekommen hätte. Hatte sie etwa wieder zu viel Koffein intus? Sie machte wirklich einen irgendwie irren Eindruck. Jetlag vermutlich. »Und dir hab ich auch was mitgebracht«, sagte sie zu mir. Was hatte sie denn? Ihre Stimme klang so komisch.

»Ach, das wär doch nicht nötig gewesen, Carol«, sagte ich tadelnd. Ich war ja bloß zwei Wochen weg gewesen.

»Ja, das scheint mir allerdings auch so«, erwiderte sie, wobei ihr Blick zu Sam huschte und sich dann wieder auf mich heftete.

Ich lachte. »Okay, wenn es was von Gucci ist, nehme ich es. Natürlich nur, um dir einen Gefallen zu tun.«

»Nein, ich fürchte, es ist nichts von Gucci. Es ist …«

»... dein Mann.«

Im ersten Moment begriff ich überhaupt nichts. Es dauerte ein paar Sekunden, bis ich registrierte, dass das nicht Carol war, die gesprochen hatte, sondern eine tiefe Männerstimme, die von der Tür her kam. Mit kurzer zeitlicher Verzögerung nahm ich wahr, wie Sam geräuschvoll langsam ausatmete. Und wie meine Kinder jauchzten und schrien, als hingen sie in der Achterbahn in der Senkrechten.

Die Wiedersehensszene war weder dramatisch noch ergreifend romantisch. Und es stand auch noch nicht fest, ob er unsere Ehe tatsächlich vor dem Zusammenbruch retten würde.

Aber Mark Barwick war gekommen.

»Vielleicht lässt meine Wahrnehmungsfähigkeit zu wünschen übrig, aber was läuft da eigentlich zwischen Sam und dir?«

Erwischt.

Unter dem Vorwand, unsere Gläser aufzufüllen, waren Carol und ich in die Küche gegangen, wo sie mich in die Enge trieb. Eliza hatte unsere Zimmer hergerichtet und war dann nach Hause gegangen. Mark würde bei mir schlafen, die Jungs in einem kleineren Zimmer neben unserem Schlafzimmer und Carol ein Stück weiter den Flur hinunter.

»So, Hawaii! Wow!«, rief ich munter. Carol hatte erzählt, sie sei auf dem Weg nach Honolulu, wo sie für eine Fotosession für Pullover engagiert worden war, und habe deshalb beschlossen, einen mehrtägigen Zwischenstopp in L. A. einzulegen. Pullover! An einem Südseestrand! Diese Werbefritzen sollte man täglich auf Drogen testen.

»Lenk nicht ab«, fauchte sie.

Ich seufzte innerlich und spähte dann zum Fenster hinaus, um mich zu vergewissern, dass die anderen außer Hörweite waren. Mark und Sam saßen am Pool und genehmigten sich ein Bier.

Noch vor wenigen Wochen hätte ich mir nicht das Geringste dabei gedacht, aber jetzt weckte dieser Anblick in mir den Wunsch, mich in einem dunklen Zimmer unter ein Sauerstoffzelt zu legen. Mark und ich hatten seit dem großen Wiedersehen einige Stunden zuvor keine zwei Minuten für uns allein gehabt. Wir hatten uns unbeholfen umarmt und geküsst; zum Glück waren die Kinder da gewesen und hatten sich an ihren Vater gehängt, sodass unsere zögerliche Begrüßung niemandem aufgefallen war. Keiner von uns hatte gewusst, wie er sich verhalten sollte.

Obwohl es bereits dunkel und längst Schlafenszeit war, plantschten Benny und Dr. Octopus immer noch im Swimmingpool. Sam hatte glücklicherweise eine stärkere Flutlichtanlage installiert als die meisten Premier-League-Fußballteams in ihren Stadien.

»Na los, sag schon«, drängte Carol. »Was läuft zwischen euch beiden?«

»Willst du die Wahrheit hören? Oder soll ich dir irgendeine harmlose Lüge auftischen, bis ich die Gelegenheit habe, in ein Zeugenschutzprogramm aufgenommen zu werden?«

»Die Wahrheit!«

»Ich weiß es nicht, Carol. Ganz ehrlich, ich weiß es nicht. Okay, in Anbetracht unserer knapp bemessenen Zeit werde ich dir die Kurzfassung geben. Sam glaubt, dass er sich wieder in mich verliebt. Ich weiß nicht, was ich für ihn empfinde, ich weiß es wirklich nicht. Ich weiß nur, ich könnte mindestens vierzehn Tage lang lauter schmutzige Sachen mit ihm machen. Ich weiß auch nicht, wie die Dinge zwischen Mark und mir stehen, aber ich schwanke praktisch stündlich zwischen Liebe und Hass. Und möglicherweise wird alles von meinen Treffen mit den Filmbossen abhängen, weil es sein könnte, dass sie von mir verlangen, hierher zu ziehen. Wie würde Mark wohl darauf reagieren, was meinst du? Ich werd's dir sagen: Er würde sich lieber täglich einer Darmspülung unterziehen! Und dabei gefällt es mir so gut hier, Carol! Das Leben hier ist einfach wunderbar – ich habe noch nicht eine einzige Politesse angemacht, seit ich hier bin! Wenn es nach mir ginge, würde ich für immer hier bleiben. Und den Jungs geht es nicht anders. Sieh sie dir doch an! So glücklich habe ich sie das letzte Mal gesehen, als sie die Küche unter Wasser setzten, weil sie drinnen paddeln wollten. Aber um auf Sam zurückzukommen – es ist nichts Unrechtes zwischen ihm und mir passiert. Großes Ehrenwort! Ohne gekreuzte Finger.« Ich hielt meine Hände zum Beweis hoch.

»Und das war die Kurzfassung?«, fragte sie herrisch.

Ich nickte. »Und, was meinst du dazu? Ganz objektiv. Aber vergiss nicht, dass ich deine Schwägerin bin, das bedeutet Liebe, Loyalität und billiges Babysitten.«

Sie lehnte sich an den Unterschrank hinter ihr und machte ein ernstes, nachdenkliches Gesicht. Was allerdings nicht viel heißen wollte: Als Model ist Carol im Stande, jeden gewünschten Gesichtsausdruck aufzusetzen. Was nach außen hin aussah wie »besinnliche innere Sammlung«, konnte daher in Wirklichkeit sehr wohl »wie viele Kalorien diese Fajita wohl hat« sein.

»Ich glaube, du steckst zwischen Fels und Stein«, meinte die Königin der verunglückten Redewendungen und verhunzten Metaphern viel sagend. »Kate hat Mitleid mit Mark, aber ich kann dich verstehen. Würde Cal mich nicht bei etwas unterstützen, das mir wirklich wichtig ist, wäre ich auch stinksauer. Aber Sam? Nimm dich in Acht, Carly. Du spielst mit dem Feuer. Überleg es dir zweimal, bevor du irgendwas Verrücktes tust.« Sie warf einen Blick nach draußen, wo Sam auf dem Sprungbrett stand. Sein Körper schimmerte im Mondlicht. »Ach was, scheiß drauf, dann tust du eben was Verrücktes! Er ist ein absoluter Traummann.«

Ich lachte laut heraus und nahm sie dann in die Arme. »Kein

Tiefgang, keine Moral, keine Skrupel – ach Carol, ich bin ja so froh, dass du da bist!«

Mark brachte die Jungs ins Bett. Die beiden waren so müde, dass sie schon wieder aufgedreht waren. Eines Tages würden sie die seelische Reife haben, die Anspannung, die die Atmosphäre kennzeichnete, zu erfassen. Wer weiß, vielleicht auch nicht – schließlich gehörten sie dem männlichen Geschlecht an. Egal, ich war jedenfalls dankbar für Carols Anwesenheit. Sie hielt das Gespräch in Fluss, war witzig und umwerfend. Sam benahm sich vollkommen normal, was ich ihm hoch anrechnete. Na ja, wäre er kein so fantastischer Schauspieler, würde er für Waschpulver werben und wäre kein hochbezahlter Hollywoodstar. Unsere Blicke trafen sich gelegentlich, und er lächelte mir kaum merklich zu. Mark hingegen fiel es schwer, mich anzusehen. Der Berg war zwar zum Propheten gekommen, aber allem Anschein nach war er immer noch ganz schön sauer.

Sam und Carol gingen gegen Mitternacht ins Bett. Die Zeit für den Showdown war gekommen. Fast rechnete ich damit, die Totenglocke in den Hollywood Hills läuten zu hören.

Mark lag schon im Bett, als ich aus dem Bad kam. Ich schlüpfte zu ihm unter die Decke. Er rührte sich nicht, lag nur da und starrte an die Decke. Bis vor wenigen Wochen hatte es nur wenig gegeben, das mich an meinem Mann störte. Die Hartnäckigkeit, mit der er einem Streit aus dem Weg ging, brachte mich jedoch auf die Palme. Ich glaube, das habe ich bereits erwähnt. Mark hätte zwanzig Minuten daliegen und die Decke anstarren können, ehe er schließlich einnickte, ohne dass er seinem Herzen Luft gemacht, mir Schimpfwörter an den Kopf geschleudert oder mit Gegenständen geworfen hätte.

Ich konnte das dummerweise nicht.

»Wie lange bleibst du?«, fragte ich.

»Zwei Wochen. Hab meinen Jahresurlaub genommen.«

Okay, er hatte also nicht seinen Job hingeschmissen in blindem Vertrauen darauf, dass ich die rechte Hand von Spielberg werden würde, aber das war in Ordnung. Vierzehn Tage waren immerhin ein Anfang.

Ich holte von neuem die weiße Fahne hervor.

»Ich bin froh, dass du da bist.«

»Du hast mir ja keine Wahl gelassen. Vier Wochen ohne die Jungs halte ich nicht aus.«

Die weiße Fahne war jäh von Kugeln durchsiebt worden und hing jetzt in Fetzen da.

»Aber ohne mich hältst du es schon aus?« Die Schärfe in meiner Stimme war unüberhörbar.

»In dem Punkt werden wir uns nie einig sein, Carly. Ob ich dich vermisst habe? Ja, ich habe dich vermisst. War es verantwortungslos, aus einer Laune heraus hierher zu fliegen? Ja, das war es. Aber so bist du nun mal. Abenteuerlustig, leichtsinnig, verantwortungslos.«

Warum nur klang das aus seinem Mund überhaupt nicht wie ein Kompliment?

»Mark, du kannst nicht bis in alle Ewigkeit böse auf mich sein. Du bist da. Das ist das Wichtigste. Lass uns das Beste daraus machen. Wir könnten doch so tun, als wären wir verheiratet und total verrückt nacheinander. Mal sehen, was passiert.« Ich bemühte mich verzweifelt, die Atmosphäre aufzulockern. »Wer weiß, vielleicht findest du sogar Gefallen daran.«

Endlich lächelte er, und seine Stimme klang ein wenig heiterer. »Wer weiß. Möglich ist alles. Ich würde aber nicht darauf wetten.«

Ich tastete unter der Decke nach seiner rechten Brustwarze und kniff sie kräftig.

»Sag, dass du mich liebst, oder du hast eine Brustwarze weniger.«

Er zog instinktiv die Knie an, als er versuchte, sich aus meinem Griff zu winden.

»Ich liebe dich«, stieß er schrill hervor. Ha, gewonnen! Ich ließ los und fuhr ihm mit dem Finger zärtlich über die Brust. Ich war wirklich froh, dass er da war. Ich wünschte mir in diesem Moment nichts sehnlicher, als dass es uns gelang, unsere Probleme aus der Welt zu schaffen.

Er beugte sich zu mir und strich mir die Haare aus dem Gesicht. »Ich liebe dich«, wiederholte er leise. Dann küsste er mich.

»Ich liebe dich auch«, flüsterte ich. »Und ich wünsche mir, dass alles wieder so wird wie früher, hörst du?«

»Ja, das wünsche ich mir auch«, antwortete er. Er legte seinen Arm um mich und hielt mich fest, ganz fest, er ließ mich gar nicht mehr los, als hätte er Angst, mich zu verlieren. Was für ein wunderbares Gefühl – in seinen Armen zu liegen, seinen Atem auf meiner Haut zu spüren, zu hören, wie er …

Ich öffnete die Augen und blinzelte. Ich wollte es nicht glauben, aber ja, er schlief. Wie ein Toter.

Und ich lag da, hellwach, geil und gefrustet.

O ja, es war wirklich alles ganz genauso wie früher!

Familienglück
Carlys Kolumne
Diese Woche … Familienausflüge

Wie wir alle wissen, endet Erziehung nicht mit dem Ende des Unterrichts, wenn die Schulglocke läutet und Ihr Kindermädchen Ihren Nachwuchs abholt und nach Hause bringt. Oder, falls Ihre Sprösslinge ein Internat besuchen, wenn sie in den Ferien nach Hause kommen.

Kinder lernen unaufhörlich und aus einer Vielzahl von Erfahrungen; eine davon ist der Familienausflug. Glückliche Tage im Kreis der Familie festigen die familiären Bindungen. Ihre Kinder werden nicht nur Ihre Gesellschaft genießen, sondern auch dankbar sein für die gemeinsamen reichen Erfahrungen, deren wirklichen Wert sie erst mit zunehmender geistiger Reife erkennen werden.

Legen Sie den Keim für die Liebe zur Kunst mit einem Abstecher in ein Museum oder eine Galerie.

Wecken Sie das Interesse für Musik mit einem Besuch in der Oper oder einem Balletttheater.

Für die Abenteuerlustigeren unter Ihnen bietet das Zelten eine großartige Möglichkeit, sich an der Natur zu erfreuen. (Aus Gründen der Sicherheit sollten Sie Ihr Zelt auf Ihrem eigenen Grundstück oder im Garten von Freunden aufschlagen; falls Sie lieber einen Campingplatz aufsuchen, meiden Sie jene mit Unterhaltungsangeboten, Lokalen mit Alkoholausschank und Dauercampern, da sich dort oft zweifelhafte Gestalten aufhalten.) Für welche Möglichkeit der Freizeitgestaltung Sie sich auch entscheiden, vergessen Sie nicht, einen frisch zubereiteten, nahrhaften Imbiss mitzunehmen, denn Sie wissen ja: Nur in einem gesunden Körper steckt ein gesunder Geist.

Genießen Sie den Tag im Kreis Ihrer Lieben, und am Abend haben Sie allen Grund, stolz auf sich zu sein, denn Sie haben einen entscheidenden Beitrag zur seelischen und geistigen Entwicklung Ihres Kindes geleistet. Wie ein kluger Mensch es einmal ausdrückte: »Kinder sind unsere Zukunft – wir sollten ihnen ein gutes Beispiel geben und ihnen die Führung überlassen.«

Zehnter Schritt

Mum, ich möchte anders heißen. Geht das?«, fragte Mac hoffnungsvoll.

»Klar, warum nicht. Lass mich raten – du möchtest Buzz Lightyear heißen.«

»Bis zur Unendlichkeit und weiter!«, schrie Benny und reckte in der Pose des Superhelden die Faust in die Höhe.

»Nein, ich will der böse Schurke Zorg sein!«

Mist, die dunkle Seite faszinierte ihn also immer noch! Das war umso erstaunlicher, als wir in einer Musikshow in den Universal-Studios gerade gesehen hatten – zum vierten Mal an diesem Tag! –, wie der alte Zorg von Buzz fertig gemacht worden war.

Am Tag nach Marks und Carols Ankunft hatten wir es den Jungs überlassen, was sie machen wollten. Eine Stunde später befanden wir uns in den Universal-Studios.

Am darauf folgenden Tag entschieden sie sich für Disneyland, also fuhren wir nach Disneyland. Das erste Mal waren wir ja mit Sam dort gewesen, deshalb war es jetzt, wo sie ihre Freude und ihre Aufregung mit ihrem Vater teilen konnten, etwas ganz anderes.

Aber ich gebe zu, auch mir gefiel es dort. Ich mochte die Atmosphäre und die ungetrübte optimistische Heiterkeit der Themenparks. Allerdings kriegte ich allmählich einen richtigen

Hass auf große Viecher, in denen sich erwachsene Leute verbargen. Ich meine, was für ein Job ist das denn? Hat sich irgendwann ein Berufsberater hingesetzt und zu ihnen gesagt: »Ich glaube, ich habe was für Sie. Mit Ihren Fähigkeiten und Ihrer Vorbildung sind Sie wie geschaffen dafür, den ganzen Tag in einem Fell herumzulaufen und kleinen Kindern zu winken.«

Als der Sänger des Schlusssongs des Musicals einen weiteren Refrain zum Besten gab, beugte sich Carol zu mir und flüsterte: »Allmählich geht der gute Buzz mir gewaltig auf den Wecker. Am liebsten würde ich ihn kräftig in den Arsch treten!«

»Nur zu, lass dich bloß nicht aufhalten, meinen Segen hast du«, versicherte ich ihr.

Mark, der auf der anderen Seite neben mir saß, hatte Benny auf seinen Schultern sitzen und Mac auf seinem Knie. Benny ahmte die Bewegungen der Figuren auf der Bühne nach, und Mark musste lachen. Es war wunderbar, ihn so entspannt und fröhlich zu sehen. Kaum zu glauben, aber zum ersten Mal seit Jahren verbrachten wir ein paar Stunden zusammen, ohne dass einer von uns beiden eingeschlafen wäre. Wieso hatten wir es so weit kommen lassen? Wie waren wir in diese Tretmühle geraten? Was wir geführt hatten, war doch kein Leben mehr. Vielleicht war diese schwierige Phase nötig gewesen, damit wir erkannten, was wirklich zählte im Leben – nämlich die Liebe, unsere Familie, Sex in täglich siebenundvierzig verschiedenen Stellungen.

Ächz! Schon war ich wieder beim Thema.

Ich konnte an nichts anderes mehr denken; das war wie ein Zwang. Ich kannte diese Form von Besessenheit. War ich auf Diät, konnte ich nur noch an Essen denken; ich hätte mit Wonne morden können für ein Stück Torte. Verzichtete ich zur Entgiftung meines Organismus einen Monat lang auf Alkohol, bekam ich Halluzinationen und sah in jeder Blumenvase eine Asti-Spumante-Flasche. Und jetzt konnte ich seit Marks Ankunft an nichts anderes als an Sex denken. Ja, ja, ich weiß, das war auch vor seiner Ankunft schon so! Aber hatte er mich gebumst? Nein, nicht ein einziges Mal. Nicht einmal auf die Schnelle.

Sams Anwesenheit machte alles nur noch schlimmer. Er versprühte Geist, Charme und Pheromone, die meine erogenen Zonen vibrieren ließen, sobald ich mich im Umkreis von hundert Metern in seiner Nähe aufhielt. Ich war heilfroh, dass er anderweitige Verpflichtungen hatte und uns deshalb auf unseren Ausflügen nicht begleiten konnte. Hätte ich ihn in Disneyland aus der Wildwasserbahn steigen sehen, mit durchnässtem T-Shirt, das ihm am muskulösen Oberkörper klebte, wäre ich wahrscheinlich über ihn hergefallen.

Später an diesem Abend, als wir uns nach ein paar geselligen Stunden mit Carol und Sam am Swimmingpool zurückzogen, knickte ich ein. Ich konnte mich nicht einfach schlafen legen, als ob nichts wäre. Ich musste das Problem zur Sprache bringen. Aber wie? Sollte ich einfach die Initiative ergreifen und Mark begrapschen? Sollte ich ihn abknutschen und erst wieder aufhören, wenn er den nächsten Schritt tat? Oder sollten wir erst darüber reden, so eine Art theoretische Prüfung, bevor wir zum praktischen Teil kamen?

Das mit dem Begrapschen war keine gute Idee. Als ich es das letzte Mal versucht hatte, hatte es für mich mit einem Flunsch und einem angeschlagenen Selbstwertgefühl geendet.

Verführung durch Knutschen war im Grunde auch nicht ratsam; es bestand das Risiko, dass er mir mittendrin einschlief.

»Sag mal, Mark, hast du dich eigentlich je gefragt, warum bei uns im Bett nichts mehr läuft?«, fragte ich, als wir uns in unsere Zimmer zurückgezogen hatten.

Ja, ich sprach den Satz sogar laut aus!

Ein langes Schweigen trat ein. Als ich schon dachte, er sei wieder eingeschlafen, und den Tränen nahe war, meinte er:

»Besonders viel hat sich in der Beziehung wirklich nicht abgespielt in letzter Zeit, nicht wahr?« Und der Golden Globe 2006 in der Kategorie »Beste Untertreibung in einer dramatischen Situation« geht an ... Mark Barwick!

»Und woran liegt das?«, fragte ich so sachlich wie möglich. Was nicht leicht war, da ich mich schon in liegender Position befand und alles an mir vom Hals abwärts schrie: Mach endlich und komm zur Sache!

Wieder entstand ein langes Schweigen. Ich biss mir ungeduldig auf die Lippe. Ich musste mich beherrschen, um ihm nicht fünfundzwanzig Gründe aufzuzählen, weshalb wir seit den Achtzigerjahren keinen tollen Sex mehr gehabt hatten. Na ja, vielleicht kam es mir auch nur so lange vor. Ich stützte mich auf dem Ellenbogen ab und sah Mark an.

»Ich weiß es nicht«, antwortete er schließlich in ernstem Ton. »Kinder, Beruf, Müdigkeit, Stress ... eine Frau, die sich auf der anderen Seite des Atlantiks aufhält«, fügte er neckisch hinzu.

Ich musste lachen. »Ja, klar, jetzt bin ich wieder schuld an allem! Aber das sag ich dir, an mir liegt's nicht! Mich brauchst du nicht zweimal zu fragen. Oder auch nur ein einziges Mal. Wieso fängst du nicht einfach mal an, statt zu reden?«

»Hey, höre ich da einen leisen Vorwurf heraus?« Er stieß gegen meinen Arm, sodass mein Ellenbogen einknickte und ich auf ihn fiel. »Willst du mir etwa ein schlechtes Gewissen einreden?«

»Allerdings! Und, funktioniert es?«

»Du siehst mich tief zerknirscht«, flüsterte er. Dann rollte er mich von sich hinunter, beugte sich über mich und küsste erst mein linkes Ohr, dann das rechte, dann meine Wangen, meine Augen, meinen Hals, und dann meine ...

Halleluja, Halleluja, Halleluja!

Ich schnappte selig nach Luft, als er meine Brustwarzen zwischen seine Zähne nahm und sie zärtlich beknabberte. Dann begann er an ihnen zu lutschen, immer fester und drängender, und als er die Saugkraft eines Dyson-Staubsaugers erreicht hatte, bäumte ich mich in ekstatischer Verzückung unter ihm auf, während mein Unterleib sich verselbstständigt zu haben und Limbo zu tanzen schien. Wäre ich ein Mann, hätte man das eine vorzeitige Ejakulation genannt. Doch da ich glücklicherweise eine Frau war, nannte man es schlicht »ein fantastisches erstes Mal von vielen«.

Ich krallte meine Finger in seine Haare, damit er nicht auf die Idee kam, sich noch weiter nach Süden hinunterzuschieben. Cunnilingus kriegt zwar großartige Kritiken, aber meiner Meinung nach wird er überbewertet. Außerdem fange ich an, über Verschönerungsideen nachzudenken, wenn ich zu lange an die Decke starre.

Ich küsste Mark, drückte ihn dann auf den Rücken und kletterte auf ihn. Ich legte seine Hände um die Stäbe, aus denen das Kopfteil des Bettes praktischerweise bestand. Ob Sam das Bett wohl aus diesem Grund ausgesucht hatte? Sam. O Gott, Sam. Ich machte die Augen zu, als Sams – ich meine *Marks* Penis in mich hineinglitt. Ich lehnte mich zurück und schloss die Hand um seine Eier. Er stöhnte auf. Während ich auf ihm ritt, befeuchtete ich die Finger meiner anderen Hand und streichelte meine Brustwarzen.

»O Gott, du hast mir so gefehlt«, stieß er heiser hervor.

Ich legte ihm einen Finger auf die Lippen. »Schsch!«

Ich wollte nicht, dass er etwas sagte. Ich wollte keine Unterhaltung, kein schmutziges Geflüster, keine süßen Worte; ich wollte nichts, das den Zauber hätte brechen können, als Sam und ich – Mist! … als *Mark* und ich einem gleichzeitigen, gewaltigen, grandiosen Unterlippenbiss entgegentrieben.

Sie haben richtig gelesen: Unterlippenbiss. Das ist etwas Eltern-Spezifisches. Wenn man nämlich während oder unmittelbar nach dem Sex auf keinen Fall Kinderfüße ins Zimmer tappen hören möchte, begleitet von einem wimmernden »Ich hab Angst, da war so ein unheimliches Geräusch!«, muss man den Schrei auf dem Gipfel der Lust durch einen kräftigen Biss in die Unterlippe unterdrücken. Man sollte daher vorsichtshalber auf Sex verzichten, falls anderntags etwas scharf Gewürztes auf dem Speiseplan steht.

In diesem Moment verschwendete ich allerdings keinen Gedanken an den nächsten Tag. Als ich spürte, dass Sam, dessen Hände jetzt meine Hüften umklammerten, in mir kam, erfüllte mich ein tiefes Glücksgefühl. O verdammt, jetzt habe ich schon wieder »Sam« gesagt, nicht wahr?

Zum Glück nicht laut!

Mark zog mich sanft zu sich hinunter, nahm mein Gesicht in seine Hände und küsste mich zärtlich.

»Ich liebe dich, Carly«, flüsterte er mit rauer Stimme.

»Ich liebe dich auch«, antwortete ich.

Sam.

Am anderen Morgen regnete es in Strömen, und es war kalt geworden.

Ätsch, reingelegt!

Wie gewöhnlich stand die Sonne hoch am Himmel, und es war herrliche siebenundzwanzig Grad warm.

Wir trafen uns am Frühstückstisch, um unsere Pläne für den Tag zu besprechen.

»Auf mich müsst ihr verzichten, Leute«, sagte Sam. »So gern ich noch einmal Disneyland besuchen würde. Aber ich muss zum Fußballspielen antreten. Ein britisches Team gegen ein amerikanisches. Ich spiele für die Briten. Es geht ums Prestige, und wenn ich nicht erscheine, werden sie mich lynchen!«

»Wo spielt ihr denn?«, wollte Carol wissen.

»Rod Stewart.«

»Oh. Ich wusste gar nicht, dass ein Stadion nach ihm benannt worden ist«, meinte Carol verdutzt.

»Nein, *bei* Rod Stewart. Manchmal spielen wir bei Robbie zu Hause, aber heute treffen wir uns bei Rod.«

»Sam, liebst du mich?«, schnurrte Carol.

Er grinste. »Aber sicher, Schätzchen, das weißt du doch.«

»Darf ich dann eure Physiotherapeutin sein? Leistenzerrungen sind meine Spezialität!«

»Das glaub ich dir aufs Wort, aber wir haben schon jemanden für den Job.«

»Hm. Könnte ich sie ohne Waffe niederbügeln?«

»Das bezweifle ich. Sie ist nämlich ein Er, und er ist ein Kleiderschrank von einem Mann.«

Sam schnappte sich eine Flasche Wasser aus dem Kühlschrank, gab Carol und mir einen Kuss auf die Wange, den Jungs einen Kuss aufs Haar und Mark einen freundschaftlichen Klaps auf die Schulter. »Viel Glück, Kumpel. Du wirst es brauchen, wenn du mit den beiden allein bist.« Er deutete auf Carol und mich.

»O ja. Meine Frau und ein Supermodel – ein verdammt harter Job.«

Oh, was für eine reizende Antwort. Ich liebte diesen Mann.

»Dann bis später!« Sam wandte sich um.

»Sag Robbie und Rod, was ihnen entgangen ist!«, rief Carol ihm nach.

»Mach ich«, versprach er und grinste dabei, dass seine Augenwinkel sich in unzählige kleine Fältchen legten. Und dann eilte er davon, um sich mit Leuten zu treffen, die ich nur aus dem Magazin *Heat* kannte.

Oh, was für ein Leben. Ich liebte diesen Mann wirklich!

Mein Magen machte einen kleinen Hopser. Das musste aufhören. Ich konnte meine Zuneigung nicht zwei Männern schenken. Ich war mit Mark verheiratet. Und Mark saß einen Meter von mir entfernt. Wären wir Vulkanier, hätte er sich schon längst von mir scheiden lassen, weil er spitzgekriegt hätte, dass ich ihm in Gedanken untreu war.

»Okay, Leute, ich will euch ja nicht vorschreiben, was wir machen, aber ich hätte da einen Vorschlag«, meinte Carol. Ich guckte sie nur an. Carol liebte es, anderen Vorschriften zu machen. »Wie wär's, wenn wir das ganze Wochenende am Strand verbringen würden? Und falls die Jungs sich beklagen, stopfen wir sie mit Eiscreme voll.«

»Ja, ja, ja!«, schrien Mac und Benny begeistert, als die beiden Zauberwörter »Strand« und »Eiscreme« fielen.

Ich kam mir fast schon wie eine Einheimische vor, als wir durch Santa Monica nach Venice und weiter nach Marina del Rey fuhren, vorbei an den riesengroßen Villen von Silver Strands.

»Zur Linken seht ihr das Haus von Nicholas Cage; vielleicht schauen wir später auf einen Kaffee und einen kleinen Plausch bei ihm vorbei. Die Villa rechts soll einem der Darsteller aus *Friends* gehören. Gleich nebenan wohnt Robert Downey Jr., Seine Nachbarin ist Pamela Anderson. Wenn ihr genau hinseht, könnt ihr ihre BHs auf der Wäscheleine erkennen. Sie dienen dem nahe gelegenen Flughafen von L. A. als Windsäcke.«

Carol warf mir einen misstrauischen Blick zu. »Sag mal, das alles erfindest du doch bloß, oder?«

»Natürlich, was hast du denn gedacht?«

»Okay, dann mach weiter. Du machst das sehr gut, Carly.«

Bis wir bei Mother's Beach angekommen waren, hatten wir die Villen von Tom Hanks und Tom Cruise bewundert, Julia Roberts im Garten beim Unkrautjäten gesehen, Catherine Zeta

Jones dabei beobachtet, wie sie ihren Tanga zwischen den Pobacken herauszog, während sie mit Arnold Schwarzenegger plauderte, und Marlon Brando beim Joggen erspäht (Mark machte mich darauf aufmerksam, dass Mr. Brando bereits 2004 verstorben war).

Meine Stadtführung mochte Mark vielleicht nicht imponiert haben, aber vom Strand war er hellauf begeistert. Wie stets am Wochenende wimmelte es von kalifornischen Bilderbuchfamilien. Rudel von Joggern trabten wie Angehörige einer Anti-Fett-Miliz über die Wege. Ich fragte mich, wo all die Kindermädchen und Mütter geblieben waren, die den Strand an Werktagen bevölkerten. Hoffentlich erlebten sie etwas unerhört Aufregendes, das ihnen genügend Gesprächsstoff für die nächste Woche lieferte.

Mark machte sich mit Benny und Darth Vader zum Frisbeespielen auf. Ja, Mac hatte schon wieder seinen Namen geändert; jetzt fühlte er »die Macht«. Vielleicht lag es aber auch nur am Frühstücksrührei.

Wie üblich zog Carol alle Blicke auf sich. Obwohl sie in Amerika keine Berühmtheit war, sah man ihr das Supermodel einfach an. Man wusste nur nicht so recht, ob sie Elle McPherson oder Cindy Crawfords jüngere Schwester war.

Sie schälte sich aus ihren Sachen, bis sie nur noch einen winzigen Badeanzug trug, der ihren perfekt proportionierten Körper hervorragend zur Geltung brachte.

Ich gab ein angewidertes Grunzen von mir und stöhnte: »Ich hab dich noch nie leiden können, weißt du das? Ich möchte bloß wissen, was mein Bruder an dir findet!«

»Ich bin fantastisch im Bett«, antwortete sie frech grinsend.

»Mmmm, ich auch.«

Sie musterte mich eine Sekunde. Dann riss sie die Augen auf.

»Hey, ich hab doch gleich gewusst, dass du irgendwie verändert bist! Du hast Sex gehabt! Und warst nicht allein dabei!«

»Schrei doch noch ein bisschen lauter! Ich glaube, der Typ in der Leopardenbadehose dort drüben hat es nicht mitgekriegt. Heilige Scheiße, ist das Peter Stringfellow? Was macht der denn in L. A.?«

Sie kicherte und ließ sich neben mir auf ihr Handtuch fallen. »Und?«

»Carol, ich werde ganz sicher nicht mit dir über meine sexuellen Erlebnisse reden. Vielleicht ist es dir noch nicht aufgefallen, aber wir sind keine achtzehn mehr.«

»So schlimm?«

»Nein, eigentlich war es ganz gut. Mal abgesehen davon, dass ich mir vorgestellt habe, ich tu's mit einem anderen.«

»Mal wieder Liam Neeson?«

Ich schüttelte den Kopf. »Hab ich dir schon erzählt, dass er im Peninsula versucht hat, mich zu befummeln?«

Sie starrte mich sprachlos an. »Du machst Witze!«

»Natürlich mach ich Witze. Aber wäre er da gewesen, hätte er es bestimmt versucht.«

»Also wer war's? Bruce Willis, George Clooney, Brad Pitt? Mein absoluter Favorit ist Brad. Wie Gwynie sich nach der Trennung von ihm mit diesem Typen von Coldplay einlassen konnte, ist mir ein Rätsel!«

»Bist du fertig?«

»Bin ich. Also?«

»Es war Sam. Ich hab mir die ganze Zeit vorgestellt, ich tu's mit Sam. Ich wollte nicht einmal, dass Mark irgendetwas sagt, weil mich das zu sehr von meinen Fantasien abgelenkt hätte, und der Mann in meinen Fantasien schlief nur hundert Meter weiter in einem anderen Teil des Hauses! Ich bin krank, Carol. Krank, krank, krank!«

»Hast du's Mark gesagt?«

Ich warf ihr einen genervten Blick zu. »Logisch. Gleich nachdem ich ihm das Herz herausgerissen und es als Trampolin benutzt habe. Frag doch nicht so saublöd!«

Ein Schweigen entstand. Ich brach es nach ein paar Sekunden.

»Sag doch was«, forderte ich sie beklommen auf. Mir lag wirklich etwas an Carols Meinung. Carol pflegte die Dinge beim Namen zu nennen und redete nicht lange drum herum.

»Tja, was soll ich dazu sagen. ›Drei sind einer zu viel‹, sagt man. Erhöhtes Scheidungsrisiko, wenn du mich fragst. Was willst du jetzt tun?«

Ich zuckte mit den Schultern. »Mein Bestes. Ich hoffe, dass es Mark und mir durch diese Ferien gelingt, unsere Beziehung zu kitten. Ich wünsche es mir so sehr. Nicht nur der Kinder wegen, sondern auch, weil wir einmal so ein tolles Gespann waren. Ehrlich, Carol: Wäre er der Mensch, der er früher einmal war, würden wir diese Unterhaltung jetzt nicht führen, das kannst du mir glauben. Aber seit die Kinder da sind, ist er so … so *alt*. Als ob er glücklich und zufrieden damit wäre, dass wir nebeneinanderher leben wie ein altes Ehepaar. *Mir* reicht das nicht! Ich liebe ihn, aber unser Leben ödet mich offen gestanden an. Jeden Tag das Gleiche, immer der gleiche Trott, keine Gespräche, kein Sex, keine Leidenschaft. Auch auf die Gefahr hin, dass ich mich wie eine oberflächliche Kuh anhöre, aber so ist es nun mal. Ich fühle mich einfach noch nicht so alt!«

»Vielleicht geht es ihm genauso – er hat es nur noch nicht gemerkt.«

»Ich hoffe es, Carol. Jetzt haben wir ja vierzehn Tage Zeit für uns, das sollte reichen, damit sich alles wieder einrenkt. Wir schaffen das schon. Ganz bestimmt.«

»Und was wird mit Sam?«

»Keine Ahnung. Ich hab das Gefühl, er geht uns aus dem Weg. Du kennst ihn ja, er ist ein anständiger Kerl. Eine Beziehung zu zerstören wäre furchtbar für ihn.« Ich seufzte. »Würde sein Bild doch bloß nicht immer vor meinem geistigen Auge auftauchen, wenn ich Sex mit meinem Mann habe!«

»Was ist mit deinem Mann?«, fragte Mark hinter uns.

Wir waren beide so in unsere Unterhaltung vertieft gewesen, dass wir ihn nicht hatten kommen hören.

»Ich hab gerade zu Carol gesagt, was für ein toller Typ er ist, unheimlich intelligent und Klasse im Bett ...«

»Und ein hervorragender Trivial-Pursuit-Spieler, vergiss das nicht.«

»Und absolut der Größte in Trivial Pursuit«, ergänzte ich.

Er nahm das Kompliment mit einer leichten Verbeugung entgegen.

Ich war platt. Hatte Mark Barwick tatsächlich seinen Humor wiedergefunden? Nicht zu glauben! Freude durchflutete mich, und ich musste unwillkürlich grinsen. Wir würden es schaffen. Alles, was wir brauchten, war ein klein wenig Zeit für uns, dann würde alles wieder in Ordnung kommen.

»Was gibt's denn da zu grinsen?«, wollte Mark wissen.

»Ach, nur so«, erwiderte ich achselzuckend. Ich fürchtete, es könnte ihn befangen machen, wenn ich ihm den wahren Grund nannte.

»Komm schon, raus mit der Sprache!«, drängte er.

Ich suchte fieberhaft nach einer glaubwürdigen Ausrede. Was war so lachhaft, so erheiternd, so albern, dass ich grinsen musste?

»Der Typ in der Leopardenbadehose – ist das nicht Peter Stringfellow?«

Elfter Schritt

Na, wie seh ich aus?«, wollte ich von meinen Männern wissen, als ich Montagmorgen zum Frühstück in die Küche kam. Eigentlich war es schon fast Lunchzeit. Jojo war seit sechs Uhr früh damit beschäftigt gewesen, mich in ein menschliches Wesen zu verwandeln, das diesen Namen verdiente. Zur Beruhigung meiner flatternden Nerven hatte sie mich wieder mit diesem köstlichen Schoko-Mokka-Vanille-Dingsbums abgefüllt.

»Bitte ziehen Sie zu mir, Jojo«, hatte ich sie angefleht. »Ich will keine Sekunde meines Lebens mehr auf Sie verzichten müssen!«

»Ich glaube, Ihr Mann wäre nicht so begeistert davon«, erwiderte sie lachend.

»Oh, da bin ich anderer Ansicht.« Als Jojo an diesem Morgen in unser Schlafzimmer gekommen war und mich geweckt hatte, war Mark aufgewacht. Er hatte erst schläfrig geblinzelt, dann war sein Blick auf diese wunderschöne Frau gefallen, und dann – da bin ich mir ganz sicher – murmelte er etwas von Weihnachten und »danke, lieber Gott«. Jetzt waren wir schon so lange zusammen, und ich hatte bis zu diesem Zeitpunkt nicht gewusst, dass er gläubig war.

Eigens jemanden kommen zu lassen, der mich für eine Besprechung stylte, war in meinen Augen ein unerhörter Luxus, aber Sam und Jojo versicherten mir, das sei hier durchaus üblich.

Trotzdem wollte ich das auf keinen Fall einreißen lassen, sonst war ich zu guter Letzt so von Jojo abhängig, dass ich mich an ihren Knöchel klammern und nie mehr loslassen würde.

Mark musterte mich eingehend, als ich mich um die eigene Achse drehte.

»Du siehst gut aus«, meinte er.

»Gut?«

»Ja. Wieso machst du so ein enttäuschtes Gesicht?«

Was hatte mich verraten – meine perfekt konturierten, mit Lippenstift ausgemalten und lipglossglänzenden Lippen, die einen Flunsch zogen?

»Weil ich ein ›großartig‹ oder ›fantastisch‹ erwartet habe«, maulte ich. Kindisch, ich weiß. Musste der Stress gewesen sein.

»Mummy, du siehst fana-ta-tisch aus!«, krähte Benny stolz. Was für ein süßer kleiner Schatz! Oh, wie ich ihn liebte! Jedenfalls bis er mir mit seinen Marmeladefingern in die Haare fasste und kleben blieb.

Meine Männer würden mir fehlen. Mark hatte angeboten, die nächsten beiden Tage mit den Jungs am Mother's Beach zu verbringen, damit ich in aller Ruhe die gestylte, erwachsene, potenzielle Drehbuchautorin spielen konnte.

»Sam, gibst du mir mal die Nummer einer Taxizentrale, bitte? Ich muss langsam los.«

Ich schaute auf meine Armbanduhr. Mein erstes Treffen mit Dave Marino, dem Chef der Abteilung Projektentwicklung von Global Studios, würde in zwei Stunden stattfinden. Ich hatte gehofft, Sam könnte mich begleiten, aber als wir Carol am Abend zuvor zum Flughafen gebracht hatten, hatte er mir mitgeteilt, dass er an diesem Morgen nach Vegas fliegen würde. Er musste einige Promotion-Termine aus Anlass seines neuen Films, der im kommenden Monat in den Kinos anlief, wahrnehmen.

Ich hatte natürlich sofort wieder Hintergedanken. Wieso

hatte er bisher nie etwas von dieser Promotiontour erwähnt? War das etwa nur ein Vorwand, um uns aus dem Weg zu gehen? Wenn ja, hätte ich es ihm nicht einmal verdenken können, aber ich hoffte inständig, dass das nicht der Fall war. Ich fand den Gedanken, wir könnten den armen Sam aus seinem eigenen Haus vertreiben, einfach furchtbar.

Nach einer Weile gewann mein vernünftiges, praktisches Ich die Oberhand. Sam war ein Filmstar. Er würde in der nobelsten Suite im nobelsten Hotel logieren und nach allen Regeln der Kunst verwöhnt werden. Er würde exklusiv speisen, exklusive Weine trinken und exklusiven Lapdancern zuschauen. Das Kreuz dürfte nicht allzu schwer zu tragen sein.

»Wieso Taxi? Nimm doch den Porsche«, erwiderte er.

»Den Porsche? Sam, ich kann nicht mal mit der Waschmaschine umgehen, und du willst mir ein Hunderttausend-Dollar-Auto anvertrauen? Da, wo ich herkomme, blättert man nicht mal für ein Haus so viel hin. Und außerdem werde ich deinen Porsche höchstwahrscheinlich nicht nur um einen Laternenmast wickeln, sondern auch noch um einen Laternenmast im falschen Stadtteil, weil ich mich garantiert verfahren werde. Und ich habe keine Lust, irgendwo in einen Bandenkrieg zu geraten, wenn ich eigentlich mit Dave Marino Kaffee trinken sollte.«

Das sah Sam ein. »Okay, pass auf, ich sag dir, was wir machen werden. Ich setz dich auf dem Weg zum Flughafen beim Studio ab, und du nimmst dir ein Taxi zurück. In meinem Arbeitszimmer findest du einen *Thomas Guide*, einen Stadtplan von L. A. Den steckst du ein, und nach deiner Besprechung fährst du mit dem Porsche ein bisschen durch die Gegend, damit du dich daran gewöhnst. Dann kannst du ihn morgen zu deinem nächsten Termin nehmen.«

L. A. war wirklich eine Scheißstadt. Immerzu schien die

Sonne, der Himmel war strahlend blau, und die Leute wollten einem andauernd irgend so einen Mist wie einen Porsche aufdrängen. Mein Gott, war ich froh, wenn ich in das kalte, nasse England mit seinen unzuverlässigen Busverbindungen zurückkonnte!

Ich verabschiedete mich von meinen Männern und stieg mit Sam ins Auto. Wir hatten noch nicht einmal das Ende der Einfahrt erreicht, als ich herausplatzte: »Es tut mir Leid, Sam.«

»Was denn?«

»Alles. Dass wir hierher gekommen sind, dein Leben durcheinander bringen, alles auf den Kopf stellen, dass Mark plötzlich auftaucht, wir, einfach alles! Und jetzt vertreiben wir dich sogar aus deinem eigenen Haus!«

»Das stimmt doch gar nicht.«

»Nein? Würdest du auch nach Vegas fliegen, wenn Mark nicht hier wäre?«

»Ja.«

Oh. Nicht die Antwort, die ich erwartet hatte.

»Aber ich würde dich und die Jungs mitnehmen.«

Wie gesagt, ein Scheißland ist das hier. Ein kostenloser Trip nach Vegas – der reinste Horror! Wo hab ich nach der letzten Geißelung bloß meine Peitsche hingelegt?

»Ich möchte euch beiden die Möglichkeit geben, reinen Tisch zu machen, Carly. Die ganze Situation ist unangenehm. Zum ersten Mal seit Jahren bin ich eifersüchtig – eifersüchtig auf Mark, eifersüchtig darauf, dass er dich berührt, mit dir redet, abends mit dir zusammen schlafen geht. Ich ertrage das nicht! Es tut mir Leid, aber ich verkrafte das einfach nicht. All die Jahre hat es mich nicht im Mindesten gestört, aber jetzt ... Jetzt hat sich etwas geändert. Könnte ich es rückgängig machen, würde ich es sofort tun, weil nichts als ein furchtbares Chaos dabei herausgekommen ist. Und deshalb halte ich es für das Beste, wenn ich eine Weile das Feld räume. Falls ihr beide, du und Mark, eine Möglichkeit seht, eure Beziehung zu kitten, dann solltet ihr das tun.«

»Und wenn nicht?«

»Du hast ja meine Handynummer«, gab er grinsend zurück.

Ich streckte die Hand aus und streichelte sein Gesicht. »Du bist ein schrecklich lieber Kerl, Sam Morton.«

»Ach was! Wenn ich das wäre, hätte ich uns gar nicht erst in diese Lage gebracht.«

»Falls es dich tröstet – ich war wahnsinnig geil auf deinen Luxuskörper.«

Er schenkte mir sein Filmstarlächeln. »Im Ernst?«

»O ja. Aber bilde dir lieber nicht zu viel darauf ein, ich bin nämlich auch heiß auf Jack Nicholson, obwohl der mittlerweile einen Seniorenpass hat.«

»Carly, ich bin entsetzt!«, rief er in gespieltem Schrecken aus. »Das würdest du doch nicht tun!«

»Hast du eine Ahnung! Die ganze Nacht in allen nur denkbaren Verrenkungen!«

Ein kurzes, behagliches Schweigen trat ein. Sam versuchte vermutlich, das Bild von mir und Mr. Nicholson aus dem Kopf zu kriegen. Ich wechselte das Thema und kam zu den wirklich wichtigen Dingen.

»Sag mal, spielt die Besetzungscouch eigentlich immer noch so eine entscheidende Rolle? Ich bin noch nicht dazu gekommen, mir neue Unterwäsche zu kaufen, weißt du, und ich will niemandem einen Schreck fürs Leben einjagen.«

»Hi, ich soll Camerons neues Drehbuch abholen«, sagte der junge Strahlemann, der die Jacke eines Paketzustellers trug, aber aussah wie ein Model. Wieso zum Kuckuck sahen die Ausfahrer bei mir zu Hause nicht auch so umwerfend aus? Und wer war

Cameron? Diaz? Möglich. Hätte er gesagt, er komme von Cameron Buttersworth, der Dame aus dem Copyshop, wäre ich wahrscheinlich genauso fasziniert gewesen.

Dave Marinos attraktive Empfangsdame reichte dem jungen Mann einen großen Umschlag.

»Hier, bitte sehr. Einen schönen Tag noch«, zwitscherte sie in singendem Tonfall.

Du meine Güte, wie freundlich die hier alle waren! Ob die sich nach Feierabend wohl abreagieren mussten, indem sie ihre Wohnungen verwüsteten, Löcher in die Wände traten und dabei »Scheiße, Scheiße, Scheiße!« brüllten?

Ich wartete schon seit einer halben Stunde auf Mr. Marino, doch das machte mir nichts aus. Ich befand mich in einem der großen Filmstudios in Hollywood, da wartet man gern. Könnte meine leibliche Mutter mich jetzt sehen, würde sie sofort erkennen, dass der Splitter nicht weit von ihren Diamanten gefallen ist.

So abgedroschen es sich anhört, aber ich musste mich kneifen, um ganz sicher zu sein, dass ich nicht träumte. Seit ich ein Kind war, hatte ich mir Glitzer, Glamour, Reichtum gewünscht, alles eben, was das Leben an Oberflächlichkeiten zu bieten hat, und in wenigen Augenblicken würde ich mit dem Mann zusammentreffen, der mich der Verwirklichung meiner Träume ein großes Stück näher bringen könnte.

Sogar die Sicherheitsüberprüfung am Tor war schrecklich aufregend gewesen. Sam hatte mich an der Einfahrt zum Studiogelände abgesetzt, und ich war in das Glashäuschen neben der Schranke gegangen und hatte zu dem Wachmann mit der großen Kanone im Halfter gesagt: »Carly Cooper.«

Er guckte in seinem Computer nach und drückte dann eine Taste. Der Drucker neben dem PC spie meinen Ausweis aus.

»Mr. Marino erwartet Sie, Ms. Cooper.«

Mich! Carly Cooper! Ich wurde erwartet! In meinem Kopf drehte sich alles, und ich fragte mich, ob der Wachmann wohl in erster Hilfe ausgebildet war und wusste, was zu tun war, falls ich ohnmächtig wurde. Mich hinzusetzen und den Kopf zwischen meine Knie zu klemmen, hielt ich nicht für eine gute Idee – vermutlich würde ich dann postwendend wieder auf die andere Seite der Schranke befördert.

Der Wachmann drückte mir einen Lageplan des Studiogeländes in die Hand und zeichnete darauf ein, wo sich Marinos Büro befand. Als ich mich auf den Weg dorthin machte, rechnete ich damit, dass mir jeden Moment jemand von hinten seine große Pranke auf die Schulter legte und mich aufforderte, das Gelände zu verlassen, weil ich mich unbefugt hier aufhielt.

Ich musste einige Filmkulissen durchqueren, was mir das Gefühl gab, einen Traum zu durchleben. Es war absolut unwirklich, plötzlich über den weihnachtlich geschmückten New Yorker Times Square zu schlendern, um eine Ecke zu biegen und sich dann mitten im Oklahoma des Jahres 1746 zu befinden.

Als ich zu Marinos Büro gelangte, war ich offen gestanden ein bisschen enttäuscht. Das Gebäude ähnelte einer Lagerhalle – nur einen kleinen Deut besser als diese Bürocontainer, die die Polizei am Tatort eines Verbrechens aufstellt.

Als ich die Halle betrat, staunte ich jedoch. Ich kam mir vor wie in der Villa eines Plantagenbesitzers irgendwo in Georgia: eichengetäfelte Wände, ein riesiger Kronleuchter an der Decke und erlesene Eichenmöbel, die eindeutig nicht aus einem Ikea-Katalog stammten.

Die Empfangsdame bat mich, auf einer mit rotem Velours bezogenen Chaiselongue Platz zu nehmen. Und da saß ich nun, glücklich und zufrieden, und lauschte angestrengt, damit ich auch ja alles mitbekam, was die Empfangsdame murmelte. Kein

Zweifel: Ich war gestorben und dorthin gekommen, wo alles schöner Schein war – in den Himmel der Filmfans.

Ich schickte Kate eine SMS: Bin im Büro von Film-Tycoon!

Ihre Antwort lautete: Wenn du keine Fingerabdrücke oder DNA-Material hinterlässt, kriegen sie dich nie!

»Carly Cooper!«, dröhnte plötzlich eine Altstimme rechts von mir. Ich fuhr herum. In der Tür stand ein großer, dunkelhaariger Mann Ende dreißig. Er trug Designerjeans und ein hellblaues, am Hals aufgeknöpftes Seidenhemd.

Er hatte die Arme ausgebreitet, als sei ich seine verloren geglaubte und wiedergefundene Schwester (was ich definitiv ausschließen konnte, da ich sicher war, dass Jackie keinen Sohn hatte). Meine Gedanken überschlugen sich. Wie sollte ich mich verhalten? War das Dave Marino? Falls ja, wäre es vielleicht ratsam, mich vor ihm auf den Boden zu werfen und ihm anzubieten, an seinen Zehen zu lutschen. Aber wenn es nur sein Sekretär oder sein persönlicher Assistent war? Dann würde ich mein Pulver vorzeitig verschießen. Sollte ich mich in seine Arme werfen? Wäre ein schlichter Händedruck unhöflich? Ich durchforstete mein Gedächtnis panisch nach den Informationen, die mir Sam über meine Gesprächspartner geliefert hatte, aber dummerweise war das in meiner Brunstzeit geschehen, als meine Aufnahme- und Konzentrationsfähigkeit durch meine unkontrolliert umherschießenden Hormone stark beeinträchtigt war.

Während mir das alles durch den Kopf ging, kam das freundliche Seidenhemd auf mich zu.

»Ich hätte große Lust, Sie zu drücken«, meinte er und knipste ein Tausendkilowattgrinsen an.

Und dann drückte er mich tatsächlich.

Ich roch Aftershave von Bulgari. Ich war zwar kein Experte auf dem Gebiet, aber Sam benutzte das gleiche. Sam. Da brauchte ich ihn ein Mal, damit er mich über die Feinheiten der Hollywood'schen Etikette aufklärte, und er war nicht da!

Sollte ich:

a) die Umarmung des Filmbosses erwidern?
b) einen Schmatz dazugeben?
c) den Sicherheitsdienst verständigen, weil ich von einem perversen Typen bedrängt wurde?

»Ihr Buch gefällt mir ganz fantastisch! Einfach großartig! Hab ich Ihnen gesagt, dass ich das Buch toll finde, oder nicht, Mercedes?«

»Doch, das haben Sie«, bestätigte die Strahledame am Empfang. »Sie finden es ganz großartig.«

An diesem Punkt verwandelten sich meine Schuhe in Hovercrafts, und ich begann zu schweben.

Das war Dave. Der Leiter der Abteilung Projektentwicklung. Und mein Buch gefiel ihm! Gemeinsam schwebten wir in sein Büro, dessen Einrichtung über alle Maßen extravagant und luxuriös war. So stellte ich mir den Ort vor, an den sich Elton John zum Sterben zurückziehen würde.

Wir setzten uns an einen massiven, geschnitzten Tisch, der fast die gesamte Länge der Wand einnahm. Auf der anderen Seite des Büros standen ein prächtiger antiker Schreibtisch und zwei wunderschöne Stilsofas.

Den angebotenen Drink lehnte ich ab. Ich hatte Angst, ich könnte ihn vor Aufregung verschütten, Ränder auf dem Tisch hinterlassen oder mich beim Trinken verschlucken und dann meine nähere Umgebung mit einem Sprühnebel befeuchten.

»Ganz fantastisch, Ihr Buch. Großartig. Witzig. Temporeich. Spritzig, spritzig, spritzig!« Dave untermalte seine Worte mit Fingerschnalzen.

Und ich dachte: Toll, toll, toll!

»Erzählen Sie mir von sich.«

Wie bitte? Ich hatte einen Mann erwartet, der wie ein Börsenmakler aussah und ein ernsthaftes, intellektuelles, Angst einflößendes Gespräch mit mir führen würde, und stattdessen hatte ich einen lockeren Teenietratsch mit einem reizenden Knaben wie aus der Schwulen-Serie *Queer Eye for a Straight Guy*.

»Was möchten Sie denn wissen?«, fragte ich.

»Alles. Wo Sie herkommen, wie Sie aufgewachsen sind – einfach alles. Ich möchte wissen, wie Carly Cooper denkt und fühlt!«

Nun, im Augenblick fühlte ich vor allem eines: Herzrasen vor Aufregung. Er hatte *Achtung, Brustwarzenerektion!* gelesen, und jetzt wollte er alles über mich wissen. Das konnte doch nur eines bedeuten: Er trug sich mit dem Gedanken, mir ein Angebot zu unterbreiten. Es klopften doch jeden Tag so viele Bittsteller bei diesen Studioleuten an, dass sie ihre Zeit sicher nicht mit Besprechungen verschwenden würden, die zu nichts führten. Was meine Herkunft und Jugendzeit mit der Höhe der Summe auf meinem Scheck zu tun hatten, war mir allerdings nicht ganz klar.

Egal. Ich gab Geschichten aus meiner Kindheit in Glasgow zum Besten, erzählte Anekdoten aus meiner Teenager- und Jugendzeit und wollte mich gerade in die Vorgeschichte stürzen, die zur Entstehung meines Buchs geführt hatte, als Dave mich unterbrach.

»Rauchen Sie?«

O verdammt, ein Test! In Kalifornien braucht man das Wort »Zigarette« bloß auszusprechen, und schon stürzen sich vierzig gesundheitsfanatische Umweltschützer auf einen und verprügeln einen mit Zigarettenschachteln. Ob das Studio nur mit Nichtrauchern zusammenarbeitete? Mein erster Gedanke war, seine Frage zu verneinen. Aber wenn er nun irgendwie herausgefunden hatte, dass ich Raucherin war und meine Ehrlichkeit und Integrität testen wollte?

So ein Mist aber auch! Jetzt war mir klar, wie Mac und Benny sich fühlen mussten, wenn sie etwas angestellt hatten und sich, zur Rede gestellt, mit einer Lüge herauszuwinden versuchten.

Mund auf, Gefasel marsch!

»Äh … ja. Manchmal. Nicht oft. Nur ab und zu. In Gesellschaft«, stammelte ich.

Ich machte mich auf heulende Alarmsirenen, blinkende Warnlichter und hereinstürmende Uniformierte gefasst, die mich einer Anti-Nikotin-Dusche unterziehen würden.

Doch stattdessen flüsterte Dave mit Verschwörermiene: »Großartig! Kommen Sie, paffen wir eine.«

»Aber ich dachte, auf dem Gelände sei Rauchen verboten!«, staunte ich. Wie ich darauf kam, wusste ich selbst nicht.

Er winkte mich zum Fenster hinüber, wo auf dem Sims ein Päckchen Zigaretten lag. Er bot mir eine an und nahm sich selbst eine. Als ob der Verlauf dieser Unterredung nicht schon absurd genug gewesen wäre, stand ich jetzt mit weit hinausgebeugtem Oberkörper am Fenster und kicherte wie ein Schulmädchen mit dem Leiter der Projektentwicklung eines der weltweit renommiertesten Filmstudios.

Ich hatte ein verdammt gutes Gefühl. Jawohl, das war es!

»Ich sag Ihnen was, Carly.« Endlich! Und ich hatte schon befürchtet, das Auffrischen meiner Jugenderinnerungen und ein weiterer Schritt in Richtung Lungenkrebs seien das Einzige, das bei diesem Treffen herausspringen würde. »Ich sag Ihnen, was wir machen werden.«

»Wir stellen Ihnen einen Mordsscheck aus und verändern Ihr Leben« war der Satz, auf den ich wartete.

»Wir werden auf *Achtung, Brustwarzenerektion!* verzichten.«

Diesmal heulten tatsächlich Alarmsirenen, und Warnlichter blinkten, und zwar in meinem Kopf. Hatte er gesagt »verzichten«? War das im Jargon der Filmszene ein Synonym für »zugreifen und einen obszönen Batzen Geld hinblättern«?

»Wir lieben Ihr Buch. Keine Frage. Wir lieben es. Aber wir haben bereits sechs Liebeskomödien im Projektstadium, und damit ist unser Bedarf in diesem Genre mehr als gedeckt.«

Man hätte mich mit einer Marlboro Light aus den Socken hauen können.

»Aber wir lieben Ihren Stil. Wir lieben Ihre Arbeit, und wir lieben Sie.«

Der Kerl liebte anscheinend alles. Außer mir einen Scheck mit seiner Unterschrift darauf auszustellen.

»Ich habe Sie hierher gebeten, weil ich mir eine Zusammenarbeit bei künftigen Projekten vorstellen könnte. Was würden Sie zum Beispiel davon halten, wenn Sie bei Komödien die Dialoge überarbeiteten – Sie wissen schon, am Ausdruck feilen, dem Ganzen den letzten Schliff geben?«

Nachdem meine grauen Zellen sich wieder gesammelt hatten, überlegte ich kurz. Mein Buch wollte er nicht kaufen, also konnte ich meinen Traum von Ruhm und Reichtum vorerst begraben. Aber er wollte mich zur Überarbeitung der Dialoge.

Das klang doch gar nicht so schlecht. Das klang sogar richtig aufregend! Okay, ich hatte nicht den Jackpot geknackt, aber ein Fünfer mit Zusatzzahl war es allemal. Dave bot mir einen Job bei Global an. Sollte ich ihn gleich abküssen oder lieber noch ein bisschen warten?

»Wann würde ich anfangen?« Meine Stimme ähnelte der von Minni Maus.

Er warf mir einen verwirrten Blick zu.

»Nun, ich habe im Moment kein konkretes Projekt für Sie.

Aber da wir an sechs Drehbüchern arbeiten, werden wir Sie sicher früher oder später brauchen. Auf freiberuflicher Basis. Eine feste Zusage kann ich Ihnen natürlich nicht machen.«

Wumm! Das waren mein Firmenwagen, mein Spesenkonto und mein monatlicher Honorarscheck, die soeben von sehr weit oben abgestürzt waren.

Statt mir den erhofften Starruhm auf dem Silbertablett zu präsentieren, servierte Dave Marino mir Ernüchterung, Niedergeschlagenheit und eine gestiegene Chance auf eine Raucherlunge.

Als ich kurz darauf am Tor zum Studiogelände stand und auf mein Taxi wartete, rief ich Ike Tusker auf seinem Handy an, um ihn auf den neuesten Stand zu bringen. »Der Kerl ist ganz schön gerissen«, meinte Ike. »Er hat erkannt, dass Sie gut sind, und deshalb will er Sie sich warmhalten. In dieser Stadt will niemand als derjenige bekannt werden, der sich den nächsten Kassenknüller, den nächsten Superstar oder den nächsten genialen Autor hat durch die Lappen gehen lassen.«

»Denken Sie, es könnte noch was daraus werden?«

»Kann gut sein«, antwortete er.

Meine Stimmung setzte erneut zum Höhenflug an.

»Kann aber auch nicht sein.«

Meine Stimmung griff sich an die Brust und sackte ab.

»Ich weiß, das ist ein harter Schlag, aber immerhin weiß Dave Marino jetzt, wer Carly Cooper ist, und irgendwann könnte das vielleicht von Vorteil für uns sein. Ich sag Ihnen was: Gehen Sie nach Hause, ruhen Sie sich aus, und morgen, nach Ihren anderen Besprechungen, sehen wir weiter.«

Ich beendete das Gespräch und ließ mich gegen das Glashäuschen fallen. Ich fühlte mich, als hätte ich gerade einen Marathon gelaufen: Ich war fix und fertig, völlig durcheinander und hatte Schweißflecken an sehr unschönen Stellen.

Meine Enttäuschung über meine gescheiterte Eroberung Hollywoods währte nicht lange. Eine riesengroße Limousine fuhr vor und hielt an der Schranke.

Sofort begann ich wieder zu fiebern. Eine Limousine! Ich versuchte angestrengt, durch die getönten Scheiben etwas zu erkennen, während ich gleichzeitig völlig desinteressiert tat. Der Wachmann sprach kurz mit dem Fahrer, dann rollte die Limousine auf das Gelände. Plötzlich wurde die hintere Seitenscheibe heruntergelassen, und eine Frauenstimme rief dem Wachmann zu:

»Morgen, William!«

Er tippte sich an seine Mütze. »Guten Morgen, Ms. Winslet!«

O mein Gott! Ich riss meinen Kopf so schnell herum, dass ich ein Schleudertrauma davontrug. Hoffentlich hatte sie mich nicht gesehen! Sonst glaubte sie am Ende noch, die Verrückte aus dem Park hätte sie in die Staaten verfolgt.

Auf dem Rückweg nach Pacific Palisades grübelte ich über diesen kleinen Zwischenfall nach.

Kate Winslet: verfügt über eine Limousine mit Chauffeur. Carly Cooper: sitzt in einem Taxi, das von einem illegalen Einwanderer, der nur seine Muttersprache beherrscht, ruckartig und inkompetent gefahren wird.

Manchmal streuen die Götter nicht nur kiloweise Salz in die Wunde, sondern massieren es auch noch genüsslich ein.

Zwölfter Schritt

Hey, sind Sie nicht Carly Cooper? Ein tolles Auto haben Sie da! Ich finde es großartig, dass Sie alles auf eine Karte gesetzt haben, um sich Ihren Lebenstraum erfüllen zu können. Und es hat sich anscheinend gelohnt! Ich meine, man braucht Sie doch nur anzusehen: ein Porsche, eine Villa in Pacific Palisades und Ehefrau von Liam Neeson! Ich wünschte, ich wäre wie Sie!«

In diesem Augenblick kam auf der Spur neben mir eine Corvette zum Stehen, und der Fahrer musterte mich, als sollte ich einen von diesen weißen Kitteln tragen, deren überlange Ärmel hinten zusammengebunden werden. So ein Trottel! Hatte der noch nie in den Innenspiegel geguckt und dabei Selbstgespräche geführt?

Und außerdem – der hatte es gerade nötig! Wer eine Bomberjacke trug und einen solchen Wagen fuhr, sollte sich mit Urteilen über andere zurückhalten.

Die Ampel wurde grün, und ich fuhr an. Das heißt, ich versuchte es zumindest. Ich hatte nicht nur einige Probleme mit dem Rechtsfahren, sondern auch mit der ungewohnten Automatikschaltung. Aber hey, was soll's – ich fuhr mit einem Porsche durch L. A., was wollte ich mich da beklagen!

Nachdem ich siebzehnmal angehalten und in meinen Stadtplan geschaut hatte, sah ich endlich den Büroturm von Dreamtime vor mir aufragen. Ike Tuskers Sekretär, der nette Stefan, hatte mir den Termin gemailt und hinzugefügt, das Gebäude verfüge über eine Tiefgarage, wo ich parken könne. Ich fuhr also mit quietschenden Reifen um die Ecke und die Einfahrt zu den Parkdecks hinunter. Ich hatte eine Heidenangst, ich könnte die Abstände zu den Leitplanken falsch einschätzen und einen Kotflügel von Sams Porsche als Andenken an meinen Besuch zurücklassen.

Ich hielt am Glashäuschen des Wachmanns an und nannte ihm meinen Namen. Der Wagen machte einen Satz nach vorn, stoppte, machte einen zweiten Satz. Wo zum Teufel war nur die Handbremse?

Der Angestellte des Sicherheitsdienstes übersah mein fahrerisches Nichtkönnen. Er ging eine Liste durch und wies mir, nachdem er meinen Namen darauf gefunden hatte, einen Parkplatz am anderen Ende des Parkdecks zu, und zwar zwischen einem Ferrari und einem Bentley. Ich biss mir auf die Unterlippe und überschlug im Geiste, dass ich, falls ich beide Nobelkarossen demolieren sollte, meine Schulden ungefähr in dreiundachtzig Jahren abbezahlt hätte.

»Soll ich den Wagen für Sie einparken, Ma'm?«, fragte der freundliche Wachmann.

Ich strahlte ihn an. »Darf ich Sie küssen?«

Ein Ausdruck von leisem Entsetzen huschte über sein Gesicht. »Das ist wirklich nicht nötig, Ma'm!«

Ich stieg in den feudalen Lift und fuhr in den elften Stock hinauf.

»Ich möchte zu Juliet Brookstein. Ich habe einen Termin.«

»Ihr Name war?«

»Carly Cooper.«

Die Eroberung Hollywoods, die zweite! Und – Action!

Ich schaute mich verstohlen um und versuchte, mir nicht anmerken zu lassen, wie beeindruckt ich war, vor allem von der riesigen Wasserwand vor mir. Eine Wasserwand – im elften Stock eines Hochhauses! Die gesamte Einrichtung sah aus, als hätte Ivana Trump im LSD-Rausch sie ausgesucht.

Überall hingen Plakate der Filme, die Dreamtime produziert hatte. Fast jeder war ein Kassenerfolg geworden und hatte Rekordsummen eingespielt. Ich staunte einmal mehr, wie weit ich es gebracht hatte – von einem Kino im Chiswick-Kinocenter, wo ich, in der Hand einen Hotdog in einem Pappbrötchen, neben einer Gruppe von Teenagern gesessen hatte, deren Handys in einem fort klingelten (ich hatte den unbändigen Wunsch verspürt, ihnen ihre Motorolas dorthin zu stecken, wo sie sie nur noch mit ärztlicher Hilfe herausbekämen), bis in die Räume von Dreamtime, wo ich Plakate jener Filme bestaunte, die ich mir angesehen hatte. Abermals erfasste mich eine wilde Freude, ein erregendes Prickeln.

Mein Magen schlug ein paar Saltos, und mein Herz klopfte heftig. Ich verspürte den Wunsch, Sam anzurufen. Oder Kate. Oder meinetwegen sogar Carol. Oder irgendjemand anders, der sich mit mir über dieses völlig verrückte Abenteuer freute und meinen glühenden Optimismus teilte. Jeden hätte ich angerufen – nur nicht meinen Mann.

Der gab sich nämlich alle Mühe, mir auf die Nerven zu gehen. Als ich tags zuvor nach Hause gekommen war und schier platzte vor Mitteilungsbedürfnis – auch wenn mein erstes Treffen mir einen Dämpfer versetzt hatte –, waren Mark und die Kinder noch nicht zurück gewesen. Ich nutzte die Zeit, um meine Kolumne zu schreiben und an die Zeitung zu mailen. Gegen fünf Uhr, als ich schon erwog, meine Freunde vom Los Angeles Police Department anzurufen und drei Personen sowie ein aufblasbares Reptil als vermisst zu melden, hörte ich den Wagen in der Einfahrt.

»Mum!«, kreischten die Jungs, als sie aus dem Auto sprangen. Ihre Gesichter glänzten, ihre Haare standen ihnen zu Berge, und ihre Sachen starrten vor Schmutz. Ich schloss sie in die Arme und schickte sie dann ins Haus zu Eliza.

»Hey du! Ich hab mir langsam schon Sorgen gemacht«, sagte ich zu meinem Mann.

Und jetzt kommt der Teil, wo es ein bisschen verwirrend wird. Man kann den Satz, den ich gerade gesagt hatte, unterschiedlich auffassen, je nachdem, welchen Ton man anschlägt, welche Stimmung gerade herrscht und welche Tage im Monat es sind.

Zugegeben, ich könnte ein klein wenig gereizt geklungen haben, weil ich mir schon ernsthaft Sorgen gemacht hatte. Andererseits freute ich mich wirklich, dass die drei zurück waren. Ich malte mir einen gemütlichen Abend aus, an dem wir uns erzählten, wie unser Tag gelaufen war. Und deshalb behaupte ich – und bleibe auch dabei –, dass ich diese Worte in freundlichem, besorgtem und liebevollem Ton sagte.

Marks Gehirn registrierte sie jedoch als vorwurfsvoll, gereizt und verärgert. Die Wahrheit liegt wahrscheinlich irgendwo in der Mitte. Doch Mark ist eben Mark, und deshalb reagierte er auch wie Mark.

»Hör mal, Carly, es war ein langer Tag, die Jungs waren ein echter Albtraum, und ich bin total erschossen. Also verschon mich bitte mit deinem Genörgel.«

»Ich hab doch nicht genörgelt!«, protestierte ich.

Er wandte sich achselzuckend um und ging hinein. »Ich seh mal nach, ob E-Mails gekommen sind«, knurrte er in einem Ton, der definitiv nicht freundlich, besorgt oder liebevoll klang.

Verdammt noch mal, ich hatte gedacht, zwischen uns hätten sich die Wogen wieder ein bisschen geglättet! Und jetzt war die Stimmung innerhalb von Sekunden gekippt. Wie war das möglich? So etwas passierte doch nur Paaren, die sich nicht mehr liebten, aber nicht Mark und mir. Verachtung oder Hass hatte sich nie in unsere Beziehung eingeschlichen. Selbst in den dunkelsten Stunden nach der Geburt der Kinder, als wir vor Erschöpfung schier umfielen und unsere Nerven in Fetzen hingen, hatten wir es immer geschafft, zu lachen und am selben Strang zu ziehen. Jetzt schien die Distanz zwischen uns größer als Kate Winslets Limousine.

Eine Stunde später, nach ungefähr sechzehn Versuchen, meine aufgekratzten Jungs dazu zu bringen, ins Bett zu gehen, ging ich in Sams Arbeitszimmer, wo Mark am Computer saß.

»Was haben die Jungs denn heute zu essen gehabt?«

Ich hatte beabsichtigt, die Frage in der Tonart »beiläufig« zu stellen. Ich bin aber bereit einzuräumen, dass es sich angehört haben mag wie »Herrgott noch mal, was hast du ihnen denn bloß zu essen gegeben, die beiden sind ja total aufgedreht und zappelig, das kommt nur von diesem süßen Zeugs, ich kann einfach nicht glauben, dass du so verantwortungslos bist!«.

Es folgten hitzige Worte, polternde Schritte, Türenschlagen.

Es dauerte eine Weile, bis ich mich beruhigt und aufgehört hatte, die Fäuste zu ballen. Ich schaute nach den Jungs, die endlich eingeschlafen waren, und ging dann, einen imaginären Olivenzweig zwischen den Zähnen, noch einmal ins Arbeitszimmer. Vielleicht war ich ein bisschen zu hart gewesen. Mark hatte schließlich noch nie zehn Stunden allein mit den Kindern verbracht. Für jemanden, der es gewöhnt ist, sich von seiner Sekretärin den Cappuccino bringen zu lassen und zivilisierte Unterhaltungen mit Erwachsenen zu führen, muss es ein ziemlicher Schock sein, einen ganzen Tag lang den Alleinunterhalter für zwei kleine Kinder zu spielen. Der arme Kerl war bestimmt todmüde, gestresst und sehnte sich nach einer Kopfschmerztablette – ich musste nachsichtiger mit ihm sein.

Es galt ja nur noch einen Tag zu überstehen, dann würde alles wieder seinen gewohnten Gang gehen, und wir könnten Urlaub machen wie eine richtige glückliche Familie. Wir könnten die Gegend erkunden, wir könnten ausspannen, wir könnten vögeln wie Pornostars. Wir könnten aufs Neue entdecken, weshalb wir uns liebten, und die wirklich wichtigen Dinge im Leben genießen: unsere Ehe, unsere Kinder und Ben-&-Jerry's-Eiscreme. Ich konnte es kaum erwarten! Aber zuerst ...

»Willst du denn nicht hören, wie es heute gelaufen ist?«, fragte ich Mark in einem, wie ich hoffte, unzweideutig versöhnlichen Tonfall.

»Klar«, antwortete er knapp und ausdruckslos. Er wandte sich vom PC ab und drehte sich mir zu.

Ich warf mich auf Sams rotes Chenillesofa. »Also. Als ich hinkam, nannte ich dem Wachmann meinen Namen, und er gab ihn in den Computer ein und ...«

Gar nicht gut! Ich verwechselte meinen Mann mit meinen Freundinnen, die begierig auf jedes noch so kleine Detail waren und sich sogar für Dave Marinos innere Beinlänge und die Farbe der Klopapierrollen in den Studiotoiletten interessiert hätten.

Nur Augenblicke später hatte Mark den stieren Blick bekommen, den ich nur zu gut an ihm kannte. Genauso schaute er drein, wenn er mich auf einen Einkaufsbummel begleitete oder das Gespräch auf die weiblichen Fortpflanzungsorgane kam. Und ich reagierte verschnupft.

»Ich hab das Gefühl, das alles interessiert dich nicht die Bohne«, maulte ich im beleidigten Ton meiner Kinder, wenn ihnen Süßigkeiten/Spielsachen/Taschengeld verweigert worden waren.

»Doch, natürlich interessiert es mich, Carly«, erwiderte er mit einem verzweifelten, resignierten Seufzer. »Und was geschah dann? Ich meine, als du mit diesem Filmmenschen gesprochen hast. Hat er dir ein Angebot gemacht?«

»Ja, hat er.«

»Im Ernst?« Zum ersten Mal entdeckte ich einen Anflug von gespannter Aufmerksamkeit. »Er will die Filmrechte an deinem Buch kaufen?«

»Na ja ... nicht direkt.« Ich berichtete von Marinos Angebot. Ich merkte beim Erzählen selbst, dass es bei weitem nicht mehr so aufregend klang.

Als ich geendet hatte, machte Mark ein verwirrtes Gesicht.

»Damit ich das richtig verstehe: Er will dein Buch nicht kaufen, aber er könnte dich möglicherweise, unter Umständen, eventuell irgendwann in der Zukunft als freiberufliche Mitarbeiterin brauchen, um das Drehbuch von jemand anderem zu überarbeiten. Feste Zusagen kann er dir nicht machen, und Ike denkt, er will dich nur hinhalten.«

»Nicht *›hinhalten‹*!«, protestierte ich entrüstet.

»Sorry, *›warmhalten‹* natürlich.«

»Äh ... ja ... so ungefähr.«

»Oh. Schöne Pleite.«

»Äh ... ja.«

Moment mal – wie waren wir denn von »großartig, aufregend, super, und rate mal, wen ich getroffen habe – meine beste Freundin Kate Winslet«, zu »schöne Pleite« gekommen? Nur zwei Worte: Mark Barwick! Verdammt noch mal aber auch! Warum musste er immer so verdammt vernünftig sein? Jetzt hatte er mir verdammt noch mal schon wieder meine Freude verdorben! Und ich konnte verdammt noch mal nicht mehr aufhören, »verdammt« zu sagen!

Ich verdrückte mich und rief Kate an. Ich musste unbedingt wissen, ob nur ich Marks Reaktion so schäbig fand. In Anbetracht der Tatsache, dass mein Anruf zur gleichen Zeit wie der

Milchmann mit der morgendlichen Milch kam, war Kate erstaunlich aufnahmefähig. Ich erzählte ihr die ganze Geschichte von Anfang bis Ende. »Und was geschah dann?«, keuchte sie nach jedem Satz in atemloser, stetig wachsender Spannung. Als ich bei der Szene angekommen war, wo ihre Namensvetterin in ihrer Limousine an mir vorbeifuhr, stand sie praktisch kurz vor einem Orgasmus.

»Mensch, Carly, das ist ja großartig! O Gott, ich wünschte, ich wäre dabei gewesen! Und die Toiletten? Bestimmt das Feinste vom Feinsten, oder? Hast du irgendjemand Berühmtes gesehen? Wann wird er sich bei dir melden, was meinst du? Und was hat Mark dazu gesagt?«, sprudelte sie hervor, als ich geendet hatte. *Das* verstehe *ich* unter »Interesse zeigen« (jedenfalls, soweit ich mich aus der Zeit vor meiner Ehe mit Mark Barwick erinnern kann).

»Schöne Pleite.«

»Was?«

»Schöne Pleite. Mark sagte ›schöne Pleite‹.«

Kate lachte laut heraus.

»Also ich fand das überhaupt nicht komisch«, schmollte ich.

»Ach komm schon, Carly, du kennst Mark doch! Er ist eben der Vernünftige, Besonnene, derjenige, der einen kühlen Kopf bewahrt. Bei ihm muss immer erst alles unter Dach und Fach sein. Er will bloß nicht, dass du total ausflippst vor Freude und dir falsche Hoffnungen machst und am Ende völlig am Boden zerstört bist, weil nichts draus geworden ist.«

»So kann man es natürlich auch sehen«, erwiderte ich verschnupft. Warum musste sie ihn immer dann, wenn weibliche Solidarität und gemeinsamer Männerhass gefragt waren, in Schutz nehmen?

»Und wie siehst du es?«, wollte sie wissen.

»Er ist ein langweiliges Riesenarschloch.«

»Sehr vornehm ausgedrückt. Zeugt von innerer Reife. Warst du in letzter Zeit viel mit den Kindern zusammen?«

»Der Mann macht mich wahnsinnig, Kate! Warum kann er nicht ein einziges Mal *nicht* vernünftig sein? Warum kann er nicht ein Mal leichtsinnig und ein bisschen abenteuerlustig sein?«

»Weil er dann wie du wäre und weil ihr beide dann bankrott, verarmt und geschieden wärt.«

Ich hasste es, dass sie immerzu Recht haben musste.

»Sei nicht so streng mit ihm, Carly. Schließlich hat er deinetwegen den weiten Weg nach Kalifornien auf sich genommen, oder?«

Ich grunzte.

»Gib ihm eine Chance, okay? Schnapp ihn dir jetzt gleich und vögle ihn, bis er ohnmächtig wird!«

Eigentlich keine schlechte Idee, dachte ich. Sich körperlich auf der gleichen Wellenlänge zu befinden wäre ja immerhin ein Anfang. Ich ging also ins Schlafzimmer, um in mein einziges Dessous-Set zu schlüpfen und meinen Mann mit gewagtem, heißem Sex und erotischer Unterwäsche zu überraschen.

Er war mir zuvorgekommen. Mit dem Ins-Schlafzimmer-Gehen, meine ich, nicht mit der erotischen Unterwäsche. Als ich ins Zimmer kam, lag er ausgezogen im Bett und … schlief wie ein Murmeltier.

So ein Arsch.

»Carly?« Die Stimme riss mich aus meinem chronischen Selbstmitleid. »Hi, ich bin Juliet. Ich freue mich sehr, Sie kennen zu lernen.«

Ich sprang auf. »Ganz meinerseits, Juliet. Danke, dass Sie sich die Zeit nehmen.«

Die Begrüßung entsprach zwar nicht ganz der überschäumenden Herzlichkeit eines Dave Marino, war aber dennoch sehr freundlich.

Juliet Brookstein, die Vizepräsidentin der Projektentwicklung bei Dreamtime, war Anfang vierzig, schätzte ich. Sie war groß und schlank, trug ihr blondes Haar schulterlang und – kaum zu glauben – keinerlei Make-up. Ihre ganze Haltung drückte aus, dass sie sich in ihrer Haut wohl fühlte. Bequemlichkeit und schlichte Eleganz zeichneten auch ihre Garderobe aus: schwarze Hüftjeans, schwarze Cowboystiefel und ein schwarzer Kaschmirrolli. Sie strahlte Ruhe und Gelassenheit aus, doch dahinter verbarg sich eine Härte, die auf bemerkenswerte Kraft schließen ließ. Sollte es zwischen ihr und Dave Marino jemals zu einer handgreiflichen Auseinandersetzung kommen, würde der gute Dave garantiert Sternchen sehen.

Juliets Büro war erstaunlich sachlich gehalten und, von einem Riesenstapel Drehbücher auf dem Fußboden in einer Ecke des Zimmers abgesehen, sehr aufgeräumt. Die deckenhohen Regale an jeder Wand bogen sich unter dem Gewicht tausender Bücher. Normalerweise wäre ich tief beeindruckt gewesen, aber ich wusste von Sam, dass viele Filmschaffende sich in ihrem Haus eine Bibliothek einrichten und diese dann von ihrem Innenarchitekten mit Büchern füllen ließen, weil sie selbst selten etwas Tiefsinnigeres als den *National Enquirer* lasen. Allerdings machte Juliet auf mich nicht den Eindruck einer Frau, die sich von einem Boulevardblatt auf die Nase binden ließ, Angehörige des europäischen Adels seien von Außerirdischen entführt worden.

Sie bat mich, in einem der beiden Sessel an einem niedrigen Beistelltisch Platz zu nehmen. Kaum dass wir uns gesetzt hatten, kam eine attraktive junge Asiatin in einem schwarzen Hosenanzug herein und stellte ein Tablett mit Kaffee, Wasser und Obst auf dem Tisch ab.

Nach einer kurzen, zwanglosen Plauderei (tolles Büro – vielen Dank, seit wann sind Sie in L. A. – seit ein paar Wochen – und wie gefällt es Ihnen – großartig – haben Sie sich schon das und das und das angesehen et cetera) lehnte ich mich zurück und machte mich auf die Aufforderung gefasst, ihr von mir zu erzählen. Doch stattdessen griff Juliet nach einem dicken Notizbuch und einem Stift und blätterte dann um, bis sie gefunden hatte, was sie suchte.

»Okay. Ich hätte da noch ein paar Fragen …«

O Gott, das war ja wie ein Vorstellungsgespräch! Und Vorstellungsgespräche waren überhaupt nicht mein Ding. Hoffentlich fragte sie mich nicht nach meinen Stärken. Mit »Shoppen«, »Marmelade kochen« und »Auf hundert Meter einen anatomisch gut ausgestatteten Mann erkennen« würde ich wohl kaum punkten.

Zum Glück drehten sich ihre Fragen aber ausschließlich um mein Buch. Wir sprachen über die Charaktere, die Handlung und die Dialoge. Wir diskutierten über die Schauplätze: Würde es mir etwas ausmachen, wenn der Hauptschauplatz von London nach New York verlegt würde? Nicht das Geringste, solange ich für die Dauer der Dreharbeiten im Waldorf Astoria untergebracht wurde. Den letzten Teil habe ich nur gedacht, nicht laut gesagt.

Sie verschwieg mir nicht, wo sie die Probleme des Buchs sah: Die Handlung spielte in mehreren Ländern (was hohe Drehkosten verursachen würde) und erstreckte sich über einen Zeitraum von fünfzehn Jahren (was für die Hauptdarstellerin lange Stunden in der Maske bedeutete, es sei denn, man hieß Joan Collins – in diesem Fall genügte es, die Flügelklammer am Hinterkopf zu entfernen; *das* habe ich natürlich auch nicht laut gesagt).

Danach plauderten wir über den Hintergrund der Geschichte. Juliet stellte mir die gleiche Frage, die mir auch ausnahmslos jeder Reporter und meine gottesfürchtige Großmutter nach Erscheinen des Buchs gestellt hatten: Wie viel davon trug autobiografische Züge? Ich hielt mich an meine Standardantwort: Alles außer dem Sex hatte ich selbst erlebt. Ich wollte erstens vermeiden, dass die Presse und Juliet mich in einem ganz neuen Licht sahen, und zweitens, dass meine Großmutter einen Schlaganfall bekam.

Nach einer Stunde schöpfte ich Hoffnung und neuen Mut. Juliet hatte nichts von Marinos Exaltiertheit (sie hatte mir nicht ein einziges Mal versichert, wie sehr sie das Buch liebte!), aber sie hatte sich offenbar eingehend mit der Materie befasst, sehr gut recherchiert und war allem Anschein nach ernsthaft interessiert.

War es das? War Juliet diejenige, die mir zu meinen ersten Schritten auf dem Boulevard des Ruhms, dem berühmten »Walk of Fame«, verhelfen würde?

Je länger unsere Unterredung dauerte, desto heftiger begann es in mir zu brodeln vor Aufregung. Juliet war eine viel beschäftigte Frau, sie gehörte zu den Großen der Branche, und sie zeigte Interesse für etwas, das ich geschrieben hatte. Ich!

»Gut, Carly. Ich werde Ihnen sagen, wie wir vorgehen werden«, meinte sie schließlich.

Bitte sag, dass du es kaufen wirst, flehte ich im Stillen. Bitte sag es, bitte! Da ist eine Villa in der Sonne, die ich kaufen muss. Ein Porsche, der am Ende dieses Tages eine Werkstatt benötigen wird. Ein Kinderteam im Synchronskilaufen, das ich sponsern muss.

»Ich werde Ihr Buch unserem Vorstand ans Herz legen. Mir gefällt es ausgezeichnet, es hat Originalität und sprühenden Witz, ich mag die Charaktere, und mit der richtigen Besetzung würde es meiner Meinung nach ein breites Publikum ansprechen.«

Wunderbar! Dann war ja alles klar. Oder? Was genau meinte sie eigentlich damit?

»Das ist ja großartig, Juliet! Wie sieht das weitere Prozedere aus, und welches Zeitschema schwebt Ihnen vor? Sagen Sie mir, was ich tun kann, um die Sache in trockene Tücher zu bringen.«

Habe ich das nicht großartig formuliert? Ich sprach diese Sätze, die eindeutig die Branchenkennerin verraten, nicht nur fehlerfrei aus, sondern verdeckte dabei auch noch unauffällig die Kaffeeflecken vorn auf meiner weißen Bluse. In den Staub mit dir, Mark Barwick, wirf dich deiner tüchtigen, weltmännischen, bewunderungswürdigen Frau zu Füßen!

Ich rief Ike von der Tiefgarage aus an und berichtete ihm von meinem Zusammentreffen mit Juliet.

»Und was hat sie dann gesagt?«, fragte er, als ich geendet hatte.

»Nichts. Sie sagte, es gäbe nichts, das ich noch tun könnte, ich solle alles ihr überlassen.«

»Hey, gut gemacht, Schätzchen«, dröhnte er. »Okay, ich kenne ein paar von den Vorstandsmitgliedern, ich werde sie anrufen und ein klein wenig zusätzlichen Druck ausüben. Nicht, dass Sie es brauchen würden, Carly, Sie sind ganz offensichtlich jetzt schon ein heißer Tipp!«

Sein Wort in Gottes Ohr! Ich beruhigte meine Nerven mit tiefen Zügen an einer Marlboro Light, und der zuvor noch so nette Wachmann warf mir böse Blicke zu.

Okay, das Geschäft war noch nicht abgeschlossen, aber die Richtung stimmte immerhin.

Ich platzte schier vor Aufregung, ich musste unbedingt noch mit jemandem reden. Wen sollte ich anrufen? Mark? Nein, der würde mir doch nur wieder einen Dämpfer versetzen, und ich würde in mich zusammenfallen wie ein angestochener Hefekloß. Sam! Genau, ich würde Sam anrufen. Er nahm nach dem zweiten Klingeln ab.

»Sam, rate mal, was passiert ist!«, kreischte ich.

»Muss ich meine Versicherung anrufen?«, erwiderte er lachend. Was für ein umwerfendes Lachen! Was für ein umwerfendes, sexy Lachen. Es törnte mich regelrecht an. Ich merkte, wie sehr ich Sam vermisste.

»Besser wär's. Dein Porsche ist nämlich auf Tauchgang im Pazifik.«

Wieder lachte er. Was für ein umwerfendes … Füllen Sie die Lücke einfach selbst aus.

Ich berichtete ihm von meiner Unterredung mit Juliet, fügte hinzu, dass sie den Vorstand informieren und sich in etwa zwei Wochen mit den Bossen zu einer Besprechung treffen würde, dass sie aber zuversichtlich sei, ihre Kaufempfehlung werde befolgt. Jipppiiiiihhh!

»Das ist ja fantastisch, Kleines! Meinen Glückwunsch! Juliet Brookstein ist eine clevere Lady mit einem hervorragenden Ruf. Wenn du sie auf deiner Seite hast, stehen die Chancen gar nicht schlecht, würde ich sagen. Ich bin ja so stolz auf dich! Ich wusste, sie würden begeistert von dir sein.«

Mir kamen die Tränen. Wäre das nicht Sam, von dem diese Sätze stammten, sondern Mark, wäre das Leben einfach wunderbar. Das hier war nicht gut, überhaupt nicht gut.

Aber genug von mir.

»Und wie geht's dir so in Vegas?«, fragte ich ihn.

»Du fehlst mir«, antwortete er. Seine Stimme war brüchig vor unterdrückten Emotionen. Oder lag das an der schlechten Verbindung, weil ich aus der Tiefgarage telefonierte?

»Du fehlst mir auch«, erwiderte ich aufrichtig. Seit Sam fort war, hatte ich nicht ein einziges Mal herzlich gelacht, nicht ein einziges Mal Schmetterlinge im Bauch gehabt oder ein erotisches Kribbeln verspürt.

»Ich muss jetzt Schluss machen«, fuhr ich nach einer Pause

fort. »Für meinen nächsten Termin muss ich ans andere Ende der Stadt.«

»Zu GMG, nicht wahr?«

»Genau.«

»Okay, pass auf. Lee Stavaroski ist ein richtiges Unikum, wundere dich also nicht.«

»Wie meinst du das? Worüber soll ich mich nicht wundern?«

Stille.

»Sam? SAM!«

Die Leitung war tot. Also entweder war er in ein Funkloch gefallen, oder aber der Wachmann störte irgendwie den Empfang an meinem Ende der Leitung, damit ich seine Tiefgarage nicht länger verräucherte.

Als ich aus der Ausfahrt auf die Straße einbog, kam ich dem fließenden Verkehr in die Quere. Ich fluchte, geriet in Panik, und dann, als das wilde Gehupe hinter mir aufgehört und ich die wütende Lady in dem Kombi endlich abgeschüttelt hatte, fielen mir Sams Worte wieder ein. Was hatte er damit gemeint, Mr. Stavaroski sei ein Unikum und ich solle mich nicht wundern?

Allzu bedrohlich hatte es sich nicht angehört. Und zwei Besprechungen mit großen Tieren aus der Filmbranche hatte ich ja bereits überlebt. Ich war gewappnet für die Begegnung mit Mr. Stavaroski!

Dreizehnter Schritt

»Okay, Sie haben fünf Minuten. Verkaufen Sie's mir.«

Ich war nach Sams Warnung auf alles gefasst gewesen, nur nicht darauf. Was meinte Lee Stavaroski mit »Verkaufen Sie's mir«? Ike Tusker hatte mir versichert, seine »engen Freunde in der Branche« hätten mein Buch gelesen, bevor sie mich zu einem Gespräch baten; daher sei es nicht nötig, dass ich ein Exposé für ein potenzielles Drehbuch entwickeln müsse.

Ich hatte im Lauf der Jahre etliche Geschichten über Ideen und den Versuch, sie einem Produzenten zu verkaufen, gehört. Eine, von der ich mir gut vorstellen könnte, dass sie wahr ist, lautet, das kürzeste Filmkonzept aller Zeiten habe aus drei Worten bestanden: Schwarzenegger, DeVito, Zwillinge.

Und jetzt saß Mr. Stavaroski, der, nach seinem Äußeren zu urteilen, durchaus ein naher Verwandter von Danny DeVito sein könnte, in seinem schicken Ledersessel in seinem noblen, spartanisch eingerichteten Büro in den GMG-Studios und forderte mich auf, ihm ein Konzept zu präsentieren. Und wenn mich nicht alles täuschte, hatte sein strahlendes Lächeln, das – Trommelwirbel, Trommelwirbel! – die einzigen gelben, schiefen Zähne westlich der Rocky Mountains entblößte, einen sadistischen Zug.

Ich trank einen Schluck Wasser, um Zeit zu gewinnen.

Na los, du kannst das. Natürlich konnte ich das. Schließlich handelte es sich um *mein* Buch, ich kannte es in- und auswendig. Und ich hatte in meinem Leben schon tausende Verkaufsargumente aus dem Ärmel geschüttelt. Ich war nämlich mal die beste Toilettenpapierverkäuferin Englands gewesen. O ja, was den Verkauf von Klopapier betraf, war ich einsame Spitze. Ich hatte endlose Präsentationen veranstaltet. Ich hatte hunderte von Vertretern in der Veranstaltung endloser Präsentationen unterwiesen. Und im Grunde lässt sich jedes Produkt anhand derselben Kriterien vermarkten: Hauptmerkmale, Vorzüge, herausragende Verkaufseigenschaften, alles zusammen auf die Kundenbedürfnisse zugeschnitten und bingo – schon gehen wieder zweihundert Paletten extraweiches Zweilagiges in Magnolie an einen Abnehmer raus.

Es war also kein wesentlicher Unterschied, ob ich etwas verkaufen wollte, das für einen sauberen Hintern sorgte, oder etwas, das für einige Millionen Dollar verfilmt werden sollte.

Denk nach, denk nach! O Gott, ich kam ganz schön ins Schleudern. Hauptmerkmale und Vorzüge meiner Geschichte – okay, das kriegte ich hin: Das entsprach einer flotten, fetzigen Zusammenfassung. Aber wie weiter? Welche Passagen sollte ich hervorheben, um sein Interesse so weit zu wecken, dass er zu mir sagen würde: »Kommen Sie, schönes Kind, ich lade Sie zum Lunch bei Trader Vics ein. Oh, und ehe ich's vergesse – hätten Sie Ihre Limousine lieber in Schwarz oder in Pink?«

Ich lächelte voller Selbstvertrauen, nahm noch einen Schluck Wasser und blätterte in meinem Notizbuch. Es war leer. Ich hatte es nur eingesteckt, damit ich ein bisschen mehr nach Geschäftsfrau aussah.

»Sehr gern, Mr. Stavaroski. Ich weiß jedoch, dass Sie sehr beschäftigt sind, deshalb möchte ich Ihre Zeit nicht mit Informationen verschwenden, die Sie bereits kennen. Darf ich fragen, wie viel Sie von meinem Buch gelesen haben?«

»Keine einzige Zeile«, antwortete er gedehnt. »Das ist was für Frauen, Schätzchen. Seh ich aus wie jemand, der diesen Frauenkram liest? Soll ich Ihnen verraten, warum ich Erfolg habe?«

Sicher wegen deines blendenden Aussehens, deines Einfühlungsvermögens und deines hervorragenden Zahnarztes.

Ohne eine Antwort abzuwarten, fuhr er fort:

»Weil ich ein Gespür dafür habe, was die Leute mögen! Ich habe Ihr Buch meiner Tochter gegeben …«

O Gott, er hatte sich vermehrt!

»… und sie war total begeistert. Das sei das Frechste, was sie seit Jahren gelesen hätte, und verdammt komisch sei es auch, meinte sie. Und deshalb will ich jetzt, dass Sie mir erzählen, was ich wissen muss.«

Mir lag auf der Zunge: »Mr. Stavaroski, was Sie wirklich wissen müssen, ist, dass Sie Ihren Zahnarzt wechseln und regelmäßig Sport treiben sollten. Und dass ich die Mutter Ihrer Kinder sein werde, wenn Sie mein Buch kaufen. Vorausgesetzt, ich darf bei der Zeugung die Augen zumachen.«

Ich fühlte, wie meine Körpertemperatur anstieg und meine Schweißdrüsen zu lecken anfingen.

Ich kam mir in diesem Moment vor wie ein Fisch auf dem Trockenen. Was zum Teufel machte ich hier eigentlich so ganz allein? Wo war Ike, wenn ich ihn brauchte? Und außerdem musste ich ja echt bescheuert gewesen sein zu denken, ich könnte einfach hier hereinschneien und nach einem kleinen Schwatz mit einem Vertrag in der Tasche wieder abziehen! Manche Leute hatten ihr Leben lang vergeblich an die Türen Hollywoods geklopft, und dann kam ich, frisch von meinem hektischen Leben zwischen Kindern, Haushalt und dem Pirschgang an der Tiefkühltruhe im Supermarkt, und dachte, die hätten hier alle nur auf mich gewartet!

Verrückt!

Stavaroski starrte mich erwartungsvoll an.

Völlig verrückt.

Okay, ich musste diese Situation irgendwie auf vernünftige, intelligente Weise meistern. Ich beschloss, einen Blinddarmdurchbruch vorzutäuschen. Ich würde zusammenbrechen, er müsste den Notarzt rufen, sie würden mich ins Krankenhaus schaffen, wo sich alles als falscher Alarm herausstellte, und ich könnte, sobald ich besser vorbereitet war, einen neuen Termin vereinbaren. Andererseits war ich eine miserable Schauspielerin. Ich würde mich mit schmerzverzerrtem Gesicht schreiend in Krämpfen winden (lag der Blinddarm eigentlich rechts oder links?), und aussehen würde es vermutlich wie ein schwerer Fall von Darmkatarrh.

Dann würde ich in die Geschichte Hollywoods eingehen als die Frau, deren Schließmuskel vor Lee Stavaroski den Dienst versagte.

Er sah mich immer noch erwartungsvoll an, aber ich entdeckte jetzt auch eine Spur Argwohn in seinem Blick. Oje, das würde ein böses Ende nehmen. Gott, das war so was von peinlich! Ich würde das Gebäude verlassen, direkt zum Flughafen fahren und nach Hause fliegen müssen, und ich würde nie wieder mit meinen unwürdigen Händen an die goldenen Pforten Hollywoods klopfen dürfen.

Dann hatte ich eine Eingebung. Sie führte mich wie ein gleißender Lichtstrahl ins gelobte Land der Redegewandtheit und der Präsentationskunst. Juliet Brookstein! Juliet war auf verschiedene Aspekte des Buchs näher eingegangen – Aspekte, die ihr zweifellos wichtig erschienen waren. Mit einer Synopse meines Romans und einer kurz gefassten Wiedergabe jener Punkte, die Juliet herausgegriffen hatte, sollte ich eigentlich auf der sicheren Seite sein.

Ich schoss von meinem Stuhl hoch, als stünde er in Flammen.

Ich konnte das. Natürlich konnte ich das! Ich schenkte Stavaroski mein allerschönstes Lächeln und fing an, ihn voll zu quatschen wie in meinen besten Zeiten, als ich die Saugkraft dreilagigen Klopapiers anpries.

Ich gab ihm eine Zusammenfassung meines Romans und ging dann mit ein paar kurzen Sätzen auf sämtliche Themen ein, die Juliet angesprochen hatte: die Charaktere, die Handlung, die Schauplätze, der Absatzmarkt, worin sich mein Roman von anderen romantischen Komödien unterschied und so weiter.

Und Stavaroski taute auf. Ich konnte es an seinen Augen und an seinem angedeuteten Lächeln sehen. Vielleicht würde ich ihm doch nicht meine Gebärmutter anbieten müssen. Ich schloss meinen Vortrag mit einer schwungvollen Geste und wollte dann wissen, ob er noch irgendwelche Fragen hatte.

Stavaroski sah mich unverwandt an und sagte erst einmal gar nichts. Mir wurde unbehaglich zumute. Hatte ich gerade alles versaut? Genügte meine professionelle Einstellung seinen hohen Ansprüchen nicht? (Letzteres schloss ich sogleich aus – ich meine, der Mann war zu bequem gewesen, mein Buch selbst zu lesen!)

»Sie gefallen mir.«

Wie bitte? Ich war völlig überrumpelt. Wie meinte er das? Sollte ich das übersetzen mit »Sie sind die talentierteste Frau, die je mein Büro betreten hat, ich kaufe Ihr Buch, verfilme es und werde augenblicklich Meryl Streep anrufen«?

Oder eher mit »Gut, dass Ihr Slip zu Ihrem BH passt, ich will Sie nämlich nackt sehen, jetzt gleich, und zwar in einer geilen Pose auf meinem Schreibtisch«?

»Und mir gefällt, was ich gerade über Ihr Buch gehört habe.«

Puh, ein Glück, er redete immer noch von meinem Buch! War auch besser so – sein Schreibtisch war nämlich aus Glas, und ich war mir nicht sicher, ob er mein Gewicht ausgehalten hätte.

»Okay, Carly. Ich sag Ihnen was: In zwei Wochen sehen wir uns wieder, und bis dahin schreiben Sie mir ein Treatment und ein Drehbuch. Braucht kein vollständiges zu sein – fünfzig Seiten reichen vollkommen. Ich will nur ein richtig gutes Feeling für die Figuren und die Dialoge bekommen. Na, was sagen Sie dazu?«

Wieder eine von diesen Multiple-Choice-Fragen. Die möglichen Antworten lauteten:

a) Fantastisch! Das ist überhaupt kein Problem, Mr. Stavaroski, und Sie werden es bestimmt nicht bereuen.
b) Die vierzehn Tage Sonne, Strand und Meer kann ich dann wohl abschreiben, aber hey, das ist es wert!
c) Das kann ja wohl nicht Ihr Ernst sein, verdammte Scheiße! Was ist überhaupt ein Treatment? Wie soll ich ein fünfzigseitiges Drehbuch schreiben? Das einzige Drehbuch, das ich je in meinem Leben verfasst habe, war das für das Krippenspiel in Macs Kindergarten an Weihnachten 2004!

Jetzt kam es darauf an. Ich konnte ablehnen, nach Hause gehen und dieses hirnrissige Unterfangen ein für alle Mal vergessen. Oder ich könnte es auf einen Versuch ankommen lassen – was organisatorisch ein absoluter Albtraum wäre, mich dem frühzeitigen Herztod infolge von Stress ein gutes Stück näher brächte und schlichtweg eine Idiotie wäre.

Es war daher nur logisch, dass ich mich für Letzteres entschied.

Ich streckte Stavaroski die Hand hin. »Abgemacht!«, sagte ich mit einem, wie ich hoffte, selbstbewussten Lächeln.

Er ergriff meine Hand und drückte sie kräftig.

»Abgemacht!«

Geschafft! Mein erster Schritt auf dem Boulevard des Ruhms

war getan. Zugegeben, es war nur ein winziger Schritt, und Geld gab es auch keins dafür, aber ich hatte einen richtigen Auftrag von einer richtigen Filmgesellschaft bekommen. Und GMG-Studios war nicht irgendeine Filmgesellschaft, sondern eine der ganz großen.

Was für ein wunderbares, himmlisches Gefühl! Eines Tages würde ich zurückblicken und mich an diesen Augenblick als an die große Wende in meinem Leben erinnern. Ich hatte die erste Stufe auf der Karriereleiter erklommen.

Als ich zum Parkplatz zurückschlenderte, durchfuhr mich plötzlich ein Gedanke. Wenn ich Mark erzählte, ich würde die nächsten zwei Wochen arbeiten müssen, könnte das möglicherweise der erste Schritt in Richtung Scheidung sein.

Ich sollte Recht behalten. Ich hätte die Augen zumachen und mir einen blickdichten Strumpf über den Kopf ziehen können und hätte es *trotzdem* kommen sehen.

Ich berichtete Mark von meinem Tag, und anfangs lief es richtig gut. Er schaffte es eine rekordverdächtige knappe Stunde lang, mir zuzuhören, ohne einen glasigen Blick zu bekommen. Er stellte mir Fragen, die von seiner Aufmerksamkeit und seinem Scharfsinn zeugten, und er warf sogar ein begeistertes (wenn auch ein wenig abgegriffenes) »Gut gemacht, Carly, so gefällst du mir!« ein, als ich ihm vom durchschlagenden Erfolg meiner spontanen Verkaufspräsentation erzählte.

Er bemühte sich um aufrichtiges Interesse. Jedenfalls bis zu dem Zeitpunkt, an dem ich die Bombe platzen ließ. Ich fürchtete schon, gleich werde ihn der Schlag treffen.

»Was? Wie war das? Wovon redest du da?«

Ich überlegte, ob es den Schock mildern würde, wenn ich alles im Tempo eines Sportreporters, der Pferderennen kommentiert, wiederholen würde, weil er dann einige der entscheidenden Wörter wie »Arbeit, zwei Wochen, du, kümmerst, dich, um die Kinder« nicht auf Anhieb mitkriegte.

O Gott, ich wusste, was ich ihm da antat, und ich hasste es. Da hatte er um unserer Ehe willen Zugeständnisse gemacht und war hierher gekommen, und jetzt kippte ich aus großer Höhe eine ganze Wagenladung Mist über ihm aus. Rein bildlich gesprochen natürlich.

Aber ich hatte keine andere Wahl.

Als ich Stavaroskis Büro verlassen hatte, rief ich sofort Sam an. Das heißt, ich wartete, bis meine Panikattacke sich gelegt hatte, und *dann* rief ich Sam an. Ich erzählte ihm, worauf ich mich eingelassen hatte. Sam zog hörbar den Atem ein. So schnauften Möbelpacker, wenn sie einen Konzertflügel auf einen Treppenabsatz gewuchtet hatten und nicht mehr vorwärts und nicht mehr rückwärts kamen.

»Ich hab dich gewarnt, Stavaroski ist ein richtiges Unikum«, sagte Sam, was überaus hilfreich war.

»Sam, ich hab gedacht, du meinst damit, dass er komische Socken trägt und das R rollt. Oder dass er mich vielleicht zu begrapschen versucht. Aber nicht, dass er einer von diesen Sklaventreibern ist, die früher Kinder in den Bergwerken schuften ließen! Sam, du musst mir helfen! Was soll ich denn jetzt bloß tun?«, jammerte ich.

»Okay, okay, keine Panik, lass mich nachdenken. Hör zu, ein Kumpel von mir ist Drehbuchautor, ich werd ihn anrufen und ihm sagen, dass er zu dir kommen soll …«

»Nein! Auf keinen Fall! Das möchte ich nicht.«

»Aber wieso denn nicht? Carly, sei doch vernünftig! Ein Treatment und ein fünfzigseitiges Drehbuch schreibt man nicht in vierzehn Tagen – nicht, wenn man so etwas zum ersten Mal macht. Dir wird gar nichts anderes übrig bleiben, als dir von jemandem helfen zu lassen!«

»Sam, ich will das allein schaffen. Wenn mir jemand dabei hilft, werde ich mir wie eine Betrügerin vorkommen. Das ist der erste Punkt. Der zweite: Ich arbeite schnell. Würde ich mich dahinterklemmen, könnte ich den Entwurf zu einem Roman in ein paar Wochen herunterreißen, und das ist sehr viel arbeitsintensiver. Himmel noch mal, Barbara Cartland hat praktisch alle vierzehn Tage einen ihrer Schmöker auf den Markt geworfen, und das, obwohl sie einhundertfünfundsechzig war und kaum was sehen konnte, weil ihr der blaue Lidschatten so schwer auf die Lider drückte! Nein, Sam, entweder ich mach das allein oder gar nicht.«

Er stöhnte. »Ich hatte ganz vergessen, wie gottverdammt dickköpfig du sein kannst!«

»Das hat nichts mit Dickköpfigkeit zu tun, Sam. *Achtung, Brustwarzenerektion!* ist nun mal mein Baby, es ist die Geschichte meines Lebens, und niemand kennt das Buch besser als ich. Würde ein Fremder daran mitarbeiten, müsste ich ihm alles erklären und alles mit ihm durchgehen, das würde Tage dauern. Und ich würde mich furchtbar ärgern, wenn es anschließend doch nicht so wird, wie ich mir das vorgestellt habe. Sag mir nur eins, Sam: Kann man es in dem Zeitrahmen, den Stavaroski mir vorgegeben hat, schaffen?«

»Nun, wenn man Grundbedürfnisse wie essen und schlafen ignoriert und darüber hinaus Aufputschmittel einwirft …«

»Ja?« Ich kreuzte die Finger und legte die Stirn vor Anspannung in tiefe Falten. Wäre sie mit Botox präpariert, hätte sie dem Druck schon längst nachgegeben.

»Ja«, antwortete Sam.

»Man kann es also schaffen?«, fragte ich zur Sicherheit nach.

»Ja. Aber es muss schon ein Wunder geschehen, Carly.«

»Kein Problem! Wunder vollbringe ich mindestens zweimal am Tag. Einmal, wenn ich mich in meine Jeans zwänge, und das zweite Mal, wenn ich meine Jungs irgendwie durch den Tag kriege, ohne die Notaufnahme aufsuchen zu müssen.«

»Wie geht's den beiden?«, fragte er mit sanfter Stimme.

»Bestens. Mark ist die letzten beiden Tage mit ihnen am Mother's Beach gewesen. Dort gehen sie wahnsinnig gern hin, sie haben schon jede Menge neue Freunde gefunden. Mac sagt, er will nie wieder nach Hause.«

Ein endlos langes Schweigen und dann ein angespanntes »Und was sagt Mark dazu?«.

»Gar nichts, er ignoriert es einfach. Mac ist bekannt für seine verrückten Ideen und Wünsche. Diese Woche wollte er schon Hubschrauber fliegen, Tiefseetauchen und einen Teenage Mutant Ninja Turtle adoptieren. Und seinen Namen hat er auch schon wieder geändert! Heute Morgen teilte er uns mit, dass er jetzt Lex Luther heißt.«

Sam lachte. »Die Jungs fehlen mir richtig«, sagte er eine Spur wehmütig.

»Sie vermissen dich auch.«

Schweigen. Ich sagte keine Silbe, großes Ehrenwort! Ich schwöre auf meinen Ehering – der mir ein Loch in den Finger brannte –, dass ich keine unpassende Bemerkung machte. Jedenfalls nicht laut.

»Und wie läuft's mit dir und Mark?«

Eine hintersinnige Frage. Bei jedem unserer Telefonate in den letzten Jahren hatte Sam sich erkundigt: »Und wie geht's euch beiden so?« Eine harmlose, aus Freundschaft und echter Anteilnahme gestellte Frage.

Jetzt kam sie mir allerdings nicht mehr so harmlos vor.

»Mal so, mal so«, antwortete ich zögernd. »Ich habe das unbestimmte Gefühl, dass es rasant abwärts gehen wird, wenn ich ihm von meinem Arbeitspensum in den nächsten zwei Wochen erzähle. Und wo wir gerade dabei sind«, fuhr ich fort, froh, das

Gespräch wieder auf ein unverfänglicheres Thema lenken zu können, »gib mir doch bitte einen Tipp, wie ich das Ganze am besten anpacke.«

Er überlegte kurz. »Pass auf, geh in mein Arbeitszimmer, in dem Aktenschrank neben dem Bücherregal findest du einen Ordner mit der Aufschrift ›Treatments‹. Das sind Filmtreatments, die ich im Lauf der Jahre bekommen habe. Lies sie dir durch. Einige sind am Rand mit Notizen versehen, die dir hilfreich sein könnten.«

Fantastisch, dann ist es ja schon halb geschafft, dachte ich.

»Aber damit hast du höchstens zehn Prozent geschafft.«

Mist.

»Das Drehbuch wird die härtere Nuss sein. Pass auf, du machst Folgendes: Geh an meinen PC, und öffne die Datei ›Endfassung‹. Das ist eine Software für Drehbuchautoren, die dir alles automatisch formatieren wird. Außerdem wirst du eine Reihe von Manuskripten darin finden, lies sie dir durch, damit du ein Gefühl dafür bekommst. Auf der rechten Seite meines Schreibtischs liegt in der obersten Schublade eine DVD mit dem Titel *Syd Fields Workshop für Drehbuchautoren.* Schau sie dir an. Da erfährst du alles, was du brauchst, um loslegen zu können. Das Rohmaterial hast du ja schon, da bist du einem blutigen Anfänger immerhin ein Stück voraus …«

»Endlich mal ein paar positive Worte!«, frohlockte ich.

»Aber hirnverbrannt ist die Idee trotzdem, wenn du mich fragst!«

Ich musste immer noch kichern, als ich das Gespräch beendet hatte. Ich schaffte das. Ganz bestimmt.

Oder?

»Carly, das schaffst du niemals! Das ist Wahnsinn!« Mark schaute mich an, als hätte ich den Verstand verloren. »Drehbuchautoren haben ein jahrelanges Studium hinter sich, und du willst das in zwei Wochen hinkriegen? Das ist absolut unmöglich, Carly!«

»Ich schaffe das, Mark, glaub mir. Für die Formatierung gibt es eine entsprechende Software, und das Material habe ich ja bereits, nämlich die Handlung und die Dialoge aus meinem Buch. Ich muss lediglich knapp die Hälfte davon zu einem fünfzigseitigen Drehbuch umschreiben. Das entspricht etwa fünfzig Minuten Film. Siehst du, ich kenne mich schon aus in der Materie.«

Auf diesen letzten Satz ging ich wohlweislich nicht näher ein. Meine ganze Erfahrung auf diesem Gebiet bestand nämlich darin, dass ich die DVD von Syd Field ein einziges Mal angeschaut hatte, während ich auf die Heimkehr meiner Lieben wartete, und längst nicht alles verstanden hatte.

»Kein Mensch hat behauptet, dass es leicht sein wird, Mark. Aber ich kann es schaffen. Wenn du mir dabei hilfst«, sagte ich flehentlich.

Er ging erregt und fluchend in der Küche auf und ab, wanderte vom Kühlschrank zum Herd, zurück zum Kühlschrank, wieder zum Herd.

»Helfen?« Er hob die Stimme. »Wie soll *ich* dir denn helfen?« Ich machte mich darauf gefasst, dass der San-Andreas-Graben bis hinunter nach Mexiko aufriss und das Haus in seinen Grundmauern erbebte. Mark Barwick wurde nie laut! NIEMALS! Bei uns schrie nur einer, und das war ich. Mark war der Ruhige, der Ausgeglichene, der Besonnene. Schreien gehörte nicht zu seinem Repertoire. Und jetzt das, dieses Ansteigen des Lautstärkepegels! Mein Gott, was hatte ich ihm nur angetan?

»Indem du dich um die Jungs kümmerst. Jeden Tag. Von früh bis spät. Bis zu deiner Abreise.«

Er wechselte die Farbe und schwankte leicht. Ob die Marmorfliesen wohl springen würden, wenn er mit seinem Lebendgewicht von knapp achtzig Kilo auf sie krachte? Ich wollte es lieber nicht darauf ankommen lassen und fügte deshalb hastig hinzu: »Das wird dir bestimmt Spaß machen, du wirst sehen, sie sind zurzeit wirklich leicht zu haben!«

Wie aufs Stichwort in einer Sitcom erscholl in diesem Moment ein ohrenbetäubendes »Wäääääääähhhhhhhhh!«. Und schon kam Benny hereingestürzt und heulte wie der Star in einer Seifenoper. Ich nahm ihn auf den Arm.

»Was hat er denn?«, fragte Mark besorgt.

»Ach, nichts weiter«, beruhigte ich ihn. Ich wusste, wie ich Bennys Geschrei zu übersetzen hatte, nämlich mit »ich bin total ungerecht behandelt worden und kann meinen Kopf nicht durchsetzen« und nicht etwa mit »ich bin vom Rad gefallen und hab mir ein paar Knochen gebrochen«. Woher Mütter diese Fähigkeit haben, das Gebrüll ihrer Sprösslinge richtig einzuordnen? Ich vermute, sie wird ihnen irgendwann zwischen der Epiduralanästhesie und dem Imbiss nach der Entbindung verabreicht.

»Mac hat mich mit dem Ball gehauen!«, brüllte Benny.

»Aber Schätzchen, das war doch nur ein Ball. So schlimm war es doch bestimmt nicht, hm?«, tröstete ich ihn und gab ihm kleine Küsse, um den Heilungsprozess zu beschleunigen.

»Wohl«, protestierte Benny empört. »Der war ganz hart!«

Ich warf Mark einen fragenden Blick zu. Was für ein harter Ball? Der einzige harte Ball, der mir einfiel, war ein Kricketball, und davon, dachte ich, dürfte es in Sams Garten nicht allzu viele geben.

»Was für ein harter Ball denn, Liebling?«

»Ein glänzender«, wimmerte Benny.

Ein harter, glänzender Ball? Jetzt verstand ich überhaupt nichts mehr.

Als nach ein paar Sekunden der Groschen fiel, plumpste mir das Herz in die Hose. O nein! Es gab nur einen einzigen harten, glänzenden Ball in diesem Haus.

»Mark, schnell, du musst Lex aufhalten – ich meine natürlich *Mac*! Beeil dich!«

Das darf doch nicht wahr sein!, stöhnte ich im Stillen.

Er guckte mich verstört an. »Wieso, was ist denn?«

»Er spielt Fußball mit Sams Golden Globe!«

Mark sprintete los, dem polternden, rollenden Krachen entgegen. Ich hörte noch, wie er bissig vor sich hin knurrte: »O ja, sie sind zurzeit *wirklich leicht zu haben*!«

Familienglück
Carlys Kolumne
Diese Woche ... Der Spagat zwischen Beruf und Familie

Wir alle versuchen heutzutage, viel zu viele Dinge unter einen Hut zu bringen, und wer sich für Familie und Beruf entschieden hat, sieht sich oft einer besonders großen Belastung ausgesetzt. Die Tage sind meistens viel zu kurz, und das schlechte Gewissen ist allgegenwärtig: Man kann Cosmos Gedichtvortrag nicht besuchen, weil man am selben Tag an einer wichtigen Vorstandssitzung in Zürich teilnehmen muss. Wir alle kennen das. Dennoch sollten Sie negative Gefühle gar nicht erst aufkommen lassen, meine Damen. Denken Sie immer daran, dass Sie als berufstätige Mutter Ihrem Kind ein erfolgreiches, dynamisches Rollenvorbild sind. Gleichgültig, ob Sie sich ausschließlich auf Ihre Familie konzentrieren oder ob Sie Familie und Karriere verbinden – das eine wie das andere hat sowohl positive als auch negative Seiten. Beides kann funktionieren, sofern man das Wichtigste nicht vergisst: die BALANCE.

Für eine berufstätige Mutter ist es von allergrößter Bedeutung, dass sie einen Mittelweg zwischen Beruf und Familie findet. Das erfordert vorausschauende Planung und Vorbereitung sowie Delegieren, Delegieren, Delegieren! Hausarbeit? Stellen Sie eine zusätzliche Putzhilfe ein. Kochen? Suchen Sie sich eine Haushälterin oder – wenn Sie es sich leisten können – einen Koch. Das ist eine wunderbare Investition. Kinderbetreuung? Auf ein Kindermädchen kann selbstverständlich nicht verzichtet werden, und ein Privatlehrer kann für ältere Kinder, die unter der Last ihrer Hausaufgaben ächzen, von unschätzbarem Wert sein.

Versuchen Sie, das Haus erst zu verlassen, nachdem Ihre Kinder sich auf den Weg zur Schule gemacht haben, und abends spätestens um sechs Uhr zurück zu sein, damit Sie genug Zeit zum Zuhören, zum Anteilnehmen haben. Und noch etwas, meine Damen: Ganz egal, wie dringend es sein mag, arbeiten Sie niemals am Abend. Diese Zeit sollte ganz allein IHNEN und Ihrer FAMILIE gehören.

Schließlich müssen die Batterien für einen weiteren harten, anstrengenden, aber überaus befriedigenden Tag zwischen Karriere und Familie auch wieder aufgeladen werden.

Vierzehnter Schritt

Dingdong!

Es war Sonntagmorgen sieben Uhr, der fünfte Tag meiner arbeitsbedingten Isolation von der Welt. Ich war gestresst, völlig durcheinander, mutlos, und ich begriff jetzt, weshalb Batman ein Batfone in seiner Batcave installiert hatte. Das war jetzt schätzungsweise das achtundsiebzigste Mal, dass ich Sam anrief, weil ich irgendeine Frage zu dieser Drehbuchschreiberei hatte, und mein Finger war schon ganz wund vom Tastendrücken. Wenn das noch lange so ging, sollten wir uns einen heißen Draht einrichten lassen.

Sam nahm nach dem zweiten Klingeln ab, doch noch bevor er etwas sagen konnte, hörte ich im Hintergrund dieses vertraute »Dingdong«, gefolgt von einer Ankündigung, die ich allerdings nicht verstand.

»Bist du an einem Flughafen, Sam?«

»Du hast's erfasst.«

Super! Dann war er sicher auf dem Rückweg hierher. Die Götter der Popcornfreuden und der Kinokarten waren mir anscheinend wohlgesonnen.

Nachdem ich mich einen Tag lang mit den technischen Details des Drehbuchschreibens befasst hatte, war mein Entschluss, keine fremde Hilfe anzunehmen, zerbröselt und panischer Verzweiflung gewichen. Wenn das so weiterging, würde ich mir bald den Postboten schnappen, damit er mir erklärte, was »Plotpoints« waren. Eigentlich war der Gedanke gar nicht so abwegig. Der Postbote lieferte sicherlich nur so lange Post aus, bis er seine erste Drehbuchvorlage erfolgreich verkauft hatte. In dieser Stadt strebte jeder, ausnahmslos jeder in die Filmbranche und träumte von einem Oscar. Ich habe bewusst »Oscar« gesagt und nicht »Golden Globe«. Wir suchten immer noch jemanden, der die Spuren beseitigte, die meine Jungs auf Sams ganzem Stolz hinterlassen hatten.

Ich hätte Sam liebend gern gebeten, seinen Kumpel, den Drehbuchautor, anzurufen, aber erstens war es mir peinlich, und zweitens – okay, ich gebe es zu – war ich zu eigensinnig und zu stolz, meine Niederlage einzugestehen. Jetzt, wo mein Experte in der funkelnden Rüstung sich auf dem Heimweg befand, war das ja auch nicht mehr nötig.

»Wann kommst du denn an?«, fragte ich aufgeregt.

»Carly, ich komme nicht nach Hause, ich fliege nach Italien. George drängt mich schon so lange, dass ich ihn besuchen soll, und ich finde, das ist ein idealer Zeitpunkt.«

Mir hatte es die Sprache verschlagen. Ich las *Hello!*, ich las *OK!* und war deshalb sofort im Bilde. George. Italien. Clooney. Sonne. Sexappeal. In Badehose. Mir lief das Wasser im Mund zusammen.

Sam deutete mein Schweigen als Enttäuschung – was es ja auch war. Aber ich war nicht allein aus den Gründen, die er vermutete, enttäuscht.

»Es tut mir Leid, Carly. Ich glaube einfach, es ist besser, wenn ich mich im Moment von euch fern halte. Und ich kann eine kleine Pause vertragen.«

Ich widersprach ihm nicht. Bei vernünftiger Überlegung musste ich ihm Recht geben. Die Atmosphäre im Haus war bereits angespannt genug, auch ohne emotionale Beimischungen.

Oder sollte ich besser sagen: ohne *zusätzliche* emotionale Beimischungen.

Ich stellte ihm also in betont munterem Ton ein paar Fragen zu meiner Drehbuchschreiberei und beendete das Gespräch. Den dumpfen Schmerz in der Magengrube, als ich mich von Sam verabschiedete, ignorierte ich bewusst. Musste der Bagel gewesen sein, den ich zum Frühstück gegessen hatte.

Später an diesem Tag rief Sam mich zurück. »Kommst du voran? Du hast dich heute Morgen ganz schön down angehört – ich hab mir Sorgen gemacht.«

Oh, dieser verdammte Mistkerl! Es gab nichts Schlimmeres als einen attraktiven, aufmerksamen, liebevollen, einfühlsamen (»zuchthengstmäßig ausgestatteten« wollte ich schon hinzufügen, doch das hätte nicht unbedingt in diese Aufzählung gepasst) Filmstar, der die Frechheit besaß, anzurufen und den Besorgten und Zärtlichen zu spielen.

Es war einer dieser Momente, wo ich normalerweise den Kopf auf die Tischplatte sinken ließ. Und mein Gewissen, das über meine tiefe Verwirrung hochgradig empört war, begann unterdessen wie ein Mantra herunterzuleiern: Du bist verheiratet, du Schnepfe, du bist verheiratet, du Schnepfe, du bist verheiratet, du Schnepfe!

Im Hintergrund ertönte ein Gong. »Hörst du das, Carly?«

»Meine Damen und Herren, hier spricht Ihr Flugkapitän. Wir befinden uns über dem Atlantik in einer Höhe von …«

»Sam! Das ist gemein! Warum musst du mich so quälen, du Fiesling!«, stöhnte ich. Als er das Telefon wieder am Ohr hatte, fragte ich: »Wie viele Plätze hat dein Flieger denn?«

»Sechs bequeme Ledersitze. Und ein Sofa. Und ein Bett nebenan.«

Er befand sich an Bord eines Flugzeugs, in dem es ein Bett gab!

»Hast du auch einen Fernseher?«

»Einen? Vier! Mit Plasmabildschirmen.«

»Und das Essen?«

»Exquisit! Der Koch hat drei Michelin-Sterne.«

»O Gott, Sam«, stöhnte ich, »ich glaub, ich hab einen Steifen!«

Ich musste lächeln, als ich ihn lachen hörte. Eigentlich brachte mich alles an Sam zum Lächeln. Ein beklemmendes Vorgefühl kroch von meinen Zehen an aufwärts. Irgendwann würde ich mich diesem Prickeln zwischen uns stellen müssen – ich konnte nicht ewig den Kopf in den Sand stecken.

»Erzähl, wie weit bist du mit Operation Dicker Scheck?«

So hatten wir dieses Debakel tags zuvor getauft; der Name sollte mich motivieren und inspirieren. Ich konnte noch nicht sagen, ob es wirklich funktionierte.

»Das Treatment hab ich fertig.«

»Wow, das ging aber schnell!«

»Ich hab geschummelt«, gestand ich ihm. »Nachdem ich herausgefunden hatte, dass ein Treatment im Grunde nichts anderes als eine Handlungsbeschreibung ist und sich kaum von der Synopse unterscheidet, die ich für mein Buch schon geschrieben hatte, rief ich Kate an und bat sie, sich an meinen PC zu setzen und mir alles zu mailen, was ich zu Hause über *Achtung, Brustwarzenerektion!* hatte. Dann hab ich praktisch die ganze letzte Nacht damit verbracht, den Text umzumodeln, und jetzt steht die Sache, denke ich.«

Die Stimme ein paar Oktaven gesenkt, flüsterte Sam: »Du weißt genau, wie sehr mich dein Expertenjargon antörnt, nicht wahr?«

»Auf den Arm nehmen kann ich mich selber! Hör gefälligst auf, dich über die Leidenden lustig zu machen!«

Schon waren wir wieder beim neckischen Geplänkel und beim Dauerlächeln angelangt.

Kopf zurück in den Sand, und zwar dalli!

»Also jedenfalls werde ich jetzt mit dem Drehbuch anfangen. Ich hab die DVDs und die Bücher studiert, ich hab jede Menge von den Drehbüchern in deinem Arbeitszimmer gelesen, ich hab dir ungefähr sechshundertsechsundsiebzig Fragen gestellt, und ich befinde mich in einem Zustand der Verwirrung und der Panik – ich denke, das ist der ideale Zeitpunkt, um anzufangen!«

»Carly, die meisten Drehbuchautoren, die ich kenne, befinden sich in einem dauerhaften Zustand der Verwirrung und der Panik«, munterte er mich auf.

»Dann bin ich wie geschaffen für diesen Beruf! Wenn du mich jetzt entschuldigen würdest. Ich hab nämlich noch was anderes zu tun, als mich von einem Anrufer aus einem noblen Privatjet belästigen zu lassen. Außerdem fürchte ich, ich könnte leicht Shrek-farben vor Neid anlaufen, wenn ich dir noch länger zuhören muss!«

Ich legte das Telefon aus der Hand und starrte auf den PC-Monitor. Und starrte. Und starrte. Dann sprang ich auf, lief im Kreis herum, setzte mich wieder hin. Und starrte von neuem den Computer an. Einige Minuten später stand ich wieder auf und ging aufs Klo, wo ich mindestens eine halbe Stunde saß und grübelte. Ich warf einen Blick in den Spiegel. Carly Cooper, Ms. Tränensäcke 2006. Meine Augen waren verquollen, weil ich zu wenig Schlaf bekam. Meine Haare wussten schon nicht mehr, wie Shampooflasche und Föhn aussahen, und ich trug seit zwei Tagen dieselben Klamotten. Urteilen Sie bitte nicht zu streng über mich – die Auswahl der Garderobe nimmt kostbare Zeit in Anspruch, Zeit, die ich nicht hatte. Zum Glück brachte mir Eliza alle paar Stunden etwas zu essen, sonst hätte ich mich bald Jojos Klub der wandelnden Gerippe anschließen können.

Ich kehrte in Sams Arbeitszimmer zurück und schenkte mir frischen Kaffee ein. Ich setzte mich wieder hin und starrte den Computer an. Eine Kaffeemaschine im Arbeitszimmer – wenn das nicht abgefahren war! Dann bildete ich mir ein, der Schreibtisch sei staubig, also räumte ich ihn bis auf den PC ab und polierte ihn dann mit meinem Pulloverärmel, bis die Platte spiegelte. Ich stellte alles wieder an seinen Platz zurück. Dann fuhr ich mir mit dem Finger über die Brauen. Oje, die mussten dringend gezupft werden! Und zwar jetzt gleich, auf der Stelle, das konnte nicht warten. Wo hatte ich nur meine Pinzette? Konzentrier dich, du schweifst ab, schalt ich mich. Ich zwang mich, meine Augenbrauen in Ruhe zu lassen. Schließlich zupfte ich sie mit schöner Regelmäßigkeit – exakt alle zwei Jahre.

Plötzlich fiel es mir wie Schuppen von den Augen.

Schreibblockade!

O Gott! Natürlich, das war es! Seit meinem letzten Buch war so viel Zeit vergangen, dass ich diese Qualen völlig vergessen hatte. Das ist anscheinend wie mit dem Gebären: Ist alles überstanden, vergisst man, wie schmerzhaft es war.

Als ich *Achtung, Brustwarzenerektion!* schrieb, war mein Haus das sauberste in ganz London gewesen. Ich setzte mich hin, um zu schreiben, und vier Stunden später hatte ich zwei Waschmaschinenladungen voll gewaschen, jeden Zentimeter im Bad desinfiziert, sämtliche Küchenschränke geputzt und den Rasen gemäht.

Die Schreibblockade ist eine spezifische Eigenheit der Schriftstellerzunft. Oder haben Sie schon mal gehört, dass Astronauten eine Blockade hätten? Oder Küchenhilfen?

Mach schon, Carly, reiß dich am Riemen. Du schaffst das. Du *musst* das schaffen!

Ich stellte meine Kaffeetasse ab und lockerte meine Schulterpartie wie ein Sportler beim Aufwärmen. Auf geht's, Mädchen, jetzt wird's ernst! Ich hielt meine Hände über die Tastatur, spreizte die Finger, holte noch einmal tief Luft, stellte den Kontakt her und …

Meine Finger flogen nur so über die Tasten.

Sekunden später lehnte ich mich zurück, um die Früchte meiner Arbeit und meines schöpferischen Geists zu betrachten. In erhabener, brillanter Größe leuchtete vor mir auf dem Monitor – die Homepage von eBay.

Und ich war bereits auf der Seite »Handtaschen – Restzeit eine Stunde, keine Gebote«. Ooooooh, was war denn das für eine superschicke, süße rote Ledertasche …

War ich eigentlich noch ganz dicht? Ich befand mich unter Zeitdruck, steckte in der aufreibendsten Situation meiner Karriere und überlegte, ob ich eine Tasche ersteigern sollte, mit der ich wie einer der kleinen Helfer des Weihnachtsmanns aussehen würde! Und alles nur, um mich von meiner Schreibblockade abzulenken.

Ich schloss das Fenster von eBay wieder. So, jetzt aber an die Arbeit. Ich öffnete die Datei mit meinem Roman und las das erste Kapitel. Ich würde den Rahmen der Originalhandlung weitgehend übernehmen, damit ich mich nicht verzettelte. In mehr als nur einer Beziehung. Jetzt keine Ablenkungsmanöver mehr! Ich wusste, was mich so motivieren würde, dass ich mich nicht alle zehn Minuten wegen dieser Handtasche bei eBay einloggte – meine Familie.

Wobei ich natürlich vor allem an meine Jungs dachte. Aber auch an Mark. Ich machte das hier für Mark. Genauer gesagt für den glorreichen Augenblick, wenn ich vor ihn hintreten und ihm sagen könnte, es hätte sich gelohnt und mit meinem Honorar könnten wir uns all unsere Wünsche erfüllen.

Und ich würde breit und selbstgefällig grinsen während meiner Ansprache und sie beenden mit »Ätsch, du Riesenarsch!«.

Primitiv. Verbittert. Unreif. Überflüssig.

Doch der bloße Gedanke genügte, mein Hirn anzuwerfen und meine Finger in Bewegung zu setzen. Einige Stunden später lehnte ich mich grinsend zurück und speicherte den Text. Ich hatte mehr Fehlstarts als eine nervöse Schwimmerin gehabt, aber ich hatte es geschafft. Mit der Software kam ich zwar noch nicht ganz zurecht (so trugen im Moment noch alle Figuren denselben Namen), aber die allererste Seite meines allerersten Drehbuchs auf dem Weg zu meinem allerersten Stern auf dem *Walk of Fame* war fertig.

Es war ein großartiges Gefühl.

Ich guckte auf meine Armbanduhr. Fünf Uhr. Klasse Timing – die Jungs würden jeden Moment nach Hause kommen. Ich fühlte mich beinah euphorisch. Ich hatte die erste Seite meines Drehbuchs, ich hatte meinen Mann, meine Kinder und jetzt, wo der Anfang geschafft war, die Zuversicht, dass ich die Sache zu Ende bringen würde. Gut möglich, dass es der größte Käse werden würde, den Lee Stavaroski je zu lesen bekommen hatte – vielleicht benutzte er mein Manuskript ja nur zum Anzünden seiner dicken, phallischen Zigarre –, aber ich könnte wenigstens von mir sagen, dass ich es geschafft hatte.

Das allein war die ganze Schufterei wert. Himmel, wie ich die Stunden mit meinen Jungs vermisste!

Seit ich angefangen hatte zu arbeiten, lief unser Tag nach einem festen Schema ab.

Ich setzte mich morgens nach dem Aufstehen für eine Stunde oder so an den PC, bis die Jungs aufwachten. Ich machte ihnen ihr Frühstück und zog sie an. Bis ich fertig war, war auch Mark so weit. Er packte die Jungs und diverse Utensilien ins Auto, und dann wurde auf Macs Bitte hin eine Schweigeminute für Archie eingelegt, der auf dem Parkplatz am Strand von einem Stiletto in den Alligatorenhimmel befördert worden war. Mac alias Lex Luther hatte noch nie ein geliebtes Familienmitglied verloren, und er verkraftete diesen Schock nur schwer. Nach dem stillen Gedenken startete der Van mit meinen Männern in den Sonnenaufgang. Gegen sechs Uhr abends rollte er wieder die Einfahrt herauf, an Bord erschöpfte, glückliche Menschen. Und Mark.

Eliza verließ das Haus meistens gegen fünf, sodass ich es übernahm, uns etwas zum Essen zu bestellen. Die Kinder durften sich aussuchen, was sie wollten. Ich verwöhnte sie zu sehr, ich weiß, aber hätte ich gekocht, wäre das von den kostbaren zwei Stunden abgegangen, die ich mit den Kindern verbrachte, bevor sie ins Bett mussten. Außerdem war das ja eine Ausnahme. Dennoch würde ich sie in eine Art »kulinarische Dekompressionskammer« stecken müssen, bevor wir wieder nach Hause fuhren und unsere gesundheitsbewusste Ernährungsweise wieder aufnahmen.

Zu meiner Verteidigung sei gesagt, dass ich kein Junkfood bestellte. Ja, ich weiß, das klingt nach einer lahmen Rechtfertigung, als wollte ich verhindern, dass Jamie Oliver mich auf seine Abschussliste setzte, aber das ist die Wahrheit.

Ich konnte zum Beispiel den vegetarischen Imbiss anrufen und vier köstliche, fertig zubereitete Salate bestellen.

Ich tat es nicht, aber ich hätte es gekonnt.

Meistens entschied ich mich für einen fantastischen Italiener am Sunset Boulevard, der leckere Hähnchen, Nudelgerichte und Pizza anbot, dazu frisch gebackene Focaccia und Salat. Ich brauchte das Ganze nur noch vor die Jungs (die sich zu diesem Zeitpunkt bereits in einer müdigkeitsbedingten Trance befanden) und ihre kommunikationsunfähigen Eltern hinzustellen.

Nicht, dass Mark und ich uns angeschwiegen hätten. Es war nur schwer, eine Unterhaltung zu führen, wenn sich die Gesprächspartner nicht im selben Raum befanden. Während ich mit den Kindern zu Abend aß, zog sich Mark mit seinem Teller in Sams Arbeitszimmer zurück, um wenigstens zwei Stunden den PC für sich zu haben. Sonst saß ich ja den ganzen Tag davor. Der gute alte Mark würde sich nie ändern; es gelang ihm einfach nicht, die Nabelschnur, die ihn mit seiner Arbeit verband, zu durchtrennen. Einmal, als wir im Urlaub in Ägypten gewesen waren, hatte er die Grabkammer des Tutenchamun eilig wieder verlassen, um den Anruf einer hysterischen Klientin aus Essex entgegenzunehmen. Ihr Mann hatte sich mit dem Maserati, den Mark ihr bei der Scheidung gesichert hatte, aus dem Staub gemacht. Letztendlich bekam sie ihr Auto zurück, aber Mark hatte das Pharaonengrab nie mehr zu sehen bekommen.

Da ich ihn nicht bei der Arbeit stören wollte, aß ich mit den Kindern, plantschte manchmal mit ihnen im Pool, besiegte sie bei »Vier gewinnt«, guckte ein bisschen fern und las ihnen dann Geschichten vor, bis es Schlafenszeit war.

Kam ich aus dem Kinderzimmer, hatte Mark das Arbeitszimmer bereits geräumt, damit ich weiterschreiben konnte. Er setzte sich dann meist mit einem Bier und einem Buch an den Pool. Am ersten Abend war ich zu ihm gegangen.

»Danke«, sagte ich und meinte es aufrichtig. Ich wusste es wirklich zu schätzen, dass er mir die Kinder abnahm, damit ich in Ruhe arbeiten konnte. An dieser Stelle sei mir aber erlaubt, meinem Ärger über die unterschiedlichen Rollenerwartungen an Mütter und Väter Luft zu machen. Als ich mich eines Samstags den ganzen Tag um die Jungs kümmern musste, weil Mark Überstunden einlegte, kam *er* da abends zu mir, küsste mich und bedankte sich bei mir? Denkste! Er kam und fragte, was es zum Abendessen gab. Wieso hatte ich also das Gefühl, meine Dankbarkeit für etwas zeigen zu müssen, das, wären die Rollen vertauscht gewesen, für ganz selbstverständlich gehalten worden wäre? Ich hielt es angesichts des brüchigen Friedens in unserer Beziehung jedoch für klüger, dieses Reizthema nicht anzusprechen.

Zurück zu jenem ersten Abend. Mark legte sein Buch weg,

lächelte und zuckte die Achseln. »Schon okay.« Kein Wunder, dass so ein sprachgewandter Mann zum Staranwalt avanciert war! Für einen Sekundenbruchteil fragte ich mich, ob er tatsächlich Anwalt war. Am Ende war er einer von den Jungs, die morgens mit ihrem Aktenkoffer das Haus verließen und dann den ganzen Tag auf einer Parkbank verbrachten, wo sie ihr Sandwich futterten und immer wieder neue Kreditanträge ausfüllten, damit sie die Illusion des beruflich Erfolgreichen aufrechterhalten konnten. Vielleicht schloss ich eines Tages die Haustür auf und stellte fest, dass mein ganzes Hab und Gut in den Besitz der Kredithai GmbH übergegangen war.

»Ich weiß es wirklich zu schätzen, was du für mich tust«, sagte ich. Lügen würde ich das nicht nennen – ich übertrieb lediglich ein ganz klein wenig, um unseren Waffenstillstand nicht zu gefährden.

Mark schaute mich an, machte den Mund auf und blieb stumm wie ein Fisch. Jawohl – Parkbank, Sandwich, muskelbepackte Schläger, die mein schönes Sofa zu einem wartenden Van schleppten.

Ich setzte mich auf sein Knie und küsste ihn. »Ich liebe dich«, flüsterte ich. Soll keiner sagen, ich hätte es nicht versucht! Obwohl er keine Anstalten machte, nett zu mir zu sein, meine Küsse nicht erwiderte und die Möglichkeit bestand, dass er ein Doppelleben führte, hätte ich ihn ohne zu zögern stürmisch abgeknutscht. War ich eine nette Person oder nicht?

»Wie kommst du voran?«, fragte er.

»Langsam. Hab ehrlich gesagt keinen blassen Schimmer, was ich da eigentlich tue.«

Schweigen.

»Tja, dann mach dich mal lieber wieder an die Arbeit. Je früher du fertig bist, desto eher haben wir ein bisschen Zeit für uns.«

Er hatte es nicht gereizt oder gehässig gesagt, nein, er dachte einfach nur praktisch. So praktisch, dass ich an der glatten Wand hätte hochgehen können! Warum musste er immer so verdammt vernünftig sein?

»Du hast Recht«, stieß ich zwischen den Zähnen hervor. Ich sprang auf und wandte mich zum Gehen.

»Ich liebe dich auch«, rief er mir nach, als ich ungefähr drei Meter weit weg war. Ich drehte mich zu ihm um und lächelte. »Danke, das hab ich gebraucht.«

»Gern geschehen.«

Und so war alles ruhig an der ehelichen Front, als an jenem Abend die Nacht hereinbrach.

Das war Mittwoch gewesen, jetzt hatten wir Sonntag, und die Waffenruhe dauerte an. Kreuzten sich unsere Wege zufällig, wurde ein flüchtiger Kuss oder ein Lächeln getauscht; es kam sogar vor – man höre und staune –, dass wir uns so richtig mit Zunge und so küssten! Und dann war da noch das eine Mal, wo er mich gepackt, auf den Liegestuhl geworfen und in sechsundzwanzig verschiedenen Stellungen gevögelt hatte. Leider nur in meiner Fantasie, als ich mir einmal spätnachts noch Kaffee kochte, deshalb zählte das nicht.

Plötzlich hörte ich draußen das Trappeln kleiner Füße und dann lautes Geschrei.

»Muuuuuuuum! Wo bist du?«

Ich ging in den Flur hinaus und dem Krach nach.

»Muuuuuuuuuuuum!!!!!«, erscholl es in alarmierender Lautstärke von der anderen Seite des Hauses. Ich blieb ganz gelassen: Mein mütterlicher Sensor meldete mir, dass es sich um fröhliches Gekreische handelte und nicht um einen Schrei, der besagen wollte: »Komm schnell, ich hab gerade meinen kleinen Bruder geköpft!«

Meine Männer vergnügten sich im Pool. Mac und Benny versuchten, auf ein aufblasbares Reptil ungewisser Herkunft zu klettern, während Mark das Vieh lachend am Schwanz hielt.

Meine Hormone gerieten in Wallung.

Meine Hormone gerieten in Wallung. Tut mir Leid, ich musste das wiederholen, weil ich es selbst nicht glauben konnte. Meine Hormone gerieten in Wallung, und es war mein Mann, der das ausgelöst hatte! Nach einer Woche am Strand war seine Haut braun gebrannt, sein Haar von hellen Strähnen durchzogen, und sein Kinn schimmerte dunkel von einem Dreitagebart. Mark hatte immer gut ausgesehen, doch jetzt ... aber hallo! Meine Eierstöcke rotierten.

»Guck mal, Mum, guck mal, das ist Rex!«, kreischte Mac.

Sosehr ich mich auch anstrengte, es gelang mir nicht, das Wesen zu identifizieren.

»Ein Dinosaurier! Mandy vom Barbecue sagt, es ist ein Tyrannosaurus Rex, das weiß doch *jeder*!«

Außer mir offenbar. Doch lassen Sie sich von meiner Unwissenheit nicht von den entscheidenden zwei Wörtern in diesem Satz ablenken.

Mandy? Barbecue?

Ein Hollywoodstar hätte die Szene nicht besser spielen können als ich. Ein strahlendes Lächeln im Gesicht ging ich um den Pool herum, setzte mich an den Rand und ließ die Füße ins Wasser baumeln. »Das ist ja großartig, Jungs!«

»Gefällt er dir, Mum, gefällt er dir?«, keuchte Mac.

»Und wie, Mac. Euer Rex ist einfach super.« Mac funkelte mich zornig an, und Mark zischte mir zu: »Grüner Kobold!«

»Ich meine natürlich, Mr. Kobold«, verbesserte ich mich hastig.

»Ich hab auch einen neuen Namen, Mummy«, sagte Benny schüchtern. Das war ja ganz was Neues. Unvermeidlich, aber neu. Ich überlegte. Da seine Lieblingsfiguren Scooby Doo und

Sponge Bob Schwammkopf waren, ahnte ich Schreckliches. Ich wollte das Namenspiel meiner Kinder ja gern mitspielen, aber ich fürchtete, wir würden Besuch vom Jugendamt bekommen, wenn ich meinen Sohn »Schwammkopf« rief.

»Ja? Wie heißt du denn?«, fragte ich und kreuzte die Finger hinter meinem Rücken.

»Mac. Ich heiße jetzt Mac!«

Also Mac hieß jetzt Grüner Kobold und Benny Mac. Meine Familie würde zweifellos dem Kind eines Therapeuten das Studium finanzieren.

»Mac und Grüner Kobold … Okay, ihr zwei, entweder Mum bekommt viele, viele Millionen Küsse und Umarmungen, oder es gibt Brokkoli zum Abendessen!« In der Kindererziehung gibt es keine wirksameren Methoden als Erpressung und unverhüllte Drohungen. Die beiden durchpflügten den Pool und erdrückten mich schier.

Als sie wieder abzogen, um mit ihrem Rex zu spielen, watete Mark zu mir, zog sich am Rand hoch und setzte sich neben mich. Ich staunte; ich hatte erwartet, er würde mir einen Klaps geben und sich dann ins Haus zurückziehen, um sich in die faszinierende Welt seiner E-Mail-Eingänge zu vertiefen.

Mein Gehirn konzentrierte sich sofort auf die wesentlichen Dinge. Zum Beispiel darauf, wie sexy er in seiner blauen Badehose aussah.

»Wie war dein Tag?« Es hätte harmlos und locker klingen sollen, hörte sich vermutlich aber eher eine Spur irre und an der Grenze zu Hase-ins-kochende-Wasser-Werfen an.

»Fantastisch. Wir haben unheimlich viel Spaß gehabt – die Jungs gehen für ihr Leben gern zum Mother's Beach. Wenn ich vorschlage, mal woandershin zu gehen, werde ich glatt überstimmt!«

Mir fielen drei Dinge auf. Erstens: Mark war heiter und gut

aufgelegt. Zweitens: So viel hatte er die ganze Woche nicht mit mir gesprochen. Korrektur – ersetzen Sie »Woche« durch »Monat«. Drittens: Durch die jahrelange Arbeit in Nachtklubs mit ihrem hohen Lärmpegel war mein Gehör geschädigt worden, aber selbst mit meinem eingeschränkten Hörvermögen war ich mir ziemlich sicher, dass er weder Mandy noch ein Barbecue erwähnt hatte.

Ein Schweigen trat ein. Ich überlegte, wie ich meine nächste Frage am geschicktesten formulieren könnte. Im Gegensatz zu Mark (der seinen Körper nach seinem Tod unbedingt der Wissenschaft zur Verfügung stellen muss, damit die DNA eines Menschen entschlüsselt werden kann, dem jegliches Eifersuchtsgen fehlt) war mir Eifersucht nämlich nicht fremd. Ich war nicht so fanatisch, dass ich meinen Mann von einem Privatdetektiv hätte beschatten lassen, aber gelegentlich schaute ich mir die Nachrichten an, die auf seinem Handy eingegangen waren.

Ach so, ja, die Taschen seiner Anzüge durchsuchte ich natürlich auch, bevor ich sie zur Reinigung brachte, doch das hatte nichts mit Misstrauen zu tun; ich wollte lediglich verhindern, dass wichtige Dinge verloren gingen.

»Und … wer ist Mandy?« Kurz und knapp, und wenn man ganz genau hinhörte, hätte man einen leicht aggressiven Unterton entdecken können.

»Ach, eine von den Müttern, die unter der Woche jeden Tag an den Strand kommen. Sie hat heute ein Barbecue veranstaltet, und wir waren eingeladen.«

In meinem Kopf blinkte eine Warnleuchte wie ein Stroboskoplicht, und eine Alarmglocke schrillte. Soweit ich festgestellt hatte, wurde der Strand unter der Woche von ganz anderen Gästen besucht als am Wochenende. Die Frauen, die ich dort werktags getroffen hatte, waren samstags und sonntags nie da gewesen. Heute war Sonntag, wieso sollte also eine der

Wochentags-Mütter heute an den Strand gegangen sein? Es sei denn … Ach was, ich sah schon Gespenster! Ich atmete tief durch und schüttelte die düstere Vorahnung ab. Das war bestimmt alles ganz harmlos. Es gab sicher eine einfache Erklärung. Wahrscheinlich war Mandy Ende fünfzig und bestens vertraut mit der Speisekarte von Kentucky Fried Chicken. Nein, diese Gedanken waren es nicht wert, weiterverfolgt zu werden. Schluss damit. Ende der Diskussion. Basta.

»Ist das die ältere Dame, die fast jeden Tag am Strand ist?«, erkundigte ich mich beiläufig.

»Äh … nein. Sie dürfte Ende dreißig sein, schätze ich.«

»Schwarze Haare?«

»Blond.«

»Verheiratet?«

»Ledig.«

»Kleines Mädchen?«

»Nein, ein Junge.«

Ein beklemmendes Gefühl begann in meinem Magen zu wühlen und breitete sich dann aus, bis es mir fast die Luft abschnürte. Lieber Gott, ich werde dich nie wieder um etwas bitten, aber bitte mach, dass der Junge nicht dieser Zac ist!

»Ach, der kleine Joshua?«, fragte ich.

»Nein, Zac heißt er.«

Verdammt! Zac war ein rotzfrecher Bengel, der Benny an unserem ersten Tag am Strand mit einer Angelrute gejagt hatte. Ein bewaffneter Gangster sah harmlos aus verglichen mit seiner Mutter. Und Charlize Theron wirkte neben ihr wie eine unscheinbare Durchschnittsfrau.

Und jetzt versuchte sie also, mir meinen Mann auszuspannen, diese blöde Kuh.

»Und der Grund für ihr Barbecue?«

»Es war nicht *ihr* Barbecue«, verbesserte er mich. »Fast alle

Frauen, die unter der Woche am Strand sind, waren auch dort. Gelegentlich treffen sie sich eben zum Grillen. Und da ich ihnen erzählt hatte, dass du im Moment beruflich sehr eingespannt bist, haben sie uns eben eingeladen. Es war fantastisch! Die Jungs haben eine Menge Freunde gefunden, mit denen sie sich prächtig verstehen. Sie werden schön enttäuscht sein, wenn wir wieder nach Hause fahren.«

Er stand auf und wickelte sich in ein Handtuch. »Ich geh dann mal besser und schau, ob irgendwelche Mails für mich gekommen sind, bevor du wieder ins Arbeitszimmer musst. Den Kindern brauchst du übrigens nichts mehr zu essen zu machen, sie haben sich beim Grillen den Bauch voll geschlagen. Und dazu hat jeder zwei Scheiben von Mandys Bananenbrot verdrückt.«

Damit wandte er sich um und ging ins Haus. Ich blieb allein mit meinen wild schlingernden Gefühlen.

Gefühl Nummer 1: Die Eifersucht, die nach der Bemerkung, es habe sich um ein Massenbarbecue gehandelt, abgeflaut war, war sofort wieder aufgelodert, als ich das mit dem Bananenbrot hörte. Ich meine, wer backt denn heuzutage noch Brot! Kein Mensch, es sei denn, er verbringt seinen Urlaub als zahlender Gast auf einer Farm – oder versucht, einen ahnungslosen Mann zu umgarnen.

Gefühl Nummer 2: Dankbarkeit. Ich war Mark wirklich unendlich dankbar für seine Hilfe.

Gefühl Nummer 3: Bewunderung. Er schien inzwischen bestens damit zurechtzukommen, die Kinder den ganzen Tag um sich zu haben, und gab sich zum ersten Mal seit vielen Jahren locker und entspannt. Er war richtig umgänglich geworden und gesellte sich sogar zu völlig Fremden. Und Kühen.

Gefühl Nummer 4: Überraschung. Wir hatten gerade eben eine Unterhaltung geführt, wie man sie von einem Ehepaar erwartet.

Gefühl Nummer 5: Angst. Große, nackte Angst.

»Wenn wir wieder nach Hause fahren«, hatte er nämlich gesagt. Sicher, irgendwann würde ich den Tatsachen ins Auge sehen müssen, aber bisher hatte ich das erfolgreich verdrängt. Ich wollte nicht nach Hause. Mir gefiel dieses herrschaftliche, sonnige, privilegierte Leben, das wir hier führten.

Mir war natürlich klar, dass das nicht die Wirklichkeit war. Das hier war weder unser Haus noch unser Fahrzeugpark, noch unser Viertel. Unsere Jungs gingen nicht in den Kindergarten; wir lebten in einer unbeschwerten Ferienstimmung. Mark erwachte allmählich aus seinem zombieähnlichen Dämmerzustand, weil er sich nicht den ganzen Tag im Büro vergraben musste. Eliza war nicht *meine* Haushälterin. Aber vielleicht könnte ich sie unter Drogen setzen, kidnappen und einer Gehirnwäsche unterziehen, damit sie glaubte, sie sei immer schon bei mir gewesen.

Und ich war Carly Cooper, die abgebrannte Durchschnittsautorin und Kolumnistin, nicht Carly Cooper, Drehbuchautorin in Hollywood und vermögend.

Das Leben, das wir hier führten, war nichts als schöner Schein. Wir lebten in einer Welt der Illusionen – einmal abgesehen von der Tatsache, dass ich die leibliche Tochter von Jackie Collins war; es würde mir zugegebenermaßen allerdings schwer fallen, Beweise dafür zu erbringen.

Mark würde kommenden Mittwoch nach Hause fliegen. In drei Tagen also. Eliza hatte zwar angeboten, sich von Mittwoch an um die Kinder zu kümmern, bis ich das Drehbuch fertig und es sechs Tage später Lee Stavaroski übergeben hätte. Da ich ihr aber nicht zumuten wollte, von früh bis spät auf die Jungs aufzupassen, hatte ich mir das folgendermaßen vorgestellt: Sie könnte morgens babysitten, damit ich arbeiten konnte, und ich würde sie nachmittags ablösen und mich dann abends, sobald die Jungs im Bett waren, wieder an den PC setzen. Leicht würde es nicht sein, aber es wäre zu schaffen, vorausgesetzt, ich konnte den größten Teil meiner Arbeit erledigen, solange Mark noch da war. Noch drei Tage. Drei weitere Tage mit meinem Mann. Drei weitere Tage, bis Sam zurückkam. Neun Tage bis zu meinem nächsten Treffen mit Stavaroski. Neun Tage, bis sich mein weiteres Schicksal entschied. Binnen weniger als zehn Tagen könnte sich mein Leben dramatisch verändern. Ich könnte mein Buch verkaufen und bekäme gleichsam ein neues Leben auf dem Silbertablett präsentiert. Vielleicht würde ich mein Buch aber auch nicht verkaufen – und das Silbertablett krachte auf den Boden. Ich könnte nach Hause zurückkehren. Ich könnte auch hier bleiben. Letzteres würde möglicherweise zu einer Scheidung führen. Ich könnte mir über meine Gefühle für Sam klar werden. Ich könnte ihn vergessen und mich für völlig neue Erfahrungen öffnen. Ich könnte zum Beispiel Jojo überreden, eine Affäre mit mir zu beginnen. Falls ich mein Make-up-Täschchen wiederfand.

Oder ich könnte meine Niederlage eingestehen und mein altes Leben im Vorstadtalltagstrott wiederaufnehmen. Wir hatten immerhin ein hübsches Haus, ein hübsches Auto (Marks Auto), zwei prächtige Jungs und genügend Kleingeld für einen hübschen Urlaub im Jahr. Es war kein schlechtes Leben – für jemanden, der auf prickelnde Erregung, auf Ehrgeiz und sexuelle Aktivitäten keinen Wert legte.

Ich schauderte unwillkürlich. Lieber würde ich mir die Nippel abnagen, als in dieses Leben zurückzukehren! Ich hatte einen Blick in eine wunderbare Welt geworfen, hatte etwas gekostet, das eine unbändige Gier nach mehr weckte.

Plötzlich wurde ich nass gespritzt. Die Jungs tobten im Pool herum. Mir kam es so vor, als wären sie in den drei Wochen, die wir schon in L. A. waren, dramatisch gewachsen. Und obwohl ich sie zehnmal am Tag in einen Bottich Sonnenmilch mit Lichtschutzfaktor 50 tauchte, hatte sich ihre Haut mit einer zarten Bräune überzogen. Die beiden sahen wirklich zum Knuddeln aus! Ich wollte sie nicht aus dieser Umgebung herausreißen. L. A. war gewiss nicht das Gelobte Land – hier gab es Licht und Schatten wie überall auf der Welt. Aber auf der kleinen Insel der Seligen, die wir uns geschaffen hatten, war das Leben einfach vollkommen.

Und außerdem war mir inzwischen klar geworden, dass ich irgendwo leben wollte, wo es sonnig und warm war. Und wenn es nicht L. A. sein sollte, dann würde ich einen anderen Ort suchen, der meinen Jungs und mir das bieten würde.

Das setzte allerdings ein gewisses finanzielles Polster voraus. Falls jedoch kein Wunder geschähe und es Sterntaler regnete, würde ich mich von meinen schönen Träumen verabschieden können.

Es gab natürlich noch eine andere Möglichkeit. Sam. Und ich. Wieder überlief mich ein Schauder. Nein, daran wollte ich lieber nicht denken. Mein seelisches Gleichgewicht war schon angeschlagen genug.

»Mum, was bedeutet eigentlich ›ausgestorben‹?«, rief Mr. Kobold, als er und Benny alias Mac auf mich zuwateten.

»Wo hast du das denn gehört?«

Sie standen jetzt fast vor mir. »Das hat Mandy gesagt. Als sie mir Rex schenkte, hat sie gesagt, Dinosaurier wären ausgestorben.«

Mein Blut geriet schon wieder in Wallung.

»Ausgestorben heißt, dass es keine Dinosaurier mehr gibt. Sie sind alle tot.«

Benny alias Mac riss die Augen auf. »Wieso sind sie denn alle tot?«

Ich winkte sie näher und beugte mich dann zu ihnen hinunter.

»Wenn ich euch das verrate, versprecht ihr mir, dass ihr es Mandy weitererzählt?«, flüsterte ich.

Sie nickten heftig.

»Versprochen? Ihr erzählt es ihr gleich morgen, wenn ihr an den Strand kommt?«

Wieder heftiges Nicken.

»Okay, also passt auf. Vor langer, langer Zeit gab es auf der ganzen Welt nur noch drei Dinosaurier: einen Mummy-Dinosaurier, einen Daddy-Dinosaurier und eine Dinosaurierdame.«

Sie starrten mich gespannt und mit aufgerissenem Mund an.

»Die böse Dinosaurierdame versuchte, den Daddy-Dinosaurier zu stehlen, und da wurde sie von dem Mummy-Dinosaurier mächtig verdroschen. Sie lief weg und kam nie wieder, und der Mummy-Dinosaurier und der Daddy-Dinosaurier machten danach keine Babys mehr, und deshalb kamen keine Dinosaurierkinder mehr auf die Welt.«

»Wow!«, hauchte der Grüne Kobold ehrfürchtig.

»Habt ihr das alles verstanden?«

Sie nickten eifrig. »Die Dinosaurierdame hat den Daddy-Dinosaurier gestohlen, und deshalb hat der Mummy-Dinosaurier sie verdroschen«, wiederholte Mac. Ich meine, der Grüne Kobold.

Unter welchem Namen er sich auch verbergen mochte, ich kannte meinen Sohn in- und auswendig, und ich wusste, dass ihm von einer Geschichte immer nur der Anfang im Gedächtnis haften blieb.

»Mandy würde die Geschichte bestimmt gern hören«, erinnerte ich ihn.

»Ich werde sie ihr erzählen, Mum, großes Ehrenwort!«

Fünfzehnter Schritt

Hier, mit besten Grüßen von Mandy«, sagte Mark, als er Dienstagabend mit den Jungs vom Strand zurückkam, und überreichte mir ein Bananenbrot. »Sie hat es selbst gebacken.«

Ich knallte das Brot achtlos auf die Arbeitsfläche in der Küche. »Oh, wie *lieb* von ihr! Ich bin ganz *verrückt* nach Bananenbrot! Unglaublich, wie nett die Leute hier sind!«, schwärmte ich sarkastisch.

»Ja, nicht wahr? Das ist mir auch aufgefallen«, pflichtete er mir bei.

»Das glaube ich dir gern, Schatz«, flötete ich. Ich stellte mich auf Zehenspitzen, um ihm einen flüchtigen Kuss auf die Wange zu geben. Im nächsten Moment erstarrte ich. Du meine Güte, wann hatten wir das denn angefangen? So etwas machten Großmütter an Heiligabend: Sie drückten einem einen Kuss auf die Backe, und dann hatte man bis zum zweiten Weihnachtsfeiertag Spuren ihres scharlachroten Avon-Lippenstifts im Gesicht. Oder ging nur meiner so schwer wieder ab?

Egal. Dieses Küsschengeben hatte, glaube ich, angefangen, als sich unsere Wege immer nur für einige wenige Sekunden kreuzten. Wann hatten wir uns das letzte Mal so richtig umarmt? So richtig geküsst? So richtig ge…? Letzteres war elf Tage her, wenn mich mein Gedächtnis nicht im Stich ließ. Beziehungsweise zwölf, weil wir es um Mitternacht getrieben hatten und es daher rein technisch eine Zwei-Tage-Nummer gewesen war.

»Ich geh auf einen Sprung ins Arbeitszimmer, ich brauch nicht lange«, meinte Mark und eilte hinaus.

Mac und Benny waren auf die Küchentheke geklettert. Für deren Platte dürfte die Jahresproduktion eines kleinen italienischen Marmorsteinbruchs nötig gewesen sein.

»Habt ihr Mandy die Dinosauriergeschichte erzählt, Jungs?«, fragte ich die beiden im Flüsterton.

Sie nickten. »Gleich gestern«, bekräftigte Mac.

Aha, das erklärte einiges. Als sie sich einen Moment abwandten, nahm ich das Bananenbrot und warf es heimlich in den Müll. Mandy hatte garantiert in den Teig gespuckt, darauf würde ich meine einzige Designerjeans verwetten. Ich wusste doch gleich, dass sie mit schmutzigen Tricks arbeitete!

»Okay, Jungs, das ist Dads letzter Abend in L. A. Wie wär's, wenn wir ihm deshalb unser absolutes Lieblingsgericht spendierten?«

»Pizza, Pizza!«, riefen die beiden wie aus einem Mund und strahlten dabei übers ganze Gesicht. Sie sahen aus wie die frühreifen Kinder in dieser Werbung für ein Mittel gegen Durchfall, die im amerikanischen Fernsehen praktisch pausenlos lief. Falls ich durch diese etwas unglückliche Wortwahl jetzt unangenehme Bilder in Ihnen heraufbeschworen haben sollte, bitte ich um Entschuldigung.

Ich kramte die Speisekarte unseres Italieners aus einer Schublade und gab unsere Bestellung auf. Ich hatte gerade aufgelegt, als Mark in die Küche kam.

»Was gibt's heut Abend zum Essen?«, wollte er wissen.

Ich legte ihm meine Arme um den Hals. Schließlich war es unser letzter Abend, und mir sollte keiner vorwerfen, ich hätte nicht alles versucht.

»Nun, da das heute dein letzter Abend mit uns ist«, flüsterte ich heiser, »dachte ich, die Jungs und ich laden dich zu einer Pizza ein.«

Ich streckte mich, um ihn zu küssen, und zwar richtig, das volle Programm, als er den Kopf abrupt zur Seite drehte und mir statt seines Mundes seine Ohrmuschel hinhielt.

Er schaute die Jungs an. »Mein letzter Abend?« Seine Augenbrauen schossen hoch. Oh, oh, das war gar nicht gut. Normalerweise war ich für das Augenbrauenhochziehen bei irgendwelchen Verstößen zuständig. Dass jetzt Marks Brauen in Aktion traten, konnte nur eins bedeuten: Es handelte sich um ein wirklich ernstes Vergehen.

Meine Jungs hatten den Kopf so weit gesenkt, dass ihr Kinn fast ihre Fußspitzen berührte. Ganz langsam und so schuldbewusst, als hätte man sie in flagranti beim Spielen mit meiner Seidenunterwäsche ertappt (hätte ich denn welche gehabt), rutschten sie von ihren Stühlen.

»Was ist denn los?«, fragte ich verdutzt.

»Lauf! Schnell!«, schrie Mac seinem Bruder zu. Und schon flitzten sie beide davon, als wäre ein Serienmörder hinter ihnen her.

Als sie außer Sichtweite waren, prustete Mark los und kicherte wie ein Schuljunge. Er kicherte! Mark Barwick kicherte! Ich hatte immer gedacht, ehe das geschähe, würde es Frösche regnen und Elvis den Pool reinigen.

»Was ist?«, fragte ich und kicherte nun ebenfalls. Sein Lachen war ansteckend. Ich erlebte einen dieser absurden Momente, wo man sich kringeln möchte vor Lachen, obwohl man gar nicht weiß, was so komisch ist.

»Das ist nicht mein letzter Abend!«

»Was?« Vor Überraschung verging mir das Lachen. Aber es war eine freudige Überraschung. Nicht sein letzter Abend?

Dann würde er bleiben? Hatte er es sich überlegt, und wir alle würden hier bleiben und unser Glück in Hollywood versuchen?

»Ich habe meinen Flug verschoben ...«

Okay, er hatte ihn also nicht storniert. Aber verschoben war schon mal gut. Verschoben war großartig! Mit einem weiteren Monat oder so wäre mir schon geholfen; das sollte reichen, meine Karriere ein bisschen zu pushen.

»... bis Sonntag ...«

Wäre das hier ein Film, würde im Hintergrund ein reißendes Geräusch zu hören sein.

Sonntag. Er hatte den Flug um ganze vier Tage verschoben.

»... und die Jungs wussten das schon. Diese elenden kleinen Strolche! Sie haben geschwindelt, nur damit sie ihre Pizza kriegen!«

Warum lachte er immer noch? Die vier in den Fels von Mount Rushmore gehauenen Gesichter amerikanischer Präsidenten hatten einen lebhafteren Ausdruck als mein Gesicht in diesem Moment. Fiel ihm das denn nicht auf?

Mein Gesicht war eine starre, ausdruckslose Maske. Ich war Melanie Griffith nach einer Botox-Auffrischung.

So viel zum Thema eine zweite Chance für uns.

Ich beendete seinen kleinen Anfall von Ein-Mann-Fröhlichkeit. »Bis Sonntag? Warum verschiebst du den Flug dann überhaupt?«

»Damit du dich noch ein paar Tage länger auf dein Drehbuch konzentrieren kannst. Mehr war leider nicht drin. Meine Partner nörgeln jetzt schon, weil ich mir so lange freigenommen habe.«

Er nahm ein Bier aus dem Kühlschrank. »Du glaubst gar nicht, was sich in der kurzen Zeit an Arbeit angesammelt hat! Ich werde die nächsten vier Wochen rund um die Uhr arbeiten müssen, um das alles vom Schreibtisch zu kriegen. Aber bis dahin geht wenigstens alles wieder seinen gewohnten Gang.«

»Wie meinst du das?«

Die ganze Szene kam mir unwirklich vor. Mark plauderte munter daher, als sei das eine Unterhaltung wie jede andere, und ich fühlte mich, als sei mein Körper wie mit Blei ausgegossen.

»Na ja, du kommst doch nächsten Mittwoch nach ...«

Wie bitte? Wann hatte ich denn gesagt, dass ich nächsten Mittwoch nach Hause fliegen würde?

»... und dann hat sich bis in ein paar Wochen alles wieder eingespielt. Aber eins kann ich dir sagen: Es werden sich ein paar Dinge ändern, verlass dich drauf!«

Ach ja? Da bin ich aber gespannt. Hat es etwas mit unserer Lebensweise und einem Umzug nach Übersee zu tun?

»Ich werde auf gar keinen Fall mehr samstags arbeiten. Das heißt, sobald ich meinen Rückstand aufgearbeitet habe. Aber danach werden die Wochenenden ausschließlich meiner Familie gehören!«

Ich überlegte, ob ich Mandys Bananenbrot aus dem Abfall fischen und es meinem lieben Mann in den Rachen stopfen sollte.

»Sei still, Mark! Hör endlich auf!«

Er fuhr herum und starrte mich verblüfft an.

»Wie kommst du eigentlich auf die Idee, dass ich nächsten Mittwoch nach Hause kommen werde?«

Er guckte mich an wie vom Donner gerührt.

»Aber ... aber dann sind die vier Wochen doch rum, plus/minus ein paar Tage. Du hast doch gesagt, du willst für einen Monat herkommen. Und bis dahin hast du deinen Termin wahrgenommen und weißt, was los ist.«

»Und wenn sie mein Buch nun kaufen wollen? Und mein Drehbuch? Glaubst du im Ernst, ich kann mich dann einfach in ein Flugzeug setzen und nach Hause kommen?«

Das Wetter schlug seltsame Kapriolen in L. A. – gerade eben war die Temperatur im Zimmer um circa zwanzig Grad gefallen.

»Carly, vielleicht ist es dir noch nicht aufgefallen, aber wir leben im Zeitalter der Technologie. Du kannst dein Drehbuch genauso gut zu Hause fertig schreiben. Oder weitere Aufträge von zu Hause aus erledigen. Dafür gibt's E-Mail-Programme.« Seine Stimme war vollkommen ruhig, vollkommen gelassen.

Ich dagegen kam mir vor wie in einer Sauna in der Arktis: ringsum eisige Kälte, aber ich schwitzte wie ein Schwein. Hauptsächlich vor Wut.

»Ich will aber nicht nächsten Mittwoch nach Hause kommen! Hättest du mit mir geredet, wüsstest du, dass ich nicht nach Hause will! Ich will hier bleiben! Ich will das hier – dieses Leben hier! Oder zumindest alles versuchen, um es zu bekommen. Ich will nicht nach Hause zurück, nicht nächste Woche, nicht nächsten Monat, vielleicht nicht einmal nächstes Jahr!«

Er machte ein Gesicht, als hätte ich ihn geohrfeigt. Eine lange Stille trat ein. Ich musste die Zähne zusammenpressen, weil ich ihm sonst an den Kopf geworfen hätte, was für ein verdammter Vollidiot er war. Schließlich sagte er:

»Du lebst in einer Traumwelt, Carly.«

»Na und? Aber mir gefällt es da!«

»Carly, wie sollen wir denn in L. A. leben? Und wovon? Na los, Ms. Wirklichkeitsfremd, ich höre – du hast doch bestimmt schon einen genialen Plan, wie wir das anstellen sollen!«

Dummerweise nicht. Ich hatte weder einen genialen noch sonst einen Plan.

»Wie das im Einzelnen aussehen soll, weiß ich auch noch nicht«, erwiderte ich trotzig.

»Na, so eine Überraschung! Und weißt du auch, wieso, Carly? Weil es keinen Plan gibt! Du hast kein gesichertes Einkommen. Und ich kann hier nicht arbeiten, weil ich Anwalt bin. Ein Anwalt des britischen Rechtssystems. Dir mag es vielleicht entgangen sein, aber in den Vereinigten Staaten hat das britische Recht seit dem 4. Juli 1776 keine Gültigkeit mehr. Mittlerweile dürfte das hier auch der Letzte gemerkt haben.«

Oh, wie ich das hasste! Ich hasste seinen Sarkasmus, und ich hasste es, wenn er irgendwelche historischen Fakten und Daten aus dem Ärmel zauberte, um seine Argumente zu untermauern. Noch vor kurzem hatte er sich in puncto Sprachgewandtheit etwa auf Bennys Niveau befunden, und jetzt war er plötzlich Mr. Redebegabt 2006. Und er war noch nicht fertig …

»Das heißt, ich bekomme hier keine Stelle, und wovon sollen wir dann unsere Familie ernähren? Soviel ich weiß, gibt es hier nichts umsonst. Ganz zu schweigen von den Einwanderungsbedingungen! Darf ich dich darauf aufmerksam machen, dass dein Touristenvisum nur drei Monate gültig ist?«

»Aber wenn ich für eine Filmgesellschaft arbeite, würden die mir sicher helfen, eine Aufenthaltsgenehmigung zu bekommen«, wandte ich ein. »Bei Sam jedenfalls war das so.«

»Sam hatte aber weder zwei Kinder noch einen Partner, der aufgrund seines Berufs ortsgebunden ist. Ich kann nicht hierher übersiedeln, Carly. Heute nicht und nicht in hundert Jahren! Es sei denn, wir wären finanziell absolut unabhängig und hätten eine Million auf der Bank. Und davon sind wir im Moment ziemlich weit entfernt – eine Million, um genau zu sein.«

Er war ärgerlich geworden und gab sich keine Mühe, das zu verbergen. So viel zum Thema Waffenstillstand. So ein Mist aber auch! In den letzten vier Wochen hatten Mark und ich uns öfter in die Haare gekriegt als in all den Jahren zuvor. Abgesehen von jenem Sommer, als ich fünfzehn war und pubertätsbedingt vorübergehend Probleme hatte, meine schlechte Laune und meine Gereiztheit in den Griff zu bekommen.

»Außerdem hast du eine Kleinigkeit übersehen«, fuhr er fort. »Du arbeitest nicht für eine Filmgesellschaft.«

»Aber das könnte sich bald ändern!«

Ich sah ihm an, dass er seinen Frust kaum noch zu unterdrücken vermochte. An seinem Hals schwoll eine Ader gefährlich an.

»Die Kinder müssen wieder in ihr gewohntes Umfeld zurück.«

»Das ist das geringste aller Probleme. Sie fühlen sich hier pudelwohl.«

»Carly, ich werde nicht mehr mit dir darüber diskutieren«, fuhr er mich zornig an. Ein wenig ruhiger fügte er hinzu: »Ich will nicht leugnen, dass das hier ein wunderbares Leben ist, Carly. Aber es ist nicht unser Leben.«

Er machte auf dem Absatz kehrt und stürmte hinaus.

Ich lehnte mich resigniert gegen die Küchentheke. Er hatte Recht. Das war nicht unser Leben. Aber ich wünschte mir sehnsüchtig, auch so ein Leben zu führen. Nicht des Geldes oder der noblen Villen wegen. Nein, ich hätte mich auch mit einer kleinen Hütte am Strand zufrieden gegeben. Nicht, dass es so etwas hier zu kaufen gab – das hier war L. A., nicht Bora Bora –, aber Sie wissen schon, was ich meine. Es war diese ganze prickelnde Atmosphäre, die ich so liebte. Dieses total verrückte Abenteuer. Und ich wusste, wenn ich eines Tages mit einhundertzwei Jahren im Altersheim auf dem Sterbebett lag und Mark neben mir saß und ich nicht alles versucht hätte, meinen Traum zu verwirklichen, würde ich ihn noch mit meinen letzten Worten beschimpfen und verwünschen.

Der Summer des Videoüberwachungssystems riss mich aus meinen Gedanken. Auf dem Monitor war ein Teenager mit Baseballmütze und Uniform zu sehen, der einen Pizzakarton auf der Handfläche balancierte.

Ich drückte auf einen Knopf.

»Pizza-Service«, rief er in die Gegensprechanlage. »Extragroße, extraleckere fünfunddreißig Zentimeter!«

Mit diesem Spruch hatte er samstagabends in der Disco garantiert Erfolg bei den Mädels.

Ich ließ ihn herein.

Hoffentlich waren wenigstens die Jungs hungrig. Mir war nämlich der Appetit vergangen.

Es gibt vieles, wofür wir dankbar sein müssen. Was täten wir ohne den technologischen Fortschritt? Die Wunder der modernen Medizin? Scooby Doo? Wir fläzten uns im Wohnzimmer auf dem Sofa, die Pizza auf dem Couchtisch, und Scooby Doo kaschierte meisterhaft, dass Mark und ich uns keines Blickes würdigten.

Ich war heilfroh, als die Gören im Comic endlich gesiegt hatten und ich meine Jungs ins Bett stecken konnte. Als ich ins Wohnzimmer zurückkehrte, war Mark nicht mehr da. Der Teufel sollte ihn holen! Ich konnte im Moment sowieso nicht mit ihm reden. Ich kehrte in Sams Arbeitszimmer zurück und setzte mich wieder an den PC. Gar nicht so einfach, eine komische Szene zu schreiben, wenn man selbst ungefähr so gut drauf ist wie bei einer Lebensmittelvergiftung. Ich schuftete bis spät in die Nacht. Dann legte ich eine Pause ein, weil ich das dringende Bedürfnis hatte, mit jemandem zu kommunizieren, der mich wirklich gern hatte.

Ich schickte Sam, der immer noch in einer luxuriösen Villa am Comer See das Dolce Vita genoss, eine SMS: Mark reist erst Sonntag ab. Sorry.

Kurz und entschuldigend.

Die Antwort traf nach wenigen Minuten ein. Merkwürdig, Sam antwortete immer sofort. Das lag an seinem superschnellen

Zeigefinger. Er ist der Einzige, den ich kenne, der mit dem Zeigefinger textet. Das Talent dazu erwarb er sich in seinem letzten Beruf, als er … nein, lassen wir das lieber.

Kein Problem. Geht's dir gut?

Nein.

Mir ging es definitiv nicht gut.

Soll ich kommen?

Ich dachte kurz nach. Es wäre schön, wenn er käme. Ich sehnte mich nach ein bisschen Spaß. Nach Gelächter. Nach jemandem, der sich für das, was ich tat, interessierte und mit dem ich mich darüber unterhalten konnte. Und ich wünschte, ich hätte jemanden, der mir half, von Seite zehn meines Drehbuchs zu Seite dreißig zu gelangen, und der sicherstellte, dass ich mich damit nicht bis auf die Knochen blamierte.

Aber ich machte mir nichts vor. Ich war realistisch genug (welche Ironie, nicht wahr? – *jetzt* war ich auf einmal realistisch), um vorauszusehen, dass die Atmosphäre im Haus unerträglich werden würde, wenn Sam jetzt zurückkäme. Und sie hatte das Maß des Erträglichen bereits überschritten.

Mein Handy piepste. Sam dachte offenbar, es hätte Probleme bei der Übertragung der SMS gegeben, und schickte sie ein zweites Mal.

Soll ich kommen?

Nein!, antwortete ich. Dann fiel mir siedend heiß ein, dass wir uns hier ja in *seiner* Villa ausgebreitet, sie praktisch mit Beschlag belegt und ihn daraus vertrieben hatten.

Ich meine JA. Es ist ja dein Haus. Sorry. Bin ganz konfus, kann nicht mehr klar denken.

Werde noch ein paar Tage bleiben, lautete seine Antwort. Komme Sonntag.

Sonntag. Noch fünf Tage. Und zwei Tage vor meinem Treffen mit Lee Stavaroski. Das bedeutete, Sam hatte eine Stunde, mein Drehbuch zu lesen, zwei Minuten, um mir schonend beizubringen, dass es Stuss war; und mir blieben dann fünfundvierzig Minuten für einen mittleren Nervenzusammenbruch und sechsundvierzig Stunden dreizehn Minuten, um das Ganze in fieberhafter Eile ein zweites Mal zu schreiben. So ein Mist!

Ich schenkte mir eine weitere Tasse Kaffee ein, setzte mich an den Computer und begann wieder zu tippen. Grübeln half mir auch nicht weiter, davon würde mein Drehbuch nicht fertig werden. Ich wusste, ich konnte das. Ich musste mich nur konzentrieren, all meine Sorgen verdrängen, noch mehr Koffein in mich hineinschütten und mich ranhalten.

Und meine Freundinnen zur moralischen Unterstützung anrufen. Kate nahm nach dem dritten Klingeln ab.

»Kate, ich bin's. Ich werde dir erzählen, was passiert ist, aber du musst mir schwören, dass du auf meiner Seite sein, meine Beweggründe rechtfertigen und jedes Mal, wenn ich Luft hole, sagen wirst: ›Mark ist echt ein Arsch!‹«

»Das Zweite krieg ich problemlos hin, aber bei Punkt eins und drei hab ich meine Zweifel. Willst du lieber eine andere beste Freundin anrufen?«

Irgendwie hatte ich das Gefühl, sie nahm mich nicht ernst. Doch obwohl sie sonst bedingungslos Partei für meinen Mann ergriff, kam ich bis ans Ende meiner Geschichte, ohne dass sie mir ein einziges Mal vorgeworfen hätte, unvernünftig, hart und verdammt eigensinnig zu sein.

»So, das war's. Und, was sagst du dazu?«, fragte ich nach einem Gefühlserguss, der jeder Talkshow zur Ehre gereicht hätte.

»Ich finde, du bist unvernünftig, hart und verdammt eigensinnig!«

Seufz.

»Aber wieso denn?«, fragte ich quengelig. Na ja, eigentlich

kannte ich die Antwort bereits – ich war stur, nicht dämlich –, aber vielleicht kriegte ich es eher in meinen Schädel, wenn ich es von jemand anderem hörte.

»Carly, er ist deinetwegen nach Kalifornien geflogen. Er hat sich eine Woche lang ganz allein um die Jungs gekümmert. Bruce hat Mühe, unsere drei zur Bushaltestelle am Ende der Straße zu bringen! Jetzt hat er deinetwegen seinen Flug verschoben. Und was das Übersiedeln nach L. A. betrifft, so hat er völlig Recht: Er kann nicht irgendwo hinziehen, wo er seinen Beruf nicht ausüben kann! Sonst sitzt du nämlich früher oder später an einer Straßenecke, mit einem Schild, auf dem steht: SCHREIBE FÜR ESSEN!«

»Ich habe Geld.«

»Du? Wo denn?«

»Auf meinen Kreditkarten. Eine kann ich bis zu zehntausend Piepen belasten, und die hab ich noch nicht ein einziges Mal gebraucht. Und auf meiner geheimen Karte hab ich noch einmal ein Guthaben von tausend Mäusen.«

»Carly, Kreditkarten zählen nicht!«, sagte sie so langsam und deutlich, als hätte sie es mit einer Begriffsstutzigen zu tun. »Visa, Mastercard und American Express sind keine wohltätigen Institutionen, du musst das Geld also irgendwann zurückzahlen. Ich kann dich ja verstehen, Schätzchen, aber vielleicht soll es einfach nicht sein. Deine Zeit wird schon noch kommen, du wirst sehen.«

»Sie wird nie kommen, wenn ich diese Chance jetzt nicht nutze, Kate.«

»Hab ein bisschen Geduld. Du schaffst das schon. Ich meine, sieh dich doch an – ein paar Wochen in Hollywood, und schon lassen sie dich am Sicherheitsdienst vorbei! Die wissen anscheinend nichts von deinem Vorstrafenregister.«

»Ich war sieben, es war eine Tüte Chips, und nach einer Verwarnung durfte ich wieder nach Hause. Nachdem ich Rotz und Wasser geheult habe.«

»Ja, da hast du Glück gehabt. Sei nicht zu streng mit Mark, hörst du? Das ist auch für ihn nicht leicht. Er will ja nur seine Frau zurückhaben.«

»Die gibt's nicht mehr. Ich hab zu lange im strömenden Regen auf Busse gewartet, die Verspätung hatten, und das hat mich so zur Raserei getrieben, dass ich die Gute mit einem Kebabspieß erstochen habe.«

»Ja, ja, die typische Verbrecherkarriere! Mit Ladendiebstahl fängt es an, und mit Mord hört es auf. So was passiert andauernd. Hör zu, ich muss jetzt Schluss machen, es gibt nämlich Leute, die für ihren Lebensunterhalt arbeiten müssen. Sei nett zu deinem Mann, ja? Und bestell ihm, als Honorar für meine Dienste als seine offizielle PR-Managerin hätte ich gern noch ein teures Küchengerät!«

»Okay, der Joghurtbereiter gehört dir. Den hab ich letzte Weihnachten von seiner Mutter bekommen. Ich konnte sie noch nie leiden.«

Lautes Lachen am anderen Ende, dann war die Leitung tot. Ich vermisste Kate. Ich vermisste Carol. Ich vermisste meinen Bruder Cal. Und Michael. Ich vermisste sogar meine Mutter. Halt, das war jetzt aber doch ein bisschen übertrieben! Ich könnte fünf Jahre in einer Raumstation in einer Umlaufbahn um den Uranus schweben und würde meine Mutter nicht vermissen.

Aber so sehr mir die Menschen, die ich liebte, auch fehlten, ich wollte noch nicht nach Hause zurück. Ganz egal, was Mark sagte.

Ich schaute auf meinen PC-Bildschirm. Seite dreißig. Zwanzig hatte ich noch vor mir. Zwanzig Drehbuchseiten, die ein erfahrener Autor in seiner Mittagspause herunterreißen könnte.

Ich brauchte ein ganz klein wenig länger dafür. Ich musste erst die jeweiligen Kapitel meines Buchs lesen, die relevanten Szenen heraussuchen, den Text straffen und dann noch weiter auf Scriptformat komprimieren und durfte bei alldem weder den Handlungsfluss noch den Spannungsbogen, weder die stimmige Entwicklung der Charaktere noch den Witz der Dialoge aus den Augen verlieren.

Ich bekam Kopfschmerzen, wenn ich nur daran dachte. Vielleicht war aber auch die Überdosis Koffein schuld daran.

Kopfschmerzen hin oder her, ich musste weitermachen. Denn wenn es etwas gab, das mich aus dieser ganzen Misere zu retten vermochte, dann war es der Erfolg dieses Drehbuchs. Also Augen zu und durch. Und den Kopf nicht hängen lassen – was mir relativ leicht fiel, solange mein Mann mir nicht über den Weg lief. Ich wusste, Mark hatte Recht. Ich wusste, er war vernünftig. Ich wusste, er war ein verantwortungsbewusster erwachsener Mann.

Aber *ich* würde eine Drehbuchautorin sein.

Und das machte sehr viel mehr Spaß, als erwachsen zu sein.

»Mum, ich will nie erwachsen werden.«

»Und warum nicht, mein Schatz?«

»Weil man dann so eklige Sachen machen muss.«

»Was denn zum Beispiel?«

»Na ja, sauber machen, wenn Benny ins Bett gepinkelt hat. Und Rhabadarber essen ...«

»Rhabarber«, verbesserte ich meinen Ältesten.

»Sag ich doch. Rhabadarber.«

»Okay. Und was sonst noch?«

»Mädchen küssen. Iiiihh! Ich kann Mädchen nicht ausstehen.«

»Ich werde dich daran erinnern, wenn du achtzehn bist.«

»Warum?«

»Du wirst schon sehen. Ich bin deine Mutter – wenn du erst mal ein Teenager bist, wird es mein Fulltimejob sein, dich in Verlegenheit zu bringen.«

»Daddy hat Mandy geküsst.«

Mein Hirn kam bildlich gesprochen mit kreischenden Reifen zum Stillstand. Noch einmal zurückfahren, bitte! Daddy hat was?

»Wie war das, Schatz?«

»Daddy hat Mandy geküsst.«

»Wo?«

»Unten am …«

Ich hielt die Luft an. Ich dachte, ich krieg gleich einen Herzinfarkt.

»… Strand.«

Gott sei Dank! Hätte er »Bauch« oder »Po« gesagt, wäre ich ein Fall für die Notaufnahme gewesen.

»Nein, ich meine, *wohin* er sie geküsst hat. Auf den Mund?«

»Wie soll ich heute heißen, Mummy? Hab ich schon mal Dr. Octopus geheißen?«

Verflixt aber auch! Warum müssen kleine Kinder die Aufmerksamkeitsspanne eines Goldfischs haben?

»Ja, hast du. Also, wohin hat er sie geküsst?«

»Dr. Octopus küsst doch keine Mädchen«, erwiderte er in einem Ton, der besagen wollte: Wie kann man nur so dämlich sein!

Ich machte die Augen zu und zählte bis zehn, und zwar im Takt mit meinem Herzschlag, sodass ich nur etwa 2,3 Sekunden dafür brauchte.

»Wohin hat Daddy Mandy geküsst?«, fragte ich, wobei ich jede einzelne Silbe betonte.

Nicht einmal Mac konnte das missverstehen. Ich kniff die Augen fest zusammen. Ich fürchtete mich vor Macs Antwort. Gerade eben hatte ich mich noch über Macs »Rhabadarber« amüsiert, und jetzt braute sich etwas über mir zusammen, das im Stande war, mein ganzes Leben zu verändern. Wie war das möglich? Im Geist konnte ich schon Oprah Winfrey fragen hören: »Und wie haben Sie herausgefunden, dass Ihr Mann Ihnen untreu ist, Carly?«

»Da.«

Ich machte die Augen auf, aber Mac hatte die Hand bereits wieder heruntergenommen. Mist! Jetzt hatte ich nicht gesehen, wo er hingedeutet hatte.

»Wo? Zeig's mir noch einmal, Mac.«

»Nö.«

»Eine Woche kein Fernsehen«, drohte ich. Hart, ich weiß, aber das war nicht der richtige Zeitpunkt, sich mit seiner Mutter anzulegen.

»O Mann! Also gut. Da.« Er zeigte auf seine Backe.

Mir war regelrecht schwindlig vor Erleichterung.

»Was war da?«, fragte eine Stimme hinter mir. Ich drehte mich um und sah Mark, eine Reisetasche über der Schulter, in der Tür stehen.

»Ach, nichts weiter. Mac hat mir gerade eine Geschichte über Dr. Octopus erzählt.«

Mac schnappte hörbar nach Luft. »Das stimmt doch gar nicht!«

Ich warf ihm jenen finsteren, bitterbösen Blick zu, den er sich normalerweise nur einfängt, wenn er gegen seinen Bruder handgreiflich geworden ist, etwas kaputtgemacht oder die Tapeten als Schreibmaterial benutzt hat. Er verstand. Er klappte den Mund umgehend zu und schaute sich vorsichtshalber schon mal nach dem nächsten Fluchtweg um.

Ich drehte mich wieder Mark zu.

»Bist du schon startklar?«

»Ja, das Taxi wird gleich da sein.«

Schweigen.

»Danke. Dafür, dass du hergekommen bist, meine ich. Und dafür, dass du länger geblieben bist.«

Ich bemühte mich nach Kräften um einen aufrichtigen Ton. Und in meinem tiefsten Innern meinte ich es auch aufrichtig. Ganz, ganz tief drinnen. Weiter oben jedoch, wo ich vorzugsweise lebte, war ich immer noch sauer auf ihn, weil er nach Hause flog. Ich war sicher, er hätte eine weitere Woche oder sogar zwei herausschlagen können. Ich hatte ihm das am Vorabend, als wir die erste richtige Unterhaltung seit unserem heftigen Zusammenstoß am Dienstag hatten, auch gesagt, doch er hatte abweisend reagiert.

»Und danach? Noch einmal drei Wochen? Oder vier? Das würde immer so weitergehen, Carly. Du willst hier leben, und das geht nicht. Und wenn ich noch länger hier bleibe, sammelt sich noch mehr Arbeit an, und unser Schuldenberg wächst auch weiter. Meine Firma hält große Stücke auf mich, aber ich bin ihnen sicher nicht so viel wert, dass sie mich fürs In-der-Welt-Herumgondeln bezahlen.«

Der Summer der Überwachungsanlage erscholl.

»Viel Glück für deinen Termin am Dienstag. Gib mir Bescheid, wie's gelaufen ist.«

»Mach ich.«

Kaum zu glauben. Wir kannten uns seit ewigen Zeiten. Wir waren seit Jahren verheiratet. Und jetzt redeten wir miteinander, wie man mit einer alten Dame redet, die man zufällig an einer Bushaltestelle getroffen hat.

Ich spürte, wie mir die Tränen kamen. Jetzt bloß nicht heulen, bloß nicht heulen!

»Tja, ich geh dann mal.«

Er nahm Mac auf den Arm, ich rief Benny, der vor dem Fernseher saß. Er riss sich los von Scooby Doo und kam herübergetrabt. Als er sah, dass Mark im Begriff war zu gehen, fing er zu weinen an.

»Geh nicht weg, Daddy, nicht weggehen!«, jammerte er und klammerte sich an Marks Bein. Mac, der schon immer einen Hang zum Dramatischen gehabt hatte, nutzte die Gelegenheit und stimmte in das Gewimmer mit ein. Da hingen sie nun beide an ihrem Vater und schluchzten herzzerreißend.

Ich betrachtete die Szene mit Befremden. Als wir in die Staaten geflogen waren, hatte es ihnen nicht das Geringste ausgemacht, dass sie ein paar Wochen auf ihren Daddy verzichten mussten, und jetzt klammerten sie sich an ihn, als hinge ihr Leben davon ab.

Ich nahm mich zusammen. Ich überlegte ganz nüchtern, ob Sam wohl ein Brecheisen in der Garage hatte, mit dem ich kleine Kinder von ihrem Vater weghebeln könnte, als mein Blick auf Marks Gesicht fiel. Eine große Träne kullerte ihm über die Wange.

Ich hatte Mark Barwick noch nie, *noch gar nie* weinen sehen. Nicht einmal, als John Potts ihn 1982 mit einem Eishockeyschläger verdroschen hatte. Auch nicht, als er mit seinem Ford Cortina eine Woche nach der Fahrprüfung gegen einen Laternenmast geknallt war.

Alles kam abrupt zum Stillstand. Für mich hörte die Welt auf sich zu drehen, als mein Mann den Kopf neigte und sich an seiner Schulter die Träne vom Gesicht streifte.

In diesem Moment wollte ich nichts weiter, als ihn in die Arme nehmen, ihm sagen, dass alles gut werden würde und dass ich ihn liebte. Ich wollte es wirklich.

Bis er geräuschvoll die Nase hochzog und sagte: »Seid nicht traurig, Jungs. Daddy muss nach Hause zurück und arbeiten, aber wir sehen uns ja bald wieder.«

Er hob den Kopf und schaute mir in die Augen.

»Ihr kommt ja Mittwoch nach.«

»Mittwoch?« Mac guckte ihn verdutzt an. »Wie oft muss ich bis dahin noch schlafen?«

»Drei Mal«, antwortete Mark.

»Drei Mal!«, wiederholte Mac ungläubig und brach wieder in Tränen aus. »Ich will aber nicht nach Hause«, stieß er schluchzend hervor.

Guter Junge! Ich konnte ihn nur zu gut verstehen. Benny, dessen einziger Lebensinhalt darin bestand, seinem großen Bruder alles nachzumachen (und sich pausenlos Scooby Doo reinzuziehen), stimmte sofort in das »Ich-will-aber-nicht-nach-Hause«-Geplärre mit ein.

Ich hievte mir Benny auf die eine Hüfte, nahm Mark meinen Ältesten ab und setzte ihn auf meine andere Hüfte. Mark starrte mich immer noch an, als versuchte er, meine Gedanken zu lesen.

Obwohl das nicht schwer war, kam ich ihm zu Hilfe.

Mac wollte nicht nach Hause. Benny wollte nicht nach Hause.

»Ich will auch nicht nach Hause«, erklärte ich.

Sechzehnter Schritt

Ich hatte mich immer gefragt, wie die Welt nach dem letzten großen Gefecht wohl aussehen würde. Jetzt wusste ich es. Ich stolperte nach draußen und musste blinzeln, weil mir das Sonnenlicht nach der langen Zeit, die ich in dämmriger Isolation verbracht hatte, in den Augen wehtat. Ich bahnte mir einen Weg durch die üppige Vegetation und stieß plötzlich auf ein Furcht einflößendes Wesen.

Okay, sein Name war Rex, und er war aus Plastik, und die Vegetation rings um Sams Pool hatte nichts Wildes oder Bedrohliches, aber Tatsache ist, dass ich endlich, endlich – nach Jahrhunderten, wie mir schien – aus Sams Arbeitszimmer in die Freiheit entlassen worden war. Ich hatte das Drehbuch fertig. Fix und fertig. Es war geschafft. Trommelwirbel und Trompeten, bitte!

»Hi, Carly, wie geht's?«, rief Eliza mir zu. Diese Frau war wirklich ein Genie. Man sollte sie für den Friedensnobelpreis vorschlagen. Sie hatte es neben all ihren haushälterischen Pflichten fertig gebracht, dass meine Jungs sich den ganzen Tag miteinander beschäftigten, und zwar friedlich!

»Ich bin fertig, Eliza, ich bin fertig!«, rief ich fröhlich, während ich auf sie zueilte. Ich nahm sie übermütig in die Arme und drückte sie.

»Das ist ja wundervoll, Carly! Da wird sich Sam aber freuen. Er hat gerade angerufen, er wird in fünf Minuten da sein.«

Sam. Oh.

Ich warf meinen im Pool plantschenden Jungs ein paar Küsse zu und gestattete ihnen noch fünf Minuten, bevor sie aus dem Wasser kommen und sich zum Abendessen umziehen mussten. Dann lief ich zum Vordereingang.

Als ich Sam erblickte, strahlte ich unwillkürlich übers ganze Gesicht. Sam grinste breit zurück. Sein Kurzurlaub war ihm ausgezeichnet bekommen. Er war braun gebrannt, seine Augen leuchteten, und die Sonne hatte seine Haare gebleicht. Er war der Inbegriff eines Traummannes. Sexappeal pur, verteilt auf einen Meter fünfundachtzig.

Ich blieb an der Tür stehen, als er aus dem Auto stieg. Eine Sekunde lang war ich verunsichert. Wie sollte ich mich verhalten? Sollte ich auf ihn zueilen, ihn umarmen und wie jemand behandeln, der von einer Dienstreise zurückkehrt? Lässig Hi sagen und ihm einen flüchtigen Kuss auf die Wange geben? In puncto Küsschengeben hatte ich ja hinreichend Erfahrung.

Oder sollte ich mich nackt ausziehen, in der Halle auf den Fußboden legen und ihm einen besonders spektakulären Empfang bereiten? Dieser letzte Vorschlag wurde übrigens von meinen Sexualorganen beigesteuert (wer hätte das gedacht!).

Ich entschied mich für eine herzliche Umarmung, einen flüchtigen Kuss auf den Mund und ein strahlendes Dauergrinsen.

»Wo sind die Jungs?«, fragte er.

»Mit Eliza am Pool.«

»Ist Mark schon weg?«

»Ja.« Unsere Blicke trafen sich. Nein, ich war noch nicht so weit. Ich hatte gerade erst meine Freiheit wiedergewonnen und eine schöne neue Welt entdeckt; für emotionale Verwicklungen war es in meinem traumatisierten Zustand noch zu früh. Ich wechselte rasch das Thema. »Und, wie war die Reise? Erzähl mal, wie sieht die Villa aus? Und die Toiletten? Wer war sonst noch da?«

Sam beschrieb die Dinge, wie eine Frau es tun würde; das gefiel mir so an ihm. Mark hätte geantwortet »gut«, »fantastisch«, »zweckmäßig« und »keine Ahnung«.

Sam hingegen ging ins Detail, er ließ nichts aus. Und ich hing an seinen Lippen – rein bildlich gesprochen – und hörte fasziniert zu. Als er erwähnte, Cameron King sei ebenfalls gekommen, hakte ich nach:

»Jojos Lebensgefährte? *Der* Cameron King?«

»Genau der. Im Moment kriselt es wohl ein bisschen zwischen den beiden. Er wird bei meinem nächsten Film Regie führen, und Jojo ist alles andere als begeistert davon.«

Jetzt war ich ganz durcheinander.

»Ich dachte, Bob Slazer sei der Regisseur?«

»Nicht mehr. Nach künstlerischen Differenzen mit dem Produzenten ist er ausgestiegen. So läuft das eben in dieser Stadt – jeder ist ersetzbar, und jedes Projekt kann jederzeit in die Binsen gehen. Na ja, Cameron ist jetzt unter Vertrag genommen worden, aber Jojo ist wie gesagt wenig erbaut darüber, obwohl er sie für die Maske verpflichtet hat.«

»Das verstehe ich nicht. Einige Monate an einem glamourösen Drehort – für mich klingt das paradiesisch.« Manche Leute wussten einfach nicht, wie gut es ihnen ging.

»Die Dreharbeiten werden nach Serbien verlegt.«

Oh. Okay, das war etwas anderes.

Wir schlenderten durchs Haus und nach draußen zu den Jungs. Ich steckte meine Hände in die Hosentaschen, weil ich fürchtete, ich könnte dem Drang, Sams Hand zu halten, sonst nicht widerstehen. Meine Gefühle fuhren Achterbahn. Die der Jungs dagegen nicht.

»ONKEL SAM!!!!«, kreischten sie in den höchsten Tönen und kurbelten damit das Geschäft für die Glasereien an, die sich über die im weiten Umkreis zerberstenden Scheiben sicher freuten.

Mac und Benny kletterten aus dem Pool, rannten zu Sam und begrüßten ihn stürmisch – so stürmisch, dass ich schon fürchtete, ihre Blase würde gleich schlappmachen. Aufgeregt und stolz stellten sie ihm Rex vor.

»Wow, der ist ja phänomenal! Habt ihr den von eurer Mum?«

»Nein, von Mandy. Und Daddy hat Mandy geküsst.«

Sam warf mir einen fragenden Blick zu.

Ich machte eine wegwerfende Handbewegung. »Frag lieber nicht!«

»Okay, Jungs, wer möchte Fajitas zum Abendessen?«, rief Eliza.

»Yeeeeeeaaaaaaah!«, kam die einstimmige Antwort.

Ich sah die beiden streng an. »Wie bitte?«

»Yeeeeeaaaaaah bitteeeee!«

Wenn sie schon wie kalifornische Surffreaks reden mussten, dann wenigstens auf die höfliche Art.

Sam und ich trockneten die Jungs ab, halfen ihnen beim Umziehen, und dann aßen wir gemeinsam zu Abend. Das heißt, die anderen aßen. Ich kriegte keinen Bissen herunter. Meine Nerven spielten verrückt. Eine würgende Angst hatte mich gepackt. Ich hatte überlebt und meinen Weg in die schöne neue Welt gefunden, aber würde es mir auch gelingen, mir dort meinen Lebensunterhalt zu verdienen?

Meine Damen und Herren Geschworenen, kommen wir nun zu Ihrem Urteil in Sachen Hollywood gegen Carly Cooper – befinden Sie die Angeklagte für schuldig oder nicht schuldig, ein reißwolftaugliches Drehbuch verfasst zu haben?

Stille. Fünfzig Seiten Text. Zwei Wochen Arbeit. Etliche stressbedingte neue Falten. Und jetzt war es so weit. Urteilsverkündung.

Ich starrte Sam unverwandt an. Normalerweise hätte ich das

genossen, aber jetzt flößte mir sein Anblick Angst ein. Er hatte sich in mein Drehbuch vertieft und verharrte seit zehn Minuten in völliger Regungslosigkeit. Ich fürchtete schon, er sei eingeschlafen. Ich meine, Männer, die in entscheidenden Situationen einnickten, waren ja nichts Neues für mich.

Nach einigen weiteren Minuten, die mir wie eineinhalb Wochen vorkamen, hob er endlich den Kopf und lächelte. »Das ist gut.«

»Gut?« Was hieß »gut«? »Ganz nett« oder »prima«? Dann wäre ich aber ziemlich enttäuscht, weil ich mindestens ein »Fantastisch« erwartet hatte.

Sam grinste. »Fantastisch, um genau zu sein.«

Und das Urteil lautete: Nicht schuldig! *Yee-hah*!, wie sie in einigen amerikanischen Bundesstaaten jauchzen (dort ist allerdings auch die Ehe zwischen Cousins und Cousinen erlaubt).

»Im Ernst?«

»Im Ernst. Ein bisschen werden wir noch daran feilen müssen, aber das kriegen wir problemlos hin, bevor du dich mit Stavaroski triffst.«

Ein bisschen feilen war in Ordnung. Damit konnte ich umgehen. Ein gewaltiger Adrenalinstoß, begleitet von einem immensen Glücksgefühl, durchflutete mich. Ich hatte es geschafft! Ich hatte tatsächlich ein Drehbuch geschrieben! Na gut, nur ein halbes, aber immerhin. Zwei Wochen Blut, Schweiß und Tränen – und es war vollbracht.

Ich merkte plötzlich, dass ich einen Ortswechsel vollzogen hatte. Ich saß nicht mehr kerzengerade und angespannt in einem Sessel, sondern war quer durch das Arbeitszimmer direkt auf Sams Schoß katapultiert worden – von ganz allein. Ich hatte meine Arme um ihn gelegt und drückte ihn, als hinge mein Leben davon ab. »Oh, ich danke dir! Danke, danke, danke! Ich liebe dich!«, quietschte ich überglücklich.

Im nächsten Moment dämmerte mir, was ich da eben gesagt hatte. Mein Gehirn löste sofort Alarm aus und schaltete mein Mundwerk ab. Ich guckte Sam offenen Mundes und mit großen Augen an.

»Wirklich?«, fragte er leise.

War der Augenblick gekommen? War dies der Zeitpunkt, wo ich den Kopf aus dem Sand ziehen und der Realität – dass nämlich unsere Beziehung sich geändert hatte – ins Auge sehen musste?

Nein.

Das Notstromaggegrat schaltete sich ein, und mein Mundwerk begann wieder zu arbeiten.

»Bitte nicht, Sam. Nicht jetzt. Das macht alles viel zu ... kompliziert.«

»Du hast Recht. Entschuldige. Ich weiß auch nicht, warum ich das jetzt gesagt habe. Ich hatte mir fest vorgenommen, das Thema nicht mehr zur Sprache zu bringen, sondern zu warten, bis du es anschneidest. Diese ganze Situation ist furchtbar für mich, Carly. Ich fühle mich schrecklich wegen Mark, ich fühle mich schrecklich, weil du so durcheinander bist. Es tut mir Leid.«

»Muuuuuuum!! Darth Vader hat mich getreten!« Der empörte Schrei kam aus dem Fernsehzimmer.

»Darth Vader?« Sam schaute mich fragend an.

Ich nickte. »Ja, er ist zu den Bösen übergelaufen. Ich trauere den Superhelden richtig nach, weißt du das? Benny hat nicht ein einziges Mal gesungen, seit Mac die Seiten gewechselt hat, weil die Bösewichte keine eigenen Titelmelodien haben. Das ist tragisch und eine himmelschreiende Ungerechtigkeit. Ich finde, man müsste die Gewerkschaft einschalten – ein eigener Song und bessere Publicrelations für die bösen Jungs!«

Das Telefon klingelte, und Sam nahm ab. Ich ging unterdessen zu meinen Jungs hinüber, um mich zu vergewissern, dass

Benny noch all seine Gliedmaßen hatte. Benny saß am einen Ende des Sofas, Mac am anderen. Sie genossen ihre allabendliche Fernsehstunde. Als ich mich zwischen die beiden plumpsen ließ, rutschten sie automatisch näher und schmiegten sich an mich. Eine Welle inniger Zuneigung erfasste mich, und ich dankte dem Schicksal einmal mehr für meine beiden prächtigen Jungs, die ich nach einer langen Zeit voller Verzweiflung und nach zahllosen Therapien wegen Unfruchtbarkeit bekommen hatte. Für mich waren sie ein kleines Wunder, und ich würde sie niemals als selbstverständlich betrachten.

Ich gab jedem einen Kuss. Sie wendeten keinen Blick vom Bildschirm, und ich war beruhigt: Ihre männlichen Gene funktionierten einwandfrei.

Irgendwie hatten die beiden sich heute anders benommen. Abgesehen von dem überwältigenden Empfang, den sie ihrem Lieblingsonkel bereitet hatten, wirkten sie fast ein wenig lethargisch, ein wenig lustlos. Wahrscheinlich lag das daran, dass sie den Tag mit Eliza am Pool verbracht hatten, anstatt mit ihren Freunden am Mother's Beach herumzutoben. Sie litten unter Entzugserscheinungen. Genau, das war vermutlich der Grund.

»Daddy fehlt mir, Mummy«, murmelte Mac.

»Ich weiß, Darthie, mir fehlt er auch.« Sofern ich nicht gerade damit beschäftigt war, den Trotzkopf zu spielen.

Sam kam herein. Er hielt mir das Telefon hin und sagte: »Ike möchte dich sprechen.«

Ich nahm ihm den Apparat ab. »Hi, Ike«, sagte ich herzlich. Ich mochte ihn. Wir hatten uns zwar nur ein einziges Mal getroffen, aber er hatte mich in den letzten vierzehn Tagen gelegentlich angerufen und mir mit seinem Optimismus und seinen aufmunternden Worten geholfen durchzuhalten.

»Das Drehbuch ist also fertig, wie ich höre. Und es ist brillant, sagt Sam!«

Ich musste lachen. »Zu mir hat er das auch gesagt. Aber vielleicht wollte er nur meine Gefühle nicht verletzen. Es gibt nichts Schlimmeres als eine enttäuschte Frau!«

»Da kann ich nicht mitreden – bei mir war noch keine enttäuscht«, gab er trocken zurück, und ich lachte schallend. Es geht doch nichts über eine gesunde Portion Selbstvertrauen.

»Okay, Carly, ich werde morgen Nachmittag zurück sein, rufen Sie mich nach der Besprechung mit Stavaroski gleich an, ja?«

»Mach ich«, versprach ich ihm.

»Und viel Glück! Nicht, dass Sie's brauchen würden – Sie werden ihn glatt wegblasen!«

Und ich dachte, solche Praktiken seien nicht mehr üblich. Aber falls es helfen würde …

»Alles klar?«, fragte Sam.

Ich nickte, lächelte und rief schneidig: »Also dann, auf in den Kampf!«

Jedenfalls im Geist.

In Wirklichkeit schüttelte ich den Kopf, schnitt eine Grimasse und sagte kläglich: »Gib Gas und fahr weiter, ich hab's mir anders überlegt.«

Er lachte und schaltete die Zündung aus. »Wird schon schief gehen! Du schaffst das schon, keine Angst. Stavaroski wird dir aus der Hand fressen, du wirst sehen.«

Das Bild erzeugte einen üblen Geschmack in meinem Mund.

Wir saßen vor der Einfahrt zu den GMG-Studios in Sams Wagen. Mein Herz hämmerte ohrenbetäubend laut. Es war so weit. Der Augenblick, der im Stande war, mein ganzes Leben zu verändern, war gekommen. Und ich war heilfroh, dass Sam mich begleitete und mir liebevoll den Rücken stärkte.

»Und jetzt mach, dass du rauskommst! Oder muss ich aussteigen und nachhelfen? Los, geh schon, du Irre!«

Liebevoll, wie gesagt.

Ich holte tief Luft. »Okay. Drück mir die Daumen.«

Er beugte sich zu mir und küsste mich freundschaftlich auf die Wange. Nach dem kleinen Ausrutscher vom Vortag hatte er sich geradezu mustergültig benommen, bis wir um zwei Uhr nachts nach stundenlanger Arbeit an meinem Drehbuch ins Bett gefallen waren (jeder in sein eigenes!). Sams Änderungsvorschläge hatten das Manuskript fraglos optimiert. Ich fand es sogar selbst ziemlich gut. Jedenfalls war es ungeheuer komisch. Andererseits brachten mich auch Witze übers Furzen zum Lachen, man konnte mich also nicht unbedingt zum Maßstab nehmen.

An diesem Morgen war Sam schrecklich lieb gewesen. Er hatte mir sogar gesagt, ich würde hinreißend aussehen, und das, obwohl ich auf Jojos Dienste verzichtet hatte. Sie hatte mir schon mehr als genug geholfen, ich wollte ihre Großzügigkeit nicht ausnutzen. Dummerweise sah das Ergebnis aus, als hätte Mac mich auf die Schnelle geföhnt und Benny mich geschminkt.

»Toi, toi, toi!«, sagte Sam. »Ruf mich an, wenn du fertig bist, dann hol ich dich ab. Ich treffe mich mit Jojo auf einen Kaffee unten am Wilshire Boulevard; das ist nicht weit von hier.«

Ich nickte, stieg aus und langte auf die Rückbank, wo Sams elegantester Aktenkoffer lag. Er hatte darauf bestanden, dass ich ihn mitnahm – als Glücksbringer.

Ich winkte Sam, warf ihm eine Kusshand zu und straffte mich. Okay. Es war so weit. Ich war eine welterfahrene Frau, und ich war im Begriff, Hollywood zu knacken. Mit meinen Schenkeln, wenn es sein musste.

Kopf hoch, Schultern zurück, Bauch rein, wiegender Gang.

»Guten Morgen, da bin ich wieder!«, sagte ich zu dem Wachmann in dem Glashäuschen. Es war derselbe, der bei meinem ersten Besuch Dienst gehabt hatte. Er erinnerte sich natürlich nicht an mich. Ich war Carly Cooper, nicht Sharon Stone.

Das brachte mich auf eine Idee, wie ich meinen Wünschen ein bisschen mehr Nachdruck verleihen könnte, wenn ich Stavaroski gegenübersaß. Zu dumm, dass ich Hosen anhatte!

»Einen Augenblick, bitte.« Der Wachmann gab etwas in seinen Computer ein. Ich verspürte ein erregendes Prickeln im Magen. Der Augenblick der Wahrheit rückte unaufhaltsam näher ...

»Äh ... es tut mir Leid, Ms. Cooper ... wenn Sie bitte einen Augenblick dort Platz nehmen würden?« Er zeigte auf zwei Stühle an der gegenüberliegenden Wand seines Wachhäuschens. Merkwürdig. Na ja, wahrscheinlich war mit dem Computer irgendetwas nicht in Ordnung. Diese blöde Technik! Mit Schiefertafel und Kreide waren wir entschieden besser dran gewesen.

Der Wachmann griff zum Telefon und wählte. Er wandte sich beim Sprechen von mir ab, ich konnte also nicht genau verstehen, was er sagte. Schließlich legte er wieder auf und trat vor mich hin.

»Sind Sie sicher, dass Sie einen Termin bei Mr. Stavaroski haben, Ma'm?«

Ich nickte.

»Ich fürchte, Mr. Stavaroski kann Sie nicht empfangen.«

Scheiße! Da hatte ich mir die ganze Arbeit gemacht, hatte mich motiviert bis zum Abwinken, hatte völlig ausgeleierte Nerven, und jetzt war dieser dämliche Arsch krank!

»Ach, das ist nicht weiter schlimm«, erwiderte ich lächelnd. Der Wachmann konnte schließlich nichts dafür, dass Danny DeVitos kleiner Bruder gerade meinen Lebenstraum mit Füßen getreten hatte. »Ich werde seine Sekretärin anrufen und einen neuen Termin vereinbaren.«

»Ich fürchte, das wird nicht möglich sein, Ma'm. Mr. Stavaroski arbeitet nicht mehr hier.«

Zum zweiten Mal innerhalb von vier Wochen verspürte ich in Gegenwart eines ahnungslosen Wachmanns das dringende Bedürfnis, meinen Kopf zwischen meine Knie zu stecken.

»Ich kann's verflucht noch mal nicht glauben, Carly! Stavaroski wurde gefeuert. Seine Bosse halten ihn für nicht mehr zurechnungsfähig. Ich habe es selbst gerade erst erfahren, als ich ins Büro zurückgekehrt bin.«

»Und was bedeutet das, Ike? Müssen wir jetzt warten, bis sein Nachfolger das Drehbuch geprüft hat?«

Ein unheilvolles Schweigen trat ein.

Ich war nicht die Carly Cooper, die zutiefst deprimiert und verzweifelt auf einem Parkplatz vor den GMG-Studios stand. O nein, ich war die Carly Cooper, die sich – bildlich gesprochen – im zwanzigsten Stock eines Wolkenkratzers in Hollywood zu weit aus dem Fenster gelehnt hatte, jetzt in luftiger Höhe hing und panische Angst hatte, abzustürzen und auf dem Arsch zu landen. Ich klammerte mich mit allen zehn Fingern an einen Strohhalm.

»So läuft das nicht, Carly.«

Mit neun Fingern.

»Wie dann? Wird das Projekt auf Eis gelegt?«

»Äh … nein, auch nicht.«

Mit acht Fingern.

»Für GMG waren Sie Lee Stavaroskis Projekt, Carly. Jetzt, wo er geschasst wurde, sind Sie auch draußen. Bei GMG sind Sie erledigt.«

Mit sieben Fingern.

Denk nach, denk nach! Die Verzweiflung quetschte mir die Luft aus den Lungen, als hätte ich ein ganzes Päckchen dieser extrastarken chinesischen Zigaretten geraucht, bei denen man nicht weiß, was alles in den Tabak gemischt wurde. Das konnte doch nicht das Ende meines amerikanischen Traums sein! Nein! Das durfte einfach nicht sein. Festhalten, festhalten …

»Ike, was ist mit Juliet Brookstein? Sie sagte, sie würde sich diese Woche noch melden.«

Gut, dass mir das noch eingefallen war!

Schweigen. Mist! Jetzt hielten nur noch sechs Finger den Strohhalm umklammert.

»Juliet hat in meiner Abwesenheit in meinem Büro angerufen und eine Nachricht hinterlassen.«

Ausdruckslose Stimme, keine Spur von freudiger Erregung.

Fünf Finger.

»Sie sagt, es gefällt ihr ausgezeichnet. Ganz ausgezeichnet. Aber der Vorstand hat beschlossen zu verzichten.«

Vier Finger.

»Aber … aber … es werden doch haufenweise romantische Komödien produziert! Vielleicht könnte ich ihnen mein anderes Buch anbieten! Vielleicht wäre das etwas für sie! Es ist wirklich gut, Ike!«

Mutlosigkeit und Panik hatten mich jetzt voll im Griff.

Drei Finger.

»Es tut mir Leid, Carly, aber sie sind der Ansicht, die Zeit für Liebeskomödien ist vorbei. Stattdessen ist Reality-TV groß im Kommen.«

Zwei Finger.

»Haben Sie irgendeine andere Idee, Ike? Irgendeine?«

Ein Finger.

»Hören Sie, Carly, ich fürchte, wir müssen das Projekt abschreiben. Betrachten Sie es als wichtige Erfahrung. Es war ja nicht umsonst: Die Leute wissen jetzt, wer Sie sind, Carly. Ich sag Ihnen was: Vergessen Sie das Ganze, und gehen Sie die Sache von einer anderen Seite an. Schreiben Sie ein neues Buch, oder stellen Sie Ihr Drehbuch fertig, und ich werde sehen, was ich für Sie tun kann. Aber diesen Deal hier können Sie begraben, Carly.«

Pflatsch!

»Lassen Sie den Kopf nicht hängen, Mädchen, es gibt immer ein nächstes Mal!«

Ich klappte mein Handy zu. Auf Wiedersehen, Phrasendrescher.

Ich war völlig benommen. Mein ganzer Körper war wie betäubt. Nur in meinem Magen brodelte und kollerte es, als würde ein Hamster im Zuckerrausch in seinem Laufrad endlose Runden drehen.

Das war's dann wohl. Es war aus und vorbei. Der Traum von Hollywood war ausgeträumt.

Mir war nach Weinen zumute. Ich hätte am liebsten losgeheult. Und dann merkte ich, dass ich tatsächlich weinte. Die Leute warfen mir schon ganz befremdete Blicke zu.

Ich klappte mein Handy wieder auf und drückte die Taste, unter der ich Sams Nummer gespeichert hatte. Er nahm sofort ab.

»Sam, bitte komm und hol mich … Nein, ich erzähl's dir später. Bitte komm, so schnell du kannst. Ich will nach Hause. Ich will zu dir nach Hause.«

Siebzehnter Schritt

Soll ich wirklich nicht mitkommen?«, fragte Sam. »Ich kann meine Termine heute Morgen absagen, das ist überhaupt kein Problem.«

Ich schüttelte den Kopf. »Danke, Sam, aber ich möchte ehrlich gesagt ein paar Stunden mit den Jungs allein sein. Ich hab in den letzten Wochen fast nichts von ihnen gehabt.«

Es war der Morgen am Tag danach. Vierundzwanzig Stunden zuvor war ich vor Aufregung darüber, was der Tag wohl bringen würde, ganz aus dem Häuschen gewesen. Heute wusste ich, was der Tag bringen würde: Grübeleien, eine Zerrung an meinem Frisbeearm und Sand an Stellen, wo er nichts verloren hatte.

In meinem Magen lagen Bleigewichte. Ich war ja so unglaublich dumm gewesen. Wie hatte ich auch nur eine einzige Sekunde lang glauben können, die Filmbranche hätte nur auf mich gewartet? Wie hatte ich annehmen können, sie würde mich mit offenen Armen und einem großzügigen monatlichen Scheck empfangen? Ich war geradezu bemitleidenswert wirklichkeitsfremd gewesen. Oder optimistisch, je nach Standpunkt. Ich war mir noch nicht sicher, welches von beiden zutraf. Und doch hatte ich das grauenvolle Gefühl, dass ich höchstwahrscheinlich alles noch einmal genauso machen würde. Das war das Verrückteste daran. Ob ich an einem Gendefekt litt, der gewisse Teile meines Hirns in Mitleidenschaft zog? Ich meine, mit Crack zugedröhnte Teenager hatten ja mehr Verstand als ich.

Ich packte die Jungs ins Auto und schlug den Weg zum Strand hinunter ein. Zum ersten Mal seit meiner Ankunft in L. A. sang ich nicht diesen nervigen Song von Sheryl Crow, als ich über den Santa Monica Boulevard fuhr. Ich sang auch nicht diesen wunderschönen Hit von Lighthouse Family, als wir am Ocean Drive vorbeikamen. Ich schwankte viel zu sehr zwischen *What Becomes of the Broken Hearted* und *I Will Survive.* Gäbe es ein Lied mit dem Titel *Ich bin das Selbstmitleid in Person*, hätte ich das gepfiffen.

So eine Scheiße. So eine elende, verdammte, verfluchte Scheiße!

Die Operation Dicker Scheck war an der Wirklichkeit und einer gehörigen Portion Pech gescheitert. Als Opfer zu beklagen waren: mein Selbstwertgefühl, mein Stolz, mein Optimismus und der Einkaufsbummel am Rodeo Drive, wo ich die Geschäfte plündern wollte, sobald ich meinen ersten Scheck erhalten hätte.

Mark wusste es noch gar nicht. Mir drehte sich der Magen um beim bloßen Gedanken, dass ich es ihm noch beichten musste. Als er mich am Abend zuvor angerufen hatte, hatte ich geblufft und gesagt, die Besprechung sei um ein paar Tage verschoben worden. Geblufft? Ha! Wem wollte ich denn etwas vormachen? Bluffen ist etwas anderes; beim Pokern blufft man, um sich nicht von seinem letzten Zehner verabschieden zu müssen. Ich hatte nicht geblufft, ich hatte Mark eine faustdicke Lüge erzählt. Hätten Mac oder Benny so dreist gelogen, wären sie mit einem Monat Hausarrest und dem Konfiszieren sämtlicher Spielsachen bestraft worden.

»Dann kommst du also nicht morgen nach Hause?«, hatte Mark gefragt.

»Nein, Mark, ich werde nicht kommen. Ich möchte erst wissen, wie es hier weitergeht, ich geb dir dann Bescheid.«

»Fein«, knurrte er. »Kann ich mit den Jungs sprechen?«

Fein. Mehr hatte er nicht dazu zu sagen. Nur »fein«, und das in entschieden mürrischem Ton.

Ich hatte es gerade nötig, nicht wahr? Selbst erzählte ich faustdicke Lügen, und anderen warf ich ihre Unzulänglichkeiten vor.

So konnte es nicht weitergehen. Ich musste mir überlegen, was ich wollte, mich zu einem Entschluss durchringen und dann die Konsequenzen tragen. Die Zeit der Entscheidung war gekommen – mein Kopf war durch einen schmerzhaften chirurgischen Eingriff aus dem Sand herausgeschnitten worden.

Ich wollte nicht nach Hause zurück. Da, jetzt hatte ich es schon wieder gesagt. Obwohl es im Spiel Hollywood gegen Carly Cooper 1:0 stand, wollte ich nicht nach Hause. Zurück in die Eintönigkeit und den Alltagstrott? Ich durfte gar nicht daran denken! Denn wie würde ich mich daheim in England nach dem Scheitern meiner Träume fühlen? Und wie sollten Mark und ich unsere Beziehung jemals wieder in Ordnung bringen? Und wie würde ich es verkraften, dass es nur eine Chance gab, Jackie Collins persönlich kennen zu lernen – dann nämlich, wenn sie ihr Anwesen in Avon verkaufte und in unsere Straße zog?

Antwort zu Frage 1: am Boden zerstört.

Antwort zu Frage 3: sehr schlecht.

Antwort zu Frage 2: Ich hatte nicht die leiseste Ahnung. Hatten Mark und ich bereits aufgegeben? Irgendwie war aus uns eines jener Paare geworden, das sich völlig auseinander gelebt hatte und eines Morgens beim Aufwachen feststellte, dass keinerlei Gemeinsamkeiten mehr vorhanden waren. Ich erkannte den Mark, mit dem ich jetzt zusammenlebte (sofern ich nicht damit beschäftigt war, auf der anderen Seite des Erdballs einen kompletten Narren aus mir zu machen), nicht einmal wieder.

Und Sam war auch noch da. Mein umwerfender, anbetungswürdiger Sam. Habe ich schon erwähnt, dass er ein Filmstar war und einen Swimmingpool sein Eigen nannte? Einen Pool mit einem Springbrunnen?

Ich kam nicht mehr drum herum: Ich musste in mich hineinhorchen, mein Gewissen prüfen und mir die Fragen stellen, denen ich auswich, seit ich erkannt hatte, dass mehr aus uns beiden werden könnte. Könnten wir miteinander glücklich werden?

Da, jetzt hatte ich es ausgesprochen.

Könnten Sam Morton und ich glücklich miteinander sein?

Wenn ich ehrlich war – ja, ich denke, es könnte was aus uns werden. Wir könnten glücklich miteinander sein. Wir könnten ein wunderbares Leben haben. Und sensationellen, fantasievollen Sex, sodass mein Gang auf Dauer dem eines Cowboys ähnelte.

Mmmm, was für ein herrlicher Gedanke!

Zurück zu meinen Überlegungen. Eigentlich sollte ein gewaltiges ABER auf die Analyse der Situation »Sam und ich« folgen, aber mir fiel im Moment nicht ein, worum es sich dabei handeln könnte.

»Mum, steigen wir vielleicht irgendwann mal aus?«, quengelte Mac.

Ich schreckte aus meinen Gedanken. Wir saßen immer noch im Auto auf dem Parkplatz am Strand. Ein Glück, dass Mac mich darauf aufmerksam gemacht hatte, sonst hätte ich vermutlich den Rest des Tages im Wagen vergrübelt.

»Entschuldigt, Jungs.« Ich drehte mich zu ihnen um. Benny hatte eine Taucherbrille aufgesetzt, wie mir jetzt erst auffiel. Na wunderbar. Eigentlich hätte ich einen Ratgeber in Sachen Lebenshilfe gebraucht; stattdessen bekam ich Jacques Cousteau.

Nachdem ich alles ausgeladen hatte, tappten wir – Mum, Mac und der Taucherlehrling – an den Strand hinunter. »Hi, Mac, hi, Benny!«, erscholl es von allen Seiten. Meine Jungs winkten ihren Freunden zu und klatschten jene, die sich in Reichweite befanden, mit erhobenen Händen ab. Aus dem Zweierteam im Synchronskilaufen war über Nacht offenbar das Mother's Beach Volleyballteam geworden.

Ich merkte erst nach ein paar Sekunden, dass irgendetwas anders war. Ich kam aber nicht gleich drauf, was es war. Und wieso starrten mich alle an? Ungefähr dreißig meiner Geschlechtsgenossinnen hatten ihre Blicke auf mich geheftet. Ihre fast feindseligen Blicke, wie ich anfügen möchte. Ich kam mir vor wie in einem dieser B-Western, wo der Held aufschaut und viertausend Apachen anrücken sieht.

Was war es nur, das so anders war? Die Frauen sahen irgendwie anders aus. Sie hatten …

»Oh, hallo! Schön, dass man Sie auch mal wieder sieht.«

»Muuuuum, Zac hat mich gehauen!«, schrie Benny.

So so, der kleine Zac. Dann gehörte die singende Stimme hinter mir mit großer Wahrscheinlichkeit dieser …

»Mandy! Wie geht es Ihnen? Vielen Dank für das Bananenbrot, es war einfach köstlich! Das war wirklich furchtbar lieb von Ihnen«, zwitscherte ich.

Als hätte mir das Leben in den letzten vierundzwanzig Stunden nicht schon genug Prügel zwischen die Beine geworfen, musste mir jetzt auch noch Mandy über den Weg laufen. Die »Daddy-hat-Mandy-geküsst«-Mandy.

»Ach, das hab ich doch gern gemacht! Kommen Sie, setzen Sie sich zu mir, dann können wir ein bisschen plaudern«, winselte sie.

Okay, es gab zwei Möglichkeiten: Ich konnte die Kinder in der unmittelbaren Umgebung zu Tode erschrecken, indem ich mich mit Bennys Schnorchel zu erdrosseln versuchte, oder ich konnte mich zu Mandy setzen.

Die Entscheidung fiel mir verdammt schwer. Wären nicht so viele Kinder da gewesen …

»Und …«, begann sie, im gleichen Ton wie meine Mutter, wenn sie vor Neugier schier platzt, aber den Eindruck erwecken möchte, dass es sie im Grunde überhaupt nicht interessiert.

»Was macht Mark?«

Aha. Pfoten weg, du Bananenschlampe!

»Dem geht's gut, danke.«

»Und … ist er schon nach Hause zurückgeflogen?«, fuhr sie im selben widerlich zuckrigen Ton fort. Vielleicht würde es helfen, wenn ich ihr die Kehle zudrückte. Es wäre einen Versuch wert. Mir zuckte es in den Fingern, ihr den Hals noch mindestens zehn Minuten, nachdem sie bereits blau angelaufen war, kräftig zuzudrücken.

»Ja, am Sonntag.«

Sie machte ein langes Gesicht. Aus der Nähe betrachtet war sie übrigens gar nicht so umwerfend. Na gut, sie war es, aber ihren Poren hätten eine gründliche Reinigung und etwas mehr Pflege nicht geschadet (das dachte ausgerechnet ich – die Frau, die ihr Gesicht mit Waschlappen und Kernseife wusch).

»Stimmt was nicht, Mandy?«, fragte ich mit lieblicher Stimme. Grausam, ich weiß, aber diese Frau hatte meinen Mann geküsst und meine Kinder mit aufblasbaren Plastikechsen zu bestechen versucht. Ich hatte allen Grund, grausam zu sein.

»Ach, es ist nur … Carly, darf ich ganz offen sein?«

Sie machte ein furchtbar ernstes Gesicht.

Ich nickte. Mir war ein bisschen angst vor ihren nächsten Worten. Wenn sie jetzt sagte: »Ich habe es jeden Tag mit Ihrem Mann getrieben, und jetzt erwarte ich Zwillinge«, würde ich das Ganze nicht mehr so lustig finden.

»Es ist nur …«, begann sie, hielt inne, suchte nach Worten.

Eine böse Ahnung überkam mich. Eine wirklich böse Ahnung. »Es ist nur … wir alle hier mochten ihn sehr gern. Ich meine, hier treffen sich jeden Tag praktisch dieselben Frauen, und dann taucht plötzlich Mark auf mit seinem süßen Akzent und seiner lustigen Art und bringt Abwechslung und Schwung an diesen Strand. Haben Sie etwas dagegen, wenn ich es den anderen sage?«

Ich schüttelte langsam den Kopf. Ich stand unter Schock. Lustige Art? *Mark Barwick?*

»Mark ist Sonntag zurückgeflogen, Mädels«, rief sie den anderen zu. Ein allgemeines bedauerndes »Oooohh!« war die Antwort. Mir kam die Szene völlig unwirklich vor. Bizarr. Jetzt wusste ich auch, was an den Frauen anders war: Sie trugen Make-up. Hatten sich die Haare gerichtet. Und nirgendwo war auch nur eine einzige abgetragene alte Trainingshose zu sehen. Also entweder waren alle Kandidatinnen in einer Stilberatungs-Vorher-Nachher-Show gewesen oder aber … oder aber … Nein. Nein, das war völlig ausgeschlossen. Andererseits hatte sogar Consuela Lipgloss aufgetragen!

»Er brachte uns zum Lachen, wissen Sie. Und er ging so wunderbar mit den Kindern um.« Sie kicherte. »Jedenfalls nach dem ersten Tag. Da haben die beiden ein bisschen … na ja, über die Stränge geschlagen.«

Über die Stränge geschlagen? Meine Jungs schlugen nicht über die Stränge. Ich kannte die beiden: Sie schwankten generell zwischen zwei Extremen – lammfromme Unschuldsengel oder richtige kleine Satansbraten.

Ich rief mir jenen ersten Tag, an dem Mark mit den Jungs allein losgezogen war, ins Gedächtnis zurück. Er war total erledigt und schlecht gelaunt gewesen, als er abends zurückkam, und ich hatte das einfach ignoriert. Jetzt begriff ich: Ein ganzer Tag allein mit den Jungs, wenn diese es darauf anlegten, einem das Leben schwer zu machen, hätte sogar Mutter Teresa in die Knie gezwungen und zur Schnapsflasche greifen lassen.

»Sagen Sie ihm doch bitte, dass wir uns nach ihm erkundigt haben. Um ehrlich zu sein – und ich hoffe, Sie nehmen mir das nicht übel –, ich glaube, ein paar von den Mädels haben sich in ihn verguckt. Kann man ja verstehen, so ein attraktiver Mann!«

Unglaublich! Einfach unglaublich. Jeden Morgen hatte sich Mark Barwick irgendwo zwischen Pacific Palisades und Mother's Beach in den Knaben aus der Diet-Coke-Werbung verwandelt. Und deshalb trug die nette Mexikanerin mit dem Leibesumfang von Pavarotti Lipgloss am Strand. Das musste eine Falle sein, eine gestellte Szene!

»Oh, und sagen Sie ihm doch bitte, dass ich mich am Wochenende mit Bob verlobt habe!«, fuhr Mandy fort. »Mark war so ein wunderbarer Zuhörer, als ich ihm letzte Woche von meinen Zweifeln erzählt habe. Es war eine Wohltat, mit jemandem darüber zu sprechen, der absolut unvoreingenommen war.«

Jetzt war ich mir sicher: Das konnte nur eine gestellte Szene sein! Bestimmt waren überall im Sand Kameras versteckt, und gleich würde ein Typ auf mich zustürmen und mir grinsend erklären, dass ich reingelegt worden war. Und ich könnte demnächst im Fernsehen selbst über mich lachen.

Ich meine, die Person, die Mandy da beschrieb, war nicht mein Mann. Es war ... es war ... *Mark*. Der Mark von früher. Der Mark, den ich geheiratet hatte. Der lustige, aufgeschlossene, sexy, reizende, anständige Mann, den ich geheiratet und irgendwie in einen Zombie verwandelt hatte.

In diesem Moment wurde mir noch etwas anderes bewusst.

Benny vermöbelte Mac mit einem Tennisschläger. Doch das war es nicht, was mir bewusst wurde. Nein, meine plötzliche Erkenntnis hatte mit Sam zu tun. Wir könnten ein wunderbares Leben zusammen haben. Wir könnten glücklich miteinander sein. Wir könnten – na ja, den Rest kennen Sie ja bereits. Aber er wäre niemals Mark. Und der einzige Mann, mit dem ich jemals hatte alt werden wollen, war der Mark von früher. Das war die reine Wahrheit.

»Darf ich Sie etwas sehr Persönliches fragen, Mandy?«

Sie schaute mich verdutzt an. »Sicher«, antwortete sie zögernd.

»Darf ich Sie küssen, Mandy?«

Achtzehnter Schritt

Dingdong!

Ich lächelte Sam zu. »Es wird Zeit für uns. Kommt, Jungs, unser Flugzeug wartet!«

Benny sprang auf und schnappte seinen Spider-Man-Rucksack. Mac rührte sich nicht.

»Mac! Komm schon, Liebling, wir müssen los!«

So merkwürdig benahm er sich schon seit zwei Tagen. Seit ich den beiden auf dem Rückweg vom Strand gesagt hatte, dass wir nach Hause fahren würden.

Nach Hause.

In den letzten Tagen waren mir etliche seltsame Dinge passiert. Merkwürdigkeit Nummer zweihundertzweiunddreißig war, dass mich bei den Worten »nach Hause fahren« nicht mehr das nackte Grauen packte. Die Aussicht weckte in mir zwar nicht gerade den Wunsch, eine Party zu schmeißen, ein Fässchen Rum zu leeren und einen Limbo unter dem Couchtisch zu tanzen, aber eigenartigerweise (Merkwürdigkeit Nummer zweihundertdreiunddreißig) freute ich mich irgendwie darauf. Genauer gesagt, ich freute mich auf Mark.

Den Mark von früher. Er lag verschüttet unter den Zwängen des Alltags, unter den Belastungen seines Berufs, unter der Gleichförmigkeit unseres Lebens, und ich würde zum Presslufthammer greifen und ihn mit sanfter Gewalt aus der erstarrten, harten Masse herausbrechen müssen. Er steckte bestimmt noch irgendwo da drin. Ich hatte die letzten Jahre über bloß vergessen nachzusehen.

Ich hatte nie behauptet, völlig schuldlos an unseren Eheproblemen zu sein, aber mir war in den letzten Tagen das ganze Ausmaß meines Anteils an der Misere klar geworden. Ich hatte über Marks mangelndes Interesse an meinen beruflichen Plänen geklagt und ihm vorgeworfen, mich nicht genügend zu unterstützen.

Typischer Fall von: Wer im Glashaus sitzt, soll nicht mit Steinen werfen.

Als ich mich das letzte Mal nach Marks Arbeit erkundigte, trugen wir noch Schulterpolster und Legwarmer, glaube ich, und George Michael war noch hetero.

Sicher, ich hatte einen halbherzigen Versuch unternommen, unser Sexleben wiederzubeleben, aber erst nachdem es schon zwei Jahre dahingesiecht war und auch nur, weil es mir gerade in den Kram passte. Kleine, hilfreiche Details wie zum Beispiel darauf zu achten, dass wir *beide* wach waren, hatte ich geflissentlich übersehen.

Ich wusste, ich tat das Richtige, als ich Mark Mittwochnachmittag anrief und ihm sagte, dass wir nach Hause kommen würden. Streng genommen hatte ich es dem Anrufbeantworter gesagt, weil Mark schon schlief, aber es fühlte sich trotzdem richtig an.

Ich hatte etwas Wichtiges erkannt. Irgendwo zwischen meiner Arbeit, dem Haushalt, den Kindern und den Gegebenheiten des Lebens hatte ich aufgehört, mich um uns, um unsere Beziehung zu bemühen. Und Mark auch. Dennoch glaubte ich nicht, dass es vorbei war. Es durfte nicht vorbei sein. Weil ich ihn immer noch liebte und weil er, was noch wichtiger war, der Vater meiner Kinder war. Wir waren eine Familie. Und das allein sollte einen weiteren Versuch wert sein. Auch wenn sich das zweitjüngste Mitglied besagter Familie gerade mit Plastikhandschellen an den Restauranttisch zu fesseln versuchte. Gut möglich, dass ich die nächsten Wochen mit amerikanischem Akzent reden und Mac ausschließlich mit Pizza und Schokoriegeln füttern musste, um ihm den Übergang zu erleichtern.

Irgendwann würden wir sicher wieder herkommen. Vielleicht würde ich mein Drehbuch fertig schreiben. Vielleicht würde ich ein neues Buch verfassen und herüberkommen, um es einem Produzenten anzubieten. Wer weiß, vielleicht gelang es mir, Lee Stavaroski aufzuspüren (ob er sich seinen Lebensunterhalt als Doppelgänger von Danny DeVito verdiente?), damit ich ihm eins auf die Nase geben konnte, weil er mich zwei kostbare Wochen meines Lebens gekostet hatte.

In gewisser Weise war ich sogar dankbar für die Lektion, die man mir erteilt hatte. Hollywood hatte mich gefressen und wieder ausgespien, aber wenigstens verstand ich jetzt die Spielregeln ein bisschen besser.

Die allerwichtigste lautete: Gib dich keinen Illusionen hin, solange du deinen Scheck nicht eingelöst hast.

Ob ich mich wohl anders fühlen würde, wenn mir ein tolles Angebot gemacht worden wäre? Wahrscheinlich schon. Doch das würde ich nie erfahren, weil das Schicksal anders entschieden und mich in die Richtung gestoßen hatte, die für mich die richtige war.

Das Schwerste an meiner Entscheidung, nach Hause zu fahren, war, sie Sam mitzuteilen. Doch er wusste es bereits. Im tiefsten Innern hatte er es wahrscheinlich die ganze Zeit schon gewusst.

Am Mittwochabend hatte ich die Jungs ins Bett gebracht, dann ein Bier für Sam und ein Glas Wein für mich geholt und war nach draußen gegangen. Sam hatte am Pool gelegen und ein Drehbuch studiert.

Ich ließ mich auf den Liegestuhl neben ihm fallen und überlegte fieberhaft, wie ich meine Gefühle in die passenden Worte kleiden könnte. Emotionsgeladene Situationen waren einfach nicht mein Ding. Ich meine, ich hatte auf einer Beerdigung zu kichern angefangen – das sagte doch alles.

»Du fliegst nach Hause, nicht wahr?«, sagte Sam in die Stille hinein.

Er war nicht nur klug, attraktiv und sexy, sondern verfügte auch noch über hellseherische Fähigkeiten.

»Woher weißt du das?«

»Mac hat's mir erzählt.«

Okay, streichen Sie das mit den hellseherischen Fähigkeiten.

»Ich muss, Sam. Ich liebe ihn immer noch, weißt du.«

»Ja, ich weiß.«

»Es tut mir unendlich Leid.«

Wer jetzt meine Integrität und meine moralische Stärke bewundert, dem sei gesagt, dass ich zu keinem Zeitpunkt ein heftigeres Verlangen verspürte, Sam die Kleidung vom Leib zu reißen und ausgiebigen, leidenschaftlichen Sex mit ihm zu haben. Natürlich werde ich das abstreiten, wenn mich jemand fragen sollte.

»Und jetzt? Bedeutet das das Ende unserer Freundschaft?«, fuhr ich leise fort.

Ein Schweigen entstand. Es zog sich in die Länge. Mir schwante Übles. Eines Tages musste es ja so kommen. Wer mit dem Feuer spielt, wird sich verbrühen, wie Carol so schön sagt.

»Nein, sicher nicht.« Sam schüttelte den Kopf. »Wir sind seit einer Ewigkeit befreundet, Carly. Als du mich das letzte Mal verlassen hast, hast du mir das Herz gebrochen, weil du Mark geheiratet hast, aber unsere Freundschaft hat das ausgehalten. Dieses Mal gehst du zurück zu Mark, und sie wird auch das aushalten. Es geht gar nicht anders, schließlich bin ich Bennys Taufpate und habe Pflichten ihm gegenüber. Ich meine, wer soll ihm denn seine erste Nutte bezahlen?«

Ich verschluckte mich und prustete den Wein, den ich gerade getrunken hatte, über mein T-Shirt, was dem Augenblick ein wenig von seiner ergreifenden Stimmung nahm.

»Und ich weiß, dass es nicht funktioniert hätte«, fuhr er fort.

Tatsächlich? Und wieso, bitte schön, hätte es nicht funktioniert? Ich meine, natürlich war es völlig in Ordnung, dass *ich* wusste, dass es nicht funktioniert hätte mit uns beiden, aber von ihm erwartete ich, dass er mich davon zu überzeugen versuchte, wir seien füreinander geschaffen. Sozusagen Seelenverwandte von Geburt an (ob Jackie wohl von ihm wusste?).

»Weil Mark die Liebe deines Lebens ist.«

Stimmt. Das hatte er völlig richtig erkannt.

»Und weil du mit deinen Jungs nie auf Dauer ans andere Ende der Welt gezogen wärst und ihnen den Vater genommen hättest.«

Auch das stimmte.

»Und weil du alles, was dich in deinem Leben unglücklich macht, auch ohne mich ändern kannst. Du brauchst mich nicht, Carly. Du kannst ohne mich leben.«

Richtig. Leider. Um noch mal auf diesen ausgiebigen, leidenschaftlichen Sex zum Abschied zu kommen …

»Und weil …«

Du meine Güte, stand sein Mundwerk denn überhaupt nicht mehr still? Wie viele Gründe wollte er mir denn noch aufzählen? Der erste hätte mir vollauf genügt.

»Und weil … weil ich in Italien viel nachgedacht habe und mir etwas klar geworden ist: Ich habe genau den gleichen Fehler gemacht wie du. Mein Leben war in Routine erstarrt – zu viel Arbeit, kein Spaß, keine Liebe … Und dann kamst du, und plötzlich konnte ich wieder lachen, und das war so ein herrliches Gefühl, und ich wollte lauter unanständige Dinge mit dir tun …«

Wollte! Vergangenheitsform! Autsch, das tat weh.

»... und ich glaube, für kurze Zeit verwechselten wir unsere Zuneigung füreinander mit einer anderen Art von Liebe. Aber mir scheint, das haben wir jetzt geklärt. Wir sind Freunde, Carly. Nicht mehr, aber auch nicht weniger.«

In diesem Augenblick griff meine Klitoris zur Waffe und erschoss sich. Ich hielt es für überflüssig, Sam darüber zu informieren.

Er streckte die Hand aus.

»Aber ich werde dich immer lieben, Carly.«

»Und ich werde dich auch immer lieben.«

Als Freund, fügte ich im Stillen hinzu. Ausschließlich als Freund. Mehr als Freundschaft würde niemals zwischen uns sein.

Oder?

Dingdong! »Letzter Aufruf für die Passagiere nach London ...«

»Mach schon, Sam, beeil dich!«

Scheiße! Falls irgendwo einer dieser Sensationsreporter lauerte und die Szene auf Film bannte, hätte er für den Rest seines Lebens ausgesorgt. Sam Morton, internationaler Topstar, kniete halb unter dem Tisch auf dem Fußboden und sägte mit einem Messer ein Paar Plastikhandschellen durch.

Endlich hatte er es geschafft. Mein Held befreite meinen weinenden kleinen Jungen aus den Klauen des Möbeldämons.

»Es tut mir Leid, Mummy«, wimmerte Mac.

»Ist ja nichts passiert, mein Schatz«, tröstete ich ihn. »Alles in Ordnung.« Eigentlich hätte ich ihn für seine Dummheit zu zwei Wochen Hausarrest verdonnern sollen, aber der arme kleine Kerl hatte schon genug Angst ausgestanden, weil er dachte, er würde den Rest seines Lebens in der vornehmen Umgebung des Flughafens von Los Angeles verbringen müssen. Er hatte seine Lektion gelernt.

»Danke, Sam«, sagte ich, als er sich wieder aufgerappelt hatte.

»Kein Problem. Ich habe als Moses ein ganzes Volk aus religiöser Knechtschaft befreit, da werde ich es doch mit links schaffen, einen kleinen Jungen von seinen Handschellen zu befreien.«

Ich musste lachen. »Trotzdem danke, Sam. Für alles. Einfach alles.« Ich legte meine Hand an seine Wange.

»Warum weinst du denn, Mum?«, fragte Benny.

Ich schniefte. »Ich weine doch gar nicht.«

»Doch, tust du!«

Sam und ich lächelten uns an.

»Tja ... Gibt es nichts, womit ich dich umstimmen könnte?«, fragte er.

Ich schüttelte den Kopf. »Es sei denn, du zauberst einen namhaften Produzenten aus dem Hut, der mir eine sechsstellige Summe für mein Drehbuchdebüt anbietet.«

»Tut mir Leid, Liebes, damit kann ich nicht dienen.«

Ich beugte mich vor und küsste ihn. In diesem Augenblick klingelte mein Handy. Mist, immer im ungünstigsten Moment! Wenn das Kate war, würde ich meinen Joghurtbereiter zurückverlangen.

»Carly Cooper?«, meldete ich mich knapp.

»Carly, hier ist Dave Marino von Global. Ich habe gerade ein Drehbuch hereinbekommen, das förmlich nach Ihnen schreit! Ich finde es großartig. Ganz großartig! Und es wird noch viel besser sein, wenn Sie es überarbeiten. Das ist ein ganz großes Ding, Carly, wir sprechen von einem Budget von über hundert Millionen Dollar, das heißt, wir haben ein bisschen Spielraum, was Ihr Honorar betrifft. Der einzige Haken ist, das Team befindet sich bereits am Drehort. Sie müssten sich heute Abend noch in den Flieger nach Hawaii setzen! Na, was sagen Sie dazu, Schätzchen? Sind Sie dabei? Kommen Sie, sagen Sie mir, dass Sie dabei sind, Carly Cooper!«

Neunzehnter Schritt

Mein Magen krampfte sich zusammen, als ich aus dem Flugzeug stieg.

Ich hatte es getan. Ich hatte es tatsächlich getan.

Ich war mir bis zum allerletzten Moment nicht sicher gewesen, ob ich die richtige Entscheidung getroffen hatte.

Ich meine, wie oft kommt es vor im Leben, dass man an einem solchen Scheideweg steht?

Ein kluger Mensch hat einmal gesagt, Leben ist das, was passiert, während man damit beschäftigt ist, Pläne zu schmieden.

Genau das war mir passiert. Ich hatte geplant, den Rest meines Lebens mit Mark zu verbringen. Ich hatte geplant, Hollywood zu erobern. Ich hatte eine Menge Dinge geplant, aber irgendwie kam mir das Leben immer in die Quere.

Manchmal zwingt einen das Schicksal auf – schmerzhaften – Umwegen auf die richtige Reiseroute. So wie bei mir.

Dave Marinos Angebot kam völlig unerwartet. Und es war sensationell! Der Stoff, aus dem die Träume sind. Vor allem meine. Es handelte sich nämlich um das Drehbuch zu *Husbands & Lovers*. Jawohl, der Skandal- und Sexroman aus der Feder von Jackie Collins, meiner spirituellen Mutter, sollte verfilmt werden. Und ich, *ich*, sollte das Drehbuch überarbeiten.

In Jackies Ferienhaus auf Hawaii.

Ich traf also meine Entscheidung. Und zwar an Ort und

Stelle, in jenem überfüllten Flughafenrestaurant in L. A. Es war die folgenschwerste Entscheidung meines Lebens. Natürlich würde sie Opfer verlangen. Und es würde sicherlich Zeiten geben, in denen ich sie bereute. Und es würde nicht leicht sein, mit dieser Entscheidung zu leben.

Aber hey, wäre es nicht langweilig, wenn immer alles so einfach wäre?

Mein Instinkt sagte mir, das wäre es wert.

Und als ich Mac und Benny durch den Ankunftskorridor rasen sah, wo sie sich so ungestüm in die Arme ihres Vaters warfen, dass es diesen glatt auf den Arsch setzte, wusste ich endgültig, ich hatte die richtige Entscheidung getroffen.

Mark hielt mich fest, als wollte er mich nie wieder loslassen. Er erdrückte mich schier, und ich fragte mich schon, ob das Absicht war. Ich meine, wenn er mich vor ungefähr tausend Zeugen zu Tode drückte, könnte er später vor Gericht behaupten, es habe sich um einen dummen Unfall gehandelt.

»Ich bin so froh, dass du zurückgekommen bist«, sagte er schließlich mit belegter Stimme.

»Red doch keinen Unsinn«, japste ich. »Daran hat doch nie ein Zweifel bestanden!«

Wumm! Das waren die Pforten zum Paradies, die mit einem Knall ins Schloss gefallen waren! Aber schließlich war das nur eine kleine Notlüge gewesen. Ich war eine reuige Sünderin, keine Heilige.

»Komm, lass uns nach Hause gehen«, bat ich. »Lass uns einfach nach Hause gehen.«

Er nahm meine Hand, und wir steuerten auf den Ausgang des Flughafens zu, zurück in unser altes Leben.

Das heißt, so wäre es gekommen, wenn Mark nicht gesagt hätte: »Äh … Carly, es gibt da nur ein winzig kleines Problem.«

»Was denn?«

O nein! Sag mir bitte nicht, dass das Haus wieder unter Wasser steht! Diese verdammten Rohrleitungen! Oder war ein Feuer ausgebrochen? Aber wie zum Teufel hatte er das geschafft, wo er doch unter Kochen nichts anderes verstand, als Wasser für eine Nudelterrine zu erhitzen? Mist, der Wasserkessel hatte einen elektrischen Defekt gehabt! Natürlich, das war's! Ich würde Kenwood auf Schadenersatz verklagen, millionenschweres Unternehmen hin oder her …«

»Ich habe das Haus vermietet. Das heißt, zur Vermietung angeboten. Der Makler meint, bis Ende der Woche hätte er jemanden.«

Der einzige Defekt, der vorlag, betraf – einmal mehr – die Weiterleitung der Signale von meiner Hirnhälfte zu meinem Mund.

»Du hattest Recht, Carly. Das wurde mir klar, als ich aus Kalifornien zurückkam. In diesen zweieinhalb Wochen hatte ich mehr von meinen Jungs als in den letzten drei Jahren! Meine eigenen Kinder wuchsen heran, und ich wusste nichts von ihnen! Was soll das alles denn?«

Da ich noch immer keinen Ton herausbrachte, zuckte ich stumm mit den Schultern.

»Und was war aus uns beiden geworden? Früher oder später wären wir vor dem Scheidungsrichter gelandet. Und ich bin Scheidungsanwalt, ich weiß, was das kostet!«

Diesmal nickte ich; mein Sprachzentrum war immer noch gelähmt.

»Genau genommen *war* ich Scheidungsanwalt. Ich habe gekündigt.«

Okay, also entweder hatte er den Verstand verloren oder angefangen, Klebstoff zu schnüffeln.

»Du hast *was?*« Eigentlich hatte ich diese Worte flüstern wollen, doch stattdessen brüllte ich sie so laut heraus, dass ein paar Dutzend Leute sich abrupt zu uns umdrehten und mich erstaunt anstarrten.

»Ich habe gekündigt. Oder mir zumindest ein Sabbatjahr genommen. Danach entscheide ich, ob ich aussteige oder weitermache. Ich möchte einfach nur mit dir und den Jungs zusammen sein, Carly. Diese Tage am Mother's Beach waren so traumhaft schön! Vom allerersten einmal abgesehen, aber das ist eine andere Geschichte.«

»Ich hab's schon gehört«, sagte ich, als ich endlich die Sprache wiedergefunden hatte. »Ich soll dir von Mandy und den anderen ausrichten, sie vermissen dich. Sie hätten sich immer so gut mit dir unterhalten.«

»Ehrlich? Ich mich auch mit ihnen. Hab natürlich den Macho rausgekehrt«, fügte er grinsend hinzu.

Ich nickte. »Natürlich.«

»All diese Dinge haben mir bewusst gemacht, was im Leben wirklich zählt. Oder zählen sollte.«

Es war schlicht unglaublich. Irgendwo zwischen London – L. A. – London hatte sich Mark Barwick, der krankhaft ehrgeizige Workaholic, in den coolen Ken (den von Barbie) verwandelt, und zwar in die Version, zu der Surfbrett, Schnorchel und Taucherbrille und geblümte Bermudas gehörten. Apropos Taucherbrille: Ich hoffte, Benny würde seine irgendwann wieder abnehmen, bevor die Fotos von der Schulabschlussfeier gemacht wurden. Ich blickte auf meine Söhne hinunter, die geduldig auf einem Koffer hockten und darauf warteten, dass ihre Eltern endlich mit dem Gequatsche aufhörten. Gleich – sobald ich die organisatorischen Einzelheiten geklärt hätte, die die Midlifecrisis ihres Vaters mit sich brachte.

»Schatz, ich habe dich nie mehr geliebt als in diesem Augenblick. Und ich werde dich noch viel mehr lieben, sobald du dich einem Drogentest unterzogen hast und er negativ ausgefallen ist! Aber wo sollen wir denn wohnen, wenn du das Haus vermietet hast?«

»In Beverly Hills.«

Ich schnappte mir einen vorbeieilenden Gepäckträger. »Entschuldigen Sie, könnten Sie bei der Information bitte einen Kardiologen ausrufen lassen? Ich glaube, ich kriege gleich einen Herzinfarkt!«

Was?

»Was?«, stieß ich atemlos hervor.

»Wir fliegen nach L. A. zurück. Eigentlich wollte ich eine Wohnung für uns mieten, aber als ich heute Morgen mit Sam telefonierte, erzählte er mir, ein Freund von ihm, ein Regisseur, beginne im Ausland mit den Dreharbeiten für einen neuen Film …«

»Cameron King«, warf ich ein.

»… und er suche jemanden als Haussitter für die nächsten Monate. Kurz darauf rief mich dann diese Jojo an. Sie meinte, sie wäre überglücklich, wenn wir so lange in ihrem Haus wohnten, falls es dir nichts ausmacht.«

Falls es mir nichts ausmacht? Waren denn plötzlich alle verrückt geworden? War am Ende ich diejenige, die eine bewusstseinsverändernde Substanz einatmete, und in Wirklichkeit befanden wir uns irgendwo auf dem M4 auf dem Weg nach Hause?

»Oh, ich soll dir übrigens ausrichten, dass Sam mit einer seiner schönen Jüngerinnen zu Abend isst. Ergibt das irgendeinen Sinn für dich?«

»Und ob!« Viel Glück, Sam. »Okay«, fuhr ich nach einer kleinen Pause fort. »Die Sache mit dem Haus ist geklärt. Und woher nehmen wir das nötige Kleingeld?«

»Ich hab den Wagen verkauft.«

WO BLEIBT DENN DIESER KARDIOLOGE, VERDAMMTE SCHEISSE!

»Visa?«

»Unsere Touristenvisa sind drei Monate gültig. Ich glaube, wir können sie um weitere drei Monate verlängern. Bis dahin hast du bestimmt einen Auftrag von einer Produktionsfirma bekommen. Und wenn nicht, gehen wir eben woandershin. Es ist ein Abenteuer, Carly. Ein einziges großes verdammtes Abenteuer!«

Mir kamen die Tränen, und bald strömten sie in Sturzbächen über mein Gesicht. Mein schlechtes Gewissen meldete sich. Ich konnte so nicht weitermachen. Nicht nach allem, was geschehen war. Ich vergewisserte mich, dass die Jungs nicht lauschten, und dann flüsterte ich:

»Ich muss dir etwas sagen, Mark. Als wir in L. A. waren, da hatte ich schmutzige Fantasien – von mir und Sam. Es tut mir Leid, Mark! Es tut mir ja so Leid!«

Mark zog die Stirn in tiefe, senkrechte Falten. Seine überschäumende Begeisterung war verflogen, stattdessen lag ein gequälter Ausdruck auf seinem Gesicht. Zum ersten Mal in all den Jahren unseres gemeinsamen Lebens hatte *ich seiner* freudigen Erregung einen herben Dämpfer versetzt.

»War was zwischen euch?«, fragte er mit eisiger Ruhe.

»Nein. Ich hab daran gedacht, aber es war nichts, Mark, wirklich nicht. Ich schwöre es! Es tut mir so Leid, Mark.«

Ich glaube, ich habe bereits erwähnt, dass ich gar nicht hübsch aussehe, wenn ich weine. Meine laufende, tropfende Nase unterstrich das wieder einmal.

Nach einer halben Ewigkeit sagte er endlich etwas. Aber er sprach so leise, dass ich ihn nicht verstehen konnte.

»Was?« Ich sah ihn forschend an. Wahrscheinlich würde er mich als miese Schlampe beschimpfen und mir verbieten, jemals wieder an seine Tür zu klopfen. Sofern er irgendwann wieder eine eigene hatte – über die jetzige verfügte ja offenbar ein Immobilienmakler.

»Ich hatte auch schmutzige Fantasien – von mir und Mandy.«

Dieser verdammte Mistkerl! Aber hey, gleiches Recht für alle.

»War was zwischen euch?«

»Nein. Zum Glück. Ich fand nämlich heraus, dass ihr Freund …«

»Verlobter«, verbesserte ich ihn.

Er grinste. »Sie hat Ja gesagt? Super! Okay, also ihr *Verlobter* ist Football-Spieler, er spielt bei den L. A. Raiders, und er hätte mich glatt umgenietet, wenn ich was mit ihr angefangen hätte. Carly, unsere Ehe steckte in einer schweren Krise – es wäre nicht normal gewesen, wenn wir in dieser Situation nicht an einen Seitensprung gedacht hätten. Aber das ist vorbei. Jetzt ist alles wieder gut, nicht wahr?«

Ich nickte. Meine Tränen flossen spärlicher, und meine Nase hörte auf zu laufen. Zum Glück für Mark, weil ich mich nämlich vorbeugte und ihn küsste. Ich küsste ihn so leidenschaftlich wie seit Jahren nicht mehr. Und er erwiderte meinen Kuss mit der gleichen Heftigkeit.

Halleluja, halleluja, halleluja!, jubelten meine Eierstöcke. War ja zu erwarten gewesen.

»Und wann fliegen wir nach L. A.?«, fragte ich, als wir beide Luft holen mussten.

Mark schaute auf seine Armbanduhr. »In ungefähr eineinhalb Stunden.«

Ich lachte nur. Das war verrückt! Einfach verrückt. Und einfach wunderbar.

»First-Class oder Touristenklasse? Weißt du, Sam hat uns First-Class gebucht, und die Jungs und ich – wir haben uns so sehr daran gewöhnt, dass wir auf keinen Fall mehr anders reisen möchten«, flachste ich.

Der erste Teil des Satzes entsprach allerdings der Wahrheit. Sam hatte unsere Flüge gebucht. Ich hatte ihn gebeten, auf Economy umzubuchen oder mich wenigstens bezahlen zu lassen, doch er wollte nichts davon hören (ich hätte ihm sowieso einen Schuldschein ausstellen müssen und ihn erst bezahlen können, wenn ich praktisch mein ganzes Hab und Gut verkauft hätte).

»Kein Problem, Madam, wir fliegen nämlich erster Klasse.«

Ich riss die Augen auf. »Das kann nicht dein Ernst sein! Mark, das können wir uns nicht leisten! Du bist arbeitslos!«

»Ich weiß, deshalb hatte ich ja auch Plätze in der Economy reservieren lassen. Als ich Sam davon erzählte, rief er die Fluggesellschaft an, und da Mr. Morton ein Premiumkunde ist, haben sie uns ohne Aufpreis First-Class gebucht. Ehrlich gesagt, Schatz, als ich gesehen habe, was für ein Luxusleben Sam führt, hätte ich auch fast schmutzige Fantasien gehabt – von ihm und mir!«

»Mmmm, das klingt gut! Wie wär's mit einem flotten Dreier?«, hauchte ich mit verführerischer Stimme.

»Denk nicht mal dran!«, drohte er mir im Scherz. Er legte seine Arme um mich. »Das wird wunderbar werden, Carly.«

»Ich weiß.«

»Okay, Jungs«, sagte er, als wir uns voneinander lösten. »Wer will zurück nach Los Angeles?«

Die Köpfe der beiden fuhren hoch, Augen und Mund sperrangelweit aufgerissen.

»Wirklich, Dad? Machen wir das, Dad, machen wir das?«

»Ja, und zwar jetzt gleich.«

»Jaaaaaaaaaa!«, kreischten beide los und machten Luftsprünge vor Freude.

»Okay, dann kommt«, sagte ich. »Wir müssen uns beeilen, sonst verpassen wir unseren Flieger. Ich nehm die Kinder, Mark. Nimmst du bitte meine Tasche?«

»Klar.« Er bückte sich nach meiner Reisetasche und griff mit der anderen Hand nach Bennys Hand. Ich streckte die Hand nach Mac aus.

»Worauf wartest du, Mac? Komm schon!«

»Ich bin nicht Mac.«

Jetzt ging das wieder los!

»Na schön. Aber sogar Darth Vader muss in einem belebten Flughafen die Hand seiner Mutter nehmen, damit er nicht verloren geht.«

»Bin nicht mehr Darth.«

»Nein? Wer bist du denn dann?«

»Batman!«

Jetzt fehlte mir nichts mehr zu meinem Glück. Ich hatte meinen Mann wieder, Benny war selig, und mein Ältester war wieder einer von den Guten.

»Da na na na, Da na na na, Da na na na, Da na na na, BATMAN!«, schrie Benny los.

Wonne pur. Ungetrübtes Glück. Happy ohne Ende.

Als wir durch den Terminal zu den Fahrstühlen zur Abflughalle sprinteten, hätten wir vor lauter übermütiger Freude fast mein Handy überhört.

Am Lift kramte Mark es aus meiner Tasche und nahm ab. Er hielt mir das Handy hin und sagte: »Für dich. Kate.«

Kate! Sie musste das alles gewusst haben und hatte mir kein Sterbenswörtchen verraten! Sie würde sich bestimmt schrecklich für mich freuen. Die Lifttüren glitten zur Seite.

»Kate? Ich kann jetzt nicht, Schätzchen, nur so viel – ORGASTISCH! Kneif mich in den Arsch, und nenn mich Glücksschweinchen! Es ist absolut supermegageil!«

»Wie bitte?« Sie klang ziemlich verwirrt.

Hatte Mark ihr doch nichts von seinen Plänen erzählt? Sie sagte etwas, und ich musste mich anstrengen, um sie bei dem Lärm, der im Terminal herrschte, zu verstehen.

»Ich fürchte, Sie verwechseln mich mit jemandem. Hier ist Kate. Kate Winslet. Wir trafen uns vor einigen Monaten im Richmond Park, und Sie gaben mir das Buch, das Sie geschrieben haben. Es tut mir Leid, dass ich mich jetzt erst bei Ihnen melde, aber ich bin erst vor kurzem dazu gekommen, es zu lesen, und …«